图南

之洛 著

海峡出版发行集团 | 海峡书局

图书在版编目（CIP）数据

图南 / 之洛著 . --福州：海峡书局，2022. 8（2024. 7 重印）
ISBN 978-7-5567-0958-8

Ⅰ．①图… Ⅱ．①之… Ⅲ．①长篇小说-中国-当代 Ⅳ．①I247. 5

中国版本图书馆 CIP 数据核字（2022）第 054249 号

责任编辑　刘晓闽
助理编辑　林丹萍
装帧设计　书单猫

图　南
TUNAN

著　　者	之　洛
出版发行	海峡书局
地　　址	福州市台江区白马中路 15 号
印　　刷	三河市兴博印务有限公司
厂　　址	河北省三河市杨庄镇大窝头村西
开　　本	880 毫米×1230 毫米　1/32
印　　张	12. 25
字　　数	315 千字
版　　次	2022 年 8 月第 1 版
印　　次	2024 年 7 月第 2 次印刷
书　　号	ISBN 978-7-5567-0958-8
定　　价	59. 00 元

版权所有　翻印必究
如有发现印装质量问题请寄承印厂调换

序

铁松

  第一次收到这本书稿是四月一个微风习习的午后。作者也如这四月的微风，是我认识很久的一个优雅纤巧、如微风拂面般舒服的女子。虽然认识很久，也仅此而已。拿到书稿，开始并未在意，周末打开看了两眼，居然看得不能放下。后来眼睛累了，便用朗读功能，闭着眼躺着听，渐渐进入了作者讲述的故事里。原来这么优雅的女子文字更是迷人，那时候突然想起了古人所说的"原只知外貌之粉泽，谁料满腹珠玑"，大概就是那时候我对这本书的第一印象。

  每个中年人，都是劫后余生，一片狼藉。书中的主人公图南也不例外。吵架，斗气，背叛，生离，死别，这一幕幕场景上演在图南的生活里，被作者用平淡的字符静静地写出来，像是在白描我们的生活，让我们或多或少看见了自己的样子。这些平淡繁琐的片段，组成了我们过往的生活，让我们既享受了极致的欢愉，又承受了无尽的苦楚。虽然我们抱怨的很多，但我们应该感谢的更多。

  图南的半生，纠结在情的漩涡里，沉溺其中，差点溺亡其中，还好图南走了出来，自己拯救了自己。欲海情深，泛舟其中，逆风前行时，如果你的旅伴不能心无旁骛陪你劈风斩浪，那自己最好还是要及时上岸，开始我们的下一次航程，无论你曾经给这次航程付出过多少心血和情感。

已是满天星斗，我静静地站在窗前，外面照例热闹，屋里照例清静。想着图南的半生，满腹珠玑兰心蕙质的开始，好像到头云烟形只影单的结局。但我又仿佛看到，无论日出无论云掩，她依然优雅地走在四季的流程里。是为序。

2022 年 8 月 1 日

目 录

第 一 章　言传身教　　1
第 二 章　平地风波　　7
第 三 章　祸起萧墙　　14
第 四 章　怅然若失　　21
第 五 章　一地鸡毛　　27
第 六 章　自暴自弃　　34
第 七 章　兄弟情谊　　37
第 八 章　有儿长成　　42
第 九 章　按甲休兵　　46
第 十 章　F城春天　　51
第 十 一 章　切肤之痛　　55
第 十 二 章　大梦先觉　　58
第 十 三 章　虎父犬子　　64
第 十 四 章　众生皆苦　　69
第 十 五 章　一错再错　　74
第 十 六 章　反目成仇　　89

第十七章	真相大白	93
第十八章	漏泄春光	105
第十九章	爆竹声声	119
第二十章	人生如戏	125
第二十一章	忍无可忍	131
第二十二章	一了百了	144
第二十三章	瓷婚易碎	163
第二十四章	埃及之行	178
第二十五章	晴天霹雳	199
第二十六章	不治之症	205
第二十七章	追根溯源	214
第二十八章	疑窦丛生	225
第二十九章	自我放逐	230
第三十章	劳燕分飞	239
第三十一章	涅槃重生	252
第三十二章	父爱如山	269

目 录

第三十三章	擦肩而过	284
第三十四章	人性善恶	297
第三十五章	天人相隔	310
第三十六章	乍见之欢	331
第三十七章	新婚燕尔	348
第三十八章	麒麟送子	353
第三十九章	霜重色浓	362
第 四 十 章	观往知来	375

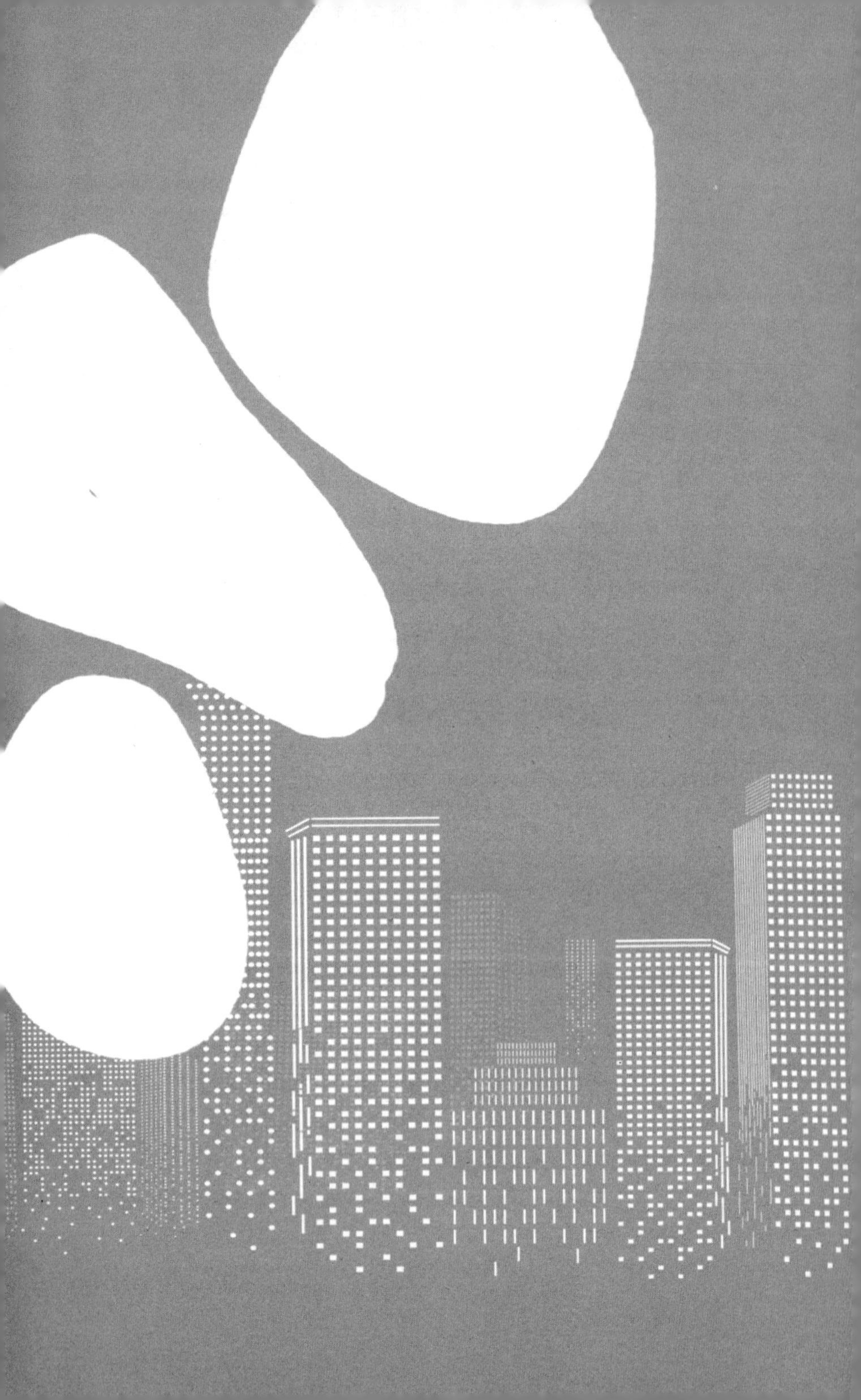

第一章　言传身教

　　图南被两个黑衣男子紧紧地按着，过来一个人挖开她的心，胸口顿时一阵剧痛，她想喊救命却喊不出来，声音在喉咙深处发不出声响，她急了，喉咙里发出一阵一阵的哀号，终于，"嗷"的一声，撕心裂肺的尖叫，在寂静漆黑的夜，大汗淋漓，哭着醒来。

　　胸口痛很久了，以为是心脏出了问题，总是上不来气。惶恐，惊吓，心惊肉跳。眼泪不听控制，总是泪流满面。后背也痛，去医院查心电图没问题。不知道什么毛病。算了，也许过几天就会好的。

　　凌晨两点，猛然之间竟不知身在何处。不知道从什么时候起开始失眠，以前孩子小的时候总是睡不醒，年轻就是好，觉睡不够。海鸿是夜猫子，总是凌晨两点睡觉，每每想和她说话，或者做点什么，她早已像小猪一样呼呼睡去，而他一向讨厌她总是睡眼蒙眬的样子。而现在却这么准时醒来，再难入睡，瞪着眼睛到天明。

　　一幕一幕地回想，晚上准时六点半，饭菜摆在餐厅，海鸿坐餐桌旁，点评每道菜，酱汁茄条菜汁溅到盘子边缘了，形状不够好看；西红柿炒鸡蛋怎么会放葱花？排骨酱油放多了，颜色太重……莫名其妙地发脾气：

　　"你做的东西那么难吃，狗都不吃！"

　　说完，海鸿摔门而去。图南一脸懵懵地站着，心想尝都没尝，怎么知道难吃？人家是吃饱了骂厨子，这还没吃就开始骂厨子了。

不过以她平庸的智商，她不会多想。初中一年级的儿子鹿儿有样学样，也用鄙夷的眼光扫了一眼：

"讨厌！中午学校吃的茄子，怎么晚上还是！"

"鹿儿，妈妈也不知道你中午吃了什么，那你吃西红柿鸡蛋，好不好？"

"今天学校里有什么故事吗？跟妈妈说说。"图南喜欢和鹿儿用这种方式沟通。

"有啊，我们班有个女生，他爸爸妈妈离婚了，离很好久了，在她小学五年级就离了。"

"那她是跟爸爸还是妈妈？"

"谁也没跟，爸爸又结婚了，生弟弟。妈妈也结婚有妹妹了。"

"那她怎么办？"

"她五年级就自己租房子住，一个月有五千块零花钱，挺好的呀。"儿子回味似的舔舔嘴唇：

"她买的蛋糕好贵哦，特别好吃。"

"你也想吃？"

"想。"

"好，有空我们也去买。妈妈又到了一笔稿酬，吃蛋糕肯定够了。"

"她只有一样不好，过年过节的时候没地儿去。她到哪儿都是多余。妈，你知道吗？她很羡慕我的，他爸爸是做生意的，特别有钱，可我有大学老师的爸爸妈妈，她以为大学老师不骂人不打人，其实我爸……哼！打人骂人才狠的，差点打死我。唉！我没和她说。"

图南看着儿子哼哼唧唧地吃饭，说：

"吃完了写作业，妈妈清洁厨房后，陪你学习。"

图南边洗碗，边想：丈夫的暴力会影响孩子的自信，要给孩子成长的空间。需要好好和丈夫谈谈。这样的事情已经不是一次两次了。可是，谈了又有什么用呢？谈得好，会答应，答应得好好的，

第一章 言传身教

就是不做。谈得不好,不是又打起来?挨打的就是自己了。完全是两个世界的鸡同鸭讲,图南也想不出什么好主意。

走出厨房,一眼看到鹿儿果然一边玩手机一边写作业。本来鹿儿的书房门是关着的,不许她看。图南苦口婆心地说了几次,门开着,一方面通风换气,另一方面可以看到你。怎么说都不管用。被丈夫一声大吼,鹿儿再也不敢关门了。这样虽然不利于培养孩子的自觉性,但简单有效。

对于孩子的学习,图南还是有点自信的。开学前没发课本的时候,把表姐雪宝的课本拿来,用三五天的时间提前把生字、英语单词教鹿儿学完,就不需要再管了。两岁多,在别的孩子背五言、七言绝句时,鹿儿就可以背岳飞的《满江红》,曹雪芹的《好了歌》等这样大段的文字,四五岁的时候就学会了加减乘除、分数、小数点、大括号中括号小括号运算,笔算的速度比图南的计算器还快。

鹿儿不笨,有点小聪明,就是不肯吃学习的苦。眼睛扫一眼,就算学习了。学东西只肯学一遍,他不愿做重复的练习。学习打了提前量,所以除了他爸爸看他会生气,他本来也是别人眼中"别人家的孩子",被老师和同学叫做"天才"。

毕竟做了十几年教师,看过很多学生,有些孩子是天生学神,自控力极强,而大多数平庸的孩子本身没有野心,也不愿意去刻苦努力。鹿儿却不是这两种,他只是对自己感兴趣的东西专注。图南教鹿儿华罗庚奥数,只教到四年级,再高一年级,教不了了,图南把书上的步骤写出来,自己琢磨半天,没看懂,她问鹿儿,这是什么意思?鹿儿反过来给图南讲,图南听得半懂不懂,只好缴械投降:"书给你,自己看吧。"

儿子笑话妈妈是"数学盲"。图南只是苦笑一下:数学好,就没有你了。她和丈夫说了无数次,丈夫都不肯教孩子。图南也只负责把书买回来，给鹿儿自己看。看到什么程度，图南也不知道。

鹿儿看书有着超出实际年龄的成熟。不到一岁开始看撕不破连环画，从穿着开裆裤开始就会坐在地上阅读自己喜欢的书籍。四五岁每天讲故事，等到十多岁就看《三国演义》了。有时候，图南需要上街买东西，直接把鹿儿扔在东宇书店三五个小时不用管，任何人带不走。自己去接，鹿儿还要乞求再等一会，还没看完呢。

鹿儿五六岁的时候，有一次不肯睡觉，图南强迫他躺下，关了灯，却听见他哭泣的声音，问他为什么，他居然抽抽嗒嗒地说：

"做题还没做够呢。我想继续做奥数题。"

为了维护自己的权威，图南还是让鹿儿乖乖躺好，不许起来。以后，很少看到鹿儿再去翻奥数书了。图南为此内疚很久。究竟是培养他良好的生活习惯重要，还是让他自由自在重要。这种情况下，到底是应该让他继续做题，还是睡觉。她经常困惑：应该怎样教育孩子？

为什么别的妈妈能够那么优雅从容，自己却做不到？经常大呼小叫，只想他听话，按时吃饭、学习、睡觉。鹿儿太淘气了。做什么事都是一副睡不醒的样子，三心二意地写作业，也没写几个字，脸上总是脏兮兮一脸的油笔痕。有时候图南气得不行，又不舍得打孩子，就把鹿儿锁在家，她自己冲出去，直奔楼下超市，一粒一粒地挑豆子，随便什么黄豆、绿豆、红豆，直到气顺了，心平气和地拎着豆子回家。

回到家更崩溃，一摸电视还是热的，显然，图南一走，鹿儿在看电视。图南大叫：

"你看电视了？"

鹿儿辩解说：

"天太热，电视就热了。"

"胡说八道！再热，也不应该超过室温！"

第一章　言传身教

看就看了，竟然还不敢承认！图南非常生气，但心平气和的时候想到儿子的乖巧懂事，图南心里说，对不起，儿子，我也不知道该怎么当妈妈。可是，我真的很爱你，真的很认真很努力去扮演妈妈的角色。

有了鹿儿，选择房子都是在学校附近，从小到大，都读重点校，作业非常多，正常情况下，一般要写到十一点。有时图南在确定他会的情况下用左手帮他写作业。让他早点睡，保证八个小时的睡眠。当然，如果爸爸在身边，帮写作业是不行的。作业写不完肯定是一顿毒打。也别说，这招挺管用。所以，图南无奈时也会搬出海鸿，让他充当大灰狼的角色。

"作业呢？我看看。"

"没写完。"

"太久了吧，哪一门？"

"作文。"

"题目呢？妈妈看看。"

"就是写人啊，我不会。妈，你陪我写。"

"我们俩在半小时内各写一篇，你看妈妈写的好，还是你自己写的好。好在哪里，为什么。"

鹿儿的大写字台占据了书房一半以上的面积，图南只占一个小小的角。半小时，图南写好了，鹿儿默默地看了一会，鄙夷地说：

"小学生作文。"

"你写得好，拿来我看！"

"没写完。"他有气无力地说。

"好好写作文，这是一件多有趣的事！"

"我不觉得有趣。"

"本来，文字是没有感情的。但你写的文字是有感情的。有你的温度、你的态度，你想想，传递给别人的心情是不是你想表达的？"

"我没有想表达的东西。"

"你写的这个人，是不是你爱的？或者是你恨的？你爱的，你要告诉读者，你为什么爱他，为什么恨他？"

"我就是写不出来。"他长叹口气。

鹿儿何止半小时，整整一小时，托腮咬笔，呆坐着，一个字也写不出。图南生着气，软硬兼施，终于看到鹿儿把作文完成。鹿儿看起来状态不是很好，有点发烧，图南给他一片扑热息痛灌下去，看他刷牙洗漱，上床睡觉，熄灯，才长出一口气：这一天终于over。图南顺手把自己陪着鹿儿写的文字发出去——海都报有个征文。

图南还记得当年写在他照片旁边的话："儿子，我轻轻地叫着你。我用惊奇的目光注视着你，看着你的哭泣和微笑，这是件很有趣的事。我感到了责任的重大，我要负责你的生活和教育，我不能给你什么，只有爱，亲爱的宝贝，我的爱会伴随你一生。"

丈夫经常在图南崩溃的时候说，对儿子"要像春天般的温暖"。想想就好笑，人总有情绪崩塌的时候，他自己都没做到，还在要求我。图南是一个对丈夫没有激情的女人，对儿子有着超出一般母亲的狂热，图南自己知道，当一个家庭的核心是孩子，就是说，这个家是不正常的。

丈夫经常说，老夫老妻了，哪来那么多浪漫？图南也觉得自己对他的要求太高是不对的，所以不再抱有任何幻想，不再希冀什么鲜花、旅游、礼物。

浪漫多彩的南国风光迷人，就连吹来的海风都带着慵懒的气息。透过棕榈树缝隙的路灯下，心中慢慢漾起一种温和的飘飘然的柔情，从最温软最潮湿的心底氤氲开来，像宣纸上的墨痕，向外一波一波地扩散，遍布身体的每一角落，直到指尖。带着四季桂的香气融进秋日微醺融融的空气中。腰酸背痛的图南渐渐舒展开，她终于睡着了。

第二章　平地风波

"铃铃铃",电话响了。图南吓了一跳。肯定是丈夫打来的。图南把手机调成静音。催命电话依然不绝于耳。丈夫又在喝酒。喝了酒,不是让她去买单,就是要她去接他回家。图南恨得在心里暗骂。

心理学中有定律:越是没有什么,越是炫耀什么。海鸿深知自己在家庭中并没有很重要的位置。

他享受这种表面的风光,别人家都是丈夫接妻子,唯独海鸿一喝上酒,就让老婆来接,大半夜的,他就不担心老婆遇到坏人吗?他似乎从来没有担心过。

钥匙声响,他一脚踢开门,醉醺醺地说:"我回来了!你他妈怎么回事?让你接我,你不来?我要喝疙瘩汤,你去做!快点啊!"他使劲地推着图南。

"和谁喝成这样?和李勇哥吗?"图南不情愿地从床上爬起来。

"是啊,你都认识。我没干啥坏事。"

"谁说你干坏事了?我就说你们真是的,人家喝酒是拉关系搞应酬,你们那么好了,彼此有什么事情都会热心相帮,有这必要吗?喝成这样?"

"你懂个屁!二驴子!喝酒就是放松——不喝酒还叫男人吗?"

"对,要抽烟、要喝酒、要骂人,不然不是男人。"图南赌气地说。

"快去给我做吃的!"海鸿又不停地推搡着她。

"二狗子!"图南这样叫海鸿。

"我烧心……"海鸿嘟囔着,扑倒在床上。

他说的烧心是饿了吧?还是酒喝多了刺激胃?图南无可奈何地看着海鸿——所谓的丈夫,一身酒气,喝得通红的眼睛,脏话连篇,图南不禁怀疑自己的脑筋是否正常,这是自己瞎了眼的选择,满怀的憧憬,所有的浪漫就是这样的婚姻?两个人每每以动物相称,让不熟悉的人听了还以为进了动物园。

王子与公主结了婚,王子还是王子,依然光彩照人,寻欢作乐,可公主每日在城堡洗衣做饭带孩子,变成了灰姑娘。

图南以最快速度进厨房,切几朵葱花爆锅,添两碗清水煮开,把半碗面粉加水搅成均匀的小疙瘩,倒进锅里,耳边时不时地传来"图南!带我回家!"的喊声。

她怕吓到孩子,进了鹿儿的房间,孩子斜躺在床上熟睡。被子已经踢到地上。她轻轻地给鹿儿盖好被子,亲亲他脑门和脸蛋,轻轻地关上了门。

再回到厨房,把几片青菜叶放入,加上虾皮、紫菜调料出锅,端出来。他已经吐得一片狼藉,臭气熏天,居然还睡着了。图南搬不动他沉重的身躯,累得满头大汗,给他盖好,换掉脏得一塌糊涂的床单被罩,这么恶心的床上用品,只能手洗,洗好晾上,图南觉得腰累得快断了,开窗透气,看着东方已经发白,天快亮了。还是躺一会吧。

图南找出白衣紫裙,挂在衣柜伸手可及的最外面,千万不能睡过头,要主持明天的大型学生活动,非常重要。对自己嘀咕着,躺在床上,翻来覆去,好不容易睡着,又开始做新一轮的噩梦。这回是考试,图南找不到考场,急得团团转。终于,她急醒了。

正好五点半,准时疲惫不堪地爬起来,给儿子做早饭,这可不能耽误。真是太神奇的事,眼看着鹿儿在一年中,个子长高了十五厘米,已经一米七了,图南甚至疑惑,人类孩童的成长与庄稼一

第二章　平地风波

样，节节拔高。但植物施化肥也没有这样的效果吧。鹿儿一直喊腿痛，这是生长痛。这是骨骼、肌肉、脂肪生长超过皮肤生长速度，皮肤的弹力纤维就会被拉断，形成妊娠纹的纹路。图南开玩笑地对鹿儿说，你和妈妈一样长了妊娠纹。

鹿儿早餐不能像别人家那样吃稀饭，他饿得快，他说早餐喝稀的很快就饿了，课上到一半肚子就"咕噜噜"地叫，同桌听了，总笑话他。所以早餐要吃肉，牛肉饭、排骨饭、鸡腿饭——各种肉和米饭。图南制定了两周不重样的各种盖浇饭的菜谱，贴在冰箱门上。

六点四十分，叫醒鹿儿起床，看着他迷迷糊糊把放在床头散发着阳光味道的衣服穿上，七点鹿儿准时吃饭，一只鸡腿压在米饭上，周围是象牙白的洋葱，橘红的胡萝卜，碧绿的豌豆，加上娇黄的鸡蛋饼，摆盘要精致，才会有胃口。

鹿儿又叫起来："我不要胡萝卜！"图南赶快说："你能吃就吃，不喜欢就放一边。别吵醒爸爸。"赶快蹲下帮儿子穿上袜子，套上运动鞋，系上鞋带。只为省那么两分钟。

鹿儿问："我爸又怎么了？"

图南说："他生病了。"

"才不是，哼！他又喝多了，吵死了。你又想骗我？"鹿儿带着看穿妈妈谎言的狡黠，得意地说。

七点十五分，看着鹿儿消失在楼梯的拐弯处，她轻轻关上门。

七点二十分，把干净的内裤袜子放在丈夫的枕边，叫醒他。图南开始洗脸刷牙，洗漱完以最快的速度吃鹿儿剩下的饭菜，鹿儿剩多就多吃，剩少就少吃，多点少点都没关系，图南从来感觉不到饱饿。等图南吃完儿子的剩饭，海鸿已经坐在沙发上抽完一支烟了。

"你喝多了，知不知道？"图南生气地问。一边说，一边递给他一听冰雪碧，他冬天要喝加糖的奶粉，夏天要喝冰雪碧。

"没有，你做梦了。"面不改色心不跳，语气平静。似乎说的是别人，和他一点关系都没有。这是他一贯的做法，一副泼皮无赖的样子，死不承认，就是不承认，你能把我怎样？图南过来摸摸他的额头，没发烧，不是说胡话。图南早就没了谈恋爱时的激情，结婚多年的老夫老妻，女人总要比男人变得更好。她习以为常，指了指桌上：

"昨夜你要的疙瘩汤，还吃吗？"

海鸿语气平淡地说："倒掉。"

图南忽然想起来：

"诶，你今天没课啊，你到学校做什么？"

"没课就不能去科研处啊，我有事。"

海鸿从不在家吃早饭，即使做了也不吃。他嫌弃她做的饭。他去学校食堂吃。食堂有几十种吃的，选择多，也不过几块钱而已。

上班打开电脑，自动登录的 QQ 跳出来。

"老师，你能推荐一些书给我吗？"

这个叫高志远的学生总喜欢有事没事在 QQ 上跟图南聊几句。图南为了做课题、写论文，发放四次调查问卷，一次三百多张，庞大的数据需要统计储存和对比处理。图南觉得男生计算机水平会更高，逻辑思维能力强。偏巧，戴着黑框眼镜、一脸淳朴的高志远路过，图南就说："同学，你过来，帮我干点活。"

他答应得挺痛快，就是干活太慢。现在的孩子计算机水平不是都很高吗？可他的水平也就只比图南强一点而已。其实，图南应该找计算机专业的学生，高志远是广告专业的。

图南是个"脸盲"症患者，图南听他口音有儿化音，经常问他："你是北方人吧？"

志远每次都说："我是甘肃天水的，我们那里出的名人是姜维，老师。我知道您也是北方人。"等到最后一次问，志远都忍不住笑了："老师，您都问我多少几回了。"

志远说，他是大西北偏远地区的农村出来的，是复读生，没读大学之前，没有接触过电脑，这让图南有点惊讶，什么年代了，家

第二章　平地风波

里还有没电脑的?他说当地干旱,普遍很穷,能考上一本的寥寥无几,自己已经是家里的骄傲了。图南终于记住他。志远长得虽然不是特别帅气,但也找不到缺点,就算稚气青涩,年轻就是好啊。

"工作了,还有时间看书吗?"

"忙是忙,但也还有时间。"

图南很用心地开张书单给他:《国富论》《围城》《人性的弱点》《小王子》《凡尔登湖》《追风筝的人》,这些都是自己看过的,确实不错,是各大高校图书馆上榜的热门书籍,学生借阅量最大的,先看这些吧。

志远毕业后,找了一份广告公司的工作,图南觉得他基础差,专业能力不足,经常告诫他多读书,要提升计算机操作能力,培养艺术鉴赏能力。大学里学到的知识在短短的两三年内就贬值十之八九,真正有出息的人,是终生学习的。

他答应得挺快,可最后都没有看书,说没时间,无从提高。图南想了想,可惜了。每天为生存而奔波,不是所有人都有时间去提升自己的,批评他?算了。何况,自己还有个学生的阅读推广活动要做,时间、地点、内容,背胶的文字要赶快写出来。联系广告公司出背景墙的图片,图南偏爱藕荷紫、浅绿、淡粉这样清浅雅致的颜色,比较适合大学生。终于忙完了。

没等下班,电话铃声响了:

"我今天晚上有饭局。"

"哦,好。早点回来,儿子好几天没看到爸爸了。"

话没说完,海鸿已经挂了电话。大学老师不坐班,除了每周三下午开个会,一周八节课,有什么可忙的?图南有点失落,刚刚来到这座陌生的城市,她找不到可以说话的人,孤单得像假期操场上的单杠一样,孤零零地站着,望着。可他却每天都过得喧嚣热闹。

花一千块钱就能把老婆娶回家做保姆,什么都不用管,这保姆还尽心尽责,太值了。有人负责衣食住行,孩子渐渐长大,这真是一笔不错的买卖。

回到家,一会儿,鹿儿放学也回来了:"爸爸呢?"
"他在外面有事,你找他?"
"也不是,爸爸在家可以给我当英汉字典用,他不在,只好自己去翻了。当然,得他高兴才行。"鹿儿做了一个鬼脸。
"懒鬼,自己翻的记忆深刻,别人告诉你的记不住。"
"嘻嘻,我先做语文吧。你在,我先用一会新华字典。"
妈妈是新华字典,爸爸是英汉字典,这还真不是吹牛,图南对文字有着特别的感情,喜欢静静地看书,实在没书看的时候,就连看字典、政治书都看着亲切,最无聊的专业论文也能将就。只要看见文字就心花怒放。有时还会呆呆的一个字、一个字地看。这样也很有意思,一个很熟悉的字,看到不认识,再从不认识到第二次握手,会感到更加亲切。经常翻看字典,认得的字会多一些。

海鸿考研的时候,是把英汉字典一页一页拆下来背的,背完再粘贴恢复原状。所以问哪个单词,他不但能扩展到名词、副词,还能说出词组、具体在哪一页哪一行。一个人能用最刻苦、最残酷的方式去背英汉字典,没错,这是个狠人。对自己狠的人,他对别人也一样狠。

吃饭的时候,鹿儿忽然说:"妈,你上周日上课的时候,爸爸带我去文庙玩了。"
"哦,没听你爸爸说。"
"他说不让我告诉你。"
"为什么?"
"他说,你小心眼儿,会多想。"
图南哑然,自己已经够没心没肺了,还小心眼?
"都有谁?"
"只有他们教研室的王怡阿姨。"
"她很漂亮吗?"
"漂亮倒没有,可她比你年轻啊。"儿子意味深长地说。在儿子眼里,妈妈当然是最漂亮的。

第二章　平地风波

"额，也没差几岁吧？"图南知道他们教研室里的那几位老师。也没有特别漂亮，都是中等水平吧。

"都去哪里了？"

"就是三坊七巷啊，还去了文庙。爸爸请我们吃了比萨，喝了饮料，别人都以为她就是我妈妈呢。"

"哦，你爸爸从来不爱吃这些快餐。你喜欢王怡阿姨吗？"

"哼！不喜欢！看着爸爸和她很亲密的样子，我不高兴！"

孩子就是孩子。图南想起鹿儿很小的时候，当时海鸿准备报考硕士，孩子打扰他读书，图南一个人，一边上班，一边照顾孩子，确实照顾不来。图南的弟弟燕声也会来图南家，给海鸿做饭，做完就走。鹿儿就放在妈妈开的家庭幼儿园，图南休息时去看鹿儿，也会帮着照看别的小朋友，抱着哭泣的孩子，儿子都会气得满脸通红，用力往下拉小朋友的脚踝。

"我都不吃醋，你吃什么醋？"图南开玩笑地说。

"怎么说你呢？迟钝！哼！"鹿儿怒气冲冲地进书房了。

鹿儿大了，醋意还这么强烈。图南没多想，独生子女就是心胸狭隘，不够大度。

第三章　祸起萧墙

图南打开电脑，去 QQ 菜园偷菜，丈夫早就开了外挂，他喜欢走捷径。图南一直奇怪，不就是玩吗？丈夫就连玩都要耍赖。不管什么事都要第一。

可她发现丈夫的 QQ 进不去了，本来图南不想知道丈夫的新浪邮箱、QQ 密码，是丈夫坚持要交换，而且，传递资料也确实方便。难道他换了密码？

自己的 QQ 亮了，空间的照片原本是自己在海边拍的照片，却被换成一个小丑。猛然间，跳出一大堆信息，上午刚处理过，怎么这么多的信息？图南惊讶地逐条看下去。

"什么时候有空？期待……"

"不用了，谢谢！"

"好的！还是我请你吃饭吧！"

"吃什么？"

虽然回复的话不同，但可以肯定的是，海鸿故意登录了自己的 QQ 账号，给所有疑似男性的头像都发了一句话：我请你吃饭之类。不平等的条约，还不是自己签订的，当时不该给他密码。图南想了想，用儿子的生日换掉了原来的 QQ 密码。

这样的事做过不止一次了，在 S 城的时候，图南的同学吴鹏是负责招商引资的公务员，虽然名字像男性，但她却是女的。有一次，喝多了，发短信：我喝多了，好难过。吴鹏第二天问图南，你

第三章　祸起萧墙

打我电话，怎么不说话？我回拨过来，你也不接，你怎么了？是不是我打扰到你休息了？北方女孩说话都是直截了当。图南说没这回事啊，我没打电话。

吴鹏把手机拿给她看，图南一看，心中了然，赶快道歉：我忘了，睡昏了头，你别在意啊。你有事找我，我真的愿意陪聊。

一定是海鸿看到，电话拨了过去，听到是女声，就挂断了。有些信息，有些电话，被海鸿看到，直接删掉了。这样的事有过几次，说吴鹏心中没有芥蒂，是不可能的，她渐渐和图南疏远了。不只是吴鹏，还有红叶、白桦一众同学闺蜜，朋友同学联系得越来越少，图南慢慢地成了孤家寡人。

想了半天，不知道怎样回复，干脆关了电脑。图南虽然知道丈夫做得过分，又不好意思家丑外扬。可在海鸿的嘴里，特别是对他们教研室的人说，自己一无是处，只会花钱，又懒又笨，又丑又坏，看着他的同事嗤笑看自己。图南人是单纯点，但她不傻。尤其是每次打电话，他只要在学校，都是满心的不耐烦，话里有话地说：你就知道乱花钱！你就是这么蠢！你长得那么丑，穿什么都一样丑！你整天在 QQ 上聊天！开始，图南没反应过来，后来觉得在别人面前吵架也不好，就忍了下来。海鸿试探了底线，他发现图南不会辩解，于是就愈演愈烈。一个男人在别的女人面前贬低自己的老婆，又这样挨个试探，到底什么居心？其心可诛！这是回复晚的，那些及时回复的人又说了什么呢？他是怎么挑逗的？那些就是自己的罪证了！图南血往头上涌，浑身冰凉，她忽然愤怒了。

"你换我空间里的照片干吗？"图南打电话给海鸿。

"你那张太丑了，看你还不如看小丑。"海鸿风轻云淡。

"这是我自己的 QQ 空间，关你什么事？"图南据理力争。

"你有家有老公有孩子，你还要怎样？"海鸿也急了。

"我没怎样，我要自己本来漂亮的样子！"图南喊了起来。

"漂亮？就你？"

"你看我不好，当初你追我干什么？"图南歇斯底里。

"也就是我可怜你吧,不然你老姑娘了,都嫁不出去!"海鸿挂了电话。

开门声响了。海鸿走进卧室。他今天没喝多,神志清醒。直接打开电视,上床睡觉。图南曾极力反对卧室放电视,经常在自己睡着的时候,他看电视,还总调台。声音忽大忽小、光影忽强忽弱,吓一大跳,经常在梦中惊醒。海鸿没有电视声的伴奏,睡不着。电视开着,他熟睡,一关掉,立刻就醒,还生气地说:"你关我电视干吗?我没睡!"明明是呼噜都响了,怎么是没睡?

图南奇怪,今天这么安静?电视消音,没多说话,就睡着了。图南掏出他的手机,果然,看不到已接电话和短信。最后几个电话都是打给自己的。他手机上图南的号码备注的名字本来是老婆,被改成了图南名字。其实单凭这一点,就不需要什么证据了。

拿着他的手机,图南耳旁回响着:"我只是把她当普通朋友看待,聊个天,你怎么这么小心眼?""我们之间是纯洁的,哪像你那么龌龊,人家是正经女人,你非要这样发脾气,我也没办法……"

这些年,他说这么多貌似正常的话,冠冕堂皇的话听多了,图南还真以为自己善妒,心理不正常。忽然想起,以前住在 S 城,住科技园小区的时候,他有个女同事余虹大姐,也是邻居,两家走得非常亲密,总在一起吃饭、出游,因为图南经常忘带钥匙,海鸿提议,让余虹替她保管一把,余虹也把自己家的钥匙放在图南这。这样两家都有彼此的钥匙。

余虹有洁癖,别的男人就算碰了她的衣服,她都要洗,可海鸿的酒杯,她拿过来就喝。海鸿啃一半的鸡腿,她拿过来就吃。就连不经常来的小姑子荷芳都看不下去了,她怒气冲冲地问图南,她总来你家里干什么?你傻啊?去,把钥匙要回来。

图南说,没事没事。我们当她是大姐,钥匙是海鸿提议换着保管的。图南不好意思这么做,不肯去换回钥匙。后来,妈妈也批评

第三章　祸起萧墙

图南，自己家怎么能让不相干的女人随意出入？这样会出事的！图南还说，没事的，她把我们当作亲弟弟妹妹一样，平时相互帮忙，也是正常的。海鸿不是那种人，管了也没用；是那种人，管了也管不住。管他干吗？我才懒得管。就连鹿儿也排斥她，鹿儿就是觉得她装腔作势，不喜欢。图南教育过鹿儿，和阿姨说话，怎么没礼貌。虽然大家都觉得图南不应该和她走得过于密切，可图南坚信丈夫和余虹是清白的。

那时候给大专班上课，有一次，因为学生有重要活动，上课取消。图南是外聘教师，没及时接到通知，和往常一样，准时出现在教室里，她看见教室里只有班上的两个女生，她们在一起拥抱接吻！一个是很像男孩的女班长，她个头很高，一米七多，总是穿着运动装、运动鞋，所以，图南很长时间里，没弄清楚那人是男孩女孩，后来，问别的同学才知道。另一个是娇小可爱的长发女生，她们看到图南进来也没有放开彼此，继续拥抱亲吻，尴尬的却是图南，图南吓呆了，怀里抱着的课本作业本掉一地，她慌忙捡起来，夺路而逃。慌忙之中，还撞了一下桌角，身上的淤青一个月才好。

提前回到家，看见家里只有海鸿和余虹两个人，头挨头地在卧室看电脑，空气中有一丝奇怪的尴尬气息。海鸿赤裸上身，只穿了一件小小的紧身三角裤，勒得紧紧的，凸凹有致，原形毕露，太过明显，穿着还不如不穿，余虹也穿得很少，黑纱镂空的半袖配超短裙。图南隐隐约约觉得哪里不对，可又说不出哪里不对。这一幕太受刺激了。图南觉得有点恶心，都是一股低级庸俗气息。晚上，图南疑惑地问海鸿："我不在家，家里来女客人，你穿那么少，不合适吧？"

海鸿说："我们之间没什么，是你想多了。"

"可我总觉得这样不好。"图南弱弱地说。

"是你思想龌龊，穿得少就不对吗？天那么热，你存心让我得湿疹吗？"海鸿质问道。

图南还是觉得哪里有点不对劲，内心纠结，我一没偷、二没抢、三没出轨，凭什么我就最龌龊呢？难道别人都是圣人，只有自己是凡人？看到这么多不该看的，我也不想啊。

还有一件事，海鸿骑电动车带图南出去吃饭，不听劝，非要喝酒，结果喝多了，撞在马路牙子上，两个人都受了伤，海鸿扔下图南，自己急急地打车回家，找余虹去包扎，等图南费很大劲推着沉重的坏了电瓶的电动车回到家，海鸿已经洗完澡，悠哉悠哉地看电视了。图南自己处理伤口，海鸿看都没看一眼。

第二天上课的时候，包扎绷带的手，板书起来很费劲，有一名男生大叫："老师，你的手怎么了？"同学们骚动起来。图南说没事，继续上课。下了课，大家就围上来，那个男生捧着图南的手，图南脸都红了。大家看老师很好笑，老师，你怎么也会害羞啊？图南脸更红了。

回到家，图南问海鸿："学生都会关心我，你都没问问我怎样？"

海鸿说："我也受伤了！"

"可你受伤是你自找的，不让你喝酒，你偏喝；我要坐公共汽车回来，你非要骑电动车带我；我的伤是你造成的！性质不一样！"

"你看谁好，找谁去！"又是无赖地说话。

"男女之间没有真正的友情。"

"无事献殷勤，非奸即盗。"

这都是他的原话。可他的话都是自相矛盾。不过是看场景需要，需要说什么，直接拿来用而已。

事过多年，图南恨不得找块砖头砸晕当时的自己，一个人觉得不对，有可能是神经质，当所有人都觉得不对，那肯定就是不对。所有人都提醒过自己，为什么自己就油盐不进呢？

图南还和他辩论过，其实男女之间遵守一定的原则，是可以有友情的。图南自己没有什么想法，自然会轻易相信别人。只有做过坏事的人，才会相信别人在做坏事。由于她太相信丈夫了，以为家

第三章　祸起萧墙

里小打小闹都是无关大雅的闺阁情趣。她恍然大悟。王怡不是第一个，也不会是最后一个。

拿着海鸿的手机，图南跑到师大的电信自助亭，登录了账号，用了随机发送的数字登录，一个月的电话、短信单有几十米长。图南直接打印出五个月的单子，厚厚的一叠。图南特意看了，今天有王怡的电话和短信。已经被他删了。

午夜后的空气有点沉重，与白天的轻浮明显不同，像一床大被一样包裹着人们的喜怒悲欢。再放荡的男人也已经回家了。路灯昏黄，长街空无一人，图南一路奔跑，她没觉得害怕，还有人会比丈夫这东西更可怕吗？

回到家里，丈夫和孩子都在熟睡，图南拿出笔把储存在手机的号码与打出的单子相对照，出现五次以上的打上重点号，删除的号码当然更是有问题，记下来。

是了，先出来的嫌疑人有几个，第一个是王怡，这个是重点。每次都是海鸿先给图南打电话说，有事不回家，不会超过三句话十秒钟，然后是给王怡的两三分多钟，说什么呢？一定在定约会的时间、地点吧！图南顿时觉得天旋地转，骗我！你骗我！为什么？你怎么可以骗我？不爱我了，你直接说啊……

图南躺下，耳畔一直有婴孩的啼哭，疑心是儿子，到儿子房间看了一眼，确定不是。给他盖好被子，然后囫囵睡着了。

上班的时候，丈夫电话进来了：
"你 QQ 的密码改了？"
"改了。"
"改回来！"
"我不！你不是也改了吗？"
"我是男的，我当然可以改，你不行！"
图南挂断了电话。夺命连环电话又潮水般涌来。一上午，打手机图南不接，调成静音，可他一直打图南的办公电话，铃声发出刺耳的声响，同办公室的王老师好奇地看着图南。图南没有胆量摘下办公电话，只是胆战心惊地看着电话，听着刺耳的铃声尖叫不止。图南在学校的感觉并不好，引进的博士家属——"博士后"，赠品一样，在办公室里，本来就有满满的歧视，再加上海鸿恶劣的态度，图南无处逃避。午休了，大家都去食堂吃饭，张老师招呼图南去食堂，图南摇摇头，我不去，不饿。大家都走了，她还坐在椅子上，一动不动。

婚姻中两个人之间的博弈，从来不是看谁更有道理，而在于谁更没道理。就像那个古老的故事：两个女人争夺一个孩子，心疼孩子的亲妈肯定是先放手的那个。破碎的婚姻，两个人都是输家，但在乎家庭孩子和面子的人输得更为彻底。显然，图南已经输得一败涂地。万里迢迢，跟着来到 F 城，来干什么？就是为了在这里分手吗？

图南乖乖地改回了 QQ 密码。

第四章　怅然若失

吃饭时，丈夫又是不屑一顾地说："我真是奇怪，你怎么能做出这么难吃的饭菜？"

"你要用心去做！你做什么都这么漫不经心！不走脑子！做卫生也不戴眼镜，连地都擦不干净！"

图南呆呆地看着他，没吭声。伤人的话听多了，心灵伤口严重，痛都说不出来。挑剔食物是个出口，卫生没做好也是一个出口，总要有看不上的地方，不然找什么理由出轨呢？图南一直疑心自己的厨艺，经常把做好的食物拿给同事吃，大家都说很好吃啊。一个人心不在了，横竖看不上，你做什么都是错的，就连呼吸都是错。

很生气吗？是！但不值得，儿子，儿子要在和睦的家庭里长大，他以后的家庭才会幸福。

一家三口在家吃饭，图南感到虚幻得像做梦一样。其实，家不就是这样吗？吃什么并不重要，其乐融融就好，这愿望难道不是很简单吗？只要丈夫在身边，不是应该感到幸福吗？可看着他英俊得近乎完美无瑕的脸，除了鄙夷蔑视，还有心痛。

这样一种心痛，是看着一个深爱的人，一步一步地错下去，而你却无能为力，眼睁睁地看着他越行越远，为他经受千般煎熬，为他万般担心。怨他恨他恼他，却仍然放不下他，怜他爱他宠他，只能永远地等待他，等待他醒悟。只是这长久的等待要多久？是苦苦守候的一生，抑或几生几世。憔悴的容颜，失神的双眼，是否还记得年轻时纯洁的脸？

大概是丈夫下午觉睡多了，晚上才有精力陪孩子学习半小时，真是不容易了。他疲惫地换到沙发上坐，看着消音的哑巴电视。图南觉得自己应该感恩，丈夫不管怎么玩得过分，终究要回家的。自己都已经卑微到了土里，还能怎样呢？

图南看儿子背英语。他一边背，一边玩。图南又开始大喊大叫，丈夫用不耐烦的神情，瞪着她——已经严重影响他看电视了。图南一直怀疑博士后丈夫的智商，他说剧情复杂的看不懂，最爱的是《小兵张嘎》《地雷战》《地道战》之类的抗日片子，百看不厌。可低俗的综艺看个没完没了，至少看了几十遍了吧？她都能背出台词了。名著和文艺片他是不看的，除非图南陪着看，给他讲解，他才能看明白，不然他是真的看不懂。一个人的审美水平怎么能低成这样？培养了那么多年，还是如此。在大学里，两个人一起看的第一个电影是《红尘滚滚》，是在学校的电影院看的，他居然没看懂。谈恋爱的时候，在学校看了很多电影，他都不记得了。

终于，儿子在磨磨蹭蹭中上床，还抱着一本书——《怎样变得聪明》。

已经到了睡觉时间，就不能理会孩子的苦苦哀求，一会儿要喝水，一会儿去厕所，一会儿腿痛，一会儿肚子痛，关掉他房间的灯，陪他在他的床上躺一会，说了几句勉励的话，直到听到鹿儿均匀的呼吸声，亲亲他的脸蛋，关上门，进厨房。

洗积攒两天的碗筷，厨房的下水管坏了。明天，明天一定修！图南根本就没指望海鸿干活，说了他也不会干，只好再三提醒自己。不能再忘了。图南把碗筷搬到卫生间里洗。洗完了，再洗自己。都洗完了，已是腰酸背痛，筋疲力尽。躺在床上，丈夫不高兴地问："这么早就睡？"

是啊，还有一项义务没做呢！

黑暗中，丈夫很生气地说："你就不能动一动？像一条冰冷的

第四章 怅然若失

死蛇。"

图南说,"你累一天试试?"

海鸿说:"哪家娘们不是上班,照顾孩子?"

图南觉得特别痛,她"哎呦"一声,可海鸿误会了,以为她很舒服,更加用力,图南咬着牙,不敢再出声,在蒙眬中想,快点快点,明天还要早点起床,不能迟啊。

早晨,儿子很苦恼地说,晚上做噩梦,都在做题。图南说:"我更郁闷,做的梦是考研考试到了,可我找不到考场,那条路拥挤不堪,仿佛永远走不到头。天啊!太折磨人了!我经常做这种梦,当学生,不是找不到考场,就是看不清试题,当老师,永远找不到教室。"

醒后大汗淋漓,心悸不已。对于读书,图南总是有一种挫败感。儿子也很可怜,每天背着沉重的书包,转战南北,上着永远上不完的补习班。

难道不应该是读书快乐,快乐读书吗?中国人年均读书0.7本,这是不对的,这是一种病,图南知道,病终究会痊愈,不合理的东西会随着时间的流逝而消逝,一切都会越来越好。可丈夫不同意她的看法。

怎么是这样,两个人看同种事物居然差别这么大?图南想,不是自己错了,就是海鸿错了。每天,太阳都会升起。每天的太阳都不是一样的,而自己也是不一样的。是心理不够强大,还是磨合得不够。要直面困境。他也会改变的。每天,图南都这样给自己打气。

怎么会这样呢?记得假期,在外面读博士的丈夫回来了。家里都是一次次的争吵、一次次的冷战,熊熊燃烧的战火让孩子无所适从,这种战争,永远没有赢家,总是两败俱伤。每次生气,图南都不理海鸿,不说话的时间有一两个星期,两个人分别睡在床的两头,决不会越雷池半步。有时图南也想,这是相亲相爱的夫妻吗?怎么看起来倒像是仇人一样?同在一个屋檐下,各自吃饭,各自睡觉，各自作各自的事情。

图南对自己说算了吧，不要计较那么多，即使他对我不好，对我家人不好，我终归还是他的老婆。

"我有那么优秀的爸爸，才会有这么优秀的我。"孩子的话依然在耳边回响。

晚上，海鸿又出去玩去了，半夜了还不回家。图南边看书边等他，蒙眬中睡去，她做噩梦：那个瘦小的男人又来了，亦正亦邪，黑黑的眼，黑黑的眉，长得棱角分明、坚毅勇敢。长成这样子的人不应该是坏人啊，他已经走过客厅，到了卧室门口，图南把他从楼上推下，那个人坠楼。图南很怕，开始尖声哭叫，终于惊醒过来，她哭着，抄起手机，打给海鸿：

"我怕，那个人又来了！你还不回来吗？"

海鸿惊奇地问："是谁啊？"

图南上气不接下气地号哭了半天，海鸿才听明白，笑着说："不就是一个梦吗，你哭什么？等我，一会就回来。"

在很久很久以前做过无数次梦，这个梦还是电视连续剧一样演了几十年。这个陌生的男人来过无数次了，经常从卧室窗户、大门进来，有时丈夫在，有时丈夫不在，那个男人在梦中纠缠了那么久，图南断断续续地讲，海鸿觉得她小题大做。她自己也觉得自己精神有病。最有前瞻性的梦是半年前，梦见自己和一个男人通电话，丈夫大发雷霆。没哪个男人值得我打电话啊。但，海鸿真的因为一个陌生的男人打错的电话和她吵了起来。世界上有很多不可能都会变成可能。图南苦笑，自己高估了丈夫。

等了一会，海鸿确实是回来了——带了几个朋友一起回来，在客厅继续打牌。图南有点失望，她渴望的是海鸿的拥抱。可不管怎么样，人一多，就有热闹的气氛，玩到深夜，大家饿了，图南煮炸酱面给大家吃。海鸿不避讳朋友都在场，从后面环抱着图南，图南刚要推开他，"朋友在场，要给点面子。"海鸿耳语道，她变得柔软顺从，大家一起起哄。

第四章　怅然若失

图南一直不明白，海鸿为什么那么喜欢在外面玩，家里怎么就留不住他？图南越是希望他能多陪陪自己，陪陪孩子，他越是跑得飞快，离家越远。

是的，我们是凡人，要容忍和忍耐彼此的缺点。

图南在很多很多年之后才知道，最好的爱情，并不是谁变成谁喜欢和期待的模样，而是我们会有各自多彩的人生，又很多次的 fall in love with each other，again and again. 你无法在不爱自己的时候爱别人。所以你真心地要先爱自己，爱生活，人只是生活其一，无论你多爱一个人，你要用同样的爱去爱自己的事业，爱自己的朋友，爱自己的爱好，爱自己的一切。奋勇地爱这些，毫不犹豫。

在婚姻过程中，不能因为迁就别人而丢失自己，本来是为了讨好对方，却在心里刻出一道深深的伤口，感情中夹杂了太多的对自私索取的愤怒、恐惧以及无畏牺牲。怎么可能有人比你更爱自己，更理解自己呢？别人也一样爱他的人生，爱他的事业，爱他的朋友，爱他的家人，爱他生命中与你无关的一切。这就是爱的本质。遇到一个人，拓宽了生命，丰富了人生，而不是限制了彼此。女人不独立，就会变成丈夫的影子，久而久之，他不会感激你的付出，反而会嫌弃你。

图南这样说服自己：激情不是必需品，踏实过日子才是婚姻的主流。以前的逻辑是，激情的有限期就是三十岁之前，或者婚姻的头两年，然后从此人生不再需要激情了。这是真的吗？心被纷乱的嘈杂所代替，一成不变的生活、繁重的家务、柴米油盐的琐碎占据了所有的时间，图南觉得很委屈，很卑微。仿佛一个人行走于茫茫荒漠之中，孤单寂寞，自哀自怜，日子似乎是磨砂玻璃映出的影像一样模糊不清，日复一日，年复一年，无端地消耗着生命。这样的婚姻不要也罢。可是日子就这样过来的。

婚后的琐碎生活粉碎了图南对婚姻所有的美好幻想。住在工大校园简陋的筒子楼里，卫生间是公共的。一楼男厕，二楼女厕。连个牌子都没有，经常有人走错卫生间。每次进去都要大喊一声：

"里面有人吗？"

　　丈夫那时喜欢下厨。厨房在家门口的走廊，炉子放在一张破损的书桌上。书桌底下是图南向朋友要的煤气罐。香喷喷的饭菜整个楼都能闻到。独身的哥们很多，吃饭时总是一屋子的人，很是热闹。婚后第一次吵架是因为饼应该做成薄的，还是厚的这点芝麻小事。还有就是他出去找哥们喝酒、打扑克，把图南扔在家里，图南很孤单很愤怒，反锁门，他凌晨回来，打不开门，吓坏了，几个人撬开门，看图南像土豆一样睡在地上。很长一段时间里，他们见谁都是灰溜溜的。

第五章　一地鸡毛

上班的时候，图南悄悄把丈夫的通话清单拿出来继续对照，发呆。丈夫不对劲，大概率是出轨。

图南想找个人说说话，她滑看手机里的通讯录，遥远的家人、同学、朋友？让爸爸妈妈姐姐弟弟担心，让同学朋友笑话，唉！算了。连个可以说话和商量的人都没有。图南跟随博士毕业的丈夫来到这个陌生的城市，变成了一件买一赠一的赠品，没有家人、没有朋友，什么都没有。他还继续演下去，那就奉陪到底吧。图南在 F 城，话痨的病痊愈了，因为没有可以说话的人。好不容易写本日记，还要藏起来，不能让海鸿看到。

佛说皆因缘起，我说只因爱生。今生今世，我绝不认输。凭什么，我付出了全部，却变成这样？

牛眼赫拉永远睁大双眼，守护她的家庭。可她看不住宙斯的出轨和外遇。无法管住出轨男人的肉体和灵魂，他们永远在路上。永远是无休止的争吵和短暂的握手言和一致对外相交替，毕竟夫妻是利益共同体，战略合作伙伴，这是现代婚姻生活的真谛。无论宙斯如何寻花问柳，赫拉始终保持着对婚姻的极度忠诚，她从未有过因为丈夫出轨而萌生背叛婚姻的念头。这是原则问题。

在图南眼里，背叛婚姻的女性在道德上是更难以接受的，所以，她对王怡充满鄙视，两个婚内偷情的人没有什么前途，也翻不出什么大浪来，不足为虑。据说她丈夫是法院的，如果她丈夫知道了，会怎样呢？她丈夫永远都不会知道吗？她的丈夫总会有知道的那一天吧，面对她的时候，能否一如从前？

爱就去好好地爱，不爱了就彻底放手，为一段不值得的感情殉葬是愚蠢的。图南话说得很轻松，但是，打击是巨大的。

本来自信满满的图南经常对自己产生怀疑，我很差劲吗？真的又丑又老又蠢吗？我是女人吗？为什么我这样厌恶和他在一起亲热？他说我是性冷淡，真的吗？他接电话一定是在准备约会，回来晚了那就是约完了，他不高兴是心怀内疚，开心是和情人过了一段美好时光，他的情人床上功夫一定很厉害吧？能让他疯狂。图南甚至经常像狗一样闻闻他，是不是带着别的女人的味道。图南讨厌疑神疑鬼的自己，却深陷其中不能自拔。

一天上班，海鸿打来电话："你登录我QQ，帮我给传个文件。"

图南说："我没你QQ密码。你不是换密码了吗？"

"我又改回来了，密码还是结婚纪念日。"

"哪个？登记日子？"

"对。"

海鸿总记不住时间，最后还是按图南说的日子——登记那天过。

图南觉得有点奇怪，不是不愿意告诉我密码吗？怎么又告诉我？会不会是自己神经过敏。图南暗笑自己想多了，顿时觉得神清气爽，空气澄清透明！是的，我们是凡人，要容忍和忍耐彼此的缺点。

夜晚，海鸿抽搐一下，明显是做了噩梦，图南把他的手从胸口轻轻放下，可海鸿却突然紧紧地握住，图南本想把手抽走，图南无

第五章 一地鸡毛

法容忍他的背叛和欺骗,但看着他瘦削的脸庞,紧闭的双眼,图南不由得叹口气,越过"三八线",伏在他的身上,听心脏怦怦的跳动的声音。抚摸他的身体,涌上丝丝感动,爱,是无可奈何,面对这个又气又爱的男人,图南只能再一次原谅他了。

在这寒夜中,他们相拥而眠,温暖了彼此。

雨停了,天空依然晴朗碧蓝。图南问他:"我是才女,还是淑女,还是妖女?"

海鸿说:"半人半妖。"

图南问他:"我是黏在你衣服上的白米饭粒,还是墙上的蚊子血。"

工科生的海鸿,费了很大劲,才明白,每个男人心中都有两个玫瑰,一个是白玫瑰,一个是红玫瑰。

他反问图南,说:"女人不是一样吗?说吧,那个人是谁?"图南很不高兴,说:"我问的是你,不说没关系。我倒是想收集各色玫瑰,最好每个颜色一支,可我到现在还没见着呢。只看见你这棵狗尾巴草。"

五一放假时间太长了,原说好全家三口爬鼓山,儿子早早就准备好,催电脑前玩游戏的海鸿去换衣服,海鸿偏偏不肯动,鹿儿玩心正炽,强拉爸爸站起来,这种放肆的举动很少。海鸿无奈,进了卧室换衣服,起来得急,忘了关电脑,海鸿的 QQ 一闪一闪,图南仔细一看,他在聊天,怪不得,他不舍得起来。她点开 QQ,看到一条条聊天记录:

2010 年 5 月 1 日

春天 一个萝卜一个坑,想你这个萝卜了。

春天 你在做什么?

海鸿 你发情了？

春天 想吃了你！

海鸿 你要强奸我？

春天 想！

海鸿 你强奸我，又不是没有过。

春天 才几次而已。

海鸿 你又痒了？

春天 你什么时候有空？

  图南手抖着，快速打这几个字："我们不要再联系了。"就这几个字，还打错了两三回，终于发了出去。那边春天发来了视频请求，图南胆怯，倒像做贼一样，赶快关掉电脑。

  鼓山真美啊，山清水秀，林壑优美，尤其是摩崖石刻，爬山到累的时候，就可以看到山路边有一茶亭，亭旁大石上刻"欲罢不能"，这是清朝知府李拔写的，登山到这里基本是气喘吁吁。往上走，力有不逮；往回走，心不甘，情不愿。所以才有石刻于此。

  图南最爱的就是这几个字，极具哲理。人生总有许多欲罢不能，不知何去何从的事太多了。怎么办？欲罢不能，就像这形同鸡肋的婚姻，离婚简单，可儿子怎么办？怎么也要考上大学再离吧？！只是这日子过得太难了。每天要提醒自己"毋息半途"。

  图南喜欢看山，山是如此神奇秀丽，变幻莫测，崇高雄伟。大学城的校园也可以看到翠山，天晴时，山是那么清晰，都能清清楚楚地看到遍布在山边缘的每棵树，活像伏着墨玉样的一只只大刺猬。时而看到一缕缕白云环绕其间，似梦似幻，亦真亦假，像一幅水墨山水画，不知人在画中，还是画入人眼。

  当暮色降临或是阴天时，山只有轮廓，时有浮云遮掩，更见神

第五章　一地鸡毛

秘莫测。像正弦曲线一样圆润平滑，此时变成淡青色。默然看山，山亦无言，岁月悠悠，两不相厌。不知山伫立这里有多久，也不知还要伫立多久。有谁会知道呢？

S城五里河公园有个景点叫做"曾经沧海"，堆积了很多鹅卵石，考古证明这里曾经是一片海。当时并未多想，现在想来，却大有深意，离海有几百里路，证明海的距离越来越远。沧海桑田，这个世界上还有什么不能改变的？山会变，我们都在变。这世界，哪有不变的东西？

一路上只有鹿儿傻傻地开心，父母带他出来玩的机会不多。海鸿一直在接电话，图南明知故问："谁给你打电话？"得到的海鸿比刀还锋利、比冰还冷的眼光，拒她于千里之外。"啪"的一声，海鸿打了图南一记耳光。尽管阳光明媚，但图南依然打着冷战。贼不打自招。明明是他出轨，怎么变成自己要忍受他的暴力？图南心里明镜似的，有些事不能说穿，说出来做出来，缘分就到了头。

海鸿气得脸都变形了，这个傻瓜，竟然发现了王怡，还在这里和我装傻，看着她幸灾乐祸的样子，让人生气，这个世界这么开放，我不信你就没有事。别让我抓到！

曾几何时，图南总是不厌其烦地问："你爱我吗？"出于什么原因，自己也不甚明了，是不相信海鸿，还是不相信自己。

海鸿那时总说："我爱你，图南。"

"爱多久？"

"永远。"

说得太早了。言犹在耳，物是人非事事休。曾经爱过不等于永远爱着。欺骗！还是欺骗！

不能再作践自己了，图南知道。为什么胸口依然疼痛难忍？

曾在无数寒冷的夜里，我们彼此相拥；曾在北方春天新绿的田野奔跑，共撑一把伞，雨淋湿了你宽厚的肩头臂膀，而我被你搂在温暖的怀抱中；在你人生最低谷的时候，冒着零下二十多摄氏度的严寒多方奔走，踏着碎琼乱玉，我对你说，勿忘今日今时。你说铭刻在心，可你忘了。通往办公室长长的走廊上，孤单的图南每天都在和自己说话。很久不说话，图南觉得自己已经丧失了语言功能。

　　继续冷战。冷战到一定程度，海鸿借着耍酒疯，撒娇，认错，让图南去接，图南以前担心他，心软了，就去把喝多的海鸿带回家；可心冷了，图南也学会关掉手机，眼不见不烦。以前几乎每次都是海鸿道歉，软语款款："老婆，我错了！"

　　慢慢地，连道歉都没有了，变成理所应当。反正你不能把我怎样，变得更加嚣张。

　　日子一天一天累加着缓缓流过，哪有那么多诗情画意，无非是上班、下班、吃饭、睡觉、上网游戏而已。话不投机，懒得说话，无话可说，孩子带话。两个人都是冷冰冰的表情语言，比路人还像路人。各吃各的饭，各睡各的觉。一个屋檐下的陌生人。图南问过海鸿，你玩游戏有意思吗？玩了十几年。海鸿说，我看你看了十多年，不是也还在看？！图南默然，你可以不用看的。

　　不吵不闹，很好。台风中心都是这样的，却蕴藏着电闪雷鸣狂风暴雨。出轨！图南想着心就痛，不愿相信。世上所有的妻子都不能接受。海鸿回来很晚的解释苍白无力，那就不要再骗了。很辛苦地编造谎言，说的人不信，听的人更不信，有意义吗？

　　有个可爱的儿子，是幸事，还是不幸。让可爱的儿子拥有完整的父爱母爱是共同的心愿。没了爱情，还有点亲情吧？没了亲情，还有点友情吧？儿子快点长大吧！图南第一次动了离婚的念头。

　　海鸿聪明，事情都是明摆着。就像孙猴子逃不出如来的掌心。

第五章　一地鸡毛

他明了妻子的一举一动，婚姻多年，过于熟悉的身体带来的是机械的惯性，平淡如死水的生活让人窒息，妻子冰冷的身体僵硬，脾气倔强得简直是一条活生生的小毛驴。图南的倔强又能怎样？给两句好话心就软了，再说了，她舍得孩子吗？

第六章　自暴自弃

图南每晚都要准备水果给儿子丈夫，他们不肯吃水果，要喂到嘴里。这天她拿起水果刀，仔细地看着，刀是新买的，特别好用。手指被割伤了表皮，一个小小的口子，麻麻的，没觉得疼痛。

她把刀缓缓地放在纤细手腕上划下去，一道伤痕立现，凸出皮肤，慢慢地沁出几颗血珠，殷红闪亮，渐渐圆润变大，滴下来，还是不觉得痛，刀尖划过带来的一丝冰凉可以冲淡内心的灼热焦躁，就像干涸的大地上降落的甘霖，如在云端的感觉太奇妙了。图南觉得心里好过点。

一天，海鸿生气地问图南："你在外面做了什么？"

"我能做什么？上班、上课、带孩子、做家务，学校、超市、家，正好的三角形。你说我做了什么？"图南反问。

海鸿满腹狐疑地把他手机的短信给她看："你老婆比鸡都不如，在床上对我很主动，胸小不好摸。"

图南一看气不打一处来："谁知道我胸小？还不是你？你还说让我去做隆胸手术呢！"

"你和谁在一起了？"海鸿不相信地问。

"谁发的？"图南也同样惊讶。

"不知道。你外面有情人！"海鸿武断地说。

第六章　自暴自弃

"电话给我，我要看看这是谁。"图南有点奇怪。

"我打了，没人接。"海鸿说。

"你得罪谁了？"图南问。

"没有啊……"海鸿说话有点含糊。

"没有就见鬼了。有谁会吃饱了撑着让我们打架玩？"图南说。

图南接过手机，回拨，果然没声音。用自己的手机打过去三两个，响了一会，终于有人接听了。海鸿把耳朵凑过来听。是一个当地的男人的声音。普通话非常差，可见文化程度不高。

图南问他："你认识我吗？"

那个男人说当地方言，图南和海鸿都没听懂。图南打断了他，问："你在哪里？我要见你。"

"现在？"那个男人有点惊讶。

"对，现在。"图南有点急迫。

"现在我有事，下周？"他在推脱。

"好啊，下周一。五点下班后。"图南话音未落，手机被海鸿一把抢走，挂掉。删号码。

"你干吗？多好玩啊，已经勾起我的好奇心。你不想知道答案？我倒是真想知道我这情人长什么样子。哎，你删掉号码，我还怎么骚扰他？"

"别再打电话了。我知道，没有哪个男人占了便宜，还打给老公的。也许是发短信发错了。"海鸿严肃地说。

图南看着眼前这个男人，刚刚还气壮山河，这又怎么变成霜打的茄子蔫儿了？他出轨了，居然还有脸来质问，"哼！"图南做个鬼脸过去。

这件事就算告一段落了，毕竟被图南抓到了把柄，他还真不敢继续玩火，这段时间还真的很顾家。

有一天图南忘了带钥匙，坐在家门口的楼梯上等，打了电话，他很快就回来，居然没有生气，按时上下班。也许吧，只有丈夫才是与自己血脉相连休戚与共。图南想。

其实，丈夫平时也都好，知道图南整天丢三落四，做事鲁莽，不长脑子，经常安慰她说，遇到你这个糊涂蛋，倒霉是倒霉，我认了，你只要看好儿子不丢就行，什么财物，丢就丢了，别放在心上。

第七章　兄弟情谊

　　海鸿图南夫妻和李勇、张伟、铁哥一众哥们吃饭的时候，听他们有意无意提起王怡，其实他们早就知道，可见两个人在一起的时间很久了，无非是想看看笑话而已。全世界都知道丈夫有外遇，妻子总是最后一个知道。图南懒得回应，后来没忍住故意问：王怡是哪个啊？我不是很熟。

　　偏巧，王怡有个男同学陈达在座，满脸艳慕地说："王怡当年太漂亮了，那可是追不到的美女啊。"

　　图南若无其事地笑着说："谁还不是美女了，当年追我的也是一大排！怎么也要排到校门口吧，王怡没我高，没我瘦，没我五官漂亮，更没我气质好，胖得俗艳。"顿时空气凝固了一样，在座的鸦雀无声静静地看着她。

　　她环顾四周，尴尬的不光是海鸿，还有李勇，在海鸿的朋友中，李勇是图南最熟悉的，平时走动得最频繁。李勇和海鸿是最好的哥们，有很多课是李勇介绍给海鸿的。

　　海鸿经常带李勇带回家吃饭，图南还记得第一次看到他的情景。南方的夏天烈日炎炎，没有度过 F 城的夏天，不会知道什么是挥汗如雨。在北方的时候，无法想象南方的湿热——蒸笼般的夏天有多么漫长。

图南穿了半旧的短裙在厨房忙碌，洗了澡身上还是黏糊糊的，怎么都洗不掉潮湿黏腻。这时门声响，他们回来了。李勇个子不高，人又很瘦，皮肤晒得很黑，看上去长得不帅，但他身上有一种坚韧果敢，或者说是固执，人很普通但极具个性。

有一年的春节还是在李勇老家度过的。他家在乡下，五层的小洋楼。南方的房子不用交采暖费，面积都很大。房子很漂亮，奇怪的是房前屋后一大片土地竟然不是他家的。这里人均土地很少。地里种着一大片草莓，海鸿没客气地招呼图南和鹿儿摘草莓，洗都不洗，直接吃了，图南和鹿儿都觉得偷吃不好，站着不动，图南说："人家辛辛苦苦种的，你别那么脸皮厚。"李勇说："没关系，可以摘。你们吃吧。"李勇挑了几颗大的，摘给图南和鹿儿，图南只好接过来，草莓看着又红又大，放进嘴里却木然寡淡，不比北方的草莓味道好。

李勇的母亲去世得早，家里只有李勇的老父亲，他年过七旬，身体依然很健康。老人非常慈祥淳朴，不善言辞，很拘谨又很热情，每天泡铁观音茶，做饭招待海鸿一家。

李勇和海鸿一家越来越熟悉，鹿儿用爸爸的QQ号和他聊天，他告诉鹿儿，不管做什么都要做到最好。鹿儿说，李伯伯，我不想做事，我只爱吃。他问爱吃什么，鹿儿说吃奶油蛋糕。他说，那你长大以后开世界上最大最好的蛋糕店。鹿儿很开心，让妈妈看通话记录，李伯伯说我可以开蛋糕店！经常聊天，鹿儿越来越喜欢李伯伯了。

有一次，李勇在海鸿家酒喝多了，直接吐在了客厅地板上，走的时候还把海鸿的鞋子穿走一只。两只大小不同的鞋穿着难道没感觉吗？图南一想起来就笑到不行。那时，他在网络上认识了一个女朋友——川妹子素云，比他小十多岁，皮肤白嫩得能掐出水的美女，素云也经常跟着在一起吃饭，唱歌。素云一直称他为"李老师"，图南想想称呼自己家的"二狗子""二驴子"，不禁暗笑。

第七章　兄弟情谊

他们两个经常因为琐事吵架，一天，素云在 QQ 上对图南说，和李勇吵架了，图南问原因，素云说看中了价值一块两千多的手表，李勇没给买。两个人还在冷战期间。这让图南很惊讶，区区一块手表，好像不是吵架的理由，如果自己想要，海鸿肯定不会反对。图南就说你周日到我家来吃饭吧，大家好好聊聊。

图南一直想这件事，觉得不可思议。她不解地问海鸿：

"素云为什么对一块手表这么执着呢？"

海鸿像看白痴一样，看了一眼图南，耐心地解释说：

"他们只是同居，并没有结婚。"

"同居和手表有什么关系？"图南还是不明白。

"没结婚买的东西，将来分手了，都是倒贴成本。"

"哦，这就是男人小气的理由？"图南似懂非懂。"我想要，你给我买吗？"

"当然可以啊，你看好就买。"

"我不要这玩意，戴着麻烦。"

图南体质特别，带什么牌子机械表都坏，姐姐戴着好好的瑞士梅花手表送给她，上满弦都会莫名其妙地停。不过丈夫这句话说得太漂亮了，图南很高兴，她亲了他一下，蹦蹦跳跳去厨房了。图南本来想要劝解李勇和素云好好相处，海鸿说你不要劝。婚姻是个难题，不管对谁。素云个性也强，太不成熟。两人一语不和，转身就走，一走就是一两个月，脾气也真是大。李勇脾气也不小，直接换了家门钥匙。果然，"幸福的家庭是相似的，不幸的家庭各有各的不幸。"

图南特别做了一大桌子北方菜招待他们，开始两个人还有点别扭，不肯说话。但碍于面子，不好意思当场翻脸，加上图南和海鸿热情劝酒，气氛渐渐活跃起来，图南当年在 S 城没结婚前的时候，经常和姐姐出去逛街玩，解渴都是老雪花啤酒，她的酒量是天生的。素云也有酒量，几杯酒下肚，从冷若冰霜变成艳若桃李，很美。喝了酒，气氛就好了很多。其实，男人不会欣赏女人，女人才更懂得欣赏女人。

图南看着海鸿热心调解，觉得有点好笑，你不让我劝，你在说什么？他劝说素云，李勇哥年龄也不小了，要赶快结婚，生个孩子，家庭就稳定了。他说来说去还是大男子主义的一套，用孩子套牢老婆。这样的话，图南以前对素云也说过，家，不是说理的地方；家，也不是吵架的地方。李勇哥都已经四十六岁了，该有个孩子。可素云坚持不生。多少的家庭会因为孩子维持婚姻，可这样的婚姻……不要也罢！素云贪玩，不见得愿意生小孩，如果李勇能够接受不要小孩，在一起也会很幸福。每个家庭都有不同的相处模式，过两个人都能接受的生活最好。

吃饭时，李勇难过得落泪，这是图南第一次见到男人哭。李勇说很羡慕他们，图南有点蒙：我们也值得羡慕？家家都有难念的经。

素云脾气火爆到极点的时候，把李勇的台式电脑和笔记本都砸坏了。还连珠炮一样，说了一大堆他的不是，脾气坏、吝啬，李勇也是一大堆的委屈。李勇羡慕地说，海鸿房子、车子、票子、妻子、孩子都有了，"五子登科"，是人生赢家。

可是围城内的事，终不足为外人道。她感慨不已，自己家表面上是模范夫妻，实则兵荒马乱、鸡飞狗跳。

可是，提到王怡，为什么李勇的表情也不对呢？他飘忽的视线不定，转头望向窗外，窗外黑黑的，什么都没有。和图南对视时，他无奈地微笑，挠挠头，拿起酒杯："喝酒！喝酒！"神情中一丝落寞和忧伤。图南有点怀疑。图南也举杯：莫使金樽空对月，还是喝酒吧。

第七章　兄弟情谊

海鸿脸色变得特别难看，不停地催图南买单，说喝多了头痛。"哼，不多才怪，他一定怕我知道得更多。我已经知道了。"图南心里想着，口中只说，不急不急，喝酒喝酒！才开始。海鸿已经愤然离席，站在酒店门口打车了。图南只好买了单，跟了出来。

第八章　有儿长成

　　图南晚上下班坐公共汽车，有个背着书包、胖乎乎的小男孩伸手向图南要一块钱，说没钱坐车，图南给了他两块钱，万一来的是空调车呢？小男孩很高兴，连声说："谢谢姐姐。"图南觉得能帮助到别人很高兴。

　　下了车，去市场买菜，看一男子怀抱小孩，很少能在南方看到抱孩子的男子，图南有几分感慨，一定是个好男人吧？看了一眼那个男人，目光对视半秒后，他赶上前来，开口就要图南给孩子买一个八宝粥，图南看超市还很远，学生街里到处是偏僻的小巷，又不敢和他一起走，指了指，路边的一家兰州拉面馆说，你随便吃，我结账。他说孩子睡了。图南有点怕，包里还有两千块钱呢，就是没零钱，有零钱给他就好了。他是干吗的？会不会是抢钱的啊？

　　图南急了，急着回家做饭呢。没好气地问他，为什么一定要八宝粥啊，他说孩子爱吃。最后，图南还是跟他走到小巷中最里面的一家特别偏僻的便利店，忽然，图南犹豫了，她站在门口给老板钱，老板是个瘦小的老头，图南忽然有种不安全的直觉，她让那个男人进去找八宝粥，那个男人说不知道放在哪里，图南生气地想："我长了一张容易被人欺负的脸吗？连个陌生人都敢支使我。"

　　倔强劲上来，问那个男人："你到底要不要？要，就自己去找，不要，就算了。我要走了。"

第八章　有儿长成

老板不知从哪里拿出个八宝粥，要递给图南，图南对那个男人说："你接着。"那个抱孩子的男人从老板手中接过八宝粥。他接过来向图南道谢，两人一起原路返回。这时才发现他背后还有个穿着寒酸的女人跟着，从表情上看应该是一家人。图南有点后悔，多买几个就对了。看来他们是真的没钱，应该给他们点钱。

做好人其实很容易，可好人容易上当受骗。所以人们越来越觉得，多一事不如少一事。吃饭的时候，图南聊起这两件事，鹿儿说第一件事做得不对，男孩一定是把家里给的钱玩游戏了，才没钱坐车，你不应该给钱，会惯坏这个孩子。

图南惊喜地看着鹿儿，鹿儿对人对事已经有一定的判断力。

鹿儿说第二件事妈妈做得对，向需要帮助的人提供必要的帮助。难得一家三口在家吃饭，这是平时图南和鹿儿沟通的时间，海鸿讨厌餐桌上的交流，鹿儿小时候，在饭桌上经常弄撒饭菜、弄脏衣服，海鸿看着生气，时常批评，把他骂哭，鹿儿总是一边抽泣一边吃饭。海鸿看着他哭天抹泪的样子又后悔，知道这样对孩子成长发育不好，所以海鸿规定吃饭不许讲话，"食不言，寝不语"。

这次海鸿难得地加入聊天中，他由衷地对图南说，"在你身上有一种纯净善良，尤其是对弱者，特别是老人和孩子。"

一天早晨，图南进儿子的房间，惊讶地发现鹿儿已经醒了。他表情呆滞，带着苦恼的表情，似笑非笑、似哭非哭，拥着被子靠在床头，咦？怎么了？这孩子居然醒得这么早？他的内裤扔在地板上。图南弯腰捡起来，居然是黏湿的！

"咦？你多大了，怎么还尿裤子？被子尿湿了吗？"

鹿儿有点紧张害怕，还有点羞涩，不肯说话，图南过来摸摸他的额头，没发烧啊，再摸被子，还好，没尿湿，快去吃饭。

之后，经常发现鹿儿扔了满地的抽纸，图南紧张了，难道鹿儿感冒了？他是有痰，还是有鼻涕。快吃药！图南拿来感冒药和温水，鹿儿态度异常坚决，不吃。孩子渐渐长大，身体抵抗力慢慢在增强，不像小时候一生病就非常严重，咳嗽发烧打吊瓶，不吃就不吃吧。图南不再勉强。

直到有一天清晨，她进鹿儿的房间，看被子掉在地上，她捡起被子，看儿子仰面睡着，内裤支起了高高的小帐篷，呃，儿子长大了呀！图南连忙在图书馆找了本《青少年生理卫生》，看完，恍然大悟，对啊，十多岁的大孩子了。暗笑自己这个傻妈，竟然如此愚蠢无知。把书放在鹿儿的床头，妈妈给儿子讲这个，说不出口。他也许会自己看吧？！图南又准备了一个纸篓放在角落。

过了一个多月，图南装作不经意的样子问鹿儿："对了，放你床头一本书，看了吗？"

鹿儿点点头："看过了。"

"你觉得书上说的有道理吗？"

鹿儿又点点头："还好，有点道理。"

"什么时候看完了，我还回去。"图南放心了。

身为大学老师，自己竟然对孩子的生长发育漠不关心，好像说不过去。其实孩子小时候，育儿书籍是看了很多的，也是按照书去养孩子，可随着孩子逐渐长大，不知不觉，长到五六岁，图南觉得孩子逐渐长大，一切都在掌握中，已经不需要了解他了，就忘记了看书，慢慢就淡忘了孩子已经到了青春期。

孩子长大了，他以后会有自己的人生，有自己的妻子孩子。她伤感地流下眼泪，他将和自己渐行渐远，他将有自己的世界。她印象里的鹿儿永远是那个抱着大腿，走哪跟哪的依恋母亲的淘气孩子。

"你是不是应该给孩子一点性教育？他在发育。"

"长大了自然就知道。"海鸿懒洋洋地说。

第八章　有儿长成

"又是这话！你是父亲，你什么都不管？"

"我怎么不管？我辛辛苦苦赚钱养家，我错了吗？"

"赚钱是最容易的事，家庭当中还有更重要的是教育。"

"就你懂教育？你也配和我讲教育？"

图南无话可说了，是啊，学历、职称都不如丈夫，可这些东西能代表你是合格的爸爸吗？和以前一样，谁也说服不了谁，不是说服，是争吵，吵得惊天动地。这种沟通毫无意义。我都替你做了吧，图南想。

以后她有意识地教育儿子，一个男人要承担的责任，修身齐家治国平天下。人立天地间，不仅自己要有一技之长，还要承担为人夫为人父的责任和义务。如果只想玩，就不配拥有婚姻。

第九章　按甲休兵

爸爸妈妈要来 F 城了，他们被海鸿一劝再劝，决定过来看看。海鸿这样做有修好的意思。图南理解，有点感动，父母知道海鸿的情绪易变，爱使小性儿，如果不是他再三邀请，自己无论如何都请不动，父母不可能来 F 城的。

特别是鹿儿知道了更高兴，小时候姥姥姥爷带的多，明显和姥姥家更亲近。小孩子是记事的，谁和他玩得多，给他买玩具买吃的，都是知道的。

海鸿经常当着图南的面，对鹿儿说，你是爷爷奶奶家的孙子，姓他们家的姓，他们对你最好。图南懒得和他计较，但却在心里嘀咕：孩子连一天二十四小时都没带满过也算好？婆婆过来住几天，陪孩子玩一会，就大喊图南，说带不了了，孩子太淘，累得不行。好不容带了一会儿，居然嚼饭喂孩子！图南很生气却不好意思说，只好赶快抱走。家里玩具那么多，婆婆却教他用纸卷成直筒，塞鼻子里玩。婆婆走了以后，鹿儿拿筷子直接往鼻子里塞，痛得哇哇大哭。图南理解公婆也是一样地疼孩子，只是方法不对。

但不管海鸿怎么灌输，鹿儿还是更喜欢和姥姥姥爷一起玩。毕竟，姥姥会讲各种故事，姥爷会教他下象棋。

曾经因为海鸿在 H 大读博士，不在家，父母心疼图南，会经常过来，帮着做饭带孩子。那时候，父母和图南在同一个城市，所以都是过来做家务带孩子送东西，马上就走。他们来 F 城，使图

第九章　按甲休兵

南感到很幸福。妈妈每次来，看到冰箱空了，都要去超市买鸡鸭鱼肉，把冰箱塞得满满的，父母在物资匮乏的年代吃过苦，所以爸爸妈妈对孩子的爱就是让她吃好吃饱。

妈妈只记得图南什么都不会，每次来都给图南缝缝补补，从被褥到一家三口的衣物。妈妈的老花眼纫不了针，让图南坐在身旁，一边聊天一边帮忙纫针。图南纫完针后，发现妈妈困得睡着了。就自己絎吧，本来很简单。妈妈忽然醒来，翻过来翻过去仔仔细细看一遍，看到图南絎缝得齐整的针脚，赞赏地笑骂：

"你个懒鬼！什么都会干，就是不干！"

"妈，你以前不是看过我给鹿儿做的小衣服？做得也还好啦！"

"是啊，你也可以了。进步很大。"

"我现在可累了，以前海鸿出去读博士的时候，虽然累——只是照顾鹿儿一个，他回来了，我却要照顾两个孩子。"

图南是真的很辛苦。上班是正常的工作，上课是兼职，最早是在 S 城的时候大学扩招缺专业老师，海鸿说我这有几门课，你能上吗？图南说没问题啊。那时候上课的门槛并不高，本科学历就够，图南也考到了教师证。智力平庸的图南唯一的天赋就是背书。背一本书，速度之快，让海鸿佩服。海鸿备课的时候，图南看他的授课内容，内容也不一定懂，就可以给海鸿背下来讲一遍。把他吓了一跳。经济类管理类等人文科学的课，图南上了几十门，虽然不够精深，但知识面足够广。很多交叉学科的课也是相通的。

"忙啊，累啊！"图南问："妈，你知道我要晚上十一二点才能睡觉吗？你也觉得我很清闲吗？"

妈妈沉默了。她来了才知道，每个人起床时间不同，假期的一天要吃四五顿饭，而且，不能重样的！以前，妈妈经常批评图南，照顾海鸿、鹿儿照顾得不够好——海鸿经常告状，没错，图南纵有三头六臂，也难！换了谁，都难！妈妈不好说什么，只是叹气而已。

一直以为和父母在一起不会有什么摩擦，每天可以安稳地睡觉，图南不用担心鹿儿迟到，还有热气腾腾的饭菜享用，有散发太阳气息的衣服穿，简直神仙的日子。唯独一样，海鸿在告状的时候，父母只好批评图南。图南咬咬牙，把委屈吞咽下去。父母不了解内情，就算了解，他们也还是帮海鸿说话。

　　图南发现和父母之间有很多看法截然不同。举个例子，图南是个不爱戴眼镜的近视眼，而且胆小——F城有手指般粗细的蟑螂，有硕大的翅膀而且会飞！到晚上，图南一路把所有的灯都打开，他们在图南身后不停地关灯，说是节约。刚去厨房倒杯水，瞬间灯就灭了。让图南哭笑不得。

　　可妈妈的节约到了图南忍无可忍的地步，图南主张饭菜少做，吃不了就扔掉。要吃新鲜的食物。可妈妈晚上一做就是一桌，第二天全天吃剩菜。做米饭也是一锅，早晨加水煮成粥。图南告诉她剩菜有亚硝酸盐，可她说吃了一辈子剩菜，也没听说过谁中过毒。每天看她吃剩菜剩饭，图南很生气。有时趁她不注意，赶快偷偷倒掉。妈妈管扔东西叫败家，不停地唠叨。

　　爸爸妈妈好不容易来一次，要多住几天才行。可海鸿三天不到就变脸，平时钱都是放在一个抽屉里的，他经常把抽屉里的钱拿出来，阴沉着脸在客厅里数钱，数完，再放进抽屉。换成任何人都会多想。他嫌爸爸妈妈看电视影响鹿儿学习，可他看电视才是最多的，不但在客厅看，卧室里也看，不光看电视，还看电脑。图南不知道该怎样处理，当着父母吵架肯定不对，不吵架看着真是生气啊。

　　由于父母来了，所以没法各睡各的，于是高挂免战牌，两个人睡在了一张床上。

　　白天悄悄地冷战，晚上近距离接触，让图南觉得特别不真实。挨得近，他总是故意地碰一下，摸一下。

　　"流氓，别碰我！"图南厌恶地说。

　　"碰你怎么了？你告我强奸啊？"海鸿嬉皮笑脸。

　　"那你不要压我！你太重了！"

第九章　按甲休兵

"你去洗澡！洗干净点！"

"不许亲我！你臭死了！一身的烟味！熏得我头晕！"图南抱怨。

后半夜，海鸿上床抱图南，图南躲开了，他去客厅抽烟，后来又回到床上，让图南用手给他握，图南不情愿地伸出手，然后，海鸿得寸进尺，又抱住了图南，图南困了，不想和他面对面，还是转过身睡的。每次海鸿想要的时候，都被图南冷冷地拒绝。不管海鸿洗了几次，图南都觉得他脏。不愿这个男人再碰触自己，他身上的味道不再是熟悉的味道，总是夹带着别的女人的味道，图南嗅觉特别灵敏，这是生理上的厌恶，实在没法接受。

出轨的男人，就像人们调侃的——是掉进厕所里的人民币，丢掉可惜，捡起来恶心。图南想起读书时，姐姐给自己织的手套是用带子连在一起的，挂在脖子上。带子太长，有一只上厕所的时候掉下来，图南嫌弃脏，就扔在厕所的暖气边，大家上厕所都能看到。最好的同学红叶还问图南："你手套忘在厕所了吧？"

图南说："脏了，我不要了。"后来隔壁班有个女生戴着图南的这副手套，红叶一眼就认出来了，问图南："你看，她带着你的手套！"

图南说："我不要了，谁愿意要都行啊。"

红叶说："好好的东西为什么扔掉？"

"它脏了，我不想碰它。"

"洗洗就干净了，什么东西能不脏呢？"

图南没吭声。要真的是钱啊，物品啊，脏了扔掉。图南不会想那么久，这有什么好犹豫的？可这是个大活人啊。

爸爸妈妈在，图南更懒得问他的去向，他不回家，挺好的。

图南原来觉得，看到父母到来是幸福，现在却觉得压力更大，不能在父母表现出破绽，图南每天都告诫自己。忍耐。不急不急。说来也奇怪，也不奇怪，海鸿不在家，大家都非常开心，鹿儿也喜欢和姥姥姥爷一起玩，大家有说有笑，这才是家的样子吧？！他在家，家里的气氛就越来越压抑，没人敢说话。

海鸿又开始没事找事了，他对图南说，你爸妈整天看电视影响孩子学习。图南说，你整天玩游戏就不影响孩子学习？你玩他看，短短一个暑假，成了四五百度近视，你还好意思说？想来想去，这话还是要自己说吧，父母不会多心。要是海鸿粗声恶气对待父母，他们心里一定会很难过。

"妈，孩子放学回来，别开电视了，你们要看白天看。"图南说。

妈妈答应得很快："我知道，不能影响孩子学习。"

父母能感受到家庭气氛被海鸿的脸色所支配，他们决定回去了。短短的一个月就像十年，终于走了，图南长吁一口气。他们去宁波、上海、天津玩，然后回北方。图南又高兴又难过地给父母订票，心里想：爸爸妈妈，对不起。女儿不孝，没能让你们分享我的幸福，反而让你们担心。

图南和海鸿送两位老人家去车站，海鸿的脸依然阴沉。爸爸妈妈一直沉默，没有说话。

回来路上，妈妈给图南打来电话说，你们经济条件不好，在这里打扰这么久，给你们添了很多麻烦，看你们都好好的，我和你爸爸就放心了。给你们留点钱，好好照顾海鸿和孩子。谢谢你们！给海鸿转达一下谢意，就不用他接电话了。

图南觉得父母是懂事的父母。到女儿家住一个月，要给生活费的。可是，他们太明白事理了，他们为什么不说照顾好我自己？我难道就不重要吗？图南看着他们留在抽屉的五千块钱，图南眼泪又掉下来了。

知道他们没有任何抱怨，而这种压力是自己施加给自己的，父母不会说海鸿的坏话，他们都在尽力维护他的面子，也知道海鸿从不认错。图南感到一阵窒息，是的，婚姻是让人窒息的牢笼。

第十章　F城春天

上班的时候，一个昵称为"峰回路转"的人请求加图南好友。图南不认识他。她的QQ好友几乎都是同事、学生，没几个陌生人。

峰回路转话很多，每天早晚都请安，人还不错，图南和他聊得很多，面临陌生的环境，自己每天都处于迷茫之中。她忽然灵光一闪，自己去和王怡聊天，她肯定知道是自己，应该让他去找王怡聊。这样就知道他们是不是有关系了。就算没有，把这个喜欢说废话的家伙送给她好了。查了一下他的资料，不错，深圳，挺远的。嗯，当然，越远越好。

图南把王怡的QQ号给他，让他们去聊。王怡的昵称叫做"春天"，"那边清溪唱着，这边树叶绿了，姑娘啊，春天来了！"萧红的惊喜，是这个意思吗？图南猜测着，这是一个怎样的女人？多愁善感？还是奔放率真？想要一场轰轰烈烈的恋爱？没几天，她又改了名字"挪威的森林"，她以为她是谁？敢爱敢恨的绿子？直率活泼的绿子？那她怎么不离婚呢？她是把我当成了郁郁寡欢的直子吗？可怜的住精神病院的直子？这段时间里，图南一遍一遍地问自己。接着，她又改了名字"猎豹"——跑得最快的动物，逃避我的监视吗？

其实你叫什么名字又能怎样？海鸿从不读这些他认为没用的书，他感受不到你文字的含义。虽然她已经换了多个昵称，可是，她的 QQ 号码没换。

　　在 F 城，图南再没有喜欢过春天。S 城的春天有一种生机勃勃的希望在萌生，短短的一天两天，景色忽变，芳草如茵，迎春、丁香、桃花依次灿然盛开，只要出门，就会有惊喜出现。可南国的春天总是四季常绿，阴雨连绵，根本感受不到季节的变换，初生的叶子是并不出众的红褐色，掩盖在一片深深浅浅的淡绿翠绿浓绿之中。偶尔一两棵老树换叶子，叶落纷纷，看着却是秋的悲凉和凄惨。

　　下雨！永远下不完的雨。有时，连绵一两个月，几乎没觉得天放晴又开始下没完没了，阴鸷得像是一个无止境怨尤的老妇人，在可怕的南风天里，水滴沿着墙壁流下，地砖都是潮湿的，容易滑倒。妈妈寄来的蘑菇木耳放不了多久，都要扔掉。春天的绵绵细雨让人抑郁发狂。

　　图南每天都开心地等着"峰回路转"的信息，他已经加了王怡做好友，他们聊天了，他们聊文学艺术……

　　渐渐地，图南发现自己对他产生了依赖。如果有一天"峰回路转"没有发信息，图南就会心神不宁。在暗无天日的牢笼中，有人投来一点关爱，犹如黑暗中的一丝光亮，人不至于绝望。互联网好就好在，这个人你没见过，他的好与不好，全在想象中，你就当他是好朋友吧。图南规定他聊天三原则，不聊感情、不聊钱、不聊性。

　　峰回路转也有个淘气儿子，他常问图南：
"孩子不好好学习，怎么办？"
图南说："陪着学习啊。"
他说："自己太忙，没时间。"
"他妈妈呢？"
"管不了，孩子不听她的。"
　　图南说："那就送补习班，学各种技能，哪怕是围棋、跆拳道，随便学什么，都行。"

第十章 F城春天

"孩子不愿去。"

"那就换个新环境，转学。你让孩子多读些书，随便什么书，文学、艺术、地理、历史类课外书也行。"图南说。

他无奈地说："没办法，都做不到，随他去吧。"

图南觉得这个人无法理喻："你太宠孩子了吧？他不愿意学习，你就不管？孩子学习好，当然好处多——将来的选择多。就算读书不够好，孩子精力旺盛，也是把他的时间和力气全部占满用光，就不会走到弯路上去。世间可以做的事那么多，总有一两样他喜欢的吧。"

可峰回路转说："算了，不学就不学吧，以后去做生意。"

图南不再说话了，海鸿之所以不管孩子，是因为图南盯得紧——一个家庭里总要有个管孩子的。图南对鹿儿要求严格，鹿儿现在偶尔会感觉压抑痛苦，但等鹿儿长大了，回过头想想，一定会感激妈妈在自己身上付出的心血。

峰回路转和王怡聊得开心吗？图南想知道。

图南在办公室忙碌着，海鸿猛然出现在眼前，图南被吓了一跳，他快速地奔进来，把图南的鼠标夺到手里，打开了图南的QQ，一条一条看下去，看完了峰回路转发的信息，他阴沉着脸，把图南拉到校园外的路上，让图南解释怎么回事，图南说，没什么事，本来就没什么事啊，人远在深圳，连面都没见，还能发生什么？你看了吧，也不过是问候聊天而已。你以为我是你，见一个就爱一个？

海鸿怒不可遏，"这是我发现得早，不然，老婆就不是我的了。"

"老婆？哼！你说的是谁呢？王怡吧？是我吗？"图南反驳。

他用力推了图南一把，图南没站住，倒在灌木丛中大哭。他头都没回就走了，讲理图南是不怕的，怕的是不讲理，晚上回到家，果然他没有回来，又气又急，心情糟糕到了极点。

欲加之罪，何患无辞？图南陪儿子学习，他又打来连环电话，说自己在外面河边要自杀，自己老婆出轨丢人，丢不起人，不想活了。这次话说得特别重。图南又委屈又生气，简直没有道理。但是，她真的怕海鸿出事，还是去接一下吧，不然真的想不开，他喝多了，自杀了怎么办？

远远地看到海鸿，他坐在上渡河边，抽着烟，火光一闪一闪，喝得酩酊大醉，看见图南一边骂："你这个贱人！"一边又抡起他的巴掌挥向图南，图南下意识地缩了一下，她觉得很耻辱，这究竟是什么生活？可不管怎样，还是要把他拖回家。

他嘴上认定图南出轨了。实际呢？明知道图南没有出轨，但他太需要一个借口了。图南再三解释，海鸿不想听。但这就成了每次吵架的要挟的话。

第十一章　切肤之痛

期末了，海鸿说，我晚上和朋友有约，怕来不及，下午你替我监考。图南答应了。

图南觉得监考是天底下最无聊的一件事，在学校监控摄像头下度过漫长的一百二十分钟，这时候，不能看书，不能玩手机，不能说话，不能坐着，也不能光是走动。目光涣散，神思恍惚，眼睛无神地看着学生，实际上什么也没看。就像是个孤独的梦游者，图南宁可多上几节课，也不愿意监考。

心从爱丽丝漫游奇境记中开始神游，想象自己是爱丽丝，开心时变大，不开心时缩小。回想自己从出生到现在，经历了多少坎坷，还会经历那些故事。忽然，她想到，我不要这样浑浑噩噩、没有尊严地活着。一定要离牢笼，我要重获自由。我要飞！我要独自去看山！我要独自看海！

内心戏演完了，还是要回家的。顺路买了菜，可到家里，海鸿居然在卧室睡觉。图南很惊讶："你没出去？"

"我不舒服，不去了。"海鸿无精打采地说。

"吃点感冒药吧。现在是一波流行性感冒，也是的，你每次感冒都没落下，都是陪跑的。咳嗽吗？感觉怎么样？"

图南拿感冒药给海鸿，海鸿坚决不肯吃，说：

"没事，我躺一会就好。"

图南给他盖好被子，倒一杯温水，喝了一口，温度正好。放在床头，亲亲他额头，不发烧就没大事。

图南准备进厨房煮饭。路过客厅，看见海鸿的诺基亚手机充满电了。图南拔掉了充电器，往厨房走。忽然，她停下来，手机屏幕还在闪烁，上面有字。显然，他看完了，忘了上锁。她拿起手机，赫然一条短信："感冒很重，发高烧，浑身没劲，怕传染你。下午不见了。"图南瞪着手机，快速地默背下手机号，呃，不是王怡？这是谁？

怪不得，丈夫原来是被人放了鸽子。

图南心情复杂地做家务，陪孩子读书，终于，一天该做的工作都做完了。海鸿又躺在卧室床上在看电视，图南说：

"我要睡觉了。"

海鸿追问："什么意思？"他的眼睛一亮。

"睡觉就是睡觉，能有什么意思？！"图南不耐烦了。

"你说什么？"海鸿又问，

"关灯！关电视！我要睡了！二狗子！"图南发狂地喊到。她看见他眼睛的亮光一闪即逝，图南的心被剧烈刺痛了一下。"我要睡觉，你整天开电视，害我一直做噩梦！"

"好，我出去看。"海鸿难得这样善解人意，默默关上卧室的电灯和电视，去客厅打开了电视。

图南心里通透明朗：他本来有约会，她是谁呢？因为她生病，他无处发泄的欲望，让他有了一丝温情。我不稀罕！图南心里狂叫！不是我的，我不要！

图南难得有一个美好的睡眠。她梦见自己飞了起来，碧海长空，自由自在。

一天下午，图南电话响了。

"我有点事，你帮我上晚上的三堂课。"他去喝酒。怕她不信，还让哥们和她在电话里打个招呼。

"什么课？"图南担心地问，"经济数学吗？我教不了。"

第十一章 切肤之痛

"公共关系学,你教过的课。"海鸿轻松地说。
"我没有你的教材。"
"没关系。你怎么讲都行。我和学生说一下,你代课。"
"哪个学校?楼号教室号发给我。儿子呢?"
"短信发你。我带他一起吃饭,他吃完了就回来写作业。"

图南走进教室的那一瞬间,就感受到了第一排左侧的女生中有一道冷冷敌意的目光,图南今天又忘了戴眼镜,虽然看不清这冷光来自具体什么样貌的人,直觉几乎百分百准确,她内心狂乱轰鸣,对啊,就是她。

图南对这门课非常熟悉,毕竟是教师证上主讲科目。讲课的时候也拿了第一名,她背下了几本书。没课本、没教案、没 PPT,什么都没有,讲三天三夜没问题。她从公共关系学之父艾维•李讲起,讲到公共关系活动的基本原则"讲真话",从揭丑运动开始到组织机构信息传播、传播方式,各关系协调,组织形象管理事务的咨询、策划、实施和服务的管理职能,图南充满激情和自信,授课很投入,比任何一次的领导听课都认真,她知道那个小女生虽然在聚精会神地挑毛病,但自己的整体表现绝对无懈可击。

丈夫说:"学生说,你的课讲得不错。气质也很好。连书都没有,能连续讲三节课。没想到你这么厉害,以后这样的课你帮我多上点吧。都是文字内容的课,我真的不行,讲得不如你。"这个班的课,图南又上过两次。

图南试探地说:"看得出来,班上的小女生很喜欢你啊。"

丈夫说:"一样的,代课老师就像后妈后爸,他们认准了第一个,很难接受代课老师。"

这倒是实情,但这不是完全的理由。通过敏锐直觉的捕捉,图南已经确定发短信的就是这个班的那个女生。

第十二章　大梦先觉

　　海鸿在家的时候，总是坐在电脑前——他却禁止图南使用电脑，图南知道他有见不得人的丑事，但为了孩子健康成长，觉得睁一只眼闭一只眼最好。图南用电脑的时候确实不多。更多是赌气，你不让用我就不用？所以有需要会偶尔打开看看。更多时候，只是单纯地看着打出的文字，听着清脆的敲击键盘的声音，图南有由衷的喜悦和快感，她爱这种声音。这是自由的声音。
　　把自己都弄丢了，怎么会照顾别人？图南只想一个人背上行囊去流浪，去过没羁绊、随心所欲的生活，像风一样自由奔放。做做白日梦总还可以吧？
　　图南将心中的梦想付诸笔端，文章发表在报纸副刊，鹿儿看了大怒，把报纸扔在地上，一边狠狠跺脚，一边大喊大叫："你不是好妈妈！怎么能这样不负责任？扔下我就走？"
　　"好吧，儿子，我连美梦都不能做了，好吧，要继续忍耐。我在等你长大。可是，日子过得这么慢，你什么时候才能长大啊？"
　　图南不是没想过和丈夫离婚，损失最大的是儿子，海鸿虽然不会照顾孩子，但他绝对不会同意把鹿儿给自己。没有了妈妈的庇护，儿子怎么可能得到更好的教育和资源？
　　梦到有人进入房间，手里拿刀，血淋淋的，却怎么也看不到他的脸，个子很矮，很瘦，很熟悉，这些年来，他就这样经常出现在图南的噩梦里。他又出现了。他究竟是谁？不知道。胸口很闷，上

第十二章　大梦先觉

不来气，大汗淋漓。窗外淅沥细雨，单调悠长。

做噩梦的原因是刚结婚时，在学校独身宿舍住，半边楼临街，一楼窗户在学校围墙外，所以总有不安全的感觉。一天，海鸿和图南躺在床上聊天，图南紧张地说，有个穿花衬衫的男人扒窗户在看我们，他经常来。他又来了。海鸿不相信，图南指了指墙，暗淡的路灯把一个人的影子拉得变形，投射在墙上。海鸿悄悄起床，挨个敲门，叫了一群老师和男生，翻过墙去抓人，那人跑得快，没抓住。

后来买了二手房，搬了家，晚上家里又进来小偷，他把所有的衣服从衣柜里掏出来，丢得满地都是。所幸，钱在提包里没有翻到。小偷持菜刀进了卧室，海鸿听到了动静，却不敢动，他拼命地掐图南，图南睡得很熟，在梦中，她还能觉出胳膊钻心地痛，却睁不开眼睛。

如果梦醒起床的话，小偷会不会挥动菜刀？图南不敢想了。海鸿的手机就放在床头，被小偷偷走了，图南睡前看报纸，自己的手机被报纸盖住了。厨房的纱窗被撕破，应该是从这里出入，还留下一个脚印。小偷把菜刀扔在厨房地上了。只要回想起来，就让人不寒而栗，这成为挥之不去的梦魇。

报案后，警察做了拍照问询，脚印也做了技术处理，警察问，为什么厨房不安装铁栏杆？怎么这么没记性？总来报案？

图南和海鸿这才明白原来的房东卖房子的原因。吓得海鸿和图南以最快的速度安装了"铁笼子"。

每到孤独的夜里，图南总感到一双虎视眈眈的眼睛在看着自己。这样的梦已经做了好几年了。门上好几道锁，仍不放心。后来海鸿去 H 大读博士的时候，她经常彻夜点灯，鹿儿睡着了，静静的夜晚真的让人害怕。可是他在家又能怎样呢？一个窝里横的、听到有小偷进来都不敢出声，希望老婆能够挺身而出的男人能有什么出息？在家不过是持续战争而已。不在家还有片刻的安宁。

图南写过一些文章，陆续发表在 S 城晚报上，海鸿主动替图南去邮局领取稿费。用图南的稿费请朋友喝酒，还不忘炫耀妻子的才华，朋友说读过图南的一篇文章《爸妈的战争》，看内容很真实，你们吵架够热闹的。海鸿才反应过来，应该看看妻子到底都写了什么，看完了，质问图南："你写的什么东西？"图南说："我写啥没关系，又没让你看。"

海鸿不甘心地问："你里面写婚姻很痛苦，你是真的那么想吗？"

图南反问："你觉得我们的婚姻有意思吗？"

海鸿说："我觉得很幸福啊。"

图南瞪着海鸿："你真的这样想？"海鸿点头："真的。"他的眼睛告诉图南，他没有撒谎。至少这一刻，他是真实的。

图南哭的心都有了：我在地狱战战兢兢地生活，而你居然觉得这是美好的天堂，是我对你太好了吧！

"胳膊拿过来，让我打一下！"

海鸿乖乖地伸手臂，图南用力掐几下，以前经常这样，图南不高兴了，海鸿和鹿儿都会主动献上手臂，让图南出气，有时候图南抓狂，海鸿说："我让你打一顿，消消气。总行了吧？"海鸿尖叫一声："你真的掐啊？"

"不然你以为呢？"

以前图南不舍得用力，现在图南心理平衡了。

一天，图南在厨房忙碌，海鸿和她一边讲笑话，一边坏坏地伸手抚摸图南的脖子后面，慢慢地滑向前胸——图南甩甩头，厌恶地扭头说："流氓，你能不能不这么低级趣味？要个做个高尚的人，不行吗？"她不耐烦地，"你顺便把菜洗了吧。"

"我摸我老婆，你又怎么了？"海鸿愤愤不平地问。一看要干活，忙说："我还有事……"转身进了书房。图南嘟着嘴，不高兴，以前干活，偶尔还会陪聊一会，现在一到干活时候就跑。这是常态

第十二章　大梦先觉

化了。

饭做好了，摆在餐桌上了，儿子怎么还没回来？图南走进了书房。

海鸿正好坐在电脑前玩，吓得浑身一抖，他大骂："你怎么和鬼一样？走路没声音？"图南说："没做亏心事，不怕鬼叫门。你怕什么？"

图南知道他又在乱搞，太专心了，才被吓到。心里倒是有种幸灾乐祸的愉悦。

半夜，图南感到了一阵冰冷的寒意，她慢慢睁开眼睛，海鸿拿着菜刀，站在床头，恨恨地看着她。图南面无表情地说："你从来不做饭，不知道这把刀不好用，太钝了没法切肉，去换另一把再过来找我。"

海鸿悻悻地进了厨房，把菜刀放下，并没有拿另一把菜刀。

又一个三八节到了，图南做了女性作品专题展览。已经是什么时代了？外面是万花筒般的多彩多姿，而自己仿佛还停留在万恶的旧社会，做吞声忍气的裹脚的小媳妇。她非常想给学生推荐美国女作家凯特·肖邦的小说《觉醒》。

有多少人因为种种原因放弃了自己的梦想，屈尊于现实的那张网？让俗不可耐的生活抹掉所有的锐气变得暮气沉沉？又有多少人自始至终都在抑制着自己的情感、自己的才华，只为了成为别人所期望的那种人而无力挣脱？图南叹口气。艾德娜觉醒的过程便是将自己推向孤独的过程，罗伯特最后只留给艾德娜一句"再见——因为我爱你"。他退缩了，而艾德娜却觉醒了。

在图南看来，艾德娜已经很幸福，有爱她的丈夫，有照看孩子的保姆，有别墅有度假，可她依然有女性自我意识的觉醒，在女性寻找自我和社会给予的身份的强烈冲突下，她找不到解决答案，于是，葬身于海。

对于一百多年以后的自己，对人生意义的认知都没有如此清晰。不要那么清晰，不要！她闭眼想了一会儿，不行，有争议的书不能推荐。终究不敢向学生推荐这本书，学生的思想还不够成熟，没有一定的生活阅历，万一他们以为爱可以不负责任，为所欲为，就会适得其反。太过于尖锐的作品只适合自己看。我觉醒了吗？她问自己。觉醒了，就是难路一条，不觉醒，还可以浑浑噩噩地活着。女性，难道不就是极富牺牲的性别吗？

波伏娃的《第二性》倒是可以推荐的，已经是经典名著，不管是文学性、思想性、艺术性都不会有任何问题，大家都能接受。

丈夫说有讲座要出差。图南在家里床上躺了一整天。没有礼物，自己不做饭，连饭都没得吃。每天都是催命般地吃喝拉撒睡，疲于奔命。今天自己什么都不想做，就算是饿着，也挺好的。这仍然是少有的快乐，静静地享受属于自己的时空。

出差回来后，海鸿表现出温柔体贴一面，他早已经考完了驾照，家里有一辆十多万的雪佛兰，他也想让图南去考驾照。找了几个驾校和教练让图南选："你也去学车吧。"

图南不肯："你喝酒，让我给你当司机？我才不学！"

海鸿诚恳地说："学会开车很重要，是现代人必须掌握的一项基本技能，学会了，你就知道视野空间扩大了，心胸就开阔了。"

"你是说我心胸狭隘？"图南一听，立刻成了炸刺的豪猪。海鸿碰了一下她的手，顿时明白，图南一生气就手脚冰凉，没有再说下去，抱着图南轻声说："你想想看，不急。"图南也同意了："好吧，我再做做心理建设。"

图南心里升起一丝丝暖意，"你失恋了？回归家庭？"

图南一直认为，海鸿很少能从图南的角度考虑问题，他本质是自私的人，而图南深知他的自私，但就是心甘情愿地牺牲自己。不管怎样，就算人老珠黄，自己才是名正言顺的妻子，想到这，图南心安了。以爱之名，被爱所捆绑也是幸福的？

第十二章　大梦先觉

图南一直觉得男人和女人对亲热有不同的感受，自己要的不过是一个温暖的怀抱，你有事业就去忙好了，不忙的时候给个笑脸就足够，并不需要更多。

两个人彼此相安，海鸿打电话和他姐姐说，我们的关系是前所未有地好。他觉得这是妻贤子孝，岁月静好。两个家的家人都知道两个人爱起来惊天动地，打起来也是惊天动地。

男人和女人果然是不同的动物，初识，女人前面跑，男人后面追；婚后，男人前面跑，女人后面追。等到围城中的两个人累了跑不动了，或是结成亲情，共享阳光，共担风雨，修成正果；或是彼此相憎，大道朝天，各走一边，分道扬镳。维系婚姻家庭是最伟大的艺术。

第十三章　虎父犬子

鹿儿在学校体检，心跳过快，没通过。老师让图南陪他去医院复查，做彩超。图南急了。海鸿开车一起去了几家医院还是没做上彩超，都是人太多，排不上。不过，开了药，体检前吃下去该没事了。孩子还小，就算是心脏有问题，也会康复。图南安慰自己，也是在安慰鹿儿。

鹿儿在车上气恨恨说，病都是爸爸吓出来的。海鸿铁青脸色，大吼一声："闭嘴！"鹿儿立刻闭嘴不说话了。停车的时候，他说话口气令人恐怖，就像是从地狱里传出来的："你去死算了。"鹿儿又被吓得脸色煞白，一直在瑟瑟发抖，图南搂住孩子的肩膀，安慰他，数了一下心跳，又是一百二十多下。

回到家，鹿儿一个人悄悄地躲在书房角落里，用海鸿的语气，面目狰狞，握着拳头，发狠地说："吓死你！吓死你！"图南无言，心里也想说，可怜的孩子，在恐惧中生活。她走过去，轻轻地抱着鹿儿的手臂，鹿儿已经很高了，他站着，她抱不到他。鹿儿平静下来，反手抱着妈妈。两个人没说话，静静地抱着。图南能感觉到鹿儿慢慢平静下来，她始终不明白，虎毒不食子，为什么海鸿这个当爸爸的，对自己的孩子态度如此恶劣？

海鸿辗转反侧，不停地大声叹气，他是痛苦的，他期待她的安慰。图南狠下心来，装作没听见没看见，不想安慰他。你伤害我没关系，你不能伤害孩子。就当作没看见——这一招，不是你经常用

第十三章 虎父犬子

的吗？跑了一天医院，她也很累了。

今天是他的生日，谁想到竟是这样过的。吓到鹿儿当然不是他的本意，但他反复无常的态度往往让鹿儿无所适从。

这两天，图南的心里又翻腾着：只希望鹿儿赶快考好高中以后念个好大学，我就放心了。鹿儿能够离开家去外地读书，他才会健康成长，这个令人生不如死的家庭带给孩子的除了伤害，还有什么？图南又一次坚定离婚的信心。

鹿儿的质检考试成绩太优秀，全市应届生中排在八百名。父子俩放心大胆报了最好的一中，结果正式成绩距离一中差了四分；到第二志愿就差了六分了——第二志愿总分要减掉十分，于是，以总分第一的成绩进入第三志愿。学校离家最近，这应该是最大的好处了吧。

图南对鹿儿的高中生活充满了担忧疑虑，比初中时急迫得多，总是恨铁不成钢。

整理书房时，图南总能看到很多女孩送的小卡片和情书，显然，鹿儿并没有那么细心，图南将这些小东西放在一起，夹在一本书里，给鹿儿保存着，留着他长大以后再看，这些是对当初的单纯与美好的记录。

鹿儿只言片语随意写在纸上，发泄完情绪，随手丢掉。图南经常读到鹿儿生活的点滴。做卫生的时候，从废纸中，图南惊讶地发现，鹿儿谈恋爱了。

其实，懵懂的鹿儿在初中一年的时候，有一次，他写完作业，跑到厨房，好奇地问图南：

"妈妈，我可以谈恋爱吗？"

图南说："你太小了，等你长大才行。"

"可是，我已经很大了。"鹿儿不服气地说。

图南觉得很好笑，问："你为什么想要女朋友？"

鹿儿说："有人陪我玩啊。"

"你想要什么样的女孩？"

"我也不知道啊,长得漂亮的,学习好的,家世好的脾气都大;家世不好的,没脾气的又不好看。"他苦恼地说。

一个情窦初开的小男孩对一切都充满幻想,我要告诉他人生有多残酷吗?所谓爱情,只是一点点的化学物质,包括荷尔蒙和多巴胺。在这个物欲横流、光怪陆离的社会,他能找到真爱吗?不对不对,传说中的真爱也许有,图南不知道该怎么把话接下去,太高深的人生哲理讲不下去了。

"所以,你要很有出息才行,不然没有女孩能看上你。"图南哈哈大笑。鹿儿很害羞,他看妈妈笑,忽然问:

"你是爸爸的学生吗?"

"当然不是。爸爸只比妈妈高一届。你听谁说什么了吗?"图南耐心地解释。

"没有,妈妈看起来小,爸爸看起来老。别人说你是爸爸的学生。"鹿儿又问:"那你们怎么认识的?"

"在校园啊,可是,那是大学校园。"

"那我就不愁了,爸爸这样的都有人喜欢,我也会有人喜欢。"

"想找什么样的女朋友?"

"像妈妈这样的。要对我好。"

"那是不一样的,妈妈可以百分之百地对你好,可女朋友对你只有百分之五十的好,你们两个是相互的。你也要对她好。自己的女孩,你不对她好,会有人代替你对她好。"

"我这么优秀,当然我喜欢的女孩也优秀。"

果然是父子,自恋都是一样的。图南想到,和海鸿在一起,是大学校园里青涩的相识相恋。大学谈恋爱还是可以接受的。但是高中,图南觉得早了点,想来想去,还是要和海鸿聊聊孩子的事。"缺爱的孩子容易早恋,你能收收心,对孩子多点关注吗?""要清除一切影响孩子发展的阻碍!"海鸿又是暴跳如雷。

"这是不行的!"他满脸通红,对图南大叫:"鹿儿将来有更好的前途,要把感情扼杀在摇篮中!"

第十三章　虎父犬子

图南本想温和低调地处理，却变成了一场家庭大战。看着鹿儿噘着嘴倔强的样子，盛怒下的海鸿又动手了，他扔出热水壶砸向鹿儿，鹿儿居然一动不动，木头人一样，结结实实地挨了一下。头被砸了一个大包，幸好是温热水，水珠顺着头发滴落下来。图南很心疼，气得上气不接下气，大哭：

"你是管过他吃喝拉撒，还是管过他语数英？孩子你没有管过就给我打，你凭什么？凭你是他爹？你配吗？孩子不许你管！也不许你再动我儿子一根毫毛！"

其实，海鸿后悔了，有些时候他也怕图南，就是情绪上来无法控制自己。打了孩子他也是懊恼万分。可就算后悔，他也不会道歉。图南气到发狂，他不吭声了。她在床上哭了很久，哭得声嘶力竭。直到她抬起红肿的眼睛，看见海鸿和鹿儿两个围在床边，一起低头看着她，和以前一样，海鸿认错就是把手臂伸给她，让她出气，图南又掐又咬，父子俩都乖乖认错。

海鸿难得认了错，但又接着说，都是你们不对，孩子不应该早恋。如果不早恋，不可能考不上一中，他是有实力的。初中的事早就翻过去了，他又提起这件事。总是挑孩子的错，会使孩子变得胆怯自卑。

图南非常恼火。本来只是个火花，他偏偏点燃成熊熊大火。他对图南说，你一说孩子的事，我就头皮发麻，血往上涌，忍不住怒火。图南说，你放心好了，以后我自己管孩子，不劳你费心。

鹿儿的初恋女友打到家里来的电话，被海鸿接到，图南拦都没拦住，听着他对那女孩说不堪入耳的话："我儿子要读博士的，不会要你。你是什么东西，玩玩就算了。"

"可怜的孩子！"听得图南都受不了，刚刚知道爱的小女孩战战兢兢地爱你儿子，她做错了什么，竟被污言秽语打击。图南气得直骂：

"你这是人做出来的事吗？"

图南打了几次女孩电话，终于打通，图南诚恳地向女孩道歉。

本来，图南也反对早恋，这下，图南觉得孩子有人爱是幸事，纯真美好的感情是可以点亮人生的，不管什么时候想起都是一段甜蜜的回忆，不该去剥夺，图南也想，如果当年不是和海鸿在校园里恋爱，肯定不会到今天。图南想起了当年，父亲的反对更是把自己推到海鸿一边。所有的一切让时间去证明吧。

第十四章　众生皆苦

　　海鸿睡眠也是越来越差，忽然他翻了个身，说起梦话："做我老婆，可以吗？"图南有点疑惑："我就是你老婆。"海鸿像是被吓着了，他猛然倒下去。图南望着窗外摇曳的杋果树，想了好久，直到天亮。最后忍不住，揪起海鸿问，是不是做梦还想娶老婆，海鸿难过地说，"我就是想要一个完全属于自己的老婆。"心里一动，酸酸的。到底为什么？毕竟那是她唯一的男人。

　　你想要什么？图南又同情这个男人，他太失败了。要老婆，你配吗？图南同时也检讨自己，我做得不对，那我也改变自己，不再吵架，努力做个好妻子，我能做得到。

　　假期回老家，给公公上坟，丈夫指着墓地右下方说，等我们死了，就一起睡在这里。图南坚决地说："我这辈子过够了，夫妻情分到此为止。千万不要和你葬在一起！"

　　海鸿有点诧异："你不是我老婆吗？"

　　"不是！"图南斩钉截铁地说。

　　海鸿很生气："你为什么总是这样？我对你还不够好吗？"

　　图南回来后再三对儿子说，"如果我死了，不管把骨灰撒在山上还是海里，我都没意见，就是坚决不要和你爸爸同墓。这辈子已经够了，下辈子宁愿当孤魂野鬼，也不和他在一起。"儿子笑了，说："那你就活得长点，你早死的话只能和他同墓，你死在他后面，我就听你的。"图南觉得这个混蛋儿子说得挺有道理。

图南已经学会不吵架，尝试着尽力维护家庭，尽量安排全家出游，可换来的是鹿儿的逃避和海鸿的沉默。图南还在网上买了几件精致的内衣，主动去抱海鸿，可是他远远地躲开，不管是身体，还是灵魂，他都已经不在家里了。

图南才想明白，这是他彻底地爱上别人了。鹿儿长大了，逐步产生了强烈的个人主义，宁愿提前一两个小时慢腾腾地走去补课，或是一个人看着江水发呆，也不愿和愤怒的父亲、委屈的母亲一共出游，不管图南如何安排，本来就难得的一家三口出去玩的机会，再也没有了。

上班途中，一起坐通勤车的同事们一群人一起走，提到做饭，图南说我是饲养员。有一个老师就问，你那么贤惠，老公怎么有备胎？图南咬着牙笑说："成功男人都有啊，没有的证明不够成功。"

彭博说："你可真现代。"

图南说："我是很传统的。"

彭博对图南说："学校领导收到了李勇举报海鸿和王怡有不正当的男女关系的信件，但这种事情，口说无凭，李勇没证据。"

图南默然，就算我有证据，可也不能为打老鼠伤了玉瓶啊。

话虽如此说，但心里还是非常难受。谁都可以来嘲笑我。每个女人都可以为丈夫骄傲自豪，可我不能，我以他为耻。

图南每次难过的时候都在想，不被所有人祝福的婚姻已经预示了一个悲剧，我所有的付出，我不后悔。如果没有亲身经历过，是不是还在怀恋那个翩翩的白衣少年？可谁又知道呢？路，不是自己走一遍，难道不是缺憾？只有经历过才能知道是怎样的崎岖坎坷。

图南每次都把精心搭配好的上衣和裤子用衣挂在一起，这样丈夫就不会穿错。熨烫永远笔挺的衬衫西裤。海鸿每次出门直接拿一套穿，他对自己容貌一直自信，俊美不失男人味，身高体重标准，再加上图南为他选择的适合他气质的服饰，整个人整洁清爽。已婚男人的仪表风度其实都是带着妻子的审美和品位的。那些女人爱的

第十四章　众生皆苦

哪里是他，她们爱的是图南改造的、带着图南气息的他。

图南给他买的都是大牌子的衣服，几百几千，图南都没有心疼过。她都自己去大商场买，尺寸也都合适。他最不喜欢逛街。几乎每次逛街总是在生气，还没进商场，就玩手机，没走几步路，就喊，渴了，饿了。久而久之，图南只好自己去买东西，可一出去，海鸿的催命连环电话就跟上来了，遥控机器人一样。图南都是急匆匆的，以最快的速度抢购东西。

图南自己穿的是地摊货，要么网购衣服，几十块钱而已，一穿就是十几年，海鸿还嫌弃她乱花钱。总说你要买就买像样的东西，别什么都敢穿。

这也确实是上天对海鸿的偏爱，只要是给别人看的，脸上、手上、皮肤都特别好，湿疹只长在别人看不到的腰部、腿部。图南也愤恨自己，为什么十几年过去，男人变得帅了，女人变得丑了？最丑的地方还长在脸上，有那么多色斑；双手对所有的洗衣液洗洁精过敏，总一层一层地掉皮。即使戴橡皮手套，手也是过敏起泡掉皮。去了医院，医生说这是"主妇手"。不做家务，手自然就好了。可是，家庭主妇怎么能不做家务？婚前，图南也拥有过柔软白皙的手。丈夫出身农村，什么脏活累活没干过？结婚多年，油瓶子倒了都不扶，手保养得修长白皙，真是不公平！

得知丈夫出轨的那一刻，图南震惊、愤怒、委屈、绝望。愤怒的海啸席卷一切，内心顿时一片空白，无数的白昼黑夜，都能听见心破碎掉落的声音，浑身发抖，全身无力，看不到美好，独自生活在无边无际的黑暗中。就连丈夫偶尔送的鲜花，她嗅到的是带着坟墓里死尸的污秽的气味。

这个说爱她到永远的男人，转头就去爱别人了，屡教不改。自己掉进无底的深渊，永世不得翻身，只要想到"出轨"两个字，就会像疯子一样尖叫，像斗败的野兽独自舔舐伤口。她没有地方去倾诉，因为这是她自找的。不顾所有人的反对，一意孤行去裸婚。什么都不要，就给了他一个家。她想将来有家了，他会变的。将来有孩子了，他会变的。是的，会变的。可是越变越坏，坏到没有底线。

因为他聪明，他知道她在乎什么。面子。她想证明她的选择没错，她不敢向外求助，面子比生命还重要。她在乎孩子的感受，要给他快乐美好的童年，哪怕假象。他就故意当着孩子面骂她"婊子"。这么多年，她全心全意付出，换来的却是没有底线一而再、再而三的无耻背叛。

每天忙前忙后，奔波于学校和家庭、超市的三点一线，孩子的感冒发烧、被动吸烟引发的哮喘是她的错，丈夫挑剔的饮食起居没照料好，衣服没熨平，还是她的错。她苦苦追问：他到底为什么要出轨，难道自己做得还不够吗？凭什么？凭的是她好欺负啊。他吃定她了。觉得她可以原谅他一次，就可以原谅无数次。

晚上没什么事，儿子补课去了，丈夫不在家。独自散步的图南走到东北老乡大哥大嫂家，他们的孩子在这边读大学，正好他们下岗，就一起跟过来了，大嫂说做了一辈子财务，说不想再给别人打工，只想自己做点简单的事，她在学生街卖东北饺子，大哥在一家公司做司机，日子倒也过得有滋有味。

海鸿初识大哥大嫂的时候，图南和鹿儿还没来F城，一个人总在外面吃饭，有一次在大嫂的店铺里吃饺子，一聊天聊得很高兴，大嫂说，都是老乡，收什么钱？死活不肯收，以后像亲戚一样，逢年过节相互走动。图南有时候也跟大嫂说说话，逛逛街。

有一天和海鸿吵架，海鸿大骂她滚，她跑到大嫂这里。大嫂马上给海鸿打电话，海鸿带着得意扬扬的神色过来接。

他趾高气扬地问："你还能跑到哪里去？跑得出我的手掌心吗？"

图南委屈地说："总有一天，我会离家出走。去一个你找不到的地方。"

去大嫂那里一点用也没有，反而让大哥大嫂笑话，图南以后

第十四章　众生皆苦

很少在他们面前提及和海鸿的争执，大家相聚也不过是吃吃饭唱唱歌。

在 F 城，大哥大嫂确实帮了很多忙。他们的女儿阳阳是个特别优秀的孩子，不但人长得漂亮，学习也好，还特别懂事。图南常常想，人生的科目很多，学业、恋爱、婚姻、事业、父母、子女，功课不可能门门优秀，有一两个成功就是人生赢家了。两个下岗工人能培养一个硕士女儿，这就是成功。后来，图南才惊讶地知道，大哥大嫂下岗后开过歌舞厅。多年的积蓄全部投入进去，生意失败才做小本经营，原来生活都是如此艰难。

第十五章 一错再错

一天，海鸿回来的时候，图南问他，你还吃饭吗？海鸿说在外面吃过了。他回不回来没关系，风平浪静的日子挺好的。平时图南懒得问，他也懒得打招呼。可他偏偏嗲嗲地多说一句："请鹏龙的弟弟吃饭。"咦？图南敏锐地捕捉到了，果然和女孩子亲密地在一起久了，连神态和语气都不对。

"鹏龙是谁？"图南没听过这个名字。

"学生。你不可能知道我的每个学生吧？"

图南异常警觉地发现他又兴妖作怪了。偷看一眼他的手机，来电显示是鹏龙，这是一个陌生的新号码，记忆里肯定没有这个号码。

图南拿起手机回拨过去，说话的却是一个娇滴滴的女孩。把一个女孩的名字换成男孩名，唉！这谎撒得太没水平！查下去，几乎每次他们通话都是在海鸿不回家的晚上，图南有点受伤的感觉。又开始骗人了。不喜欢我没关系，又何必骗我？直接说就是了。没有爱情了，这样的婚姻有存在的价值吗？

图南记得他有一个 QQ 好友，经常聊天。他说是男孩。头像确是男孩的形象，昵称叫做"生煎馒头"，但语气用词和表情都能让图南直觉这是个女孩。图南悄悄记住号码，加了 QQ 好友。生煎馒头问图南，你是谁啊？图南直接留了自己真实姓名和电话号码。

图南经常看她的空间，她最近的说说是："弯路，每一次尝试都有意义。我们的生活充满未知，即使现在抄了近道，未来再回头

第十五章　一错再错

看，还是走了弯路。"她不但点了赞，还留言："时间会证明正确与错误。"

海鸿曾在 QQ 里对生煎馒头说："我喜欢你"。图南绞尽脑汁，足足想了半年。这句话放在具体的语境中可以说。一个老师喜欢学生，这话原本没错，但要是单独说起来，语气和含义肯定不同，可以暧昧，隐晦，潜台词是："我喜欢你这个人，下一步，你应该很清楚怎样做了吧"。也可以光明正大，"你做得不错，我肯定你的成绩和努力。"

学生毕竟人生阅历和社会经验不多，她们会盲目地喜欢风度翩翩的男老师。

老师与快递员、保洁员一样，不过是社会分工不同，职业而已。恪守教师的职业道德，做好"传道授业解惑"就可以了。如果老师未婚，师生恋也是可以的，沈从文和张兆和的爱情故事传为佳话。结局也不过如此。可男老师有妻子孩子的话，还是不要玩火的好。

图南做了一个奇怪的梦：梦见丈夫和一个年轻貌美的女人睡在一起，图南大骂海鸿：你还要脸吗？不注意影响！可又吵起来了，海鸿又一次充分发挥花言巧辩的优势，振振有词地说：这是正常工作！

"什么工作能睡在一起？"图南发狂了。他没有任何悔改之心，转身就走。最后，图南忍无可忍把那个女人杀了。尸体扔在沙发上，流了很多很多殷红的血，地上一大摊，杀人凶手却毫无悔改恐惧之心，居然还愉快地让丈夫去看，海鸿扭曲的脸，他发出一声尖叫，他被吓坏了，像一部恐怖电影。梦如此真实。

图南真的想知道，他爱过自己吗？睡觉时，他喜欢把身体或手放在自己身上，他总喜欢抱着自己睡，可图南现在只想逃离。图南把压在自己身上的海鸿的手放下，又深深地叹了口气。

从梦中醒来却丝毫没有内疚感，大概这段时间太累了吧。白天上班，下班做家务，辅导孩子，晚上绞尽脑汁当福尔摩斯，一闭上眼睛就开始复盘电话、短信、QQ、微博、邮箱。长期的睡眠不足，明显感觉脑力精力下降得太多。

图南总是想那个梦：为什么我能没有愧疚地杀人？也许我的天性中有类似于麦克白夫人的那种残忍和嗜血？女人被逼急了，什么都能做出来。很可怕，幸好只是梦。

"唉，在一切有理智、有天性的生物当中，我们妇女是最不幸的。少女时，我们便憧憬能遇见称心的夫君，结婚后更能和爱人长相厮守。我们总是把珍贵的爱情看得比性命还重要，从不理会即将降临的灾难和困苦。"希腊神话中美狄亚在盲目的爱情中帮助伊阿宋得到了金羊毛，她背叛父亲和国家，到科林斯过上平静的日子。可是，伊阿宋决定和科林斯公主结婚。美狄亚无奈之下杀了自己的两个孩子，毒死了准备做后妈的公主。美狄亚最后逃到了愿意庇护她的瑞典。

图南一直想，不知年老的美狄亚回忆当年，会发出怎样的感慨？报复谁呢？没谁可以报复，好聚好散就是了。丈夫嘛，相爱一场，何况还有个孩子，怎么下得去手？情敌嘛，自己家的猪没本事看住，偷偷拱了白菜，他们一个愿打，一个愿挨，关自己什么事呢？！

虽然当时吵架的时候总说，你敢再出轨，我把你作案工具剁下来！当时海鸿也在吵，你身子不让我碰，是不是你外面有情人？你要为他守身如玉？图南说，你喜欢出轨，就以为我也是？你有帮我做过家务，带过孩子吗？我需要你的时候，你在哪里？孩子生病发烧的时候，你又在哪里？海鸿说，你冷冰冰的，不能总让我奸尸吧？图南说，怪不得我睡着睡着，睡衣就没了。你那么脏，恶心死了，不许再碰我！海鸿说，不碰就不碰，再碰你，我是混蛋！图南说，好啊，你记得你说的，不许再碰我！孩子高考完，我们离婚！海鸿说，离就离，你以为我怕你吗？相爱没有用尽全力，吵架却用尽了全力。

图南本来不想深究，就这样冷冰冰地过下去吧，不需要爱情，不需要温情，两个人有个孩子维系，孩子跑来跑去传话，他玩他

第十五章　一错再错

的，图南懒得管也不需要管。这样挺好。但海鸿明明出轨，却要把脏水泼在图南身上，图南觉得一定要还自己一个清白，我能出轨？亏你怎么想得出来！多少次，图南已经知道了答案，刚想放手。但海鸿总能愚蠢地恰到好处、不断地激发图南强烈的追根究底的好奇心。她十分迷茫，这是怎么了？他为什么这样信口雌黄？就算丈夫已经不再是丈夫，他应该还是一个朋友吧？怎能是不共戴天的仇人呢？

海鸿总是充满自信，一个被妻子打理得衣着得体、文雅帅气的老师总是受学生的拥护，而这个专业女生占了大多数。第一节课，他自我介绍的时候就留下了手机号和 QQ 号，加他 QQ 的学生很多。他说话风趣幽默，上课时候，忽然有个女生晕倒了，在全班同学的惊叫中，他立刻抱起她去了医院，医生化验检查后，发现她只是低血糖导致的休克。老师对她嘘寒问暖，女学生对老师产生了深深的依恋，是一个俗得不能再俗的校园师生恋故事。

他会特别关注她的一举一动，她的任何小情绪，这包括课前课上直至课下的精神状态，一眼就能看穿她的内心。他喜欢偷偷看她，目光愿意追随她的背影，用只有两个人才懂的眼光和密语交流，世界变得美好而明亮。

图南一想到这些，觉得心底往外冒泡泛着酸，说不清是好奇，还是仇恨，图南咬着牙，继续查。这世界上哪里有什么秘密？只要有锲而不舍的精神，总会解锁所有的故事。

这个女生的名字叫以寒，是个发育得很好的漂亮女孩，学过画画，气质也不错，又很要强，一直在拿奖学金，那个"生煎馒头"就是她。一个年轻美丽的女孩子能有什么错呢？图南没有了憎恨。联系了以寒，她很好奇，因为有共同好友，虽然不知道图南是谁，还以为是暗恋的男孩的妈妈，所以加了好友。加了一年多，通过和以寒断断续续的聊天，图南逐步还原一段真实：

2013 年 10 月 10 日

图南 你好！

以寒　嗯，我一直很好奇，你是哪位？
图南　我同样对你好奇。
以寒　额……
以寒　你加我的吗？
图南　是啊，你是个活泼可爱聪明美丽的小女孩。
以寒　你39岁？
图南　对啊。
以寒　……
图南　放心啊，不会伤害你的。
以寒　嗯。
以寒　没有见过我吧？
图南　没有。
图南　可以见见的，哪天和你逛街？
图南　请你吃饭。
以寒　……
以寒　你在F城？
图南　对。
以寒　是不是在群里加我的？
图南　在别人的QQ里见到的。
图南　以为是小男孩。
以寒　哪个人？
图南　无所谓是什么人啦。
以寒　很疑惑。
图南　不用疑惑。
图南　反正我长这么大，没害过人，也许在别人眼里，我不够好。
以寒　我没说你害人……
图南　但我觉得自己挺好的。
以寒　就是想知道是谁啦。
图南　我的电话给过你的。

第十五章　一错再错

图南　158XXXXXXXX 图南。
以寒　你不会我同学的妈妈吧？
图南　不是。
以寒　发来一个可爱的图片。
图南　好可爱的孩子。
以寒　我们没见过吧？！
图南　确实没见过面。
图南　看你的日子过得好潇洒，可惜我结婚太早了。
以寒　只是看起来不错，现实就自己知道。您孩子跟我差不多大吗？
图南　差不多。
图南　现在还没男朋友吗？
以寒　你是要介绍儿子给我吗？
图南　那……不是。
以寒　嗯。
图南　额，儿子比你小几岁，不合适。有机会，我们可以见个面的。
以寒　为什么想见我？
以寒　你住哪里？
图南　住上渡，我知道，见与不见，你都很漂亮。
以寒　没有吧？
以寒　……
图南　真心是喜欢你。希望你快乐。本来不想打扰你。你是管理学院毕业的？
以寒　我感觉我可能认识你身边的人吧。
图南　应该是。
以寒　没事，你说吧。
图南　没什么说的啊——远远地看着一个孩子的生活，不会给你带来什么麻烦。

以寒 嗯。
图南 只有羡慕。
以寒 你是北方人？

以寒在看图南的资料，图南 QQ 的信息都是真实的，就连真实的电话号码都挂在上面。

图南 对。
以寒 我知道了。
图南 知道什么？
以寒 有一老师北方的。
以寒 你是他朋友吗？
图南 不知道是不是同一个人。
以寒 你说说，可能我认识，呵呵……
图南 嗯。
图南 希望我没影响你。
以寒 你朋友是海鸿吗？
图南 哦，不是朋友，是丈夫。不过，我要和他离婚了。
以寒 嗯。
以寒 为什么？您说吧。我听着。
图南 有错是他的，也不是你的。没想伤害你。
以寒 都是过去了。我从来没联系他。
图南 抱歉……
以寒 我也很抱歉。
以寒 当初不懂事，给你造成困扰了。
图南 没关系，我没怪过你。
图南 不好意思，我这有学生来找我，有点事情要忙。我们有空再聊！
以寒 好的。

第十五章　一错再错

学生有活动来申请教室，图南赶快看策划书，研究活动方案，刚忙完就过了下班时间。那就明天再聊吧！

回家路上，图南想不通，自己眼里的丈夫是典型的直男癌，不可能有情人。谁知道私生活竟如此丰富多彩！戏演得还真是好啊！

可是，就算图南都懂，什么都知道，博览群书，口齿伶俐，可还不是被他骗得团团转？恋爱时狂热，一孕傻三年，孩子出生就成了生命的重心，放弃了自我，胸无大志，目光短浅，在家里不梳头不洗脸，穿着丈夫的旧 T 恤、老妈的旧裤子就敢出门赴宴。

该让自己重新做回精致女人了，先天条件并不太差，稍微打扮一下就很出众的图南，痛定思痛，买几件衣服，涂上口红，走在路上，耳目一新。

小三，其实鹿儿是第一个小三。有了孩子，图南所有的爱都给了宝贝儿子。图南真的没有怪以寒，海鸿是一个和她妈妈同岁的男人，有一定的生活阅历，他那么聪明，完全可以让一个不谙世事的女孩为之神魂颠倒。

反正离婚是离定了，王怡有家有孩子有老公，又诬陷自己有外遇，海鸿应该比自己更清楚，她为人虚伪，和她玩够了也就算了——不对，看他们通话记录，王怡更主动，说了更多的恶心下流的话，图南没法继续看下去，可究竟是谁玩谁，有什么关系呢？

若是以寒和海鸿两人真心相爱，这个丈夫送给她，成人之美。

难得海鸿在家，他居然深情款款地说："南，我爱你。"伸手抱住了图南，图南腰间顿时被硬东西顶住，她轻轻转动身体；他本想亲吻一下图南，可图南的脸习惯性的微微一侧，完美避开："你又想干吗？我要准备晚饭了。"其实，图南做梦都想要得到他的热情拥抱，爱人彼此拥抱是世界上最美好最无价的珍品。

多少次，图南可怜巴巴地问："你抱我一下行吗？""你就不能陪陪我？"海鸿却把她推开，独自玩游戏看电视。时间久了，图南从失望到绝望。

海鸿只想要做爱，不会浪费时间陪妻子废话，拥抱是奢侈品。甜言蜜语是用来讨要东西的，图南痛恨他这种目的性强的暧昧动作，在你眼里，我不是你的爱人，不过就是工具，复制你DNA、发泄性欲的工具。看着海鸿悻悻地走开，图南有着报复后的愉悦，我不想要，我也不给你。你太脏了。

忽然，电话铃声响了，两个人都吓了一跳。一声又一声。图南紧张地注视着他拿出手机，是大哥海文打来的。顿时，两个人明显地都松了口气。他说一切都好。都好？哼！说假话从不打草稿，明明知道，她整天想的是怎样离婚。这种念头根深蒂固，再不会改变。她不再介意他的所作所为，因为她放弃了。不再期待他会有所改变：婚姻是两个人的，你既然是你，你不肯为家庭做哪怕是一点点的牺牲，我也要做回我自己。你不再是我生命的一部分，我放手了，你自由了，我也自由了。

图南辜负了人生最美好的年华，把时间泡在洗衣粉和洗涤液中，在锅碗瓢盆的交响声中抹去五彩斑斓的色彩。好在图南还有期待和梦想，所以不再和海鸿吵架，冷漠就是对负心人最大的报复。对于家庭的付出，图南并不是无怨无悔，她觉得自己虽然不虚荣，但也像《项链》的女主人公一样经常想起自己美丽的时候——菁菁校园里憧憬未来的长裙少女。她开始更多的抱怨和不满，觉得自己上当受骗了。

男人和女人果然不是同一类的动物。哀莫大于心死。图南觉得自己已经没有幻想了，但在海鸿看来，图南变得越来越好，大度豁达，温柔可爱。她再不像跟屁虫一样走到哪里跟到哪里，问都不问，吵都不吵，她乖乖地看着消音的电视连续剧，自己故意挑衅，拿遥控器乱调一气，她都不吭声，怎么欺负都可以。只是安静地陪儿子，躲在书房角落看书。

图南上班的劲头很足了，一想到还可以有人聊天，她很开心，每天津津有味地阅读丈夫与以寒的爱情故事，仿佛这件事与自己没有丝毫关系。

第十五章　一错再错

　　以寒对海鸿说做了一个甜蜜的梦，梦见两个人在一起了。按海鸿的话，以寒主动送上门，不需要负责，干吗不要！但以寒的说法，则是海鸿先帮助她，先喜欢她的。谁主动不重要，重要的是两个人都在推卸责任。没有担当的两个人也配谈爱吗？都不是什么好东西，结果都一样。如果两个人都勇于承担，图南会更尊重他们，这算是什么？她无法理解，要是自己爱上别人，一定正大光明地告诉海鸿，我们分手吧。我爱上别人了。就算自己出轨，也会说，是我爱那个人，我要属于我的爱情。婚姻里没有了爱情，就像生活在荒漠里。有了新欢，最好的方式就是坦白，又何必骗人呢？

　　人之所以是人，就是有着高贵的品格，不屈的灵魂。不会因为自己的私欲去伤害别人，这不是最基本的吗？

　　"不，我真的爱你！和别人的事，那就是瞎扯淡的！"海鸿的话。

　　"你和她若是真心相爱，我情愿离开，我愿意成全你的幸福。"

　　"不，我真的爱你！那真是瞎扯淡的！"

　　"这样我才更恨你，你人品卑劣！"图南冷笑了。

　　图南心情极其复杂，海鸿，我恨你一辈子！死都不会原谅你！

2013 年 10 月 14 日

图南　那段时间真的很平静。他心情不好，就会吵架。

以寒　平静……

图南　他和你在一起的时候，家里平静。

以寒　他也会跟我发脾气。我受不了。我以为他是稳重体贴的，结果不是。

以寒　只不过把不愉快全放我这里，他不愿意和我结婚。

图南　他说不愿意？

以寒　是。不愿意。我不会骗你，你放心。

图南　他没足够的耐心，对谁都是。

以寒　虽然我现在很讨厌他，有次我生病，他冒雨一早送我去医院，我才动心。

以寒 因为没任何家人陪着我,也没有异性对我这么关心。

图南 ……我生孩子,他都没时间理我……我生病,孩子生病,他都没陪过,好不容易做顿饭,脸还是臭臭的。

以寒 忙工作吗?

图南 和别人喝酒。

以寒 你现在还爱他吗?

图南 没什么爱不爱的,他根本就不懂什么是爱。我打算离婚。

以寒 至于离婚,他不会离婚的。

图南 儿子高考,都不知道理综考什么,问我五次……还没记住。

以寒 他真的很忙吗?

图南 你说他忙吗?再忙,儿子总要关心一下吧?教师工作,应该算清闲吧?你们在一起的两年,他上的课,并不多。有些课,还是我上的。

以寒 算吧。可能因为你在,所以把一切都给你安排。他跟我提过你们孩子,然后说了他很放心你带孩子。你在他心里位置是别人没办法取代的。

图南 他聪明、自负,其实是有点蠢,其实,和他好的,还有个王老师。

以寒 至于你说王老师,也是过客。他很自负,需要别人顺从他。

图南 王老师有丈夫有女儿……

以寒 有婚姻,还……

图南 对。所以我觉得还是你比较靠谱。

以寒 这样真过分了,不管是他,还是她。我以前很怕遇到你。

图南 怕什么,又不会吃了你,我们之间只剩下一纸结婚证书。

以寒 感觉自己破坏别人家庭,理亏……

图南 我讲理,有真爱,我放手。自己的婚姻有问题,才会有更合适的人。

第十五章 一错再错

以寒 我觉得离开他，我过得很好。

图南 我也这么想，离开他我也会过得更好。不必再做家务，不必看人脸色。

以寒 要是真的已经想好，我也支持你。我也是，不用再受他的坏脾气。不用再被他折磨，一点都不是自己想要的生活。

图南 哈哈，我们两个一起过吧。婚姻是牢笼。人送给你了。

以寒 我现在每天跑医院。

图南 跑医院？

以寒 我得了一种病，可能以后生育有问题。

图南 妇科病？

以寒 多囊，好像遗传。

图南 没关系的。做过人流吗？

以寒 没有。我从来没有怀孕。

图南 还算对得起你。我一共做了三次人流了。

图南 现在医疗这么发达，没事。

以寒 嗯，但我这个病很麻烦。

图南 有需要陪去医院，可以叫我去。

以寒 嗯，有在积极恢复，医生说调理到结婚再做打算。

图南 那就好，信心很重要，放心吧。

以寒 可能我的另一半会在意的，我其实很后悔，自己心里也很害怕。

图南 其实，他对你挺好的。没什么，遇到王子前，都会遇到混蛋的。安心治病吧。有时候，是心病。

以寒 嗯，我现在挺开心了，上班治病，也就这么简单。

图南 心病作用在身体上，让精神放松。说实话，一直也怕，让你难过。

以寒 你今天跟我聊天，我反而觉得心里石头落下来了，好受点。因为我很怕面对你。他有跟我说过，你要见我。

图南 骗人的人，心里有鬼。他没说我很不讲理？我很凶残？

以寒　有。这个有说过。
图南　他经常和别人这样说起我。
以寒　吓我，叫我自己小心点。
图南　为他的外遇找借口而已。
以寒　出问题他不管，他这么警告我。
图南　我都知道的，你不是第一个，也不是最后一个。你真是小傻瓜。他不管？无耻。出了任何问题，他都要负责的。
以寒　当时我还没社会经验，我不懂。听他说我也很怕。等我开始慢慢明白，我才发现，他要的只是性，我知道他外面找过小姐。他不爱我，一点都不爱我！
图南　你们在一起的时候，大二？2011年？
以寒　嗯，应该是，他去上公选课。
图南　那时候你是在校生？
以寒　嗯，我舍友选他的课，叫我一起去听，她说老师她认识，然后我就陪她一起去，下课她有去跟他聊天。
图南　就是说海鸿在上课，发生关系是大二。
以寒　是，然后他叫我去上他的课，主动找我要联系方式。
图南　他说他累，我要给他送饭，从北区到南区，他却和我发脾气，说买的菜难吃。
以寒　嗯，当时我也不清楚他什么情况，后来他有加我QQ。为什么你这么爱护他，他还要这样？
图南　不知道……
以寒　我也受不了他脾气，他想干吗就干吗，都是必需的。
图南　看来女人们都喜欢惯着他……
以寒　是，后面他就为所欲为，不听话等着瞧。
图南　那你知道，有我的存在，怎么还会陷得那么深？他威胁你？
以寒　他说他爱我，我生病了，他陪我去医院，帮我排队。
图南　我明白了……威胁，没人怕，爱才是。

第十五章 一错再错

以寒 我觉得没有一个男人，这么对我，下大雨，陪我去医院。我就越来越不能自拔。

图南 他想要的时候，能做任何事，一旦到手，也就玩腻了。

以寒 但是我不想跟他发生什么，但是见面又没办法拒绝。当时我也心理压力很大，我觉得他只是把我当做性工具，只是追求刺激。

图南 我明白，他没空听你的想法，他只喜欢上床，你们的聊天我见过一些。好好的兰花被猪拱了，不懂怎么安慰你。

以寒 嗯，除了上床需要我，他从来不会联系我。

图南 有你电话，没敢打过？

以寒 你还是他，他说你查了他通话记录。

图南 我有你的电话，通话记录也查过的。但开始不是查你。他吓唬你是对的，不然一对口供，他的假话都暴露了。

以寒 他说叫我小心，你回去学校找我，包括他甩开我的时候。

图南 是有一次看到了你发给他的短信，你说感冒了，头晕不见面，怕传染给他。让我替他监考，说不舒服，生病。我自然去了，回家让他吃药，他不吃，无意间看到手机才明白的。

以寒 也是吓唬我，他那个时候是见我了。

图南 我对他那么好，又怎样？没有一句是真的。不知道是天下男人都这样，还是我们遇到的人太极品？

以寒 男人都不会让老婆知道自己外面干吗了。差不多，女人也是，有了孩子有了婚姻，照样出轨，不只是男人。

图南 当他身边的女人都离他而去，他会明白他错过了什么。

以寒 是，他不懂爱别人，只是索取。现在他还是跟别的女人一起吗？

图南 上天已经很恩宠他了，一路有难，总会绝处逢生，但他自己不珍惜，我不知道。现在我的心不在他那里，在儿子那儿。

以寒　除了他对感情极度泛滥之外，其实，他是个挺优秀的人，以前我很羡慕你。

图南　有什么好羡慕的？我们之间除了一张结婚证书，就剩个儿子。一个身体和灵魂都不在家的丈夫，谁想要就拿走吧，我还要谢谢她。

以寒　因为当时我也不知道。我以为他就跟我在一起，没别人，一旦他不在我身边，我就发慌。

图南　找小姐的事，你怎么会知道？

以寒　他跟我说的。我以为我离开了，他跟你一直都是好好的。

图南　毕业就结婚，他家拿一千块钱，结婚没有典礼没有婚纱，一直在困苦中过来的，没有怨言，我以为找到了一个好丈夫。

以寒　中午了，你不休息一下吗？

图南　好的，午安！

　　图南把发生的事件联系起来，解决了很多谜团，但有更多的谜团出现，图南心里更加迷惑，到底为什么？怎么会这样？眼前的这个人到底是人是鬼？同床共枕快二十年，图南看不懂了。仅仅为了私欲，就可以为所欲为吗？面不改色心不跳地撒谎！感情，究竟价值几何？历经风雨才走到今天，为什么他不懂珍惜呢？是自己太卑微了？心甘情愿为他做一切？可是，爱一个人不是应该全身心投入吗？

　　爱这东西，果然难以捉摸，不管身体上的吸引，还是精神上的吸引，终究要两情相悦，他们的恋情持续了两年多。这两年多的时间里，图南感觉自己完全是个傻瓜！

第十六章　反目成仇

图南忽然想起来一件事，她问海鸿："李勇哥为什么举报你？你们平时好得像一个人，整天在一起吃吃喝喝，搂搂抱抱，那么有默契，恨不得穿一条裤子，没见过你还跟哪个人关系这么好过。要不是你出轨找女人，我甚至怀疑你们是同性恋。"

海鸿说："你不知道他喜欢举报吗？他兼职上课的那几所学校的系主任他都举报过。"

"为什么？"图南好奇地问。

"他这个人认死理儿。"海鸿不屑地说。

图南说："怎么回事？"

海鸿说："学生找我这边投诉，他上课坐着念课本，我去教室看，说了他几句。他不服气，就开始举报我。"

图南问："你是怎么说的？话说得严重吗？"

"也没说什么，不严重，就是说，上课不能坐着。"海鸿无辜地说。

"他的课上得太多，一学期五六百学时，他太累了。"图南说。

"我知道，可我该怎么办？"海鸿无奈地说。

"你本来可以说，李老师今天身体不舒服，已经在抱恙上课，大家给点掌声表示一下感谢，好不好？学生就不会挑剔他坐着了。"

"他还举报我，说我让学生做习题，出去抽烟。"海鸿愤怒了。

"你请他吃顿饭，聊聊就好。有个朋友不容易。"图南好心地说。

"我解释了,没用。"

"还是要再努力一下。"图南劝。

"他这种人,就是垃圾!你还帮他说话?你为什么不站在我这边?"海鸿忽然变脸,破口大骂。

图南生气地望着海鸿,这个情商负数的家伙,就是学不会做人!

直率的图南遇到口无遮拦的海鸿,两人相互影响的结果是双方智商和情商都变得更低。图南一直没搞懂,海鸿足够聪明,他明明知道该怎么去好好说话,可是他就是不好好说话,是这个人不值得,没必要?还是他根本不想?

刚到F城的时候,户口落不下来,孩子要用户口上学,海鸿也急得团团转,图南问:"为什么落不下来?"

海鸿说:"他们要家访,证明我们住这里。"

"他们哪里有这个时间精力?我们要乖乖在家等着——这样拖下去,影响孩子读书了。"

"对啊,那怎么办?"

"你去买两条好烟去送给人家,我们外地来的,没房子住,当然是住这里的。你和他好好说说,这不违反原则。"

"能行吗?"海鸿犹豫着。

"你到底去,还是不去。你不去,我去!"图南急了,她平时马马虎虎,只对儿子的事上心。

看着海鸿万般不情愿的样子,图南觉得很惊奇,变化太大了。以前的他不是这样子的,意气风发,哪里有他做不了的事?现在怎么会这样懦弱如鼠,羞于见人?最后,他还是去了,大男人在家,终究不能让小女子出面办事吧。户口的问题最终解决了。

也许真的是工作压力大?其实高校老师工作弹性很大。仅仅完成规定的课时,不上新课,不求上进,混日子是很舒服的。可是要多上课做科研,就非常辛苦了。大学里一节课上课时间只有五十分

第十六章　反目成仇

钟,可这需要几倍的五十分钟去备课、做课件。尤其是还担任几个学校的不同科目的外聘教师。大学生知识面广,思维活跃、有才华的学生多,想糊弄不容易。一旦口碑没有了,一届传一届,很难翻身。对于老师来讲,声誉比生命重要。要给学生更多的知识,自己要不断提升才行,给人一杯水,自己要有一桶水。教材出版速度加快,内容、数据不断更新。被驱赶着的毛驴一样,需要不断学习提升。但他上的课都是他上过几十轮的,硕博都是这专业,似乎没那么难吧?图南不觉得这是难题。

图南在 S 城时,最多一天上过十一节课,累得坐下来的时候,两条腿直直的没法打弯,最难的是没上过的课,也重新学起。要花费大量的时间准备,查找资料,准备教案,设计导入新课的切入点,准备精美 PPT。自己不比他辛苦吗?

"你没有帮他解释,就批评他,你以为这样你就平息了学生的投诉了吗?"图南问。

"你和王怡的事情,学校里很多人都知道吧?不然他怎么会举报你?"图南又问。

"你说完了没有?"海鸿摔门而去。

海鸿勃然大怒,这件事他始终不肯面对。男人有个情人,不是很正常吗?他需要的是图南出面澄清没有出轨这回事,但图南不但没有维护自己,还整天摆臭脸色,给谁看?

海鸿越想越生气,又打电话给图南:"你到底怎样才甘心?是不是想逼死我?"图南没有说话,挂断了电话。明明是他错,还要自己出面澄清他是对的。还有正义公理吗?

图南坐在餐桌旁,写下一段话:

我在这里,证明我无耻卑微地活着。活着,需要理由,死亡,不需要理由。对自己说,嗯,活着,不好也不坏。曾经的伤痛,伴随一生,时时刻刻提醒我,不可饶恕的选择在无数的夜里鞭打着良心。错就错了。这是我人生中不可挽回的,也是必然的过程。上天能给我一次机会吗？我想重头来。我要过去的那个无忧无虑的我……

又接到海鸿的电话，他又在愤怒。图南恨海鸿，每一次，刚刚建立起一丝丝的信赖，一丝丝的温情，都被无情地扼杀，使人觉得这个世界如此不堪一击，不堪忍受，如同一瞬之间掉入冰窟窿中，冰冷冻透。

相拥而眠，在寒夜相互取暖的幸福转瞬即逝。图南感到恐惧，也许某时某刻，他的愤怒又如暴风骤雨，总令图南措手不及。他的情绪阴晴不定，让人无所适从。

图南就这样困于种种不堪之中，终于忍无可忍，她又一次下定决心：这样的生活，我过够了！

上班真好啊，先去打水，准备工作，要写励志文章，感动别人前一定要感动自己，这是图南的原则。就连写应景的文章，她都充满热情。

第十七章　真相大白

2013 年 10 月 16 日

图南　知道我为什么还没和他离婚吗？
以寒　为什么？
图南　儿子快考大学了，考完就离。
以寒　嗯，我觉得他还是很爱你。然后……
图南　没有，经过多年，感情磨光了。如果你还要他，送给你。
以寒　我不要。
图南　离婚是一定的。
以寒　他欺骗我。
图南　？
以寒　不要。
图南　你们，我都知道。
以寒　嗯。
以寒　我不想跟他在一起。
图南　他让我去替他监考，为的是见你。
以寒　嗯。
以寒　他根本不爱我。
图南　他的表达有问题。
以寒　我只能说我们两个都是受伤的人。
图南　我没怪过你。

以寒　哎……

以寒　姐姐听我一句，要是他现在还是尽力照顾家庭。

以寒　不要离婚吧。因为我跟他没有未来。

以寒　我也不知道怎么说他。

以寒　我觉得我有受到报应，哈哈。

图南　不知道他在你面前还说我什么。

以寒　他说你是孩子妈妈，你陪他同甘共苦走过来。

图南　人生总会有弯路。他出轨，责任在我，还是没本事管住丈夫。

以寒　不是。

图南　他是我的初恋，唯一的男人。

以寒　是他自己心里，那样了。

图南　但我还是不能让他满意！

以寒　他想要的不过是刺激。

图南　我也想通了，自己的生活不能靠别人，不管是丈夫，还是儿子。

以寒　是。你对他来说是归宿。

图南　已经尽心尽力了。问心无愧，只能这样。

以寒　我也以为他爱我的。呵呵。可是不是。

以寒　也就这几年了。再几年他也出轨不了。我觉得，除非他提离婚，不然你不要提离婚。

图南　已经伤透了心。

以寒　不要为了不值得男人这样，伤害的是自己。

图南　到今天，他都没有表示任何歉意。

以寒　也许你太放纵他了。

图南　等儿子上了大学，去外地，我就不怕他了。他知道我的软肋。

以寒　可能我还没有结婚吧，不能体会婚姻感觉。

图南　两败俱伤。

第十七章　真相大白

以寒　那你现在打算怎么做？
图南　我要离婚，鹿儿不反对。
以寒　离婚了，你怎么办？
图南　该怎样就怎样，上班，出去租房子住。
以寒　你还是会遇到他。
图南　遇到就是路人。工作没办法，不能回老家。
以寒　幸好我没有跟他在一起。
图南　鹿儿对我说，爸爸不会同意离婚。
以寒　我以为他爱我。
以寒　我问他愿意跟我结婚吗？
以寒　他说，不愿意。

　　我知道的，有人管孩子，把一切打理好，谁愿意放弃一个不要钱的保姆、厨师、家庭教师、泄欲工具呢？她还要赚钱给他！这是一本万利的事！图南想，我也想要一个老婆！

　　她要有教养，有一定的文化素质，不会像泼妇一样吵架骂人；长得漂亮，气质出众，领得出去不丢脸，基因不错，孩子就不会丑；要纯洁善良正派，确保不会被别的男人染指；还要懂事，受了天大的委屈，怕家人担心，半点苦都不会吐露，自己可以为所欲为——如果她郁郁而终，还可以再找一个更年轻漂亮的！

　　图南大哭，这是什么？于万万人中遇到一人，以为是一生挚爱，没想到，竟然是人面兽心的家伙！快下班了，鹿儿打来电话，说晚上学校有活动，在外面吃饭，已经联系了爸爸，爸爸开车接他回家。海鸿难得管一回孩子，就让他去吧，希望他不要忘了就好。鹿儿长大了，可以放手了。那就不必急着回家。还是要找以寒聊天，有些东西聊清楚，更好。

图南　在吗？
以寒　在。

图南 你们是怎么分手的?
以寒 他叫我去找他,去办公室陪他做爱,真是……我不去。
图南 你没去办公室?
以寒 不去,死都不去,我不是玩具,爱怎么玩怎么玩,我没想到他花样那么多,什么话都敢跟我说,他很会花言巧语。
图南 他见过的女人太多了。你恨他吗?
以寒 是,恨他。
图南 我该怎么办?
以寒 你要么接受,要么分开。他这样,你儿子知道吗?
图南 儿子知道一点点。他说过,他上过的女人不过是公共汽车,下水道,承接排泄物而已,当我面破口大骂别的女人,我告诉他,我不想听。
以寒 父母离婚会给孩子带来伤害。
图南 他长大了。他当孩子面骂我是婊子,这是我不能原谅他的。
以寒 怎么这样?怎么说你都是孩子妈妈。
图南 我说你拿证据给我证明我是啊,随意污蔑别人,有意思吗?
以寒 他自己才是,到处留情。
图南 我真是要离开他了。
以寒 他不会同意离婚,他要在外面维持好男人形象。
图南 是啊,处心积虑地做出来的样子。
以寒 是啊,就像我跟他提过,爱我就对我负责。
图南 他拿父母、孩子、面子要挟我,现在我还怕什么?
以寒 他根本不愿意,他不会离,怎么样都不会。离了只会证明他的婚姻出问题。
图南 嗯,我要好好想想,谢谢。
以寒 嗯……发了一张照片给你。
图南 谁?
以寒 这个是我现在喜欢的男孩子。
图南 希望你幸福。

第十七章　真相大白

以寒　但是，他对我没……我也不懂，他到底有没有喜欢我。
图南　这个……我没经验。
以寒　我也是。
图南　多接触了解下。
以寒　没有太多恋爱经验，又不自信，我的内心是自卑的。
图南　你很好，真的很优秀，我觉得你很纯洁，别想那么多。
以寒　都过去吧，已经有新开始了。
图南　要不就问问他有没有女朋友？
以寒　反正也不急。
图南　说实话，鼓足勇气可不容易。
以寒　我比较笨，没反应过来。
图南　是有点笨笨的傻傻的。好好地生活，好好地谈恋爱，到时我要参加你的婚礼。
以寒　可能以后会回家，我不知道会不会留F城。
图南　建议还是留大城市，文化氛围在内的各种资源都比较好，包括以后孩子的教育。
以寒　是啊，但是留下来不容易，经济压力很大，我也没有画画了。
以寒　在我哥哥公司帮忙，就周末才去教下小孩子，从学校出来，一切都结束了。
图南　尽力而为吧。和你聊得很开心……下班吗？不敢耽误你时间。
以寒　我一个人住，平常下班就买菜做饭，都很少出门。陪我一起看电影吧！
图南　好啊，好久好久……没看电影了。
以寒　我是比较爱吃爱玩那种，没人陪，就不会出门。
图南　我被家庭捆得死死的，他不高兴我出门，走一会儿，就拼命打电话，一打几十多个。
以寒　就说跟女生朋友出去玩，吓死他！他爱干吗就干吗去吧，你自己要开心。
图南　应该学着不以他为中心了。
以寒　是啊，改变下自己。
图南　你的手机号变了吗？
以寒　换了两号码，之前那个是因为他，现在是工作换号码，不过他也没联系我。就是跟我扯得一干二净。
图南　他要的是听话的工具，是你不要他的，自然没联系了。
以寒　是啊，反正我是不听话，整天给他找麻烦。我也吓唬过他，气不过的时候报复他，我说我有艾滋病。
图南　他不敢让你打电话，王怡就是接电话的时候被我发现的。
以寒　嗯……是啊，他都说他会主动联系我。我不能打给他，我受不了这样，我开心或不开心都是希望有人陪我……又不是特务……
图南　爱是光明正大，无忧无虑。
以寒　是啊，他弄得跟贩毒一样偷偷摸摸。
图南　话说得有点亏心，我是说我自己。天下还有比我傻的吗？
以寒　我这么傻，好好计划下带你去玩，也是，哈哈！
图南　算了，两个傻瓜比傻？我知道他为什么喜欢你了。你也是属于给点阳光就灿烂的。
以寒　为啥？就因为我笨！是啊，想法不多那种人，比较容易满足。
图南　他太过分了，你比鹿儿大不了几岁。
以寒　嗯。
图南　人生的诱惑很多，我也在想，我要什么？
以寒　要不是经历过来，我也不明白自己想要什么，我要一份稳定的爱。
图南　一路走来，跌跌撞撞。
以寒　我是受报应了。
图南　别这么说，成长的痛。

第十七章　真相大白

以寒　年轻时有资本，现在病了，不如从前了。我能去下你空间吗？

图南　能啊，问题是里面没啥东西。

以寒　还以为有你照片。

图南　好，发我的照片给你，长得不好看……

以寒　嗯，没事，我也是不好看，满脸痘痘，现在雄激素太高。

图南　你还年轻，我这么老了，怎么都难看了，睡眠最重要。

以寒　我早睡也没用，我还是觉得我妈妈很美。尽管她也有年纪，每个年纪都有每个年纪的美。

图南　发给你一张照片，这是读大一时，穿水手服拍的。

以寒　挺美的，美这东西一直在贬值。比我好看！我就觉得他的老婆不会难看。

图南　傻孩子一般都不老。我明白过来，就老了。好看不好看，要看经历，太操心了，都不会好看。

以寒　我现在觉得我爸是好男人，只要对老婆孩子好，钱赚得多少，都没关系。

以寒　我觉得我所以跟他有关系，一部分因为我父亲。

图南　恋父？可以理解。

以寒　是。我爸很少跟我谈心，说话都很少。什么都是我妈在做。

图南　中国的父亲，都是比较……怎么说？不会表达爱。

以寒　他连上街都不要我拉他的手，父母都是不容易。我知道他是爱我，但是太含蓄。我一直渴望有个父亲一样男人来爱我。

图南　小时候，爸爸对我们很好，都三四岁了，还给我们洗澡，在我家的院子里，别的小朋友围观，被人笑话。到现在打电话，还会叫我"宝贝"。

以寒　我爸就不会，也不会亲我。每个家庭都有不大完美的地方吧。我妈也是很辛苦，带两个孩子，他见过我弟弟。

图南　你毕竟也是个孩子，你和海鸿的事家里知道吗？

以寒 不知道。

图南 不知道。我猜出来了,不然不会那么久,两年了。你弟弟不疑心?

以寒 我对弟弟只说是老师。现在他会在意我跟谁一起吃饭。

图南 弟弟很聪明。要考研,你不考,你弟弟一定要考的。

以寒 海鸿也这么说,可我不想考,也没办法逼他考。

图南 他对你还真是好啊。当年我要考,他都不让。我不做,连饭都没有。

以寒 为啥?

图南 怕我读书,不能给他照顾家。怕同学之间交往多,怕我爱上别人。

以寒 自私鬼。

以寒 我爸妈都没有对我们有要求,关键出来工作,差别不大,除非名校。

图南 还是有差别的。

以寒 你是陪他苦出来的人,我不大理解,他已经拥有你这个支持他,并且顾家、讲道理的女人,为什么还要出轨?真的。

图南 在他眼里,也许不是这样的。

以寒 换作是我,我觉得人生挺完美。

图南 所有人,包括我自己都觉得人生挺完美。可他的欲望无止境。

以寒 我觉得他得小心了,碰了结过婚的女人,丈夫也会找上门,哪里能放过他?

图南 你是好孩子。

以寒 外面是看着好;里面被掏空。放心吧,会有不乖的女人,给他麻烦,年纪越小越任性。

图南 你以为?他聪明着呢,不能惹的他不会惹。

以寒 我也很怕他跟我说的,你去找找看,他应该还有其他学

第十七章 真相大白

生吧？跟我一样。他不喜欢外面任何女人，就只是身体需要。一开始，他泡妞技术总是掩饰很好，以后他会撑不住，这个还能看出来。

图南 没有，我不想知道了。他说有主动的，干吗不要？

以寒 嗯，真的就跟衣服一样。学生主动找他，不主动的不会去自找麻烦。有这样的学生，因为喜欢他吗？其实他也没那么好。只不过比他同年纪男人看起来文气一些。

图南 应该是，长得帅，博士后，教授，不谙世事的小女孩会被迷惑。在一起久了，才会发现他的缺点。

以寒 是。

图南 还有儿子，投鼠忌器，也不能把他怎样。

以寒 我以前一直以为他很有想法，又有学识，然后对学生也挺好。

图南 对男生好吗？

以寒 好，都好。上过课学生都说他不错。我舍友喜欢他，应该很多女人羡慕你。他脾气真是不好。

图南 呃，不知道的，会羡慕。

以寒 我舍友就是喜欢他。

图南 他们没有关系吗？

以寒 没有，才拉我过去陪她说话，她不好意思一个人。

图南 他们之间有没有事？

以寒 他们应该没有吧，没有。后来，她因为他对我特别照顾，跟我闹翻了，她觉得我抢了她男人。

图南 我都不知道他有这么大的魅力。

以寒 是啊，连90后都要跟你抢老公。

图南 想当他老婆的人出来一个吧，我让位。真心让。

以寒 我舍友愿意。但是他嫌弃我舍友不好看。

图南 他还挑三拣四。

以寒 真过分，是啊，太坏了！他没理我舍友。

图南 挑拨你们的关系，坐收渔翁之利。你还以为上天的恩赐，乖乖地入网。

以寒 是，那段时间她都不理我，还凶我。我也只能跟他诉苦。

图南 除了遍体鳞伤，什么都没有。

以寒 都是痛，他让我吃了避孕药。我不知道是不是那会就开始不正常。

图南 改变正常激素，会长斑。

以寒 跟他上床我心里很愧疚，我刚跟他在一起，就大病。

图南 他不够体贴。

以寒 内出血……出血了一周。医生问我是不是做了什么运动，不然怎么这么严重，我不敢说，估计医生也是看出来了。

图南 你和他在一起的时候，是处女？处女都会出血，有点痛。

以寒 不是，我以前有过。他只是在发泄。

图南 他知道吗？他喜欢处女，所以他不要你做老婆？

以寒 他要处女，是吧？！他占有欲很强，他说过你第一次是他的，不是别人的。

图南 他会经常发神经问是不是做手术的，那年代没有手术呢。他不正常，完全是占有欲。

以寒 他在床上很粗鲁，完全不是爱一个人。

图南 他眼里爱一个人，就是完全占有。

以寒 等他玩腻了，他就换。

以寒 我不吃避孕药，他要看着我吃下去，不然会对我发火。他不想戴套，而是要求我吃药。

图南 他给你买？避孕药？毓婷？

图南 很伤身体的。

以寒 来月经，他也不想放过我，吃药还不是为了防止怀孕，给他带来麻烦，我说不吃了，他说有了就带我打掉，他不要孩子。

图南 大学时，他同时与我和他同班同学贾宁谈恋爱，后来，

第十七章　真相大白

因为贾宁不是处女，他选择了我。我后来才听他说的。可那时候已经结婚了。

以寒　他那么在意？

图南　是。你饿了吗？

以寒　嗯，你在家吗？

图南　还在办公室。

以寒　哦，还是还没下班？应该下班了吧，还不回家吗？

图南　好吧，哪天再聊。

以寒　嗯，去吧，快回家。路上小心！

图南　好的，别伤心啊，我们都好好的，快乐点。

以寒　嗯，不会啦。

图南回到家，没有开灯，呆呆地坐着，一个人不需要做饭，自己没有饥饿的感觉，不想吃东西。不一会，父子俩都回来了。饭，可以不吃；可是，觉，还要睡。失眠的痛苦是最难熬，一连几天睡眠时间都没超过四个小时，再不睡，图南就要发狂了。在房间里转来转去，忘了要做什么，想了一会，才知道找安眠药，可她不记得放哪里了，找不到。她一口气喝了一瓶红酒，灌进去两片扑热息痛，胃里火烧火燎，脑子里有点晕乎乎的感觉，不管是困了还是醉了，都好！想了想，决定依旧睡沙发。海鸿还在卧室看电视，他不时地出来看她一直斜躺沙发上，很生气，恶狠狠地推倒她，问：

"晚饭呢？"

"没有，我又不是你保姆。"

"你想饿死我吗？"

"死活随你。我管不着。"

"我这么辛苦，连饭都没有？"

"你辛苦什么？找女人当然辛苦。关我屁事！"

海鸿红着眼睛，霸道地抓着图南的肩膀，发狠地问图南：

"你爱我吗？"

她问海鸿：

"你有爱过我吗？"

海鸿说：

"爱。"

说完，过来吻图南，图南头一侧，又躲开了。

"假的……都是假的……"图南嘟囔着。

终于，她昏昏沉沉睡去。

第二天，图南看着儿子上学走了，没理会海鸿，早早地上班，习惯了上课时如潮水般涌来的学生，走进空旷少人的校园，有点梦境般的不真实。晨曦中的校园的风景如画。澄澈透亮的阳光、清新洁净的空气，茉莉花、鸡蛋花、杜鹃花，各种花卉开得生机勃勃。校园里有真山真水，有永远不老的青春朝气的脸。美丽的校园，美好的年华，一切都是美好的。

除了早读的学生，校园里还有很多常驻的小精灵，一群白鹭无忧无虑地栖息在苍霞湖边，时不时振翅高飞；一只小松鼠听到脚步声，赶快害羞地溜走；倒是很多小鸟一点都不怕人，特别是大山雀睥睨一切，拖着长长的尾巴，在草坪上悠闲地迈出高傲的步伐。

进了办公室，图南急急地打开电脑，认真地把工作做完。才点开以寒发来的 QQ 消息。图南感觉自己在偷偷摸摸聊天，竟像是在出轨。

第十八章　漏泄春光

2013 年 10 月 17 日

以寒　在网上，我看到有人举报海鸿了。有这回事吗？

图南　怎么说呢，有。以前举报他不正当男女关系，没证据，现在举报他论文抄袭。

以寒　嗯。

图南　当年他写论文，没有查重之说。规定必须要有创新点，一大两小创新点。当年规定的条件他都够。

以寒　嗯。

图南　用现在的条件要求 2008 年的论文，那肯定有问题啊，标准不一样。现在要求越来越严格，明白吧？只要是 2010 年以前的论文，不能说个个有问题，但只要查，出问题是完全可能的。

学校旁边有一家村民家里在做法事，鞭炮齐鸣，念经声阵阵，磬儿、钹儿、铙儿嘈杂；运动会上的《运动员进行曲》铿锵有力，豪迈奔放，流行歌曲声声震耳欲聋，古老传统与现代文明交织在一起，有点莫名其妙、时空错乱的感觉。这是 F 城的烟火气，相比之下，S 城是不许烧纸的，只有过年才能放鞭炮。每个地方都有神奇的地方。

阳光暖暖地照着是如此舒适，图南坐办公室里无意识地敲打键盘,心中一片安宁。他不在视线里,图南神思恍惚中,竟不知身在何处。这个人不是我的,和我没半点关系。我从哪里来?我打算做什么?我是谁?她不断地问自己,却没有正确的答案。

以寒　嗯。算倒霉了。
图南　他得罪的人太多。
以寒　我也觉得他脾气很容易得罪别人。
图南　昨晚喝了点酒才睡着。
以寒　你们都这么豪放吗?南方都没喝酒习惯。
图南　不多,也就一瓶红酒。
以寒　我刚从医院回来,你几点休息的?
图南　凌晨一两点钟。
以寒　一起看病的朋友说我好多了。
图南　见好吗?月经正常吗?
以寒　月经还是很少,脸好多了,内分泌乱了。
图南　别乱吃东西。用了激素治病?
以寒　好像副作用太大,现在吃中药,好多了。痛死了,针灸。
以寒　要是他好好过日子,你们现在也很幸福。我今天去抱小宝宝,好可爱。
图南　你也喜欢小孩?
以寒　嗯,是啊,喜欢。是去省妇幼看的。有两个小宝宝去做按摩。
图南　你以后也会有个可爱的小宝贝。
以寒　唉!男朋友还没有呢,女孩子追别人很累,就等于一直都是要做退让那一方。
图南　还没到时候——冰心先生对铁凝说,不要找,你要等。这句话通用吧。
以寒　我还很担心自己以后怎么教孩子。我都不会。
图南　到时候就会了,培养孩子良好的学习习惯,这点最重要。

第十八章　漏泄春光

以寒　我爸高考数学满分，却生了一个数学特差的女儿。他教我都火大，我高考数学才 59 分。
图南　我是学文科的，数学也不会。教儿子奥数，讲着讲着就糊涂了，孩子一听就明白，再回头给我讲。
以寒　是遗传海鸿的吧？
图南　应该是，他教你除了经济数学两门课，还有公共关系学吗？
以寒　是啊。
图南　你上的选修课？
以寒　周二周四晚的课。
图南　那你见过我的，我替他上过几次课。不对，公共关系学是周一周三。
以寒　是，好像是有人来替他上课过。
图南　是我上的，他有酒局。没备课，想到哪里就讲到那里。
以寒　我就是坐第一桌。
图南　左边第一排？那天我就有预感。
以寒　你就觉得教室里有他的外遇？
图南　对。你对我没印象？
以寒　有一点。女人第六感吗？

图南心想：原来我的感觉是完全正确的！没有欺骗自己！图南暗骂自己愚蠢，在自己眼皮底下的师生恋两年之久，没错，为了她，他给这个班上了三门课，包括《公共关系学》，教经济数学的老师去讲这么纯文字的课程，这门课他是不会的呀！就算发生了那多事情，自己都已经装作没有一样，还是想以大局为重，每天纠结，这回无论如何也躲不过去了。

以寒　以前他有跟我提过等下课，陪他教室做爱，我没答应，他真的什么都敢干。

图南 他敢的。

以寒 学校一堆人。

图南 你没同意就对了,每个教室都有几个摄像头。你不知道吗?某种意义上说,摄像头是管老师的。学校用摄像头规范老师们授课,你不想出名就别做。他对不起我的事太多了。

以寒 是,我觉得他很消极。

图南 我没法满足他,像头猪一样。

以寒 然后说自己工作很累,跟我说过好几次他想自杀。

图南 骗人博取同情的。他胆小、自私、懦弱,他没胆量自杀。

以寒 嗯,每次我一有心事,想说,他就是直接说自己多累,不想听。他其实很胆小。

图南 他找你是发泄,哪有心情听你的。

以寒 是,只要发泄完了,立马走人,不管我开心不开心。以前我老骗自己,骗自己他爱我。

图南 在家也是,想和他说话,也是"很累",那么多女人,能不累吗?

以寒 他都不愿意跟人沟通,换作是谁都会撑不住。凭啥得围着他转?

图南 他生活在自己的世界里。

以寒 他骂过我贱货,这是我不能容忍的。

图南 为什么骂你?

以寒 我不听话,闹脾气了。想让他多陪我,那段时间家里有事,舍友又对我那样,身边一个人都没有,动不动就生病。结果他就凶我,说我自己看着办。他就是那样说的,不愉快可以离开他,然后不许主动联系,不理我,后面他会又道歉。说是自己生气时说的气话,反反复复。

图南 是,他发完脾气会道歉,然后再犯。和每个人都这样。

以寒 是就这么反反复复原谅他。真是他的特色。他的外遇也

第十八章　漏泄春光

不好过，心理压力得多大？又是这种话。
图南　和我离婚，他早就想，只是目前我还有利用价值。很熟悉吧？
以寒　是。就是他风格，说得好委屈。每次这么一说，我就会心软。
图南　明明是他对不起他所有的女人，装得很像。谁不让他活了？我也会心软，但这次我一定要离开了。
以寒　是啊。
图南　其实，没想和你聊这么多，但是这些话，真的没地方去说。
以寒　嗯，我不会跟别人说，因为我也是自己憋心里，没人诉苦。
图南　他太过分了。儿子都说，上天对他太好了。无所谓，我现在真的不痛了，以前一想就哭。
以寒　而且理亏，我也不好意思说什么，什么都有了还不满足。我也是云淡风轻，他是跟我说过，要好好过日子，我不该打扰他生活。
图南　装好男人？他说的哪句话都不是真的。
以寒　我以为他真的回头了，然后也就算了，毕竟自己破坏人家家庭，原来都是假话。
图南　你信吗？反正我不信，你是被我发现了，所以才……在你之后，他也没老实。
以寒　当初，信了，我也想得太简单。后来时间久了，我也是这么觉得。他可能每个学校都有情人吧，所以他很忙。总理都没他忙，一堆女人要他应付。
图南　我们现在很少说话。没什么说的，孩子不用他管，家务也不指望他。他经常看那些乱七八糟的东西，晚上不睡觉和女人聊天，或者玩游戏。
以寒　第二天还能上课？他会要求我要穿高跟鞋，裙子，紧身衣服。要变女人。他希望陪他出去时能很女人。
图南　经常出去干吗？

以寒 没有经常出去,就是嫌弃我,找借口这么说。一张天使脸,一颗野兽心。

图南 一直都这样。

以寒 我估计是被哪个他抛弃的女人弄成这样的。估计他要崩溃了。

图南 他说我不关心他。

以寒 以前,他有跟我说过他导师。女的,X大的老师,他说很美,老少通吃,都是半夜才回家。

图南 和他导师有过吗?

以寒 不知道,他说过想泡她,让我吃醋。

是了,图南想起来,他是X大的博士后,上次去X大的时候是周末,鹿儿去补课了。海鸿表现得特别奇怪,他洗澡洗了很久,刮了胡子,很精心地打扮自己,头上喷了发胶,穿了雪白的衬衫和笔挺的西裤,很高兴地哼着小曲,还自恋地不停地问:

"你看我是不是很帅?我还是很帅吧!"

图南本来半躺在沙发上看书,看他一副志得意满的样子,知道他又要去约会,只是不确定和谁,是谁呢?王怡?以寒?猜不到。图南脑袋嗡的一下,猛然跳起来,以最快的速度穿衣,死皮赖脸地抱着他,一定要和他一起去,这是图南极少有的时候,图南一般不黏人,但她已经无法控制自己了。

果然,海鸿强压着不高兴,不停地嘀咕着:"我要去学校做事,你去干什么?"

"我陪你去啊。怎么就不行?"图南问,"你以为我不知道你去约会吗?"图南心里想。

不顾海鸿的冷脸拒绝,百般嫌弃,图南未免有点自惭形秽,但她更坚定此行他目的就是去约会。是和谁约会?我要认识一下这个女人!她到底哪里比自己强?我偏不让你们得逞!图南好奇心和愤怒心已经压倒了一切。海鸿等出租车的时候,他不停地咒骂,大骂

第十八章　漏泄春光

让图南滚开，用手推搡。但图南还是紧跟着坐进车，出租车开到火车站，图南主动去买了两张火车票去了 X 城，一路上，都是海鸿臭臭的脸——生气，一向是他的终极武器。图南说不怕是假的。但还是充满疑惑和惊恐。

在 X 大校园里，他什么都没做，只带着图南在湖边绕了几圈。图南抱着海鸿问，你不进博后办公室吗？他冷冷地推开她，不说话。中午，他带图南去了食堂，图南一看琳琅满目的食物，就特别高兴，拿了托盘，装得满满一大盘子。她傻乎乎地吃得很香。海鸿显然没有好胃口，皱着眉，嫌弃地看着她：

"你吃东西能不能不晃头？说你多少次了，没记性！"

"你就是见不得我高兴！"图南心碎地看了他一眼，她强忍着眼泪，默默地吞咽下嘴里的食物。

海鸿有点后悔，图南的脸上清楚明白地写着喜怒哀乐，看她一副委屈的样子，有点可怜。妻子也没做错什么，自己怎么又发火了呢？

最后在教学楼前，海鸿打电话给导师汪蕾，说："今天就不去看您了，图南和我一起来的。"

图南见过几次他的博士后导师汪蕾教授。每次都惊慕不已，快五十岁的人了，却看不出年龄，保养得极好，没有白发、皱纹、色斑，出身名门世家，又是海归博士，气质高贵优雅，不胖不瘦，衣着得体，兴趣广泛，唱歌、跳舞、游泳都可以与专业人士相比，是女神一般的存在。

图南记得第一次看到汪蕾是在一家高级场所，她来 F 城出差，她的学生请吃饭，她约了海鸿夫妇，她用锐利的眼光审视着图南，对海鸿说了一句话："哦，你妻子也还不错嘛。"海鸿没说话，只是"嘿嘿"地干笑了两声。那天，图南特意穿了黑白公主裙配红色高跟鞋，涂了口红。

"当然不错。可是，特别重要的场合不应该穿新鞋，痛死了。"图南强忍着磨出水泡的脚痛，心里想。

但她立刻反应过来，他又在背地里说自己坏话了。

太多的傻女人一听到别的男人在自己面前贬损自己的妻子，便自觉不自觉地升腾出一股优越感，以为自己比他的黄脸婆更优秀、更特别，却从未想过，或许不是那个女人不好，而是眼前这个男人有问题。

有家室的男人娴熟地使用这个技巧和手段，成功勾起女人的虚荣心，觉得这个男人很可怜无辜，被他的黄脸婆欺压，总会报以深深的怜悯，实际上，这只是一个骗局而已。虽然汪蕾阅人无数，智商情商都是绝顶，终究是一个虚荣的女人。

汪蕾的学生请吃饭的那家酒店，坐落在闹中取静的繁华地带，菜品精致，中间上来的炖品每人一盅，里面有一条奇怪的鱼，鱼皮有点Q弹，但有很多刺，难以入口。图南用餐巾纸包住鱼皮，放碟子里，看起来像吃了很多，实际上只吃了一点点鱼肉，并没有什么特别鲜美的味道。海鸿轻声对身边的图南说："这就是河豚。"图南不禁暗自嘀咕："这么难吃的东西就是大名鼎鼎的河豚？"

有一天，海鸿说，你去请汪蕾来家里吃饭吧，让图南用他的QQ约汪蕾，图南真心实意地写满了崇敬爱戴之词。汪蕾语言文雅，思维敏捷，回复极快。约好了时间，图南下线，兴高采烈地对海鸿说，"汪蕾老师是我见过最完美的女人了！"

图南知道她是留美博士，特别准备了精致的筵席和红酒，满桌子菜品，琳琅满目。听说她饭量不大，但酒量惊人。图南特别预备了几款进口的红酒，据说汪蕾能喝出美国加利福尼亚红酒与法国波尔多红酒的区别，让图南佩服得五体投地。

原说今晚一起请汪蕾吃饭，又临时改期，海鸿说是在辅导论文。鬼才信！本科生早跑光了。专升本的学生还没到见面的时间。他又骗人了。

图南懊悔、愤怒、痛苦、委屈、恐惧，排山倒海一般袭来。自己顶着油烟熏成黄脸婆，素面朝天，穿着过时的家居服，去招待他的出轨对象，他们却联合起来耍她！图南又气得浑身发抖，手脚冰冷。

第十八章　漏泄春光

2013 年 10 月 25 日
以寒　不要发我的聊天记录，不想再跟他怎么样。
图南　没有。
以寒　嗯。
图南　放心，我的为人和他不一样。
以寒　他死活不承认是吗？自己外面玩那么多。
图南　他现在污蔑我，说我不干净。
以寒　真是厉害，真的斗不过他。我到后面都只能乖乖屈服。他也那么跟我说，我要是不听话，会害他身败名裂。
图南　他胆小。
以寒　嗯，我没事。我免疫了，不怕他。
图南　说实话，吵架很累的。
以寒　他除了上课，都是在办公室跟女人聊天。是啊，而且他又粗鲁，不要去理他。
图南　我做了那么大牺牲，还说我不关心。
以寒　习惯了，我爸有时也是觉得都是该我妈做。也许，一部分男人就是如此。
图南　不管多晚，都要食物，都要做爱，他何时关心过我？
以寒　一样的，不管我是不是不舒服，他都要做爱，都要我顺着他。他的真爱是你，他也说过爱我，他爱得过来吗？现在是好多人，很会说话，行动一点没有。
图南　你猜，他会办手续离婚吗？
以寒　不会，就说说。
图南　你知道吗，他说爱我，我依然落泪。
以寒　我不明白婚姻，是否很多男人跟他一样。
图南　我以为我不会再为他伤心。
以寒　要是他能改了，就原谅他。
图南　我们 1991 年认识，1993 年结婚，走到现在。他不可能改，我太了解他了。

以寒 我出生时你们才认识。

以寒 不知道为什么我好喜欢你，我应该先认识你的。哈哈！

图南 是啊，应该我们两个在一起的。

图南 你能帮我离婚吗？

以寒 不能，现在我不想跟他在一起。

图南 这是无理要求，我不能要求你帮我。

以寒 嗯。

图南 知道他为什么来F城吗？

以寒 为什么？

图南 那算了，不提。

以寒 也是因为女人。

图南 原因我不说，你也不用乱猜，主要是——我该怎么面对他？

以寒 现在他跟你还住一起吗？

图南 分居，我睡沙发。

以寒 凭什么你睡沙发？他应该睡沙发。

图南 真的不想再看他，觉得他很脏。

女人啊，图南内心悲哀，自己失血性休克都没见海鸿那么紧张，躺在病床上，看着妈妈姐姐哭得红肿的眼睛，他平静得像一潭死水，没有任何情绪波动的样子，图南的心彻底冰冷了。他后来的解释是，男人要有担当，关键时刻，怎么能哭哭啼啼？图南半信半疑。

图南有时候使用他的医保卡买一些常用的感冒药备用，海鸿和鹿儿总是咳嗽、感冒、发烧。倒是自己很少生病。海鸿不许图南用他的医保卡，因为他背地里给以寒买毓婷避孕药！而图南不知道他们经常出去开房，他坐在电脑前，经常打电话，发信息，聊天。都是在约会！儿子悄悄告诉图南，爸爸经常使用拨号的方式打电话，爸爸记性很好，他总在骗人！对啊，记性不好，怎么可能背得下厚厚的英汉字典！

第十八章　漏泄春光

海鸿说他身体不好，是工作累的，图南问："大哥，你怎么不说说，你抽烟酗酒吃肥肉，往撑死吃，生活没规律，夜猫子一样，没黑天没白昼地打游戏？几年了，你不说除了入职体检，你根本没有体检过？"

海鸿说："你都自己去体检，不带我去！"

图南质问到："哪一次不是我一遍一遍地催，你一天一天地推，最后害得我也去不成？我只体检过一次！"

海鸿委屈地说："我养家糊口容易吗？你们都把我当成赚钱工具。不管我死活！"

偷换概念！

"你赚的钱我一毛也没看到！我也没花过你的钱！你在作死的路上一路狂奔，像野马一样，老天爷也都救不了你！"图南骂他。

这日子是没法过了，婚姻中的两个人都觉得受了委屈，那谁是婚姻的受益者呢？

一个家庭中的每个人都觉得自己受了很大的委屈，赚钱的觉得自己是工具，做家务的觉得自己是工具，幸福在哪里呢？

可是，哪个男人不是赚钱养家？图南一直觉得很奇怪，当年，我在事业单位工资比你高，为了维护你大男人的自尊，从来没说过这话，也并没有瞧不起你，可你怎么就瞧不起我呢？我也很辛苦，难道你就看不见吗？孩子成长过程中的陪伴，这是钱能买到的吗？！

海鸿又骂图南，你到处聊天勾引野男人。他依然在污蔑她，你这个贱人！你就是一个婊子！你说你值班，晚回半小时，怎么回事，和谁约会了？那是大年初二，图南单位值班，公车的间隔太长，人又特别多，等车等不到，打车打不到，车站站满了人。图南觉得海鸿不是在怀疑，完全是在胡搅蛮缠不讲理，明明是想出去鬼混，没理由，想激怒图南脱身的。

图南说，等车好吧！车不来我有什么办法？把图南惹急了，那就看看谁是道德败坏的人。你什么都不用做了，上床躺着吧。

他"啪"地把拖把一扔,坐到电脑桌旁,图南知道他在干坏事的时候总要找点脾气发发,这是愧疚和掩盖的表现。他没想到,图南故意多进了几次书房,电脑页面只好不断地转换,图南每次进去他都明显吓一跳。最后,他忍无可忍,又穿上衣服出去了。图南点开QQ,出现了海鸿QQ的小号,他忘了删除痕迹了。

是的,还是那个QQ小号,每天,她都绞尽脑汁猜密码,一次只能猜三个,不然账号就锁住了。对不上就算了,拿个本子记录下来不能用的,再去想可能的密码。

忽然有一天,图南茅塞顿开。心想这家伙这么懒,怎么可能很复杂呢?一定是有意义的一串数字!纪念日?生日?电话号?终于,用自己的聪明才智破译出来——密码居然是图南的手机号!用妻子的电话号登录QQ小号去出轨!这是多么狗血的事!打开一看就明白了,QQ里面只有五个女人,王怡、以寒、汪蕾、蝶飞舞、小丽。图南握不住鼠标,发着抖截图,分别发在自己的两个邮箱里。

蝶飞舞是谁呢?图南想起来他讲过在省工会组织的一次学习会上,认识一个周老师,她的丈夫在银行工作,家里有个女儿,婚姻不幸福,丈夫出轨。她很可怜。本来,图南听了也只是一笑了之,没有问具体的内容。

她慢慢把人联系起来,敢于出轨的男人往往都比较聪明,善于察言观色,看到别人婚姻不幸,趁机送点温暖,假装关心。受伤的女人往往很吃这一套。

是了,想到他车里有几个新的挂件和布偶,图南知道,海鸿烟瘾上来会买烟和打火机,无论如何都不会买这些可爱的小玩意儿,很明显是哪个女人送的。图南问他,谁给他买的,他不耐烦地回答:"问什么问!说了你也不知道!"图南没再说话,那就给他先留几天吧,早晚我要扔掉它们。图南又犹豫了,也许给他留点美好?自己不够爱他,应该允许他拥有更爱的人?

最近一次图南发现,副驾驶有一袋胖大海、一盒巧克力,肯定

第十八章　漏泄春光

又是哪个女人送的。图南从来不坐这个位置，她喜欢脱鞋，像猫一样懒洋洋地蜷成一团，靠在后排座位上。

管他呢，"不用客气，送我了。"图南把东西放在自己的包里拿走了，全然不顾海鸿发青的脸。她本想扔掉，四下寻找垃圾箱。附近没有。是哪个女人送的呢？拿到办公室，再一想，扔了多可惜，东西应该是好的，这个女人肯定不会给情夫下毒。自己讲课讲得太多，嗓子不舒服，泡水喝了。一边喝，还一边咬牙切齿地说：不用客气！正巧，办公室人都在，人多好啊，人人有份！巧克力分而食之。

2013 年 12 月 20 日
蝶飞舞　你喝胖大海了吗？
生活不易　没有。
蝶飞舞　你怎么不喝？对喉咙比较好。
蝶飞舞　记得喝喔！
生活不易　好。

图南暗自好笑，你怎么不敢说胖大海被老婆没收了？海鸿做梦也想不到，"电脑盲"图南居然能够破译密码。果然，失恋的女人智商爆表，福尔摩斯算什么？图南我更厉害！

图南一次又一次地接受打击。悲哀到了极点，她知道，过去，再也回不去了。路，到了尽头。

图南认定海鸿没爱过自己。他一而再、再而三地出轨，图南大哭。爱，是什么？

2014 年 1 月 28 日
蝶飞舞　我是对自己没信心。
生活不易　想和你做爱。
蝶飞舞　难道在一起，除了做爱就没别的吗？
生活不易　在一起，不做爱，可能吗？

蝶飞舞 那也只是其中很少的一部分而已。

蝶飞舞 最主要的是一种精神慰藉。

生活不易 想跟你做爱了,你不喜欢?

蝶飞舞 你让我在这里回答你这种问题吗?你又不是不知道我们在一起的感觉。

生活不易 在一起的时候,你来高潮没有?我想知道。

蝶飞舞 有。

生活不易 嗯。

蝶飞舞 我在上班呢。

蝶飞舞 你是不是有征服女人的欲望?

生活不易 有。

生活不易 尤其是征服你。

生活不易 我难受了。

蝶飞舞 我领导叫我有事情了,我要出去一趟,你不会生气吧?

生活不易 嗯。

只剩下赤裸裸的欲望!图南骂道。图南一直以为,对于一个人,责任和义务比什么都重要,一个美满的家庭难道不是最崇高的事业吗?

第十九章　爆竹声声

　　图南再三地和海鸿、鹿儿声明：马上就高考，寒假期间，鹿儿必须学习，海鸿不能打扰。你们都老老实实地在家待着。一家人难得在 F 城过春节，无亲无故，无处可去，也不用东奔西跑地回老家。一家人三口能够一起过年，要珍惜幸福。以后孩子考上大学，聚一起就很难了。

　　一月三十日除夕夜过后就是春节了，鹿儿非常兴奋地研究菜谱，设计年夜饭，图南做了一桌子菜，预备了各种酒，一家人一边看电视，一边吃饭。海鸿喝啤酒，图南喝红酒，鹿儿虽然特别能喝，但他不喜欢喝，爸爸妈妈一再劝，非喝不可，他选择了白酒。图南很清楚，这是这个家，最后一次的年夜饭。她表面上很高兴，却偷偷地流泪。海鸿，我也不再和你吵了，你也要对我好一点吧：也许这一天会比我想象的来得快。世事难料，又有谁会未卜先知呢？

　　年夜饭前要烧香。海鸿偷偷看图南的脸色，他在一碗大米上点了一炷香，图南这次并没有捣乱。刚结婚的时候，图南反感他家过年上供烧香的迷信做法。供奉着祖先牌位和胡三太爷、胡三太奶的牌位，看着公公婆婆一脸虔诚地上供烧香祝祷，就觉得特别好笑，祖先崇拜还可以接受，图南说：

　　"胡三太爷、胡三太奶？呃，不过是两只民间传说狐狸而已，能有什么道行？不过是民间俗信，没任何科学依据，你居然也相信？你是受过最高等教育的人，真是的……"

海鸿被图南带着鄙视神情的嘲笑深深刺痛了：
"这我们那的保家仙，特别灵验。"

"哼！你要是不好好学习能考上？这和烧多少香有什么关系？"

"图南，这是地方风俗，你不信没关系，你不能笑话！"

图南还是忍不住大笑，海鸿强忍着怒火，拉图南下跪磕头，不但要跪祖先、跪保家仙，还要给父母下跪磕头拜年，海鸿说你嫁到我家就是我家的人，你不跪不磕头，不行。图南坚决地推开海鸿，拒绝下跪磕头。

这次过年，他很高兴，他强拉着图南坐下，让鹿儿跪下，给自己和图南磕头。图南最痛恨孩子下跪的，哪怕是给自己。她要培养一个铁骨铮铮的男子汉，不许下跪，不许乞求。做人要有自己的尊严和傲气。这是婚姻里最后一次过年，图南放弃了坚持。

海鸿还替图南准备了一个红包，把两个红包压岁钱给鹿儿：
"这是爸爸妈妈给的压岁钱。"

鹿儿也很配合：
"谢谢爸爸妈妈。"

图南笑了："谢谢爸爸就好，妈妈没钱。"

图南问海鸿："你给我的红包呢？我也要！"

海鸿说："十万的银行卡。儿子大学的学费。给你保管。"

图南哼了一声："就知道你小气，也没想你能送我什么礼物，我不要卡！"

海鸿说，看看哪天有空，请大哥大嫂过来吃顿饭吧。图南说放假前大哥大嫂说中午请我们吃中饭，可你又说不去了。我只好过去说一声，大嫂都生气了：'真没见过你家这样的，我这里没什么吃的，只是我的一点心意，这太不像么回事儿了……'应该是你要去说声对不起的……"

每次海鸿惹祸，都是图南背黑锅。图南告诉海鸿："我赶忙解释：'大嫂快别生气了，他临时有事，我们下回去。真的过意不过

第十九章 爆竹声声

去。'上次你就这样,太过分了。"她抱怨着。

去年初二时就定初三过大学城大哥大嫂那边吃饭,早晨,他不肯起床,就没去成。嫂子说话是东北人的火爆风格:"你和他的日子是怎么过的,总这么说话不算数吗?"图南无言以对:"是啊,他就这样。可就这么不算数,不也过了这么多年?

那天初四,图南在校值班,她们聊一会,图南要带大嫂去食堂吃饭,大嫂不肯去食堂,回家了。快下班时,嫂子打电话给图南说她在办公楼下等她,图南跑下来一看,她带了两个大袋子,一起塞给图南,里面是一盒盒的保鲜盒,熟的鸡肉、排骨、带鱼、猪蹄、羊肝、饺子……这是把准备好的东西全部带来了,大嫂还告诉图南,鸡是土鸡,很好吃的。图南很感动。大哥大嫂没什么文化,但他们对人热情诚恳。让人感到很温暖。带回去的东西全家足足吃了三天。

这是结婚多年,唯一没有争吵的春节,可惜啊,是最后一个了。过年过节,一直南征北战。去哪家过年过节,从来都是用无尽的战火硝烟和争论吵架谈判来决定的。就算达成一致,每每又都是海鸿单方面毁约,他赖在他家不肯走,让婆婆姑姐劝一劝,耗光回娘家的时间。让图南左右为难。在他家过年规矩又大,有太多禁忌。海鸿觉得图南娘家一点规矩没有,过年都不要给父母拜年?没有任何的仪式感。图南倒觉得这是最好的方式。所以,每次节假日都是战争最激烈的时候。远点就不用去最好,近了当天往返也行,偏偏两家距离不远不近,跑得车马劳顿,又累又困,休息不好,饮食失节。

在两家住几天,买什么礼物,花多少钱,这些都是吵架的根源。也是奇怪,不管图南怎么告诫自己别吵别闹,最后都是战火熊熊。开始,图南觉得应该平等对待两家,海鸿觉得自己家经济条件差,礼物至少也要多两倍才合理。争论无数次,图南让步了,你家你定,我家我定。但海鸿还是不同意。

多少次,图南都哭着说:"求你了!我们自己在家过年吧!孩子一回家就打吊瓶，生病太痛苦了！"

海鸿都是阴沉着脸，没人性地说："打吊瓶也要回去，生病治病，我治得起。"

北方农村房间是密闭的空间，他家里每个男人都抽烟，室内空气特别浑浊不堪，图南虽然讨厌他们抽烟，但又没办法。

"你家孩子那么多，也不只有你一个。你什么日子都可以回去的。为什么非要折腾孩子？"

"我是儿子，我不回去过年，别人会笑话我爹妈的。"

"你眼里只有你爹妈，没有我和孩子，你还结婚干什么？"

"你说怎么都行，不过就不过，离就离！"

可还是图南退缩了，就这样跑了十几年。婆婆的生日是四月份，算在五一，公公的生日九月份，算在十一。最好的假日都奔波在路上。鹿儿常年吊瓶，最久的一次，一连打两个月。

图南和海鸿处在两种不同的家庭环境下长大的，图南家除了查表收费，几乎没有客人到访。而海鸿家人多，特别是过年过节回去，总是大一屋子的人，堂兄弟姐妹十多个，表兄弟姐妹二十多个，结婚十多年，图南还没把人认全。

来到 F 城，有一个好处，两家离得远，矛盾少了很多。可更主要的矛盾出来了——矛盾是不可调和的。出轨、家暴——严重挑战了婚姻的底线。这日子过得！图南觉得自己失败到家了。

一杯白酒顶四杯啤酒，鹿儿喝掉一瓶白酒；一杯红酒顶两杯啤酒，图南喝了两瓶红酒；喝到最后，居然是自以为酒量好的海鸿喝吐了。图南和鹿儿面面相觑：你就这点酒量啊？就喝这十几瓶啤酒，还好意思吹牛？海鸿吐完了，有点不好意思，他哼哼唧唧地躺在卧室床上。图南叫他起来："二狗子！起来喝酒啊！"

海鸿摇头，坚决不肯起床。

图南对鹿儿说，今天的酒量就是你的天花板了，以后喝酒，不许超过一瓶白酒。

第十九章　爆竹声声

鹿儿说："我根本就不想喝酒！从小就看爸爸喝醉，让人笑话！那么苦那么辣，一点意思都没有！"

晚上，海鸿抱着图南说："老婆，你辛苦了！"

图南心里一抖："你确定，二狗子？你在叫我？叫错人了吧？叫我老婆？还说我辛苦？我是不是应该感动得热泪盈眶，痛哭流涕？"

"二驴子！你今天确实辛苦了！"

"为人民服务！"

"这样挺好的，我们以后老了，跑不动了，我们在自己家过年好不好？"海鸿真心地说。

"好是好，只是，再没有以后了！"图南说。

"你困了，睡吧！"图南轻轻掰开海鸿的手指，走出卧室。

海鸿很想冲出去拦住图南，大声质问她到底要怎样，睡沙发有那么舒服吗？报复够了没有，什么时候才能像以前一样抱在一起睡？可他不敢，他还是强压怒火。他的高傲不允许自己低头，就算喝多了酒，他也做不到。

其实，图南知道他在想什么。两个人在一起二十年了，谈不上心心相印，默契还是有的，连一起玩八十分的拖拉机，都没输过。一个眼神过去就知道对方什么牌。两个人经常不约而同地说同一句话，太熟悉了。太熟悉的地方没有风景，看厌了。

图南整理餐桌，洗碗擦地，叹口气，这时候，海鸿躺在卧室的床上也在叹气。

每次都这样进入一个沉默的死气沉沉的时空。他好像能看穿她，每次她对婚姻丧气的时候，他伏小做低，成本很低，不过是几句甜言蜜语，哄哄又能让图南做牛做马，过一段太平日子，然后是更猛烈密集的战火，就这样图南一步步丢城失地，溃不成军，活成了女奴。够了，这样的日子实在是过够了！她又睡在沙发上。

日子过得很快，迎来了"拗九节"——农历正月二十九，放鞭炮,正月里最后一个节日。F城民间特有的传统节日"拗九节",又称"孝顺节""送穷节"。"拗九粥"不同于"腊八粥",没有豆类,用糯米、红糖,加上花生、红枣、荸荠、芝麻、桂圆等原料煮成,用来祭祖、孝敬长辈、馈赠亲友;已嫁的女儿,必定要送一碗"拗九粥"回娘家,孝敬父母,祝福平安、健康。逢九的人一定要吃,包括明九和暗九。图南照样去煮粥,日子要过的,一家人总要留点美好的回忆。每一天都当作人生的最后一天来过,就不会后悔。是的,不后悔。

第二十章　人生如戏

2014 年 3 月 1 日

蝶飞舞　你下午什么时候会有空了？我现在要找你，很难的。
生活不易　再说吧，我好硬，想你就硬。
蝶飞舞　那我不跟你说了。
生活不易　亲吻的表情。
蝶飞舞　我也没办法帮你解决问题，怎么办哦？只好离开。
生活不易　你是我女人，不问你问谁啊？
蝶飞舞　你又不止我一个女人。
生活不易　我没有其他的女人，你除外。
蝶飞舞　你又要愤怒了。那我就应该高兴了。
生活不易　没有什么隐瞒的，就是你了，我真正的女人。曾经有过，那都是过去的事了。
蝶飞舞　我会不会也成为你的过去了？
生活不易　也许吧，什么事不要想那么多。我爱你，你爱我吗？老婆，你才是我老婆。
蝶飞舞　我就是想太多，才痛苦。你永远不会成为我的过去。
生活不易　好。
蝶飞舞　你不会永远折磨我吧？
生活不易　啥时候折磨你了？
蝶飞舞　精神折磨。

生活不易 肉体呢？

蝶飞舞 没有。

生活不易 肉体是折磨不？

蝶飞舞 调皮表情

生活不易 肉体让你兴奋，精神让你寄托。

蝶飞舞 你还真是自恋哦。

生活不易 哈哈……

蝶飞舞 有这么好，我还要痛苦吗？

生活不易 你说我们只有精神上的，没有肉体的，你同意吗？

蝶飞舞 你同意吗？

生活不易 我问你。

蝶飞舞 你同意我就同意，你不是我男人吗？

生活不易 丫头，我不同意。你呢？

蝶飞舞 那就是了。

生活不易 是什么？

蝶飞舞 不同意咯！

生活不易 我没你那么高尚。

蝶飞舞 嗯。

蝶飞舞 我爱你，就是真心的，你爱我是不是真心，我就不懂了。我不会轻易说爱你之类的话，要负责的喔。

生活不易 老婆，我只是没你那么心细，我喜欢的生活是，你在家把家收拾得一尘不染，我回家吃你做的饭，晚上把你扒光，一丝不挂，搂着你睡觉，不让你操心任何事。

蝶飞舞 大男人过的生活。你家里一尘不染吗？我家可是很干净喔！

生活不易 老婆，嗯。我家里我做卫生，我喜欢干净。

蝶飞舞 喜欢干净好，谁不喜欢干净咯？你会做卫生？大男人也会？

第二十章　人生如戏

生活不易　我等你，老婆。

蝶飞舞　好。

生活不易　老婆，你为什么不叫我啊？

蝶飞舞　老公，你现在高兴了？

生活不易　高兴了，老婆。

蝶飞舞　拜拜！

生活不易　OK.

蝶飞舞　你不是说来看我吗？没有出来的理由吧？

蝶飞舞　我不会强迫你来看我，没理由就别来了，我不想让你为难，况且我这里真小，走到哪里别人都认识。

蝶飞舞　等我有机会去看你。

每隔一段时间，图南就会进海鸿的小号里看看，对话倒背如流。海鸿的情深意真，女人的温顺乖巧，只有彼此真心相爱的人才会这样交流吧？！密盟私语，这才是爱情的样子。可是，彼此都有家庭，还要为这样的爱情唱颂歌吗？她痛恨这个蝶飞舞，果然是招蜂引蝶的不安分的坏女人，奸夫淫妇！打字都这么嗲嗲的。骂完了，她又悲从中来，号啕大哭：我没做错事，凭什么要这样对我？

一生太长，背负太多的东西，他倦了。她愿意他幸福快乐，只是她不接受欺骗和背叛。他若为了真爱，干吗不提出离婚呢？

离婚！不用多久了，儿子快高考了。图南心里一阵剧痛和欣喜，数着时间，再一次下定了决心，胜利在望了。

图南加了蝶飞舞的QQ。蝶飞舞通过了。她的警惕性很高：你是谁？图南打出一行字，图南，手机号，直接就被拉黑了。她知道自己是谁，那他也知道自己已经知道了。下一步呢？

还会有多少女人前仆后继地涌上来？

图南狂怒不已，却无处发泄，她找到一把剪刀，直接剪掉长发——他喜欢长发的自己。自己剪得像狗啃一样，无非是更乱一点。没关系，图南已经不介意别人怎么看自己了。

第二天上课的时候，学生们看着眼睛红肿、面容憔悴的图南，问："图南老师，你没事吧？"

"我能有什么事？"她微笑。图南和学生们相处得很好，不管怎么不开心，都强作欢颜，她不爱板着脸教训学生。

"图南老师，你失恋了吗？受到什么打击了吗？"大家七嘴八舌。

"失恋？我怎么可能？就是想换个形象！短发不好看吗？"图南装作不在意的样子。她没听见下课后学生们的窃窃私语。真相是掩盖不住的。就像……丈夫的出轨。

图南又苦思冥想了几天，不如直接从根源解决。本来也是在等待，一年三百六十日，风刀霜剑严相逼。这时间过得也太慢了呀。应该给鹿儿打个预防针。和鹿儿聊聊吧。她问鹿儿："你高考后，我要和你爸离婚，你觉得呢？"

鹿儿说："可以啊，你要是觉得痛苦就离婚好了，我不反对。"

"可是你之前是反对的。"

"那是小时候，现在我长大了。"

"你不会怪妈妈，没给你一个幸福的家？"

"不会啊，我知道你不幸福，分开就分开。就是我麻烦点，两头跑，不过没关系。"

"你记得吗？其实，你更小的时候，和我说过，让我离婚。"

"怎么说的？"

"你小学时问我，一个月赚多少钱？我说一千多吧。你又问，养我够不够？我问你为什么这么问？你说，我爸天天打我，我活不了了，要是你能养活我，就不需要爸爸了。你让我离婚。"

鹿儿惊奇地望着妈妈，有点不好意思地说，那时不懂事，显然他已经不记得了。在孩子的生命里，母亲父亲都是最重要的一环。任何一方的缺席对孩子的成长、心理影响都非常大，算了。可是鹿儿快十八岁了，他快成年了。小的时候，担心离异对他成长有负面影响，现在可以放手了。

第二十章 人生如戏

图南一直抱怨丈夫是个不浪漫的人，他不会陪伴，也很少哄妻子。经过这么多年，图南猛然发现，其实自己才是那个不浪漫的人。看蝶飞舞嗲嗲的语气，看以寒的撒娇，小鸟依人，自己的字典里何曾有过？外表坚硬，内心也坚硬。可……就算自己撒娇，有用吗？求抱抱，不是也被无情地推开？海鸿眼里，不过是矫情而已，老夫老妻了，你撒娇给谁看？

一份感情，只要够维持婚姻就好。太过投入，会受伤得体无完肤；投入太少，感情会出轨。飞蛾扑火似的爱情不是我所追求的——燃烧得太快，同样也会有缺憾。可是，这话是用来骗人的！不是的！以前的我不是这样的！我也曾经是一个浪漫的小女孩啊！曾经满眼满心都是你！图南内心狂叫。

五年半的时间里，海鸿在H大读博士，图南在家带孩子，含辛茹苦，拼命上课赚钱，装修房子，因为动迁，搬三次家，为了鹿儿考科大少儿班，风里雨里，带孩子补课。

孤灯一人忍受着无边的寂寥与无助！

忽然，图南明白了，他出轨不是到了F城，而是，早就出轨了！只是自己愚蠢迟钝，没有发现！

过去，王宝钏能够守寒窑十八载，现在可能吗？就算图南等待十八年，有意义吗？把自己人生中最美好的年华都用来等待，等他老了，浪子回头，瘫在床上，端屎倒尿。这样的人生不是太可惜了吗？都是第一次做人，凭什么？凭什么将就自己的人生？错过了风花雪月的美好，为他人做嫁衣，这样的人生是缺憾的！

两个人分开最长的时间是十八个月，图南已经很崩溃了。可是那时候还有幻想，幻想团聚的幸福时刻。幸好还有鹿儿，每天忙忙碌碌，上课、做饭、洗衣、哄孩子，没有闲情逸致去想很多。每天做着单调的事情，心态已经变得更老，不想再结识新的朋友，甚至不想更换新的风格，一成不变的日子成为惯性，每天都是顺其自然，日复一日地重复。现在回想起来仍然是苦涩的坚持，图南一直给自己打气，选择了天长地久，就不会选择朝三暮四，选择了携手一生，就不会选择背叛誓言。要好好地等他回来。可是漫长的读博五年半后，等来的竟是地狱般的磨难和煎熬。

两人一起参加老乡们的饭局，图南隐忍着吵架后的满怀怒火，接受海鸿惺惺作态，图南一伸出手臂，他殷勤地伺候着穿脱大衣，这是他的习惯性表演，一气呵成；给图南倒调料、夹菜——可在一起这么多年，他并不知道图南爱吃什么，比如他会夹来一块肥肉，却不知道图南从小就不吃肥肉；师弟师妹因为孩子的教育问题争吵，海鸿体贴地劝师弟别着急，教育要慢慢来——可他为什么对鹿儿动辄打骂？图南迷惑地看着他两张脸孔不停变换，一个丰神俊朗、和风细雨，一个邪魅狂狷、放荡不羁。到底哪个是他？看着师妹对他满眼满心的崇拜仰望，抱怨丈夫不明事理，脾气暴躁，图南无语了：彻底给他自由！让他继续去害人吧！你再好，我也不要了！

图南想，他说假话从不打草稿，明明知道，我整天想的是怎样离婚。你还在这里秀恩爱！让全天下都知道我们是恩爱夫妻！离婚！放过你，也放过我自己。我不介意你的所有，因为我放弃了。你不再是我生命的一部分，我放手了，你自由了。

时间过得真快啊，转眼又是五年了，从知道他出轨王怡，到出轨蝶飞舞，已经五年了啊，图南觉得，漫漫长路终于快到尽头了。

第二十一章　忍无可忍

　　图南的智齿发炎了，小小的巴掌脸肿得像脸盆。她吃不下东西，痛得坐立不安，看不下去书了，每天就那样一言不发呆坐着。海鸿担心，问要不要带她去医院，图南拒绝了，去医院也没法，消炎后才能拔牙。她自作主张，大把大把的抗生素两三倍量吃了一周，炎症消了，海鸿却说自己害怕去医院，看拔牙肉痛，受不了。你还是自己去吧！
　　图南松了一口气，他不去，挺好。不然要忍受他古怪的脾气，他说他心痛图南，却每次在自己最不舒服的时候吵架，他心痛就是直接开骂：你傻啊？怎么搞成这样？
　　那我要你心痛干吗？你离我远点，让我自己慢慢地好！这样的对话说不定在医院就能吵起来。自己本来不喜欢麻烦别人，哪怕是自己的丈夫。每次都是，一起高高兴兴出去，灰头土脸地回来，天气冷暖，渴了饿了，每次都能惹得他心情不佳，而且写在脸上。他不高兴，也不允许别人高兴。和他在一起，心就像被锯子反复锯着撕裂的伤口。
　　智齿横着往下长，包在牙床里，只露出一点点，位置特别不好，要做个手术。医生问家属呢？图南说一个人来的，自己签字，责任自负。医生有点不高兴，你来医院，怎么没有家人陪同？图南赶快赔笑说，我是外地的，一个人在这里。医生把责任书拿来，图南签了字。

先打麻醉药，打完麻药后，先是小锤子锤，女医生力气不够，找了两个男实习医生，三个人轮流锤，有一个实习男医生说手都酸了，牙齿还纹丝不动。他们又用凿子凿一会，再锤下去，图南痛得眼泪流下来——麻药劲过去了。女医生对护士说，再拿两倍剂量的麻药，图南眼睁睁地看着又给自己打了一针，分四个点打进去，这次到位，一会的工夫，嘴唇、舌头都麻木。又接着锤、凿、钻。图南能感觉到耳边是山崩海裂，脑子震得嗡嗡响。正在图南担心大脑会不会震傻的时候，手机又是狂响不止。医生不得不停下来问，你的电话总响，有急事吗？

图南看了一眼，又是十几个二十个海鸿的电话，图南摇摇头，不用管他。已经说了去医院看牙，还打什么？用了一个小时，终于看到一颗牙分割成三部分，血淋淋地扔盘子里，然后是缝合牙龈。

图南当然明白他担心的不是自己在医院有多痛苦和恐惧，他担心的是自己有没有给他戴绿帽子，时间这么久，你去哪里了。你是和谁去的？一旦人干了坏事，就会觉得所有人都在干坏事。

去个超市，参加个家长会，加个班……不管做什么，永远离不开催命鬼一样的催促电话，张嘴就是"我饿了，你什么时候回来？"哪怕不饿，也要不停地催促。图南一听到电话声就紧张，光是催促还是好的，很多次，接通电话开始谩骂，问题是，很多时候图南都不知道自己为什么被骂。不管在 QQ 上，还是电话上。

图南回忆起，参加 14 届本科毕业答辩，作为老师，图南看着学生乖乖地上来陈述，紧张地回答老师提出各种刁钻古怪的问题，很有成就感。他又打来电话，图南换到走廊接电话，他问："你傻啊，家里没有豆油了，你知道不？"

图南说："我知道，可是这几天太忙，没时间买。回去就买。"

挂断手机，回到教室，他还一直在打，图南设成了静音。等到午休了，几个老师聚在一起聊天，总在一起上课、答辩，大家很熟悉了。

电话又进来了，一眨眼就是几个未接。图南接通电话，海鸿声

第二十一章 忍无可忍

音很大,破口大骂:

"我连家都养不起吗?没钱买?"海鸿暴跳如雷。"我小时候,缺衣服穿,我不想到现在还要为这个操心!"

几个老师坐得很近,震耳欲聋的声音大家都听见了。小文老师开图南的玩笑:"你家海鸿老师,连油都不会买吗?"

"他真的不会。"图南觉得很窘,挂断了。

他又连打,没办法,图南又调成静音。大庭广众之下,怎么做都不对。回去又是一场战争。

拔完牙,图南捂着红肿的脸回到家,他又坐在电脑边,一边玩一边漫不经心地问:"打你电话怎么不接?"

"你打电话什么事?"图南问。

"怎么,你情人可以问,我就不能问?"

"我躺在牙科椅上手术拔牙,没法接电话。等等,你哪只眼睛看到我情人的?"

"你跟你情人总在一起,你以为我不知道?"海鸿继续胡搅蛮缠。

这次不同的是,图南积攒的怒气像火山爆发了,她掏出手机,狠狠砸在地上:"你说对了,谁都能打电话,唯独你!"手机碎屏了,玻璃碴四溅。又是一次战争,海鸿摔门而去。

不再担心他去找谁,走就走好了!没手机的日子真是幸福啊,图南很开心。可没有手机怎么行,失去了控制权,海鸿不高兴了。说我给你要个旧手机吧?别人的拿来用是一样的,能接打电话、收发短信就够了。图南没吭声,她不愿意用别人旧的。尤其是还不知道带着哪个臭男人的味道。

结婚不久,海鸿借口图南大手大脚、糊里糊涂,银行卡身份证由他保管,刚开始图南比海鸿赚得多,后来海鸿职称正常评聘,自己在事业单位的待遇却越来越差,图南的工资一直停顿,差距越来越大。图南只知道差距大,具体差多少就不知道了,图南不知道自己到底赚多少钱、工资卡是哪张、也不知道兼职几个学校的银行卡,哪张是自己的,所以拿了一堆去银行柜员机试,密码都是结婚登记日期。终于找到几张自己的银行卡,里面只有两千多块钱。买个手机够了。

以前只知道去抽屉拿钱,钱用光了。海鸿一边不高兴地嘟囔,你怎么花的?花得这么快,一边往抽屉里放钱。图南不像海鸿那样,真心爱钱,算账快,她对钱没有概念。要问丈夫伸手要钱,她会觉得自己无能。图南讨厌丈夫总是摆出一副苦大仇深的样子说:"我辛辛苦苦,赚钱养家"之类的话。图南会觉得自己是废物,小时候向爸爸妈妈姐姐要钱的心安理得的幸福感早就消失了。买了一个新手机,把自己几张银行卡放在办公室。

图南心烦意乱地坐在办公室,志远发来了QQ信息:"老师,你最近还好吗?"

"挺好的。"

"你骗人!你一点都不好!"

"你胡说什么?"

"老师,你让我统计数据的时候,我看了你的QQ,你老公就会和你吵,他骂你,他根本就不爱你!"

"爱不爱关你什么事?"图南生气了。

"老师,我爱你!"

图南吓了一跳,"滚!你疯了?!"

"老师,真的,我爱你!"

"我比你大那么多,我应该有你妈妈那么老了吧?!叫我阿姨还差不多!"图南生气地说。

"爱,没有年龄的差距!"志远辩解道。

"你该干吗就干吗去!别烦我!"

第二十一章 忍无可忍

"老师，不，姐姐，你不老，你很美丽，你那么温柔可爱，我真的爱你！"

"叫老师！"

"不，我爱你很久了，我不能允许他欺负你！"

"第一次看你的时候，你穿着一件绿色的短裙，那么青春活泼，你一点都不像老师！"

"你也是爱我的，对吧？"

"我们是有缘的，不然你怎么会每次都找我干活？"志远连珠炮一样地问。

"你想多了，没有！永远不可能！"图南几乎是尖叫了。

不一会，志远给图南打了电话，"姐姐，你能不能考虑一下我？我才是真心爱你的！你给我一个机会，我会让你知道什么是真正的爱！"

图南泪水掉了下来，不论是谁，乍听"爱"都会紧张慌乱。可是，这种爱，水月镜花，太不切实际了。图南无法接受。就算分手离婚，也不可能接受志远。

"你真的不知道我爱你吗？我爱你很久很久了，我还偷拍了你的照片！"

他发来一张图南临窗而坐的照片，照片中的图南穿着白色长裙，面容模糊，望着窗外沉思，有点逆光。女人就是女人，虚荣心强，还好，不是很丑，看起来倒是朦朦胧胧的。图南已经不记得是什么时候的事情，"你敢偷拍我？"

"我经常看你的照片，这么多年了，你总是这样，一点都没变。"

"我不喜欢你这种类型，我喜欢成熟稳重的。"

"那我长到三十岁，你就会喜欢我？"

"不是，我根本不喜欢你！"

图南彻底惊呆了，混蛋学生疯了，都疯了！前段时间，九〇后的以寒叫我"姐姐"，今天，又来个九〇后的志远也叫我"姐姐"！这拨孩子都怎么了？不正常！我还没离婚呢。这学生怎么可能找一个大十多岁的老师当妻子？这世界怎么了？自己的脆弱心灵已经不能接受这么爆炸的东西了！图南关节痛，胸口痛，后背痛，她趴在桌子上，哪里都像锯子锯一样，刺痛，钝痛，各种痛。心脏又不行了吗？图南拉黑了志远的 QQ 和手机号。

海鸿又来查岗了。在图南离开座位去洗手间的时候，他打开了图南的聊天记录，图南虽然拉黑了他，但并没有删除通话记录。看到了图南和志远的所有的聊天，居然聊了这么多，这么久！他怒不可遏，这次，终于有证据！他认识一个女人两个月就可以上床，他不相信几年的时间里两个人仍然是清白的。

他怒不可遏，狠狠地掴了图南一记耳光，图南被彻底打晕了。他转身走了。

图南下班时，海鸿已经自己开车走了。她不知道该怎样回家，好累啊，浑身痛得像狗一样蜷缩起来，一场恶战避免不了，图南内心充满恐惧。可自己又能去哪里呢？陌生的城市，陌生的丈夫，一切都是陌生的。还有三个月啊，鹿儿还有三个月才能高考，时间过得好慢。无论如何，她都要坚持！

终于，图南坐公交车回到家，鹿儿已经回来很久了，海鸿不在家，她连问都没问。爱去哪里就去吧，她已经习惯了。

"妈，我好饿！"图南给鹿儿钱，让他出去买吃的，鹿儿不高兴地说："钱，我还有，没花完呢！中午就是糊弄的，吃外面的东西，难吃死了！晚上你还想糊弄我？"可是，他看到妈妈脸色黑黄，很痛苦的样子，就不挑剔了，"好吧，我去买吃的。"

不一会，鹿儿买了两份面包、火腿肠回来了，要和妈妈一起吃，图南说："你自己吃吧，妈妈歇会儿，太累了，一会再吃。"鹿

第二十一章　忍无可忍

儿不肯，一直用手举着，放在图南嘴边。倔强的坚持，图南只好强迫自己吃了下去。鹿儿看妈妈身体不舒服，很乖巧地自己去做功课，洗澡上床。图南有了些许安慰，是啊，鹿儿已经长大了，哪里还需要妈妈无微不至的照顾呢？也许自己可以早点离开了。图南想。

又是半夜，海鸿醉醺醺地回来了，一脚踢开门，吓得半睡半醒的图南浑身发抖，他把客厅的水果刀拿进了卧室：

"你老实说，他是谁？"

"还能是谁，学生啊。"

"你们到了什么程度？上床没有？"

"当然没有！"

"你又骗我！"海鸿瞪着发红的眼睛："你说实话！"

"没有。"

"你说不说？你不说，我就一刀扎进去！"他拿着锋利的水果刀比画自己的左手手背。

"没什么可说的，你让我撒谎吗？"

"你肯定有事！你说是吧？"海鸿狂叫着，狠命扎下去，顿时，图南看见他的手背上赫然立着水果刀，她尖叫一声，扑上去，海鸿推开她，面目狰狞地把刀拔出来，只见血流如注，地板上一大摊，手背肿得好高，海鸿痛到脸都变了形。图南赶快哆哆嗦嗦地找酒精、纱布，要盖在刀口上，海鸿的眼睛似乎能冒出火来，他一把推倒图南，抓起手机、钥匙，图南也赶快穿上衣服，打车跟着去了医院。

医生问怎么受的伤，海鸿说不小心扎到的。刀扎在手背上，海鸿食指和中指的肌肉、肌腱和韧带断裂，在医院做缝合手术，还打了石膏，图南看了非常心痛，精心照顾他，他一痛的时候就会大骂图南："都是你这个贱人！"

"都是你想害死我！"

他怕痛，手指不肯活动，恢复得不好，原来很灵活，现在不能用力，光滑的手背上有一道明显丑陋的伤疤，怎么看都像黑社会的标志。有时候，图南听着海鸿说不可理喻的话，觉得他是无理取闹，但是眼看着是真的自残，图南也有些后悔，也许是我不够检点，本来就不应该和任何男人联系，就算没做什么，但被他误会，就是自己的错，好吧，相信我，我不会和任何男人有任何形式的接触，何必让你不放心呢？图南几乎删除了所有男性的联系电话和QQ。

他恨她，她也更恨他。

海鸿又在和图南算计钱了。他工资比图南多两倍，自从图南拿走自己的银行卡，他就不再出一分钱。图南不要他的钱，他却来和图南要钱了。

2014 年 3 月 5 日

海鸿 在不？

图南 在，干啥？

海鸿 我工资卡里就剩下几十元了。帮我想想，最近我花了哪几笔钱，之前看还是 1 万呢，记不住了。

海鸿 我刚取出 2000。

图南 煤气。

海鸿 3140。

图南 两张卡。

海鸿 5140。

海鸿 7140。

图南 没了。

第二十一章　忍无可忍

海鸿　不对。

图南　孩子学费？

图南　不知道。我不会算。

海鸿　我刚取出来了。

海鸿　脑子啥都记不住。

海鸿　也差不多。头几天我刚说，就够煤气的，取出 2000，就没钱买煤气灶了。

海鸿　支援我点，可否？

图南　我没有。

海鸿　我估计你就这么说。

海鸿　你的工资家里生活不能用？

图南　你吃饭不是我花钱吗？

海鸿　你吃饭没花我钱？

海鸿　我是不是饭都不要吃了？

图南　我就挣那点钱。

图南　工资才两千多块钱，我现在的工资是最低那档。

海鸿　我没嫌你挣得少。

海鸿　你花钱又不是我不给你花。

图南　哼！

海鸿　哼个屁！

图南　家里生活费都是我自己出的。

海鸿　我没给你花过？

图南觉得和海鸿说话就是一个怪圈，永远走不出来。像小孩子吵架，每次小数点后面的都是无限循环。没想到，过了几天，他又来要钱了。

2014 年 3 月 7 日

海鸿 孩子要高考了。

图南 啥意思？打算在家做三陪，陪吃、陪玩、陪学习？

海鸿 孩子读书，是要花钱的。已经准备了十万学费，现在还想准备手机电脑的两万。银行卡可以放在你手上保存。

  图南觉得海鸿简直是一个天才，自己几张卡的钱陆续到账，加一起，两万刚刚出头。丈夫满脑子的算计，令人厌恶。

图南 我不要，也没钱。

海鸿 不要以为我什么都不知道，我只是不愿惹气，活一天算一天。你的钱我不能动，QQ 不能动；微信、博客、微博都不能动。你敢说你情人少吗？

图南 你在那装。我没你厉害，我没有。不能动的东西，你不是也在追着看？

海鸿 这边抄情书，那边发情书，你真有才！

图南 你哪里在乎我了？我写情书？你把情书发出来，让大家都看看？你写的情书我可见过。要不要我发给所有人看看？

海鸿 我怎么做都不对，你回家我拿钱，上医院我拿钱，你姐来、你妈来我拿钱，都走了不用我了。你听情人的。

图南 你有关心你的人，我算什么？我家人来怎么了？我的家！他们不能来吗？你招待一下我感激，那也不用天天念着你的恩情吧？

海鸿 好的，我尽快找出当时你和你的志远的聊天记录。本来不想看那个记录，想忘了，你不让我忘。

图南 拿出来看看吧，我们做了什么见不得人的事吗？联系什么了？你可是上床好几个了。

第二十一章　忍无可忍

海鸿　你用我时，我是老海；不用我时，我是狗屁。
图南　我没说过，那是你说的。
海鸿　突然老公变老海了，情人不让你叫你就不叫。你狠！
图南　你上床那么多女人，你才狠！

图南变得越来越神经质了。海鸿晚归的次数越来越多，凌晨两点，大门开声震天响，卧室总一脚被踢开，看到被子里簌簌发抖的图南会拉出来打。一次，图南的眼眶被打青了，没法上班，请了一天的假。他不在的时空里，图南无忧无虑、自由自在。他在，如芒在背。他是一只毒蛇，图南不敢靠近，一旦靠近就编排出莫须有的罪名，随时会咬出致命的一口。图南对他充满怨恨和恐惧。

一天早晨，图南手机 QQ 收到一大堆信息，她一看，是姐姐晓晖发来的，家里兵荒马乱，战火硝烟，没法和家人交代，很久没有找姐姐聊天了，她很欣喜地打开阅读，可越看越不对劲："你怎么变得这样下贱？要记住你是有家庭的人！脚上的泡是自己走的，你别怪我没提醒你！你不能对不起海鸿！不能对不起孩子！你要不是我妹妹，我才懒得理你！"图南看蒙了。

她傻乎乎地问晓晖："我到底做错什么了？你这样骂我？"
晓晖依然在生气："你说什么？你自己不知道？"
图南说："我真的什么都不知道。"
晓晖把 QQ 截图发给图南，图南一看更蒙了，上面写很多莫名其妙的话，主题只有一个："我的性欲很强，他不能满足我，我没办法控制不了自己，才出轨的。"这是自己的 QQ 号啊。图南愤怒了，大哭：

"海鸿，这是你干的？你这是人干的事吗？"

他在身边玩电脑游戏，沉默不语。

"你怎么可以这样污蔑我？你血口喷人，是什么意思？"

他目光躲闪。

图南急了，"姐姐，昨晚的话都是海鸿说的，不是我的意思，是他，他出轨了！你不能不分青红皂白骂我！"

"他出轨了！"

这句话，图南憋在心里那么多年，终于能够说出来了，她感到万分轻松，要不是海鸿这样，贼喊捉贼，图南还会像鸵鸟一样把头伸进沙子里，继续掩盖真相，能盖多久就盖多久，接受不该接受的现实。

晓晖不耐烦地说："你们的事，我才懒得管，谁是谁非，和我没关系，以后不要打扰我！你们两个都不是什么好东西，都让我恶心！"

海鸿又找姐姐告状，人的耐心总是有限的，晓晖已经不胜其扰了。她对海鸿也没客气"有事没事都别找我！你们的事，不要再和我说！我不管你们家的事！"

图南终于想明白了，海鸿不光是在自己家里散布谣言，在他的家里肯定也是这样说的。难怪那年暑假里自己回S城看爸爸，想着回来总要顺路看看婆婆，自己娘家与他家距离两三百里路。上午九点半出门，路上遭遇车祸堵车，傍晚六点半才到婆婆家。图南进门就喊饿，低血糖，一饿，眼前发晕，婆婆拍手大笑着，直截了当说："我们饭吃完了，剩饭一点都没有。"图南把带来的水果和酒放下，自己出去找了一家面馆，点了一碗面，狼吞虎咽吃起来，一边吃，一边止不住流泪。吃完了，回到他家，婆婆说了一声，谢绝留宿，图南直接坐车回娘家了。

就算是要饭的登门，都不至于不给饭吃吧。更何况，婆婆和他家人明知道自己来，却连杯水都没有。以前回去，至少大面上还

第二十一章　忍无可忍

过得去，热热闹闹，总是一家人的样子。图南喜欢孩子，总给侄子外甥女们买吃的，陪他们玩，孩子们也喜欢她。图南没想明白为什么，这次找到了答案。

图南心里气不过，话要说清楚。晚上坐在客厅里等他回家，他又带着高度数的酒精回来了，大声叫嚷要喝雪碧，图南拿给他一听："说说话吧。"

"你个婊子！有什么好说的？"他没有解决问题的态度。他带着石膏的手掌重重地掴在图南的头上、脸上。

第二十二章　一了百了

　　图南气得浑身发抖，说，海鸿，你去我的邮箱看，你敢看吗？你看看谁是婊子？

　　海鸿打开电脑，里面都是他和王怡、以寒、蝶飞舞的 QQ 聊天记录和手机号码的通话时间，他顿时变成了泥塑木雕。图南得意地欣赏他的愚蠢可笑的样子，他迅速地点击鼠标一一删掉。忽然，他反唇相讥："那你说，你和张冬晨是怎么回事？"图南恨恨地说："他是你朋友，你带他回家喝酒，你说你是怎么回事？你交的什么朋友？"

　　这已经是很多年前的事了，还是 S 城的冬天。当时的房子才五十多平，没有客厅、餐厅，开大门就是卧室。暖气不足，家里只有被窝里是温暖的，图南那天上午没课，外罩着一条紫色睡袍，里面没穿内衣，披头散发，赖在被窝里看书，忽然门响，见海鸿带着张冬晨进来，在床上看到外人总有点慌乱。图南还没反应过来，海鸿就隔着被子，拍着被窝里图南的屁股，让她起床做几个菜，说哥俩整点小酒。

　　两个人直接坐在卧室沙发上，一会的工夫，海鸿把酒已经倒好了。图南很尴尬，起床不对，不起床更不对，最后无奈，只好从床上爬起来，连忙下厨切了香肠、炸花生米，洋葱炒鸡蛋、炸鱼四个小菜，哥俩喝起酒来。其实，张冬晨比图南更害羞。他脸很红，一直低着头喝酒，他没敢抬头看图南。

第二十二章 一了百了

那一次，张冬晨喝多了，猛然抱住了图南，图南当时被吓得不知所措，僵硬地地坐在座位上。海鸿看到了，非常生气，和张冬晨断交了，并且拿这件事，骂了图南十多年，说你就是贱人，和我朋友勾搭在一起。图南愤恨不已，你到底在干什么？不能什么人都往家里领吧？我招待你的朋友我有错吗？还要忙忙碌碌做饭，孩子学习受影响。所以，她内心是不待见他的朋友。看看你的朋友，是什么东西！你心里没数吗？

图南看见海鸿放在床头的香烟和打火机，她打开打火机，橘红的火苗欢快地跳动着，她点燃香烟，吸了一口这鬼东西，又呛又辣，烟气顺着气管进入肺部，有点灼疼。她又打开打火机分别点燃被子几个点，于是拥着一大堆跳舞的火焰精灵，烟雾缭绕，温暖而明亮。

睡着了的鹿儿被呛醒了，咳了几声，几乎同时，玩游戏的海鸿也很快反应过来，他们一起跑进主卧。海鸿把燃烧的被子扔到地上，手忙脚乱地灭火，鹿儿还慌慌张张地往被子上倒了一杯茶水。图南面无表情，满脸通红，直直地看着。海鸿气得大骂，"你他妈的要死，别死在家里，去死在外面！"

图南问，我吃你做的四季豆两次中毒又是怎么回事？你总羡慕别人，你说男人三大幸事就是升官、发财、死老婆，你想害死我对吧？海鸿基本不煮饭，他嫌弃图南炖的四季豆不好看不好吃，他说要自己做饭，只炒过四季豆，品相确实不错，青翠碧绿，可吃着有一股豆腥气。他和鹿儿都没有吃，整整一盘子，都非常殷勤地喂给图南，她吃完上吐下泻，直接中毒晕倒，过了很久才自己苏醒。海鸿并没带她去医院。

第一次中毒，图南觉得海鸿没有生活常识，可是两三年后又做了一次，图南心有余悸，不肯动筷，他向图南发誓，保证肯定没事，又是殷勤地喂食。果然，图南又一次食物中毒，再一次晕倒，很久才醒来。再单纯的图南，也觉得有点怀疑了。以至于，后面吵得白热化的时候，她禁止海鸿做菜。平时放在心里的事就像是一只沉睡的野兽，没有声息，只有在吵架的时候会猛然惊醒，爆发出巨大的威力，毁掉了所有的信任。海鸿以为图南永远都是傻乎乎的，可他不知道婚姻中的女人有着超乎常人的智慧和直觉，所有的前尘往事都能勾起来。

要精神强大，不被击垮，不能倒下！我爱你，你才会伤害我，没有了爱，你还能伤害到我吗？

海鸿发了信息，"我死在外面，免得你和你情人看我碍眼。"图南受骗多次，仍有点紧张，儿子一句话惊醒梦中人："放心吧，我爸不会死的。他怕死。不过就是要挟你。"这一套，他玩得太娴熟了，多少次，图南不得不打车去接，他在外面辱骂动手，图南忍受一次又一次的家暴。

图南猛然间醒悟过来：儿子说我不需要理你，你不会死的。儿子看得比自己清楚——儿子说，若是妈妈说要自杀，就是真的；爸爸说要自杀都是假的。可怜图南这么多年被他骗。

当图南不介意海鸿的所作所为，他的存在于她毫无意义，图南不会再自残，哭泣，自杀。图南决心要好好地活着，要微笑着看亲爱的丈夫的下场。冷漠将是她唯一的表情，用铜墙铁壁保护好内心，她的心门从此紧闭。他的鳄鱼的眼泪不会再打动图南，他的折磨也不会影响到图南，他所谓的自杀更别企图要挟图南，他不爱图南，也不爱那么多的女人，他只爱自己，他眼里，只有自己是最有价值，当然不会死，也不舍得去死。

他还有什么招数呢？诡计能得逞不是他的演技好，是因为图南爱海鸿，对其视而不见。可海鸿不懂，他永远不懂。什么是爱，他也不懂。他内心空虚，只有完全的占有，追求快感，完全是动物的本能。

图南给远在 S 城家里打电话，是爸爸接的。电话里的爸爸很是高兴，声音苍老："宝贝女儿呀，你等着，我叫你妈去。"

"叫妈妈干吗，我想你了。爸爸。我们聊聊呗！"

"和我聊聊？好啊，好啊，你最近怎么样？"爸爸一向低调，

第二十二章 一了百了

在他的印象里,孩子们有事都是找妈妈,可把他激动坏了。

"挺好的……爸爸,您身体好吗?"

"好,都好。"爸爸还很高兴地说。

"我想……离婚。"

"离婚?你们结婚这么多年了……听你姐姐说,海鸿出轨了,可是他毕竟是孩子的爸爸,为了孩子,你看看还是能原谅就原谅吧。"爸爸情绪马上变得很低落。

图南不知不觉又是满面泪痕,她知道,爸爸这么多年也不容易,别人家的孩子都是为父母分忧解难,唯独自己,总在添麻烦,海鸿每次吵完架,大半夜打电话骚扰爸爸妈妈,他们为自己操碎了心。然而,爸爸竟然还为海鸿讲情。为什么啊?离婚了,我就不是您女儿了吗?离婚我就会低人一等吗?孩子在这样的家庭里会幸福吗?为了孩子,我已经付出太多了。

"我们已经老了,看你们的日子越过越好,我就放心了。你再结婚的对象,不见得就比他好,你也不要太任性了。"

"为什么还要结婚呢?我不会再结婚了,一个人也挺好的。"图南不明白,爸爸为什么不同意离婚。

"宝贝女儿啊,我不再说了,只是希望你好好考虑一下。"

爸爸已经住院三四次了,图南不想爸爸难过,爸爸说这话一定是和妈妈研究过了,肯定有妈妈的意思在里面,她只好违心地说:"我知道,我就是说说,您别放心上。"电话挂断,图南大哭不止。

人生应该是美好的,享受阳光雨露,鲜花和欢笑相随;人生应该如蜡烛一样,发出光和亮。这样的人生才有意义。如果行尸走肉一般,蝼蚁般贪生怕死,活着也无趣。

人不能选择生,但可以选择死。这是我们的权利。不管是谁,终究有一死,与其听天由命,不如自作主张。但愿我能够从容淡定、有尊严地离开。图南暗暗下定决心。

三十八岁前的图南,活得无忧无虑像个幸福的傻瓜,是没心没肺的乐天派,眼前是前程似锦的康庄大道。人间那么多的悲哀不幸距离自己有几百万光年。相信和丈夫辛苦奋斗几年，日子会越来越好，老了一起去周游全世界——其实，海鸿只是随便说说，图南就已经想好了要去埃及旅游的路线。海鸿还答应他给她买架钢琴。图南立刻去找乐理书学五线谱。虽然并没有完全相信他会实现诺言，但有个浪漫美好的梦境可以麻痹一下枯燥无味的现实，让自己相信未来值得期待。

可是，眨眼间自己就活到四十多岁了，这死水一潭的生活毫无意义，图南耐住寂寞，在一个封闭的小世界里箪食壶饮、自得其乐。每天看着本该属于自己的丈夫，在外面彩旗飘飘，还拒不承认，出轨成性，家暴不断。图南的世界顿时崩塌，家变成了黑洞，当所有的美好风流云散，攒够了失望，那就离开吧。

好累啊，闭上眼睛，开始所有的事，什么都想到了，最后终于精疲力尽地在无尽的想象中睡着。清晨睁开眼，正常上班，中午看新闻，玩游戏，甚至静寂得能听到自己的呼吸声。有些自闭，有些抑郁，不过，不那么想自杀了，尽管还是会觉得心痛。你慢慢会好的，图南对自己说。可今天有人说 xx 大学的团委副书记自杀了，是抑郁症，林老师说，这病很难好。忽然有个声音在图南心里，说：是的，死是件很幸福的事。

终于在一次大吵后，图南看着鹿儿高高兴兴地去补习班，再看着所谓的丈夫出去寻欢作乐。临出门的时候，他还在生气地大骂："你去死！死得远远的！"

房间忽然安静下来，图南打开衣柜，想找件新衣服，找了许久，她叹口气，一直被宠爱的小公主，一时间竟然找不到合适的衣服，一直觉得自己身材标准，就算地摊货，也穿得好看，这不过是自欺欺人而已。实际上，她清楚，低廉的服饰是没有质感的。图南一向不缺少自信，可是，婚姻多年，除了人变得粗糙，就连感情也变得粗糙。充满灵气的女孩的眼睛真的能变成死鱼眼。

拥有一份正常而甜蜜的爱情，世界会变得很辽阔，变得很美好。拥有一份扭曲而苦涩的爱情，是人生的悲剧，世界小得连一张

第二十二章 一了百了

床都容不下。家是深牢大狱,自己在服暗无天日的无期徒刑。有些不舍得儿子,但心里放不下的也要放。

选了半天,一件连衣裙,搭一件大红外套,这件衣服还是晓晖给她的。姐姐晓晖生气妹妹不舍得把钱花在自己身上,不添置服装不买化妆品。经常买衣物、化妆品时给图南带同样的一份。晓晖比图南身材圆润一点,尺码大一号。可穿别人的衣服,总是把图南显得又瘦又高、可怜巴巴的。好在气质过得去,不至于太突兀。

又想了想,不要穿红色了吧,别吓人了,不要变厉鬼。她换了一件苹果绿的毛衣外套,这是十几年前读大学时的衣服。对,温柔和平,这才是自己原本的样子,配了黑色伞裙,穿一双长靴。海鸿不喜欢她穿短裙:"你穿那么短,想干什么?诱惑谁呢?"有两条白皙美丽的大长腿,亭亭玉立,依然清纯有朝气。看着镜子里的自己,除了面容憔悴加上黑眼圈,似乎一切都没有改变。图南用眉笔淡扫眉毛,涂上了最鲜艳的口红。图南想,这下你可管不着我了。你管我穿什么?我是我自己!我不是你的工具,不是你的私有财产。

图南从家里出来的时候是混沌状态,只想着再也不用回来了,悲伤如潮水般淹没了她。把钥匙留在家,只拿了手机、水果刀和一点零钱。想留几句话,买了小本子和笔,本来想得很好,在一个风光旖旎山清水秀的地方,结束这无聊的一生是很浪漫的事情。喜欢水,就在水中长眠。两天一直没吃东西,她感到很虚弱,冻得浑身发抖。走了很远,原来一直在一个住宅小区里转圈。总不能死在人家门前吧。做鬼还要有点道德,别吓无辜的人了。

忽然天降大雨。图南向一个老人打听路,小区只有一个门,她只好原路返回。就算离家很近,可对这里一点都不熟悉,图南在这个陌生的城市没有多走一步路,只好仔细看站牌,上面有一个很诗意的名字——横江渡,映入眼帘。她坐上了这路公交。在车上看到的情形并不诗意,这里好像一个嘈杂的闹市,她又多坐了两站。

雨过天晴的翁排,空气清新,有整整齐齐的灌木,绿得那么悦目，还有盛开得很娇艳的黄花铃木花朵。图南一眼就爱上这里，想找个僻静的地方，又走过古朴典雅的石桥，石桥？上面有雕饰就是廊桥吗？这好像不是传统的廊桥。还没看见过廊桥呢。她想起《廊桥遗梦》的爱情故事，图南喟叹，可惜我没有故事。有人爱过我吗？我爱过他吗？她筋疲力尽地坐在江边的护栏边。这里很美，前面有三簇高大的竹子挡着。左侧是结着串串香蕉的香蕉林，是最幽静雅致的了。三三两两，经常有人走过。图南不知道为什么这里人那么多。其实，这里是江滨公园。遗书分别写给爸爸妈妈、海鸿和鹿儿。她留给爸爸妈妈的纸条上写着：

爸爸妈妈，对不起你们，我自己不想这样，对不起！我不想再过这样的生活！是我自己的错！请原谅！不肖女儿绝笔！

她留给海鸿的是：

我亲爱的丈夫：这是我最后一次这样叫你，我们缘分已尽，祝你能找到一个真正爱的人，也希望你不要再辜负她。照顾好孩子！希望我没有来生。来生不见，永生不见！

给鹿儿留下的是：

亲爱的儿子，你好好读书，去追求你想要的生活。

图南的善良纯洁，海鸿不会珍惜。中午的时候，海鸿又连打了几十个电话，图南把手机调成静音，看着打进来的一连串电话冷笑，今生到此为止。

他接着又发来几十条短信：我出车祸了，来医院看我！我快死了你也不来！图南犹豫了，还是有点心疼他，不知道他怎么样了，很严重吗？可要是去医院，又是一阵毒打吧？不过没关系了，

第二十二章 一了百了

好了，我死了，你活着。电话没接，不想说话。等天黑吧，一切都会落幕。图南觉得有点累，早晨有点冷，中午又很热，图南浑身酸痛，没有力气，低血糖，晕晕的。

他又发短信谩骂：你又和谁鬼混了？你不回家？不回就死在外面吧！电话、短信不断轰炸。图南反应过来，他又在骗自己！没有出车祸。万念俱灰。给他的短信早就预备好了：给你一条贱命，照顾儿子，骨灰随便撒在哪里都行。她又回复一条短信：明天江边认尸，我穿了绿衣黑裙长靴。

电话依然如潮水般涌入。她把手机放下，再也不用看了。

终于等到了晚上，夜幕渐渐降临，华灯初放，霓虹闪烁。反正是准备死的，何必挨冻呢？活着也是苦难深重，有个声音在说："早点结束吧。"她微笑了。

该道别的也早就说再见了，开始吧！可刀拿错了，这是最钝的那个，口子很深，也没看到血流如注，只是点点滴滴。一共给自己又割了十多次，凉凉的一点都不痛，还是没力气，割不动。叹着气在护栏上磨了几回刀，最后一次用尽力气切下去，偏巧，有个男人走过问："你在干什么？"倒吓一大跳。气得冲他大叫："离我远点！走开！"这也提醒了她，这个时间不行。送到医院抢救，那才是生不如死呢。还不如换种死法。

无聊地看江水，江面有不知是沙鸥还是白鹭贴着水面自由飞翔。想着要离开这个世界了，图南不禁大哭起来。暮色苍茫，江风瑟瑟，有点冷了。把手机关掉，手机、笔和本都放在岸边。人生真苦！

图南跳下护栏，装作看风景，目光所到没人，很好。她又冷又饿，浑身发抖，走路发飘。她再也挺不住了，人往江里走去，后面好像有很多嘈杂的声音，震耳欲聋。可图南没有回头，她慢慢地走近江水，一团阴冷晚风吹来，真凉，是夜色凉如水？还是水汽凉如风？想不明白了。

她走向闽江，江边长满了杂草，向前一步，江水淹没了脚，地上泥泞，步履蹒跚，再一步，江水顿时淹没了腿，靴子里灌满了冰冷的水，迈开脚步非常困难，再一步，江水淹没到了腰，裙子已经湿了，增加了很多重量。冰冷的江水一点点侵入身体，直到腰部时，图南心里还有些牵挂和思念。心里暗骂自己没勇气，懦夫。

她再往前一步，应该是脖子了吧，打了几个寒噤，芬芳馥郁的桂花香气弥散开来，是自己房间里的香水味，还是附近有桂树呢？真香呀。又往前踏了一步，没想到脚下一滑，完全跌入很深的江水中，这时才是极度的恐惧和绝望，深深的痛苦。耳边听见咕嘟咕嘟冒泡的声音，扑腾了几下。她已经踩不到地了。江水已经完全淹没了她。

眼前一片模糊，灰黑色，什么都看不到。感受不到光明。她听见孩子呱呱的大哭声，声音越来越大，就像耳畔响着巨雷，头痛欲裂，她想说：别哭，别哭，我也很怕。她惊恐万分，手足无措，在水里扑腾。咕嘟嘟在灌水，鼻子耳朵嘴巴都灌满了，对死亡的恐惧压倒了一切。接着，身体往下沉，窒息，她想，我就这样离开了人间吗？生，是痛苦的。死，也是痛苦的。痛到极点，忽然间，她变得温暖舒适，身体变得柔软，被一束白光照耀着，这是一个美妙的世界，轻飘飘的飞起来了。自由自在的感觉真好！身体舒展，非常舒服放松，坚信这个世界所有的一切都无所谓了。

她似乎在俯瞰滔滔江水。放眼望去，都是白茫茫一片。她并没找到自己。

不知过了多久，她的意识缓缓恢复，被一个人抱住腰，被另一个人拽着胳膊，拖上岸走着。这是一个年轻的小保安，不过二十来岁，个子不高，说着有不标准的普通话，他怒气冲冲地说："我看你下午还在趴着栏杆写东西，怎么就跳江了？这么想不开？"

图南极力挣扎："你干吗救我？"想重新走进江里寻找舒缓宁静的感觉，可她哪里是年轻保安的对手，被强行拖走，裙子拉链都挣开了，刚刚江畔还空无一人，忽然间，岸边聚集了那么多看热闹的，声音嘈杂。图南顿时又羞又气，连忙拉拉链，她拉不动，用手

第二十二章 一了百了

捂着,没法走路,靴子里都是水,衣服沉重,又上来几个保安,终于拖着她进了保安室,放在岸边的手机本子也被带进来了。图南很沮丧,一个失败的人,连自杀都失败。还让人看笑话,图南恨恨看着他们,她获救却并不感激。一个保安问,家人电话是多少?图南不肯说话。

保安又问,你是谁?住哪里?身份证号码?图南还是不肯说话。不配合的态度惹得保安很生气,你不肯说名字和地址,我就挨个打过去。一个保安打开了她的手机,手机没有开机密码,手机里的第一个人是白桦,图南的同学,保安开了免提,打了过去,你和机主是什么关系?她在这里自杀,你过来接一下。白桦应该被吓到了,那啥……你那里是哪里?保安说F城。白桦说:我在S城。图南吗?她怎么了?她还好吗?她怎么会自杀?保安更生气了,你是S城的,来我们这里自杀什么?好吧,你还不说家人电话,我接着打电话过去。图南羞耻心上来了,她不愿意所有人都知道自己自杀。你挂断吧,我告诉你。她无奈地说出海鸿的电话。

小保安扔给图南一条毯子,图南不肯披,但她一直冻得发抖,上牙下牙撞得咔咔地响。小保安看了更生气,强行给图南包裹上。小保安问图南自杀的原因,图南说,丈夫出轨了。保安说这一年死那么多人,都没事干的。能过过,不能过离,你死什么?等着给小三腾地方?我这地方死人多了,会扣工资的。

图南原来一直以为死是件容易的事,这时才知道死真是好难啊。还给别人添麻烦,影响人家的工资。"对不起。那我上哪里死呢?"图南惭愧地说。

"死什么死?给我好好地活着!"小保安还是怒气冲冲。

大概没到死的时候吧,上天让我再多受点罪。图南心想。

小保安说,图南没死成的原因是落水时间短。一对情侣远远地看着她走进江里,他们在她身后大喊,喊来很多人,保安来得及时,又熟悉地形,直接把图南从水里捞出来,让她吐出了江水,救了她的生命。看热闹的人们说图南没死,真是幸运。可是图南茫然地瞪着眼睛，这时间里发生的事，她一点都不记得。只记得自己漂浮在白茫茫的空间里。

海鸿带着鹿儿赶到了，他没有了往日的张扬跋扈，一副垂头丧气的样子，鹿儿悲伤至极的表情，图南一辈子也忘不了。鹿儿哭过了，眼睛红肿着。孩子怯生生地伸出手，又缩了回去。保安训斥了海鸿，还说，回家看着点，她有可能继续自杀。

海鸿向保安借了一双拖鞋给图南穿，图南小小的脚穿着很大，拖鞋挂在脚踝上，海鸿和鹿儿一人一边架着她，跌跌撞撞地走出了江滨公园，打车回家。

海鸿用从没有过的温柔，轻轻地给她脱湿淋淋的衣服，图南想推开他，但她太虚弱了，海鸿要是放手，她就会倒下。他轻声说："你别再逞强了，行吗？"图南一直在发抖，他抱着她，就像抱着一只胆小怕惊，应激反应强烈的小鸡雏，眼睛瞪得圆圆的、亮晶晶的，胴体散发温热柔软的气息，好久没有碰过她的身体，现在一触摸，依然心醉神迷。她的身体和灵魂依然美得令人发狂，一如初见。海鸿虽然一直觉得妻子越来越阴郁，总是不开心，本来就很累，回到家又看图南闷闷的，没有好脸色，这是我的老婆，竟然不许亲不许碰，为什么当年那个没心没肺的白痴傻瓜不见了，变成一个可恶的黄脸婆？狠毒的怨妇？

他后悔了，本来应该对她好一点的。一边给她洗澡，一边看她瘦成皮包骨，一根根肋骨清晰可见，他很心疼，急了，说："你倒是再胖点啊？"

图南依然不语。

他赌气似的说："我欠你一条命，以后一定还给你。"

图南终于"哼"一声出来，心想，你那么爱自己，怎么舍得死，还我一条命？可她太累太困了，说不出话来。海鸿感受到了她的无声的轻蔑，"你别不信，以后你会知道。"

海鸿轻轻把图南放在床上，喂了她一碗鸡蛋羹，然后盖好被子，关灯关门出去，图南昏沉沉地睡着了。

第二十二章　一了百了

　　海鸿转身进了书房，玩游戏去了。游戏是人生最后的一道屏障。只有在游戏里才能忘记所有的不快。他想不通，她那么爱自己，只要自己有一点不舒服，她都会非常紧张，今天我说我出车祸都没能阻止她自杀，就算没想到我，难道也没想到儿子吗？真是太不懂事了！

　　平时柔弱的妻子为什么要这样用惨烈的方式自寻短见，更令人愤怒的是小舅子竟然敢找自己的麻烦，没有图南的消息，海鸿有点惊慌失措，他分别给图南的爸爸、妈妈、姐姐、弟弟打了电话，可她弟弟燕声竟然说，如果姐姐有什么差错，一定让我去陪葬！说的是什么话？还枉费我对他那么好！本来有点内疚的海鸿一想到这里，他愤愤不平，这是怎么了？凭什么都针对我？

　　海鸿只做了一天的饭，有多久没有下厨房了？他已经想不起来了。自从结婚后，图南从一个十指不沾阳春水的女孩，无师自通地变成闹钟、一块熨衣板、一个保姆、厨师、杂工，她变得无所不能、强大凶悍，越来越没有了女性的娇柔和服帖，变得越来越平庸粗俗。她曾经在人群里熠熠生辉，纯真美好，竟变成虎视眈眈、尖酸刻薄、戾气冲天的样子？

　　他不想再煮饭了，让鹿儿自己煮方便面，图南心疼儿子，只好挣扎起来做饭，鹿儿正在长身体，吃垃圾食品缺少营养，她无法看鹿儿垂头丧气的样子。图南记忆越来越差，经常傻傻地坐着发呆，鹿儿非常担心地偷看妈妈，怕妈妈再度自杀。鹿儿应该是这个世界上唯一和图南心灵相同的人。

　　怀孕的时候，图南每次和海鸿吵架，他都在妈妈肚子里躁动不安，胎动异常，图南知道孕妇情绪非常重要，但是那时候居住条件不好，也是没办法的事，其实她也高估了自己，她原以为自己很孝顺，对公婆很好，不会有什么摩擦，但是刚刚怀孕，真的不该和公婆一起合住十七平的房间里。

　　生活秩序被打乱，自己可以承受各种压力，可孩子是无辜的，鹿儿在妈妈肚子里就要学会懂事，不是难为孩子吗？海鸿玩心太大，宁愿在隔壁和学生打麻将，都不肯在家带孩子，图南经常把孩子夹在腋下，划火柴点煤气罐，连宿管阿姨都看不下去了，经常帮她抱着鹿儿，整个独身宿舍的老师和学生，几乎都抱过鹿儿。鹿儿真是可爱，不管是谁抱他，他都给足面子，不哭不闹，总是冲人家甜甜的笑。

生活如此艰难。要孩子干什么？图南会过分地关注孩子，没错，有名无实的父亲让孩子没有安全感，真的没有倒罢了，一个人照料孩子也是完全可以的。可需要他的时候，他永远缺席；不需要他的时候，他忽然跳出来诈尸。鹿儿玩完玩具，图南让他收好再吃饭，可海鸿说，让你妈去收拾。经常从外面回来连手都不洗，直接把孩子抱到餐桌旁开吃。还说"不干不净，吃了没病。"把图南气得干噎，衣服玩具白消毒了。孩子从小习惯没培养好，也是因为两个人教育方式完全不同。

鹿儿很认真地说："妈妈，你不要自杀了，好不好？你要是真的死了，我以后也会自杀的。连你都不要我了，我也不活了。"

图南泪如雨下，好的，我答应你，我不会再去死了。为了你，我要好好地活着。图南忽然一激灵，想起了往事。那是在 S 城的时候，海鸿读博士放假回家期间，有一次，做好的米饭不肯吃，一定闹着要吃蒸饺，图南喜欢煮水饺，鹿儿不喜欢饺子，所以平时不包饺子的。图南像哄孩子一样哄，说你先吃点东西，一会儿去买菜，他都不肯，一定要马上吃。图南没法，只好急着跑到超市买面买肉，足足买了四个大袋子，几十斤沉，实在拿不动了，图南打电话让海鸿出来帮忙接一下，海鸿冷冷地说："就当我不在家。我不在家，你还不买菜了？"图南只好两个两个袋子来回搬，两个袋子走半层楼放下，再去拿另外两个，老鼠搬家一样，一层一层地挪，一边搬一边嘟嘟囔囔："就当你不在家……就当你不在家……"

是啊，就当你不在家，你不在家，我费这劲儿干吗？你不在家，不需要熨烫白衬衫、笔直得可以削苹果的裤线——你不在家，生活简直就是甜美芬芳的巧克力和冰激凌。真的到了一起生活，丈

第二十二章 一了百了

夫不过就是一个摆设而已。她还要像照顾婴儿一样照顾衣食住行，还要费尽心思，查到底有几个小三。她从来没有这样深刻地意识到——离婚吧！离婚才是最好的选择。再一次下定决心！

自杀，给孩子的打击不大吗？给父母的打击不大吗？给丈夫的打击才是最小的，他可以继续迎娶新人，我为什么要让他顺心？儿子没了亲妈的庇护，还要看后妈的脸色，图南又似乎看到了往日鹿儿在父亲面前的唯唯诺诺口吃的样子。父母老年丧女有多么悲哀！这是件多愚蠢的事！

鹿儿说，我长大后，要生很多小孩。图南问几个，鹿儿说要六个，分你三个，我三个，你带孩子我还是蛮放心的。图南觉得很好笑，生那么多你养得起吗？你妈我只生你一个，都快累死了。鹿儿认真地说，我会很努力工作，要做世界上最了不起的工程师。会赚很多很多钱。

不管怎样，鹿儿给了她希望，以后可以带孙子玩。虽然她知道鹿儿是哄她高兴的。

鹿儿看起来不再像以前天真活泼，他的心里装满了心事，郁郁寡欢。海鸿虽然看不下去妻子孩子对自己无视和冷淡，却对自己阴沉的脸浑然不觉，他经常勃然大怒，我是一家之主，你们竟敢不理我？

图南的自杀，也影响双方家庭的关系。图南的弟弟燕声气得打电话给海鸿："我姐姐真的有什么事，我一定让你去陪她。我不怕坐牢，你敢再对她不好，别怪我不客气！"海鸿觉得燕声不懂事，说："我平时对你那么好，你怎么因为这点小事和我翻脸？"两个人就这样结仇了。

有一次，燕声给图南打电话，图南说："和你姐夫说句话吧。"她把手机放在海鸿耳旁，可不管燕声叫了多少声姐夫，海鸿都冷冷地躲开，没有说话。图南想，不说就不说，这是你的事，燕声没有错。她的内心是感谢燕声的。幸好自己是被娘家人爱的，如果娘家没人疼，岂不是更可怜？海鸿不停地对图南说燕声的坏话，巴不得图南与娘家彻底断绝关系，姐姐晓晖给她寄了衣服化妆品过来，海鸿又是大发雷霆："我养不起老婆吗？你把你姐给你的东西扔出去！"图南都是冷眼看着他在发狂，淡淡说："我们家人可没说过你的坏话。"他不再说话了。因为图南知道，娘家永远是坚强的后盾。

图南又经历了一次生死，她不再像原来每天都在反思，自己错在哪里，她终于知道自己没错。她和海鸿相反，总习惯性地把错揽在自己头上；而海鸿则擅长给自己找理由，他认定自己是百分百正确，错都是别人的错。

图南教了太多心理学的课程，也看了太多的心理学书籍，有时候往往会更加迷茫。不同的哲学家、心理学家的观点不尽相同，甚至是矛盾的，尽信书，不如无书。读书不是让自己迷茫的，而是让自己懂得取舍。教育的目的不是要去背各种理论，而是通过学习去判断分析，去解决问题。她一直不明白，纵然自己有错，不够细心不够体贴，可毕竟出轨家暴的是海鸿，凭什么要我来承担？

男人出轨，责任在于妻子？这种理论简直是胡说八道！那妻子出轨，责任是不是在于丈夫？海鸿对此，有着双标的看法：我出轨就是玩玩，反正不玩白不玩，都是她们自己送上门的，爱和性是分开的。可你不行，你一出轨就不会回归，我不能忍受你去爱别人。图南说："我也可以因为你不够体贴而出轨吗？你出了轨，我还要安静地接受，要张开怀抱感激你的回归？感激你给了我一个名存实亡的家？如果这样，我宁愿不要。"每次吵架无非就是这点事。

图南绝望了，她对他不在抱有任何幻想，留着这个丈夫干吗？用来做案例，培养自己成为大侦探的吗？图南要绞尽脑汁，和他斗智斗勇，揪出一个小三，他就会以最快的速度再换一个。要么以过激变态的争吵和暴力实现达成某种共识；要么全盘接受，做一个装聋作哑忍气吞声的家庭主妇。不，我们是平等的人，我不会接受！图南很清楚，慢慢地看清一个人，意味着抉择。

好几次，鹿儿蹑手蹑脚溜进房间，悄悄地站在床前看着妈妈，

第二十二章 一了百了

她蒙眬中知道，这是充满恐惧的儿子，她想安慰他，却不说出话来，依然做噩梦，水漫过来，让人窒息，喘不上气来。鼻子呛了水，不透气，一直流着鼻涕，总也流不尽，堵着呼吸。张大嘴，一直想喊救命，却发不出声音。

在梦里，图南又是在长途跋涉，出发的时候，人潮拥挤，那么多的人一起前行，可是，走着走着，人群散尽，只剩下自己孑然一身，人呢？都去哪里了？图南怕极了，我不坚强，我害怕！我孤单！救救我吧！

清醒后的图南呆滞的时间越来越多了，总是愣愣地看着窗外，虽然是六楼，楼层不高，可要是跳下去也会摔死的。图南没有了思维，耳畔总是传来阵阵音乐声，那是一首歌《暗香》：

当花瓣离开花朵 暗香残留
香消在风起雨后 无人来嗅
如果爱告诉我走下去
我会拼到爱尽头
心若在灿烂中死去
爱会在灰烬里重生
难忘缠绵细语时
用你笑容为我祭奠
让心在灿烂中死去
让爱在灰烬里重生
烈火烧过青草痕
看看又是一年春风

悲怆婉转的歌曲一遍一遍在脑海循环，花瓣离开花朵，香犹在，可终究要消散，就算又是春风，可花还是那朵吗？零落入土，再也没有那一朵了。

图南去洗手间时间长了，鹿儿非常紧张，守在门口，他整天看着妈妈的一举一动，终于，他忍不住再一次说："妈妈，你知道吗？你不能死，你要是自杀，我会很难过，我也会自杀。"

看着鹿儿眼珠被泪水包裹着，盈盈欲滴，和他爸爸一样，鹿儿有着一双极美的眼睛，像极了秋夜浩瀚天空的星，清澈明亮，但不同的是，他的目光传递出单纯美好，对母爱的渴求，没有抱怨，没有愤怒，没有贪婪，它是这世界上最美的一双眼睛，最能让图南答应它所有的请求，哪怕是生命都在所不惜。也就是因为这双眼睛，图南承担了那么多本该海鸿承担的责任。

图南泪如雨下："儿子，你放心，我答应你，我不会再自杀。"

"真的？"鹿儿的眼泪也掉下来。他又为自己而羞愧，爸爸要是看见他哭，一定会打骂自己，爸爸教育他，男孩子不许哭，鹿儿立刻又摆出一副倔强的表情。

"真的。"

"说话算数？"鹿儿还有点怀疑，妈妈不声不响就去投江自杀，给他的打击太大了。

"妈妈什么时候说话不算数了？"图南故作轻松地问。

答应的事，一定要算数。本来也是啊，自己死不足惜，生命已经没有价值，多年的光阴都是碌碌无为，竟没能留给这个世界有价值的东西。可是，儿子呢？爸爸妈妈呢？图南渐渐地清醒了，她极力摆脱消极的情绪。她又开始忙碌了，孩子的时间耽误不起，这学期至关重要。

爱和恨终究成空，不管怎样，毕竟爱过总要留点脸面吧，你自己不要脸就别怪我了，图南一直不明白，每每自己内心交锋：究竟错在哪里？凭什么你这样对我？我向所有的神灵发誓：你会得到报应的。我会用一生来报复你。我想你会高兴的。看看吧，看我们谁能笑到最后。欺骗，很好玩吗？忘不了你的欺骗，看看你还能骗我多久？我什么都知道！我会继续装下去！图南再一次坚定信念。

当海鸿在骂人的时候，图南不客气地骂回去，其实有时候你知我知，话就不该说那么清楚，可海鸿偏偏把坏话说尽，海鸿又何尝

第二十二章 一了百了

不恨图南，把所有的事都调查清楚呢？

两人玩个扑克，海鸿都要玩赖偷牌，下个象棋还要偷个棋子，他是践踏规则的人，喜欢给别人制定规则，而他自己不遵守。

海鸿抽烟越来越非常严重了，一天两三包烟，墙壁、家具都熏黄了，好好的烟灰缸不用，客厅、餐厅、书房到处都有他留下的烟灰。剧烈的咳嗽声伴着呛人的烟味在一起，让人恶心。越是劝越没用，他坚硬的脸上明明白白写着两个字："偏不！"图南软硬兼施、哄劝、吵闹，多少次都没用，尽管恨得牙根直痒，却也无可奈何。

"你就不能少抽点烟吗？"

海鸿不耐烦地说："滚！别磨叽。"

图南生气地问海鸿："你是不是嫌我唠叨？如果以后我闭嘴，你应该很开心吧？"

"你不说话最好！"海鸿没好气。

"不说就不说！"图南赌气地说。

改变不了丈夫，就好好教育儿子吧，只能告诫鹿儿不能抽烟。图南还让鹿儿算算，爸爸一辈子抽烟花多少钱，鹿儿算出大概四五十万。图南说，我们家的房子就是这个价格，你看爸爸抽烟，一套房子没有了。烟钱还是小事，天天咳嗽，身体垮了，还要花医疗费去治病。

海鸿一边玩游戏，一边听着，不高兴了："男人哪有不抽烟的？不抽烟的男人都是怪物，人活着，不抽烟不喝酒不吃肉，活着还有什么意义？"

他说："不抽烟无法融入男人的群体里。"

"社会的归属性是无所谓的，标准各自不同。坚定地做好自己，你该是哪一类人就是哪一类人，不是别人把你归类，是你自己归类！"图南反驳。

他讨厌图南的伶牙俐齿。

鹿儿说："我不喜欢抽烟，呛人。烟酒都不是什么好东西。"

图南想起往事,问海鸿:"儿子才七八个月大的时候,乳牙还没长全。你带着玩,就是把孩子放沙发上,怕掉地上,用腿拦着,你看电视。后来鹿儿抓住沙发上的烟咽下去了,胃里难受,哭闹得特别厉害,吐得稀里哗啦,幸好吐出来了。不然……你不记得了吗?"

海鸿特别生气:"没这回事!"

"你不承认是吧?酒喝多了不承认,抽烟也不承认吗?"图南没好气。

鹿儿疑惑地望着妈妈:"怪不得,我最讨厌香烟!"

图南一直觉得对不起孩子,没照顾好他。生存环境太差,不应该让孩子来这个世界受苦。

第二十三章　瓷婚易碎

　　这段时间里，她慢慢地捋清思绪，离婚！与其死去，给孩子、父母留下阴影，还不如分开，离婚，这是唯一的出路。

　　图南慢慢地康复了，但她也越来越清楚，有些人有些事太复杂，不是自己所能决定的，那就放弃好了，儿子高三的誓师大会快开始了，最后的百米冲刺，耽误不得。其实，图南已经很久没有去查他的行动了，自己没有时间去浪费，消耗孩子的精力，她学着忽视、健忘，她不再去查他的手机通讯记录，不再刻意查电脑，分开的时候已经进入倒计时了。这么多年隐忍，终于要有个了结。为了孩子！她有点快乐了。

　　她本不想离婚，可就算把这个男人挽回了，以后的日子怎么过呢？如果相信这个男人，"这只是一时糊涂，以后再也不会犯了"，相信男人这样的承诺的，都是在骗自己。她会这样说服自己：激情不是必需品，踏实过日子才是婚姻的主流。可这样的日子能过下去吗？图南轻轻地问自己，思索良久，她听见自己的声音：我做不到。

　　只有吃晚饭时，才有机会和孩子沟通，让鹿儿讲讲在学校发生的事，对一些事情发表看法，也是潜移默化的家庭教育。图南极力鼓励鹿儿自由表达，母子两个总是聊得很开心，鹿儿拿了省数理化竞赛的几个奖项，指导老师特别高兴，要走了他的奖状原件，鹿儿豪气万丈地说，我以后要拿更多更高的奖项，那些就给老师吧！复印件我也不要，没去取。过去的都不算！图南欣喜地看着鹿儿，只要看到鹿儿有任何微小的进步，图南都觉得自己吃多少苦，都是值得的。

周末的晚上，鹿儿在书房学习，听见爸爸说："男人要是有魅力，身后会跟着一大排女人。"

又听见妈妈的声音传来了："发乎情，止乎礼！这才是魅力！你的魅力就是不负责任乱搞吗？人比动物高等的地方，就是要管住自己的欲望，你想找妖艳货色，当然哪里都有！世界上任何一个男人都能找到！你这不是魅力，只是动物本能！"

爸爸还在为自己辩解："男人和女人性质不一样，男人可以有情人的，因为男人就算有情人，他的心也在家里，他会心怀歉疚，对老婆孩子更好。女人就不同，一旦变心，义无反顾地跟着别人走，家庭一定会破裂。"

"人的时间和精力是有限的，心思都用在女人身上，还能说心在家里？"图南反驳道。

"我辛苦赚的钱都养老婆孩子了，给家里花的，也没给别人花。"

"那你的意思是我的钱花给别人了？"图南也很生气："刚参加工作的时候我就比你赚得多，我怕你自卑，不愿和你提起钱。我一直在打几份工，你在吃我做的饭，你要知道，是我在养活你！"

"你赚的那点小钱够养孩子吗？"海鸿嫌弃地说。

"一个家庭主妇的工作是无价的！你所有的报酬里都有一半是我的！"图南据理力争。

"我这么辛苦，你从来不理解我。压力大，放松一下，也是应该的。"他在装可怜。

"谁不辛苦？你老说你辛苦！那我也放松一下？女人随便找个男人更容易吧？这也应该的？这也算是我有魅力？这是对婚姻的背叛！"

"我有人爱，证明我确实不错！"

第二十三章　瓷婚易碎

"我也有人爱，证明我也不错！爱你，那是别人的事，你应该做的是拒绝！"

他哑口无言了。

"你还知道羞耻两个字怎么写吗？"图南骂道。

鹿儿听着，觉得很解气，悄悄地从书房走出来，冲妈妈竖了竖大拇指："妈妈，你真厉害，骂人从不带脏字！"

海鸿没想到，鹿儿一直在偷听父母的争吵，竟然有一丝羞愧，他不怕图南疯狂的尖叫和辱骂，只怕影响自己在鹿儿心目中父亲的光辉形象。谁愿意自己的父亲是一个朝三暮四的伪君子呢？平时，两个人吵着吵着，就能打起来，可现在，他不说话了。平时都是避开孩子争吵的，今天居然忘了孩子在家。

在图南看来，一个人，如果在作死的路上一路狂飙，谁都救不了他，真正能救他的是自己，改变自己很难吗？无论是谁，都曾经或正在走弯路，悬崖勒马，走回人间正道才是正确的选择。一路贫寒走来，没有物质的富足，没有精神的爱恋，需要一直忍受生活的重枷。这样的生活沉重压抑，为什么不能改变呢？图南再一次悲哀地感到自己的无助——就算有鹿儿这样优秀的儿子神助攻，也休想改变海鸿的思维定式。

图南没有妈妈和婆婆那么伟大，拥有热爱劳动的固有品质，她们都是闲不住的小蜜蜂、小蚂蚁。图南全靠意志力强撑着。她经常自嘲是"懒鬼"，所做的家务都是强迫自己完成，是必须要完成的任务。她一直没想通，好逸恶劳是不是人的天性？或者，天下女人中，只有自己是懒鬼？难道舒舒服服地躺着看书不比做家务更幸福吗？当她把双手泡在洗洁精溶液中洗碗，闻着令人作呕的厨房油烟味做饭的时候，她的内心是厌恶的，可却不得不这样做。她是孤单的，每天都在和自己对话，我已经病态了，身体和灵魂不是同一个人，内心在撕裂，经常出现两个小人儿在打架，她想逃离，可对未来的不确定性又充满焦虑。

图南活到四十岁了，似乎也没有见过几对特别美满的婚姻，父母的婚姻在她眼里是很糟糕、失败的婚姻。小时候，父母吵架的时候，她就想，我将来一定要有一个幸福美满的家庭，有个聪明可爱的孩子，一起出去游玩，绝不会像父母一样整天争吵不休。可事与愿违。从自由恋爱到苦心经营的婚姻远远不如父母的婚姻来得安稳。至少，父母培养了三个孩子，虽算不得美满也算得上恩爱，能够携手几十年，历经风雨，依旧相濡以沫，唇齿相依。

图南觉得自己已经低到尘土里，实心实意地对待丈夫，她单纯的心灵容不下别人，生命里最重要的就是丈夫和儿子。终究是彼此的初恋啊，图南不知道别人的爱是怎样的狂热，但她是拿着十二分的真心待他，对于婚姻，图南还是清醒的。她知道美满幸福的家庭只存在于艺术作品中，只要能平平淡淡度过一生，看着鹿儿大学毕业，结婚生子，帮他带孩子，就像自己父母一样，盼着节假日回来家人团聚，七老八十还在一起，就算人生赢家。生活里有期待就有新生的希望。可是，生活中并没有更多的希望。图南常常觉得自己已经走完了一生，这五年中，好像每一年都仿佛过去了十年。

可夫妻相处越久，图南越觉得，海鸿的关注点完全不在于自己是否真心爱他，只是自己百分百地从属于他，从思想到肉体，不容他人触碰。身体要洁净，他甚至愤怒地把图南从她的爸爸和弟弟身边拖走，他见不得图南拥抱几年不见面的爸爸和弟弟。你是我的，不能给任何的男人碰一下，就算挤公交车也不能让别的男人碰，你没保护好自己，你就是贱！

"可他们是我的家人啊，这有什么关系呢？"越是真心越换不来真心。就算是错的，那就错下去好了，里子破了没关系，面子还有也好。需要人前扮演亲密爱人，那就演下去。表面该做的，一切都能力所能及努力做到，你带回朋友，我热情款待。我们就当舍友一样相处好了。

可是，渐渐地，表面也难以为继，春节在娘家喝酒撒泼，全家人默默坐在饭桌旁，听他挨个数落，过年说点拜年话不行吗？他真是够聪明的，一语道破每个人的弱点。说父母是庸俗无聊的小市

第二十三章　瓷婚易碎

民，姐姐姐夫是有几个臭钱的小商人，说弟弟是不学无术的八旗纨绔子弟。家人给足了图南和海鸿面子，图南羞愧难当，而海鸿却浑然不觉。第二天，爸爸妈妈已经在厨房，轻手轻脚地包海鸿爱吃的蒸饺。海鸿还没有酒醒——可就算醒了，别说做家务，他要不是躺得饿了，绝不起床。

多年以来，图南总能听到两个声音和自己说话，一个告诉她，已经二十年都过去了，跟他在一起那么久了，有了珍爱的儿子，彼此太了解了，在外人眼中，自己精心打造丈夫的人设，如此完美，即使自己脸上带着家暴的痕迹，都替他隐瞒，不愿和任何人说，为他的各方面提升创造条件，眼看他功成名就，就这样放弃吗？

就像晓晖说的，你和他离婚，他能找到小十岁的年轻女孩，你不是太可惜吗？你是亏了啊，经济条件渐渐好转，这样的人哪里去找？不就是不喜欢吗，你找谁最后还不是一样？反正婚姻就是用来后悔的。和谁结婚都一样，你别抱太多的幻想。你最擅长的就是粉饰太平，假装爱一个人，也没那么难。况且这么多年过来，这本来就是亲情。就这样过吧，最苦的日子都过去了。生气了，没关系，出去花钱，买买买，如果晚上他不回家吃饭，你也直接在外面吃完饭，看个电影，再回家。

另一个声音说，可是我那么难过，守着一个出轨的男人，总是觉得他无比肮脏，无法去亲吻他，无法和他上床做爱，总是想象他和那些女人在一起的感觉，我不会输于他的任何一个女人，但无法赢过那一群女人，拿我的缺点和一群女人的优点比较，怎么可能赢啊？终生在一个愤懑委屈的环境中生活，那还不如让我去死。经常做关于死亡欺骗的噩梦，一团死气，我已经不会笑了。活死人一样，就像是坟墓里的生活。放弃吧，哪怕是出家呢，沿街乞讨呢，都比这样的生活好。

海鸿却觉得，你要老老实实做我的花瓶，你不需要有自己异想天开的想法，你只需要照顾好家庭，带好孩子，做好秘书管家婆工作，有需要的话，我可以在朋友面前炫耀一下你的容貌、气质、才华。平时就不需要穿新衣，不需要化妆。我不在，你臭美，打扮给谁看？

至于你想什么，根本就不要！精神方面的交流？没有的！你懂什么？不懂才好！海鸿没有平等的概念，我是最重要的，儿子次之，你听话就好。

海鸿这样设置图南的大脑运行程序，精神上的不对等，精神上的匮乏，不愿意接受新鲜事物，保守且无知。在他眼里，图南也许还不如家里养过的那只叫做状元的小狗。状元只吃他喂的狗粮和罐头就好，高兴抱过来玩一会，不高兴一脚踢开。女性根本就没有价值！我妈我姐我妹，不都是这样过来的？怎么你干点活就累？还是以前的旧社会好，大门不出二门不迈，把女人老老实实圈养在家，完全属于我一个人。

海鸿有很重的处女情结，你已经是我的人了，你再找谁，你都不是处女，都叫做二婚。我需要你，我对你已经很好了，把你带到新的地方，也安排了工作，你就应该知足。平时没事，一旦真的有什么事，还是要我出面帮你解决。

可图南不觉得生活是美好的，就像鞋里进了砂子一样，丝丝缕缕的折磨，不是痛彻骨髓就是断断续续的压抑，总有细微的刺痛和沮丧，度日如年，让人发狂。

记得有一年在他家，乡下过年，一大家子人，在晚饭的时候，他忽然说了一句："图南，你们单位的公积金高，回去以后，用你的公积金给我爹妈买楼住。"图南有点蒙，心想："我们自己都没房子住，还赖在学校的单身宿舍，这么大的事，为什么不提前商量一下？首付从哪里来？"但图南没说话。只说："先吃饭吧。"

这件事，图南没有问，海鸿也没解释。以后闲话，他自己说："这是对你的考验。你还真就通过了。"气得图南抓起枕头，扔过去，"我是不是也该这样考验你一下？就别说拿你的了，拿我的公积金给我爸妈买房子，你同意吗？""当然不行，你家有你弟弟，关你什么事？你爸妈又不归我们养，我们家不一样，我是儿子。"

第二十三章　瓷婚易碎

双重标准！又是双重标准！你总是伟大光荣正确，那别人还要活吗？

公公婆婆在乡下总被人欺负，他们喜欢大城市，图南怀孕的时候，他们卖了农村房子来到城里，于是一间单身宿舍中间拉了一道布帘，分成两个小房间，图南和海鸿住里面，公婆住外面。怀孕的图南妊娠反应特别严重，每天早上固定一阵呕吐，别的时间不一定，闻到什么特殊的气味都恶心，连胆汁都吐出来了。一直反应到生孩子的时候。看了几次医生，医生说，这病不叫病，没什么好办法，只能补充维生素试试。四个人两个家庭在一起生活，诸多不便，公公婆婆声如巨雷的呼噜声经常让图南瞪着眼睛，清醒到天亮。

图南并不觉得自己挑食，和身边的同事们比起来，自己已经非常朴素了。但在婆婆眼里，显然娇气过了分，图南吃点平常的水果，香蕉、苹果、鸭梨，婆婆想起小女儿，就开始碎碎念，你妹妹在农村什么也吃不到，她说的是荷芳。婆婆四个孩子中，表面上是重男轻女，看重两个男孩，实际上最贴心的是小姑子荷芳。

图南吃不下去了。她觉得自己很罪恶，可停止吃东西就觉得饿，吃完了就恶心，她不停地吃和不停地吐，海鸿很奇怪，不就生个孩子吗？人家生孩子就像母鸡下个蛋一样容易，你怀孕，就这么恐怖？

海鸿实在太懒惰了，反正拖到最后，图南总有办法去解决。海鸿在父母朋友面前只喜欢炫耀自己的权威，图南深知他的虚荣心和懒散，不愿意计较太多。应该丈夫做的，他都推给婆婆去做，图南觉得丈夫做是应该的，让婆婆做没道理，只好自己去做。怀孕做点什么都累，手洗几件衣服，都要躺在床上喘粗气，喘半天。闻不得油烟味，只能带饭盒，婆婆足足给她带了一个月的土豆丝，以至于后来，图南一看土豆丝就想吐。

生鹿儿的当天，离预产期还有一个多月呢。图南上班一直觉得很累很痛，肚子往下坠，站不起来。这天更加严重。大家都说你脸色很差，早点回家吧。图南打了电话，希望海鸿来接，海鸿说自己太累，就不接你了。北方的冬天，下午四点半天开始黑了，挨到下班，她只好自己坐公车回家——太瘦弱，光线又暗，大家没看出来她是孕妇，所以没有让座位的人。终于，下车的时候，一位阿姨说："你这孩子，怀孕了怎么不说一声，站了这么久。"

图南说："没关系的，我还可以。"

"几个月了？"

"快八个月了。"

"月份大了，容易早产，也要加小心。"

"我还好。"

"你这傻孩子，你能挺，孩子能挺吗？"

"嗯，嗯，知道了，谢谢阿姨！"

图南笑笑，自己这么要强的人，怎么可能告诉坐着的人，说我是孕妇，给我让座？让别人可怜自己？

只能靠着微弱的路灯走路，冰雪残存，要小心防滑。终于，一步步挨到家。海鸿和婆婆已经做好了晚饭，图南非常疲劳，吃了几口，就躺在床上，痛到五脏六腑要翻转一样，吃的东西又吐了出来。婆婆说是不是要生了？图南说还离预产期差四十天，孕检都是正常的。越来越痛，图南哗哗地冒汗，肚子折腾得躺不住。婆婆见状不好，才说上医院吧。

医生说，要做好思想准备，早产的孩子存活率不高，先去做几个检查。图南痛得半死不活，勉强站起来，迷迷糊糊就听医生在说婆婆不懂事，儿媳妇到医院生孩子你竟然不带钱？医生掏钱借给婆婆，做了两项检查，医生说已经开三指了，推进去吧。从晚上八点半到医院，到晚上十一点零四分，三个小时，鹿儿就出生了。后来婆婆自己说，她带了两千块钱，怕医院人多，弄丢了，所以说没带。图南没法理解怕丢钱就不花钱？什么逻辑？但也没说什么。晚上八九点钟的妇产科住院部，根本就没几个人！

而这时候，亲爱的丈夫跟着公公跑到郊区去烧香！待产的老

第二十三章　瓷婚易碎

婆、未出世孩子难道不如祖宗的灵牌、胡三太爷胡三太奶重要？

图南经常看丈夫，好像看一具行尸走肉。爱一个人是没有理由，你爱他的眼睛深情深邃，如同一弘泉水，你爱他聪明体贴，直击你内心深处，这时候的你愿意让他看，你恨不得把心挖出来给他看；你爱一个人，会愿意时时刻刻在他身边，像麦芽糖一样黏在他身上，巴不得变成连体人。

但是，你厌恶一个人却是有理由的。你厌恶他心思缜密，用显微镜观察你后，用你的弱点来要挟你、嘲笑你，他尖酸刻薄，他知道你的痛点在哪里，知道哪一个字词能予以你最精准最沉痛的打击，你以为是推心置腹的感情，倾诉无数内心杂乱无章的想法，他当成伤人利刃。一把尖刀扎在你的心里，你的心在滴血，而他在暗暗窃喜，他觉得他赢了。家不再温馨，变成修罗战场。相亲相爱的两个人竟是不共戴天的仇人。可是，你真的赢了吗？

没有什么痛，比深入了解一个人后，再用来攻击她更可怕。图南常常给自己做心理建设，每次温柔地看着他：这个人是我自己找的，我很爱的丈夫，跟自己说会永远爱着他，就像很久很久以前一样爱他，他是那么美好，你应该爱他，但一想起就连自己的眼睛都是他所嫌弃的，他常骂她长了一张狐狸脸，高鼻梁尖下巴，特别是眼角微微上扬的丹凤眼，就是标准的狐狸眼。他说你用这双媚眼又要勾引谁？你认识我的时候，不就是这样一双眼睛吗？图南对他再也爱不起来了。时间久了。图南对自己也产生了怀疑，我有那么妖里妖气？她不敢再看异性，她怕自己的眼神流露出不该有的东西。

看到他，内心翻涌的憎恶和无法自控的鄙视实在隐藏不住。时时刻刻希望自己忙碌，哪怕是做永远做不完的琐碎的家务。

鹿儿在青年会附近补课，图南喜欢接送，其实孩子这么大不需要陪同了，但图南宁愿孤单地站在教室外面，看苍茫寥廓的江水无语东流，呆呆地看上两节课的时间，陪儿子一起长大是图南人生中最幸福的事。

　　终究是要回家的,支撑到家,图南觉得幸福的时光过去了,和鹿儿出来,是为了避免和丈夫在家两两相对的无聊。

　　世界上的事那么奇怪,海鸿表面上似乎很在意图南,其实全都是假的。说要共度一生,还说今年要好好庆祝结婚纪念日,以前图南要过纪念日,他总是捣乱,每次都不欢而散。现在图南不想了,他又要大操大办,不在同一步调上的两个人总是南辕北辙,没意思。生气、吵架、动手、诬陷、冷战,一路走来,图南觉得两个人感情耗尽了。

　　感情是易碎的琉璃,一旦破裂了就再无可能恢复。

　　过结婚纪念日最后还是按照海鸿的想法,在高级餐厅请了一些朋友,花了几千元。灯红酒绿、觥筹交错,图南心无所依,更是空虚无聊,最想要的只是全家出去走走,让儿子长长见识,哪怕去附近公园也行,不仅空气是香甜的,面包汽水是香甜的,就连记忆都是香甜的。你的朋友都是什么朋友啊?动辄反目,他们跟我有关系吗?关我什么事呀?你喜欢请客,随便你去请,带我干什么?这个纪念日本来就是家庭过的呀。

　　铁哥来晚了。海鸿很不高兴,铁哥只好一遍遍地道歉。通过他们聊天,图南才知道李勇还在告他和王怡,不是没证据吗?图南本以为早已经尘埃落定,还在闹腾啊。铁哥再三追问图南,到底有没有这回事,图南只好违心地说,他哪有这本事!曲终人散,海鸿心怀感激地抱住图南,吻她,她再一次推开海鸿。

　　结婚二十周年,我居然还活着,该感谢谁?图南问儿子。鹿儿大笑。"你最应该感谢的是我!"图南哭笑不得地点点头。

　　一纸婚书能证明什么?能证明两个人是彼此相亲相爱,白头到老的恩爱夫妻?能证明合法强奸?还是能证明两个人相对无言地捆绑在一起苦熬岁月?

　　晚上,借着酒精的作用,海鸿再次紧紧抱住图南:"我就是一个小屁孩,不懂事,你给了我时间,让我长大成熟,相信我,我不

第二十三章　瓷婚易碎

会再让你失望。你就不能亲亲我吗？亲一下就好。"

这是他经常使用的伎俩，哀求的时候表现得楚楚可怜，但只要得到了他想要的，就会马上翻脸，清算以前你的所有错，当然标准由他定。他一定会连本带利一起收回。又是一个死循环。

"大哥，你多大了？四十多岁的人了，你还好意思说再给你时间？"图南态度坚决地推开了他，他伤心地说：

"我知道你讨厌我，你睡沙发那么久了，轮到我了。"

他个子那么高，躺在沙发上，看起来胳膊腿都没地儿放，有点奇怪的样子。图南转身回到卧室，躺在床上，禁不住感慨：还是床上舒服啊。她起身关门，正巧，他要进来。果然，又是作秀。想睡沙发是假的，不过是换个理由。图南狠狠心，把他关在门外，他落寞无助的表情深深地刺痛了图南，床也没那么舒服了。

心里有声音一直在说，对于海鸿，是不能可怜的。图南暗下决心。怎么都是要断的，现在就要开始适应了，以前有时候是赌气，心里盼着他能来哄，给个台阶就下。可现在，没有盼望了，以后的日子里就是要接受没有他的日子。

除了爱不起来，心里讨厌他，他要什么我都能给。我可以陪他去死，但我无法牺牲自己，变成一个傀儡陪你活着。他爱的不是一枝玫瑰，他爱的是百花园。他看重的只是家世不错、初恋干净、身高相貌、为人善良这些具体的条件。长久以来，图南希望两人精神上有共鸣，可以成为最好的伴侣，可他总是没兴趣、心不在焉。他只执着于自己的世界。他注重感官的刺激，懒得谈情说爱，好的爱情不是应该棋逢对手吗？但是他只认为你心里有问题，才会想那么多无用的东西。你看书，他出言嘲讽："你认识几个字？"你化妆，"长得不俏，打扮不妙！"他说你穿什么都一个样——不穿最好看。总之，无论做什么，都是错的。有多强大的心理才能对抗这种无所不在的压制？

所以长久以来，图南有话也不愿和海鸿讲，她只知道，在这个世界上她有丈夫儿子，有父母兄弟姐妹，还有几个不错的朋友，但自己仍是孤单寂寥。只能自己去消化所有的恶意和挑战。

孩子高考和离婚的时间同步倒计时，图南越来越觉得生活有盼头了。这天，图南听说要开高考誓师大会，有几分欣喜和惊慌，对海鸿说，还有一百天孩子高考了，我们也就可以和平分手了，你看我们是不是讨论一下细则？海鸿语气平淡地说：现在情绪不好，说这个不理智，可以换个时间再聊。

图南好不容易鼓足了勇气，期待解放的心情，却被他轻描淡写的一句话，像一个氢气球一针扎破，放了气，轻飘飘地落了下来。图南想，好吧，没关系，还有三个多月呢，不急。五年都等了，再等等吧，家里气氛不好，会影响鹿儿的高考。

学校的高考誓师大会，果然场面宏大。鹿儿长这么大，当父亲的没有出席过任何家长会、运动会，一直都是图南参加。去之前，鹿儿还开玩笑地说："可别给我丢人。"青春期的孩子就这样患得患失。说他班上的女生说妈妈气质很好，问鹿儿怎么能像你妈妈一样后背挺直姿势好看。儿子骄傲地说，妈妈是大学老师啊，气质当然好。

有一次，图南穿了一身牛仔裙去参加家长会，鹿儿很生气，你显得太年轻了，你又不是我姐姐。穿得太显老，也不行，不好看！所以图南参加家长会的衣服要鹿儿选。鹿儿的眼光就是妈妈穿职业装、高跟鞋。

校园里，旌旗飘飘，音乐激昂，师生和家长神情紧张而振奋。一直以来，无际的孤单寂寞围绕着图南。在这里需要勇气，她恐惧一人独处，也恐惧熙熙攘攘的人群。图南有点忧伤，养了十八年的儿子快读大学了。

床上真舒服，图南想起以寒的话，不对的是他，凭什么自己睡沙发？以后改成了图南睡卧室，海鸿睡客厅。他的睡眠状况越来越差，经常咳嗽得上气不接下气，特别是晚上，声音大得震耳欲聋，却还在拼命抽烟。放着纸篓不用，吐痰的纸到处乱扔。图南每次进

第二十三章　瓷婚易碎

书房、客厅,开窗通风许久,都驱不散令人恶心的烟味。

天热了,卧室的门开着。他该睡的时候不肯睡,一直失眠。忽然,梦中又说话:"做我老婆好不好?"图南听到,顿时毛骨悚然,大声地问:"你要做什么?"海鸿猛醒来,他难过地说:

"我就是想要一个完全属于自己的老婆。"

"我不是完全属于你的吗?可你还是不满意啊。"

"你不是!"

"你说不是就不是。"图南转身走了。

爱了那么多,有真爱吗?那么多的女人真的爱你吗?以为自己真是有魅力?海鸿,永远不会再有像我这么爱你的女人,当年的我为你做了我能做的一切。这份牺牲,不是谁都可以付出的!如果你还是那个看不到前途的穷光蛋,还会有人爱你吗?而你,却毁了这一切!你爱上别人,我不生气,你为什么要逼我自杀?我真的不明白。我不相信我们的婚姻还会继续走下去。

他用眼睛扫描她:"这么好的身体,被谁用了吗?"

"用了。"她在赌气。

"是谁?"他坐起来。

"你管不着!"图南进了卧室,锁上门。我是你名分上的妻子,和你捆绑在一起。我坚决不离婚,我要惩罚你,让你永远不能光明正大地带着你情人出现在人们面前,只能在心里,在网络上,去写密密匝匝的爱恋迷茫和惆怅。你永远得不到你想要的——这是你应得的报应!可是,这样做,值得吗?

该看的不该看的,该听的不该听的,我全部看见了,全听见了,我骗不了自己。他出轨成性,一方面是我太爱他,他有恃无恐,觉得我不会离开他,就算知道了也不能怎样,我要考虑父母孩子,另一方面就像他说的,平淡的生活总需要激情。他倒是激情了,可自己呢?在一个无边的旷野里,一直在被打压,怀疑。

身处一段已经自我感觉不幸福的婚姻,凑合过下去,如果不去改变现状,又和死去有什么区别?图南翻来覆去,自己没完没了地纠缠不休。

　　海鸿又鬼鬼祟祟地出现了，图南在办公室看到了他，像看见苍蝇一样恶心。本来是和张老师看电脑里的文件，张老师是部门的老人，他人缘非常好，由于女老师比较多，有什么工作他都会主动承担，所以，大家有事也会和他说。图南的电脑连密码都没有设置，谁都能打开看，她并没有故意防备任何人，本来就没事，坦坦荡荡不好吗？

　　当海鸿出现在门口的时候，图南知道他又要鸡蛋里挑骨头，无事生非，直接把电脑电源插座拔了下来，张老师看海鸿来，聊了几句就去忙了。海鸿要开图南的电脑，图南拒绝，海鸿很生气，你有什么事不让我看？图南说谁看都行，随便看，唯独你不行。海鸿更生气了。

　　"对，就是不给你看。"图南赌气地说："我的事与你无关，你的事一样也和我没半点关系。"

　　海鸿拿出了图南的手机，图南才知道，今天又忘了带手机。有一张纸上面密密麻麻写满了电话号码，每个电话号标注了名字，其中一个上海的号码，他打了电话，没人接，满腹狐疑，厉声问："这个人到底是谁？"

　　图南已经说了是慧妍，是原来部门的一位老师，去复旦大学读博士半年了，她需要开一些证明，图南帮着办的。可他不信，他一定要图南回拨，他也不是没拨过，只是没人接。图南问，如果你错了，会怎样？海鸿说，我错了和你道歉，海鸿贴着图南的手机上听，慧妍的声音传来："不好意思啊，刚刚在上课，手机静音。"

　　图南说："我也没什么事，只是问问给你寄的材料收到没有？"

　　慧妍说："已经收到了，忘了告诉你了。"

　　"收到就好！"

　　虽然海鸿很痛快地道歉，他伸手抱着图南，但图南仍然觉得恶心，没有了基本的信任，婚姻已经没有了存在的价值。

第二十三章　瓷婚易碎

　　图南一直不懂海鸿，他可以几次三番地出轨，为什么却查我的每一个电话？编造我的谎言，只是成为他寻花问柳的借口？男人都是这样的东西吗？

　　夜晚，图南刚要入睡，海鸿在客厅的沙发上大叫："图南！"吓了图南一跳，图南连忙奔出来，关切地俯视他的脸："是叫我吗？"

　　他揉揉眼睛，张开手臂想要拥抱她，她又避开了。他失望地说：

　　"是。我们之间这一点感情都没有了吗？"

　　"你睡吧。"

　　海鸿依然徒劳地伸着手臂："多美的身体啊！被谁用了？"

　　"你说是谁就是谁。"图南又是赌气地说。

　　回到床上，她很生气。你从不在乎我想什么，只在乎我是你专用的工具。在你眼里，我没有感情。好吧，一个工具，你会期待对你会有什么感情？

　　图南分不清他是梦中呓语还是真实对白。二十年的夫妻，怎么会没感情？她能感受到他是自己身体的一部分。她依然为他心痛难安。只是，他不再是她最亲最爱的人。再没有这种可能了。这么多年来，不会忘记彼此的伤害已经成为心头无法愈合的伤口。无法原谅他在身体和灵魂的背叛后，逼她去自杀。图南命大不该绝。多希望他能表现出一点点的不安或内疚，让图南有个原谅海鸿的理由，海鸿都不肯。他的背叛，她有思想准备，只是他为什么逼她到绝路，一点余地不留，她忘了，这是他的风格。他已经让她无路可走了。

　　图南回到卧室，一阵熟悉的疼痛又迎面袭来，胸口痛，后背痛，胳膊痛，哪哪都痛。她默默忍受着，又要迎来一个无眠的黎明了。

第二十四章　埃及之行

2019 年 7 月　埃及

阿联酋航空的飞机上还有红酒喝，不错。十多个小时的航程，终于到了梦中的埃及。图南一点都不觉得累，非常兴奋。这是她向往几十年的地方。

图南和儿子商量，暑假里，我们一起去欧洲还是埃及？选一个地方旅行。鹿儿显然对埃及和欧洲都没什么具体概念："妈，你定。"

"儿子，为了奖励你拿到硕博连读全额奖学金，当然是你定啊。"

"我没关系，哪里都行。你高兴就好。"儿子总这样无所谓。

本来，鹿儿只想读到硕士毕业，图南苦口婆心地说服他要做读博士的打算，母子间已经讨论了几次，无果。

一天，鹿儿提起学院有四个硕博连读名额，图南用了激将法，故意说，那一定很难吧，你拿不到名额真可惜。鹿儿反驳，我要是想要，就能拿到，是我不想要。

图南说那你拿给我看看啊！你能拿到再说！你怎么有这能力？是不是狐狸的酸葡萄啊？鹿儿不服气，憋着股劲准备资料，提交材料。图南寝食难安等消息，果然不出鹿儿所料，申请上了，于是，鹿儿顺理成章地去直博。

图南想，以后鹿儿博士毕业，会有很多机会去科技先进的欧

第二十四章 埃及之行

洲深造,单纯为了玩去埃及,恐怕机会不多,于是说:"那就去埃及!"

图南小时候,看过一个介绍埃及风光的电视纪录片,她被深深地吸引了,雄伟的金字塔,壮观的阿斯旺,图坦卡蒙的黄金面具……配乐庄重恢宏,虽然只是惊鸿一瞥,多少年来,一直在脑海里盘桓不去。读书的时候,这个梦想一直可望而不可即。等过上了死气沉沉的婚姻生活,明明已经是坟墓了,却还有众多小三盗墓!金字塔的梦想更是想都不敢想。什么时候才能去埃及呢?这一天,居然就这样来到了!在广州白云机场终于拥抱了思念半年的儿子,一起度过短暂的十三天埃及之行,在卢克索的千年庙宇中静静地穿越几千年时空,感慨再久远的文明终成土,图南觉得这是人生最幸福的时刻。

"妈,我爸说路费他拿,他已经给我转账十万,让我们开开心心地玩。喜欢吃什么就买什么。"

"你爸?他给你的路费就行了,我不花他的钱。懒得和他说话,你告诉他,我这辈子都和他没任何关系!"图南依然耿耿于怀。

"他养你是应该的,我用不着他养!"即使离婚五年多了,图南依然愤怒。不过,儿子的费用由他爸爸出,压力减轻了不少。

"妈!我爸说要加你的微信!"

"能有什么事?他找我,就没好事!总是我收拾烂摊子!还是通过你转告吧!我不愿意理他!"

话是这样说,看着他几次发来好友请求,还是加了好友。他建了三人的家庭群,群名"回忆",过了一天改为"甜蜜的回忆"。甜蜜?哼!千疮百孔的苦涩,还差不多。又过了一天,群名又改回了"回忆"。图南哑然失笑,也许,他自己也觉得不甜蜜?大概率是他同居的女友生气了吧。图南有点幸灾乐祸。这个女人太厉害了,果然一物降一物,比自己强多了。也只有这样的厉害角色才能管住这个朝三暮四、心猿意马的家伙吧。

"爸爸说我们在外面他不放心!"

"能有什么不放心的？我们一起去了新马泰，我自己去了日本、俄罗斯，你和同学也去了日本。我们都去了那么多地方了。你爸可倒好，说是出国，一步没动，还那么好吃懒做？"

"没有啦，我爸不喜欢旅游。"鹿儿还是在维护爸爸。

一想起和海鸿出来玩，图南气呼呼的：

"谁说他不喜欢玩，不过是跟葛朗台一样吝啬无情，不舍得花钱，更舍不得给我花钱。"

当年结婚的时候，公婆对外宣称是旅游结婚，实际上哪都没去。就是为了省钱，免了彩礼和各种的花费，还借着结婚的理由摆了酒席，收礼金。乡下办红白事情的人在自己家的院子里办的酒席，不知道是不是大家都忘了回门的事，给省略了。

爸爸那段时间很难过，女儿没有结婚典礼就出嫁，和私奔一样，草草完成人生大事，为此生了一场病。可图南察觉不到爸爸的悲哀，还生爸爸的气，觉得爸爸不理解婆家的难处。直到爸爸妈妈挺不住了，结婚两个月后，他们来到学校的单身宿舍，看到图南，爸爸的眼泪掉下来了，图南才知道自己有多过分。

半年后，海鸿说有个带学生实习的机会，出差去哈尔滨工业大学，我们就一起去吧，就算给你补上蜜月旅行了。

图南非常高兴，小时候去过多次哈尔滨，还记得自己四五岁的样子，是个贪玩的小姑娘，爸爸带自己和姐姐一起参加表姑的婚礼。婚礼现场就在松花江畔的教堂，自己偷跑出来玩沙，弄得一身脏。把孩子弄丢了，爸爸和表姑一众人等急得发狂，到处找不到图南。最后，爸爸终于看到泥猴子一样的图南独自在江沿玩沙。他不舍得骂女儿，抱着图南蹲下来，用江水给她洗脚丫，图南紧紧地搂着爸爸的脖子，贴在爸爸身上，她觉得爸爸身上有一股很好闻的香烟和皮革混合的味道。

古朴典雅的索菲亚教堂与热情奔放的太阳岛最能代表她性格的

第二十四章　埃及之行

两个方面。教堂里面是博物馆，对哈尔滨的历史介绍得很详细，还有一些宗教文物，里面的木雕具有俄罗斯艺术特征。太阳岛上有俄罗斯风情园，像是童话世界。门票是一本护照。小木屋里按照俄罗斯的传统布置，特别好看。

最有趣的是有俄罗斯血统的女孩，美得像芭比娃娃，肤如凝乳，眼睛似一泓秋水，身材标准，凹凸有致，太令人羡慕的身材，请她们合影，近距离接触，她们欣然同意。

对于没有什么豪情壮志，最大的愿望就是在一个竞争力不强的城市，平稳地过着与世无争日子的人来说，生活节奏太快，会感觉很辛苦，生活节奏太慢，又会觉得远离城市文明，枯燥乏味。而哈尔滨正好符合这个要求。城市的建筑是巴洛克式的西式建筑，在果戈里大街漫步，犹如在百年历史中徜徉。说到果戈里大街，不能不提到秋林公司里道斯的红肠。味道实在是太好了！百吃不厌。大列巴又大又圆像锅盖，看起来挺有意思，但味道不怎么样，酸溜溜的。

一起去度蜜月的还有海鸿姐姐一家三口。五个人的蜜月旅行图南觉得也挺好，人多热闹啊。图南没想到，这次旅行暴露了很多问题，体验太差，赤裸裸的现实和婚前对婚姻的美好憧憬截然不同。

看海鸿、姐姐、姐夫都在松花江游泳，图南心生羡慕，说你教我游泳吧。海鸿把图南夹在腋下，直接扔在江里。图南没等反应过来，先呛了几口水，吓得半死。又气又怒，爬上岸，直接拳打脚踢，哭着说：

"你想淹死我？"

"游泳是人类的本能，不用教。在水里扑腾几下就会了。我就是这么学会的。"

"可是我没有这种本能！你就是想淹死我！"

不但被吓半死，里道斯的红肠还没吃到。没吃到红肠，还能说来过哈尔滨？海鸿整天和姐夫在一起喝啤酒，再也没有婚前的嘘寒问暖。这才几天啊。川剧的变脸再快，也没有海鸿的脸变得快。

图南很失落，就是啊，鱼都已经上钩，不需要浪费鱼饵了。结婚就这样吗？从缥缈云端直掉到肮脏泥坑里。倒是一直陪外甥女茱莉玩得很开心，结下深厚的感情。这孩子特别纯真可爱。小时候在H城时，亲戚还有几家，父亲人才引进，举家搬迁S城，亲戚没有了，就是逢年过节，也还是图南和爸爸妈妈姐姐弟弟五个人。图南很高兴地发现，自己很有和孩子老人相处融洽的天赋——那就是把真实的自己呈现在她的面前。真实的爱，能够打动任何人。可是，唯独感动不了海鸿。

"你爸书读那么多，一点儿用没有，都白读了。就连博士学位都作废了。你要好好读，做出点正经东西来。"

"不是的，我爸厉害着呢！他证书没了，可他水平还在，管理水平高，公司的财务原来天天吃零食，我爸当总经理，她就没东西吃了。堵住了很多财务漏洞。"

"咦？你怎么帮他说话？他呀，又懒又馋又笨，干啥啥不行……"

"妈，其实，我爸挺聪明的，"鹿儿一本正经地说："不管什么东西，他一看就会。他会组装、会修几乎所有的机器。以伯伯公司名义申请了十几个发明、实用专利，还教我干活呢。"

"会，我当然知道，可他懒得连水暖电灯都没修过！还要我去做！"图南更生气了。

"唉，也是你惯的，妈，你那么强，根本就不需要他。"鹿儿说。

图南觉得儿子像变了一个人，以前鹿儿绝对和妈妈统一战线，现在怎么变了，替爸爸说话？

"他本科是电气工程系，可是他学得太烂了，考研都没敢报本专业，改学管理去了。自己不好好学习，还整天带我逃课去玩，害

第二十四章　埃及之行

我也没学好。两个人都是补考好几科。还是宝贝儿子厉害，大学没有补考过。"

"那当然！不但不补考，我是第一名毕业！门门功课都是A，还拿了十万块校长奖学金呢！妈，你说想要什么？我买给你！我去把那个包包给你买回来！"上次母子两个在泰国，鹿儿兴高采烈地拉着妈妈进了LV店，图南不肯去，拉他出来，没拉动，到底是男孩子力气大。看着柜台里的包包价格，他的脸色慢慢暗淡下去：

"一个包包竟然这么贵？没关系，我可以做代购、当家教赚钱！妈，你看哪个好看？"

他请服务员拿过一个红色的："妈，这个怎么样？好看吗？"

图南接过来，看都没看，直接放柜台上：

"等你工作了，赚很多钱的时候再给我买，我记得，到时候，你不许赖账喔！"

图南拉着鹿儿一起走出了商店。

但鹿儿仍然惦记着，悄悄买了蔻驰的包包寄给图南。图南心疼儿子花钱，连忙说：

"你寄给我的已经很好，什么都不要了。只要你早点博士毕业，早点赚钱，我就没这么大的压力了。再说，你所有的十万奖学金，折合人民币才两万多。自己留着吧。"

"放心啦！我会准时毕业的！"看着眼前的儿子，图南百感交集，在外面读书几年，儿子气质变了许多，少了愚顽，多几分灵秀。越来越帅气了，可……眉眼间也越来越像海鸿了。

"讨厌，你怎么长得越来越像你爹？"图南忍了再忍，可还是没忍住，表情复杂地问。

鹿儿一下子被噎住了，愣住，他沉默一会儿："可是，妈。我像你的地方更多啊。脾气、性格更像。"

图南赧然。自己脾气是要改改了，鹿儿是他爸爸的儿子，怎么可能不像他？为难孩子有意义吗？我不当第二个蛮横不讲理的海鸿。

"也真是奇怪啊，记得你小学的时候就经常和我算，正常博士毕业要二十八岁，要怎么做最年轻的博士？我就说你最好本硕博连读，可以省两三年时间，不要像你爸，三十大几快四十了博士才毕业，做那么老的博士，最后还被取消，真是丢死人了。你还好吧，二十六七就拿博士学位。可怎么也不是最小的，要是你当年能考上少儿班就好了，毕业早三年。你博士毕业就可以结婚成家。你成家，我出家。"图南变得絮絮叨叨。

"嘻嘻，我想结婚的话，随时都有结婚对象啊。"儿子带着一贯的得意说。

"不行！不毕业，不能结婚！坑老婆害孩子的。"图南想到这，气不打一处来。

丈夫读硕、读博整整九年的时间里，鹿儿才两三岁，自己拼命赚钱、带孩子、装修房子，又不好好吃饭，累出一身病来。开始断断续续高烧一个月，迅速消瘦，身高一米六三的个头体重不足八十斤。痛得难以呼吸，经常睡觉时胸口痛得被惊醒。

图南得的是干性胸膜炎。医生开了抗生素，要打十五天的吊瓶。图南实在没时间住医院，就到大姑姐开的私人医院，看护士操作，学了一会，看怎么消毒、排空气、找血管，注射，就敢面不改色心不跳地给自己扎下去，而且，图南左右手都能扎，完美地一针扎到血管。把在场大夫、护士看得目瞪口呆。大家都称赞："这是个牛人！一看就会，比护校的学生学得都快。特别是给别人扎针容易，给自己扎难。"每天晚上，鹿儿睡觉时，图南给自己打针，打了十四天。觉得身体恢复差不多，把最后一天的药扔掉了。

同时上四个学校的课，一周上课四十二学时，累得气都喘不匀。房子动迁要搬家，搬好了家，又动迁，继续搬，一共搬了三次，新房要装修，装修处处是陷阱，里头的学问是够写几本书的，搬家、整理物品更是一门实用科学。

第二十四章 埃及之行

给外甥女雪宝跑出国手续，从入学申请、报送材料、体检到送机场，忙碌一个暑假，看她头也不回地走了，图南心里有那么多的不舍。

鹿儿考少儿班，临近考试，完全停掉在学校的课，没有午休，没有周末，在几个补课班轮番轰炸奥数、英语、作文。鹿儿的补习课，全程电动车接送。送完孩子，急着给学生上课。每天都在大街小巷风驰电掣。有时，看着坐在后座的鹿儿睡得东倒西歪，心里免不了一阵阵的酸楚。更可怕的是鹿儿困极了，脚伸进后车轮里绞过几次，留下几个伤疤。

鹿儿终以四分之差无缘少儿班。图南很失望，直接证明鹿儿并不是智力超常儿童，只能按常规培养。又要找所好初中，回去读书。高难度的没学会，最简单的都没学。鹿儿学习习惯没培养好。这是图南深以为憾的。不以成败论英雄，结局不是自己能决定的。付出了，努力了。孩子不会责怪自己为什么没给他报考少儿班，问心无愧就是人生最高境界。

一个不谙世事的年轻女子独自带着孩子，诸多艰辛，图南告诉自己，都会过去的。晚上陪着鹿儿写作业，一起望着满天星斗，平淡的陪伴，活成幸福的瞬间，因为心头有盼望，还有可以期待的空间，海鸿回来就好了。

图南还记得，鹿儿咳嗽，经常做完作业就到了十一点，每天还有十个单词要背，在他睡觉前必考的，错一罚十。睡得晚，早上勉强起床，看起来总是疲惫不堪的样子，胃口不佳，只喝一杯牛奶，不想吃饭，图南很心疼，让他带两片面包，换鞋时，鹿儿叹口气说："这样的日子，什么时候才到头啊！"这句话深深地刺痛了图南。鹿儿小小年纪竟发出这样的感慨。斯巴达人培养孩子的尚武精神，中国人培养孩子应付考试的能力。要求是严格些，但真是为孩子着想，为的是他的后半生，不能让他前半生无忧无虑地傻玩，长大进入社会的最底层。这是我对他的爱。儿子在想什么，图南不敢了解。

孩子的成长是那么漫长，总是生病，三次肺炎、一次猩红热，住院、打针、吃药。图南已经习惯了一个人照顾孩子。海鸿宁可在家玩游戏，也不会陪着孩子去医院。

一次过年，全家回老家看公婆。海鸿看着车上一个带小孩的女人，同情地说："你看她多不容易。"

图南顿时情绪激动，大骂："我比她更瘦，我背的包比她的包更大，你儿子比那小孩更沉，你怎么从来没有可怜过我？兼爱可以啊，你是不是应该分给我一点点？你说过我不容易了吗？你的良心呢？"

海鸿哑口无言，他本来是随口说说，他本想这个女人应该是图南的榜样，没想到，惹炸了图南，图南更觉得他冷血无情："有那么多的爱心去心疼不相干的人，你吃的穿的用的，什么不是我在操劳？难道为你提供稳定大后方的妻子，就不值得你说一句不容易吗？你爱的是全天下，你这么有爱心，你结什么婚啊？你心里唯独没有我！"

"一家三口同行，背包的是我，抱孩子的是我，你就会抽烟，抽死你算了！孩子咳嗽，你还抽烟！你回来干吗？没有你的日子，苦也好，累也好，我都能过得好！可你在身边不但不能帮忙，反而添乱！"

海鸿说不过图南，暗自生闷气。他看着她，迷惑不解，平时乖巧可爱的图南怎么越来越像泼妇了呢？刚说一句，她这有一百句回击呢！

同样，图南也觉得丈夫不正常，我才是你最亲近的人！难道不对吗？可你心疼过我吗？你的关注点都在哪里？

看着儿子，还有点生活的勇气和动力。图南生气也就三分钟。不一会，她又开始眉飞色舞地给海鸿，讲混蛋儿子在学校的故事。

第二十四章 埃及之行

海鸿的脸色才慢慢好转。

儿子奇懒无比,写作文是他最愁的事,写着写着就用大量的省略号,图南问他:"字哪去啦?"他理直气壮地说:"省略掉了!"

老师要求跑步三圈,大家跑圈,可他跑的是直线,儿子没戴眼镜,连老师都没看到,居然踩到老师的脚上,老师大怒,罚他跑三十圈,把他累得到家站都站不住了。

同学被老师罚抄课文,没他,他大笑。老师遂罚他也抄课文。他就陪老师聊天,告诉老师哪个补习班好,课文没抄。

鹿儿数学好,每每友人夸起,他就说,我是像爸爸的。言外之意,不像妈妈那么笨。

鹿儿对什么都感兴趣,一天随图南到中街购物,见地铁工程,足足在凛冽的寒风中站半个多小时,看机器设备运转。他问图南是什么原理。天啊,谁知道那是什么东东啊!图南觉得自己快冻僵了。无奈,哄他回家,给他看他爸爸的大学课本《机械原理》。没想到,这么难的书,鹿儿坐着看累了,竟然蹲在书桌上,一口气看两个小时,还能兴致勃勃地看下去。图南有点惊呆了:"你能给我讲讲吗?"他就真讲得头头是道。

儿子还会做生意,把家里的打印 A4 纸,一张一角钱卖掉,因为他自己看不住钱,再花两角钱雇值日的同学看着。攒了十块钱后被图南发现,他很失望:"钱赚不成了。"给同学讲题赚钱,也被图南禁止。图南跟他讲,要无偿为同学讲题,钱重要,但同窗情谊更重要,希望他长大后能够想起来,无忧无虑的校园生活,有过一段美好的记忆,而不是充满铜臭味。后来,鹿儿又想拿好成绩来让图南奖励他零花钱。图南有时候忍俊不禁,想自己是不是扼杀了一个经商天才。卖东西不稀奇,雇同学给他保管钱,这才是创新点。

感谢上苍恩赐的这个礼物,他是图南一生中最珍视的宝贝,倾注了图南全部的心血,代表了图南所有的骄傲:儿子,妈妈相信你，你一定是最棒的！这句话，是图南最经常说的。图南也希望海鸿这样对孩子，可海鸿说，这孩子不能给他好脸色。不然蹬鼻上脸，给点阳光就灿烂，给点颜色就开染坊。两个人按照各自不同的教育方式教育，多数时候相安无事，有时候未免会磕磕碰碰。

日子过得快了起来。凡是快的日子，几乎都是快乐的。海鸿不愿在家，就出去好了。去出差？好啊。走吧。再见！免得看着生气。图南天天都在给自己打气。为了孩子，这是她唯一活着的理由。孩子生病发烧，一直咳嗽，一放下就哭，哭得脸色青紫，图南抱着哭得上气不接下气的鹿儿，陪着儿子掉眼泪，丈夫在外面喝酒，打电话也不接。图南给孩子喂了药，孩子终于睡着。凌晨两点，丈夫一脚踢开门，倒头就睡，睡着又起来吐，他吐得床头地上哪里都是，孩子被吓醒，也吐了。鹿儿生病，他不知所措，只会指着图南生气地问：

"你是怎么带孩子的？你怎么老让孩子生病？"

图南没好气地说："我是他亲妈，没错，我是故意害他的！"

每次海鸿回 S 城，图南都只高兴三天。他越来越不愿回家，酒喝得越来越多，总是醉醺醺回来。一次，儿子问，爸爸怎么了。图南说他生病了，儿子"哼"的一声："还想骗我，他喝醉了。"儿子长心眼了，应该给他一个安稳的家。他们不再热吵，变成了冷战。好不容易把他盼回来，却在最该他出力的时候，他告诉图南："就当我不在家。"图南想，这个丈夫有存在的意义吗？

忍耐终于有了尽头，孩子大了，快高考了，一直以为时间过得太慢，可还是快到了。图南再次问高三的鹿儿：我要和你爸爸离婚，你觉得呢？鹿儿见怪不怪，轻松地说，好啊，我无所谓，你随意。

图南问："你真的不介意？"

鹿儿漫不经心地说："你不开心就离吧。"

第二十四章 埃及之行

鹿儿觉得，妈妈很多时候，就像小孩一样，非得要自己说行，还是不行。你们不开心就不要再一起了！图南安心了。

想到儿子，图南还是由衷地喜悦，虽然和丈夫的日子整天过得鸡飞狗跳，但不管精神上还是物质上，终究没有对不起儿子，他从未缺少过爱，他很懂事，渐渐地理解父母，不管怎样，父母对他的爱从未缺席。

也就是这时候，海鸿断断续续不在家，即便在家，也养成了家务活不干、孩子不管、水管不修的习惯，反正你行，你就都做了吧。事情拖到最后，都是图南自己做了。图南本来就不是娇气的人，她变得越来越强悍。

"想结婚可以，必须博士毕业。没商量。还有，不能像你爸一样出轨、家暴，否则，我饶不了你！"

鹿儿觉得结婚遥遥无期，离博士毕业还有五年呢，看惯了爸爸的愤怒、妈妈的眼泪，家里的气氛冷冰冰的，谁会愿意有这样的家庭？

"妈，对于恋爱婚姻家庭，我想我比你了解更多。你只有我爸一个男人，我已经有过几次恋爱经历了，我比你更懂得两个人应该怎样相处，男人和女人的思维不同，你早该放下了。"

图南呆地看着儿子，是啊，他懂得比自己多。自己早该放手了。在鹿儿这个年龄，自己已经结婚了。什么都不懂，你结什么婚呀？结婚要趁晚，离婚才要趁早。图南暗骂自己愚蠢。

"2012年9月29日晚，中秋。父母吵架已有七天，分屋睡，不在一起吃饭，彼此之间不说话，我不知道，也不想知道谁对谁错。晚8:30，我和妈妈在一起看了不到十分钟的电视，当主持人说到阖家团圆时，我很心痛，哭出来了，爸爸竟然对我的行为生气，还骂，'一个大男人哭什么？丢人现眼！不许哭！'我回房间大哭——等待泪干，为什么我没勇气说，活着很累。"

鹿儿还记得自己的孤单无助。只有客人来，他们才装恩爱夫妻。虚伪！

鹿儿望着卢克索古老的建筑和璀璨的星空，忽然又说了一句："妈，其实男人都一样，都是像我爸一样想的。只是有的人不敢这样做。爸爸活得自我洒脱。"鹿儿在思索，怎么说能让妈妈接受："我也是男人……我想我比你更了解男人。这是男人的天性。"

鹿儿又想了想，说："以后我有家庭，不会这样。我会有男人的责任感，至少，我不会打孩子。"

图南陷入沉思。她反省自己，有多少次生气的时候，不肯和海鸿说话，用冷战解决问题？又有多少次拒绝了海鸿的拥抱亲吻同床？

埃及很美，图南终于看到了碧蓝天空下，滚滚黄沙中，烈日下炙烤中真实的金字塔、狮身人面像；骑着高大的单峰骆驼去努比亚人的村落，轻抚温柔的小鳄鱼；神奇的圣甲虫竟然代表着上升的太阳神；享受伟大永恒的尼罗河落日，暮色苍茫，Once you drink the water of the Nile, you will always come back.（只要你饮过尼罗河水，越过万水千山也要回来再见她。）

图南在埃及度过了人生中最快乐美好的时光，除了身体上一大堆莫名其妙的症状手麻、四肢痛、后背痛加重，痛得失眠以外，一切都好。

跟着旅游团，每天参观世界著名的景点，领略古埃及奇特的文化传统。虽然图南还没学会游泳，但她还是在红海的邮轮上穿着性感的玫红吊带沙滩长裙和比基尼泳装，请导游女孩拍了很多照片。照片里的图南体态轻盈，时而娴雅端秀，时而热情大方。美是没有国界的，黑人白人男人女人都喜欢看美女。图南在游艇上吸引了大量的目光。

海鸿每天都急切地要看照片，图南故意发给他看那些沙滩照、泳装照，海鸿妒忌地问："你到底要干吗？穿成这样？你怎么可以

第二十四章 埃及之行

这样给别人看？"

"我愿意，你管不着！我要美丽！关你屁事！"只要和海鸿说话，图南都是一副倔横、蛮不讲理的态度。我就是要你看，离开了你，我越来越美丽，不是离开你就不能活。

海鸿问，这件吊带长裙明明被我扔了，怎么还在？图南说我花自己钱买的，凭什么你扔？我穿什么你管得着吗？我又买了一件总行吧。玫红的吊带长裙确实显得肌白胜雪，图南的肤色确实只适合暖色。明明瘦得像狗，看起来还很圆润。

但是图南能感受到海鸿的异样——他妒忌的时候也变得充满脉脉温情。不管自己怎样装厉害，气势汹汹，刁蛮无理，他都柔言相待。

海鸿在离婚的这几年中，给图南打过无数电话，但每次图南都会情绪失控，大吵大叫。有一次海鸿大哭，说："求你回来吧。我想你了。"

"回去干吗？放着大奶不当，回头当小三？你怎么会缺女人？开弓没有回头箭。你别做梦了！"图南冷冷拒绝。更多的时候是彼此的调侃：

"你驾照考下来了，我给你买车？"

"不必了，我养得起自己！"

"你去看喜欢什么车，我先给你十万。"

"滚！你离开了，钱怎么花都够。没有我买不起的东西！"

图南终于找到从未有过的感觉，没有你的世界，是那么安宁美好。看吧，我的生活越来越好。当然，偶尔也会有空荡荡的感觉。但图南不会承认的。

"妈想你了，什么时候过来看看？"海鸿问。

"少来！你妈又不是我妈，别说得那么好听。"图南冷漠地看他在没话找话。

"你叫了二十年的妈，怎么也不会改口叫'阿姨'吧？"海鸿问。

"嗯,叫'阿姨'确实别扭。好吧,就算妈想我,又怎样?"图南想结束争论。

"妈说,她想看看你。"

"我——不——回——去!就算回去,也不去你家那边。"

"假期回来?"

"你管不着。"

"你不回来,我去看你。怎么样?"海鸿低声下气。

"不怎么样。你想哪个女人,就去找。和我没关系。"图南依旧嘴硬。

"住家里,行不?"

"不行,你去酒店。我家又不是你家。"

"房子有我一半。"

"你敢来,我报警。小区里你认识的人可不少。只要你不怕丢脸就好。"图南深知海鸿自尊心强,两个人之间就是看谁更不在乎面子,只要自己什么都不在意,就轮到他在意了。

有一次夜晚,图南无聊地躺着玩手机,看见一个QQ视频请求,没想到是海鸿,他说,我给你看看我这边的房子。她看到了房子很大很干净,婆婆在客厅聚精会神地看电视。海鸿说,我和妈住一起。你要不要来?图南摇头,我才不去。海鸿说,让我看看你。图南依旧摇头,有什么好看?你不是嫌我丑吗?说完,挂掉了。海鸿又发来几次视频请求都被图南拒绝了。

图南有时候和儿子开玩笑:"我和你爸复婚,怎么样?"

鹿儿还以为她说的是真的:"就你俩?就算复婚也还要再离婚,你们瞎折腾什么?吃饱了撑着?我爸和我说多少次要复婚,我都说了,你们俩根本就不合适。这次,你竟然也说要复婚?"

海鸿回去第二年的一天,他打电话对图南说,已经和一个女同事同居了。其实他不说,图南早就知道,她已经看到了小姑子

第二十四章 埃及之行

荷芳发在朋友圈的照片，默默看了许久：一个脸蛋圆圆的年轻女孩，她紧紧地挽着海鸿的手臂，满眼对美好和幸福的向往。海鸿的神情依然不变，永远是那副不耐烦的样子。图南也很好奇，这个女孩还真是有胆量有魄力，因出轨家暴而离婚的男人都敢要。这次能镇住他吗？能够与海鸿在一起生活的女人是值得钦佩的。可你告诉我这个干什么？你同不同居，和我有关系吗？你以为我就找不到男人吗？

希望你们幸福到永远！图南低声地说。前胸后背痛，手指关节痛，浑身到处剧烈地疼痛。反正也睡不着，图南找来纸笔涂鸦："谯鼓三更梦不成，乱蛩孤灯听秋声。明月光华来相伴，凄风苦雨慰平生。"

怪不得黑人总能找到国内漂亮的女孩，当地导游穆罕默德是个像奥巴马一样英俊的小伙子，皮肤不是纯黑色，混血的半黑。热情开朗，活泼大方。他迟到了一个多小时，大家在酒店大厅里等得焦急，眼看着旅游团一拨又一拨地走了。他一脸诚挚的歉意，挨个去哄，他把手搭在每一个人的肩上，眨着长长的睫毛："我错了，请原谅我！我爱你！"

图南一扭身，摆脱掉他的手，她不习惯别人的肢体接触，一本正经地说"我爱你"吓到了她，图南以为这三个字是极神圣，不可轻易说出口。爱不是一生一世沉重的誓言吗？怎么能如此轻松说出？看着穆罕默德真诚的眼睛，是的，那一刻，他是真诚的。让人又好气又好笑。

"爱"原来没那么久远，爱只是此时此刻的情绪，它转瞬即逝。在说"爱"的时候，真实爱每个人的。这世界唯一不变的就是变化。古人平均年龄四十岁，当然容易长相厮守。图南记得自己失血性休克，病危抢救，手术时才二十七岁。要是在古代，没有先进的医疗手段，必死无疑。这时候去世，他还可以再找一个年轻的女孩子，偶尔，还会深情缅怀自己吧？或许，他盼着自己死去吧？现代人平均七八十岁的寿命，时间那么久，如何相互煎熬至白头？让两个人被"爱"捆绑几十年，以爱为名去做任何事才是卑鄙的。如果爱是短暂的欢愉，那为什么还需要长久的婚姻呢？

　　埃及之行，才三四天的时间，导游穆罕默德就和旅行团的多多妈混熟了。景点下车的时候，游客太多堵住了路，图南和鹿儿下车从车尾绕过去，发现他们两个躲在车后，充满激情紧紧拥抱在一起。图南很尴尬——这显然不是礼节性的拥抱，鹿儿也呆住了，图南催促鹿儿快走。同时，图南生自己的气："为什么每次有耻辱感的都是我呢？我做错了什么？看到了不该看的东西，怪我吗？"

　　海鸿在微信里说他前胸后背都痛得厉害，针灸按摩一个月了，没效果。图南也觉得惊奇：咦？我也有这个症状，痛得要死。就连生病、治疗都一样啊。不再冷嘲热讽，嘱他按时吃药，听医生的话，安心治疗。人在开心的时候，会变得大气开朗。

　　中国人在外面最痛苦的应该就是中国胃了，旅行到了最后，图南自认为不是挑剔的人，面对难以下咽的干硬烤饼和烤焦的鸡翅，没有一点胃口。恶心，寒冷，她离开餐桌，呆呆地站在路边，认真地看着烧烤店的伙计均匀地转动烤肉的肉柱，用刀转圈切出漂亮的环状肉片，肉的香味四处飘散，非常优美的画面。

　　图南并不想吃东西，只是百无聊赖。

　　她在想，海鸿那么吝啬的人，为什么忽然这样大方，居然舍得出钱让他们母子俩旅行，真的是太反常了。忽然变好了？坏人能变好？他搞什么鬼？哼！"事出反常必有妖"。

　　卖烤肉的黑人小哥切了几片肉，包在袋子里。他走来把袋子塞到图南手里，图南不知所措，吃惊地接过来，小哥笑着打着手势，你吃！又回去干活了。图南跑去问导游为什么，穆罕默德解释说，他以为你是流浪的小姑娘，买不起肉，馋肉吃了。在他们眼里，中

第二十四章 埃及之行

国人长得都是一样的，傻傻分不清中国人的年龄，和人高马大的埃及人相比，我就是小孩。可我已经很老了！图南莞尔吐舌。

她觉得很害臊：怎么能馋成这样，赶快让鹿儿还钱。那个黑人小哥向鹿儿摆手，不肯收。图南尝了一片肉，挺好吃的，剩下的肉，都一股脑塞进鹿儿的嘴里。

图南最想去的就是地中海的新娘——亚历山大。怀着朝圣的心，进了曾经是世界上最古老的图书馆——亚历山大图书馆，天堂中的天堂，曾经存在八百年后被焚毁，在联合国教科文组织帮助下建成新馆。虽然看不到亚里士多德、欧几里得的身影，却吸引了全世界热爱图书的人。图南热爱图书，热爱图书馆，欣喜若狂地进入参观。建馆之初的宗旨就是"收集全世界的图书。"本不在行程之内，多花两百美元的亚历山大之行，非常值得。

图书馆外墙，镌刻着包括汉字在内的世界上五十种最古老语言的文字、字母和符号，有着非凡的文明蕴藏与文化氛围的构思和创意。汉字里有个"华"字，图南痴痴凝望墙壁上这个字许久，忍不住又是泪流满面。

太幸福了，乐极生悲。图南又梦见了小孩，三个小孩围着她哭，他们哭闹说图南偏心，图南最见不得孩子哭，她哄着一个，拉着一个，抱一个，却怎么也哄不好，急得团团转。

第二天，在亚历山大港口，鹿儿丢了钱夹，两个人所有的钱都在里面，里面有两千美元，还有鹿儿收集的港元、新加坡元、马来西亚元等各国钱币，损失惨重。一路上，别的家长对孩子态度非常严厉，丢门票、丢些小物品，动辄打骂。只有图南对孩子的管理最为松懈，图南说没关系，丢就丢了，你丢钱，妈妈再去赚。连鹿儿自己都觉得不好意思，羞愧难当。问妈妈怎么不发脾气。图南这时才发现，不比不知道，自己对孩子是宽容甚至是溺爱的。

图南给海鸿发信息："你记不记得我们流产过三个孩子，你看能不能去广佑寺做点什么仪式，超度他们。"

海鸿很吃惊，一向天不怕地不怕，什么都不信的图南，怎么忽然在意起二十年前的事，这不是她的风格。

"我也不懂，你说怎么办就怎么办。我去问问。咦，你不是不信吗？我烧纸烧香你都笑话。"

"人总是在变的。我当然不怕他们，我会哄他们玩。可我怕他们妒忌鹿儿，鹿儿莫名其妙丢了钱，错不是他的，鹿儿不应该受影响。"图南转账给海鸿一千块钱，他没收。

"你放心，这事我办。"

当然安心，她知道不管何时何地，只要自己提出要求，海鸿都会严格照办，他原本也算得上有担当的男人，现在就当是一个老朋友吧。有的人天生适合做朋友，如果不是和他结婚也许会是另一种人生。那又是一种什么样的人生呢？也许，不致流离半生，平平淡淡在一座城相守到老？

海鸿回复得很快："你们好好玩，什么都不用想。我也问了很多人，用不着去寺庙做法事。寺庙阵势太大，据说对婴灵不好。妈知道该怎么做。妈说，等你回F城之后，你烧点纸就行。具体时间我告诉你。"

图南问海鸿："你现在怎么样？后背还很痛吗？"

"痛得睡不着，现在医院做针灸按摩。"

"你少抽烟少喝酒少玩游戏，多多休息。"

"唉！只能抽点烟，开车不喝酒，游戏也玩不动了，眼睛不行了。没事。"

"我也胳膊痛，后背痛，哪哪都痛，痛很久了，也是睡不着。又不知道哪里不对。"

"你回来以后好好查查吧。"

"不用你管我！我死不了！"

想起了流产的胎儿，一切又回到老样子，在他面前，图南总不

第二十四章 埃及之行

能平心静气好好说话。她依然恨死他。

白天骑着越野大摩托在撒哈拉沙漠里滑沙，极限刺激，走进贝都因人的生活，他们是撒哈拉沙漠的主人，是世界上最热爱自由而宁愿忍受最艰苦自然环境的人群，是住帐篷、逐水草而居的群居的游牧部落。即使黑夜也不会迷路，在永远的寻寻觅觅和长途跋涉中，几千年来遗传的基因适应了沙漠的酷热生活，凝结成硬朗坚韧和热情奔放的民族性格，贝都因人也像滚滚黄沙一样，成为撒哈拉沙漠不可分割的一部分。

图南和鹿儿体验到沙漠生命的悲壮雄美。气候太过于干燥，有多少水都不够喝的，尽管图南自己渴得嗓子冒烟，还是把没舍得喝的最后一瓶矿泉水递给了鹿儿。他当然也渴，这个有爱心的孩子把水小心地倒在瓶盖里，奢侈地喂给了一群骆驼和山羊，它们非常有灵性，也许知道沙漠里的水贵如油，也许喝过水没有这么甘甜洁净，非常专心乖巧，脖子灵活地随着鹿儿手的方向转动，一滴水都没有滴落，它们很快就开心地喝光了一瓶的矿泉水，驯良的动物真是可爱！

日暮时分，图南不可思议地看到太阳、月亮和星星同时悬挂在浅蓝的天空，三光者日月星，可谓奇观，禁不住赞叹不已。海鸿时时刻刻都在催要照片，图南拍了风景照给他，遗憾地对他说：

"可惜这么美的地方，你没看到。你也应该出来走走。"

海鸿秒回："你们是我的眼睛，只要你们看到就好。"

晚上，穆罕默德挖了一个心形的浅沟，倒满汽油，点燃，形成耀眼的沙漠篝火，大家载歌载舞。图南也开心地跳舞，撒哈拉天空并无云彩，空气透明澄清，星空无比明亮，也许会有一颗很亮的星，就是你吧。平静了很久的图南，忽然心潮起伏，"每想你一次，天上飘落一粒沙，从此形成了撒哈拉。每想你一次，天上就掉下一滴水，于是形成了太平洋（三毛）。"图南眼泪又掉了下来。

把一切痛苦丢给茫茫无边无涯的时间，读书旅游，不断填充新的美好，让时间稀释不堪回首的过往，改变一切，这就是最大的期冀。

第二十五章　晴天霹雳

鹿儿出国了，飞回学校，他答应导师，提前进入实验室，准备攻读硕博学位。图南回到了 F 城，早就和君玉等几位老师约好去新疆独库公路自驾游，与其躺着忍受病痛，还不如继续出去疯玩。图南狠狠心，依然打点行装，又开始了新的旅程。

这已经是自己第二次去新疆，图南太热爱新疆了，猜想一定是上帝不小心打翻了调色板，这片土地才会有如此瑰丽绚烂、油画般的色彩。

这次来新疆，图南是带着几年前的记忆来的，更多是一种寻梦。上次走遍了新疆著名的景点，看到的风光和记忆中的景象总是有偏差，图南也在不断修正自己。

喀纳斯有亭亭玉立的白桦树，洁白典雅，白桦林的附近总有一棵青翠的杉树不离不弃，总是相依相伴，被称为情人林。白桦树树干上的痕迹像一颗颗眼睛，汁液是一种无色透明、松树清香气味的液体，被称为情人的眼泪。

喀纳斯的图瓦人，只有两千多人。人数少，构不成民族，他们的由来也是众说纷纭。他们的小木屋看着真是太熟悉了，好像童年时我在黑龙江黑河时住过的房子，一个大大的院落用木栅栏围住，其中一块木板是活动的，图南姐弟三个钻出来去玩，到爸爸妈妈下班时再钻回去。平时，爸爸妈妈锁好院门，放心上班走了，以为孩子们很安全地待在家里，却不知他们也跑出去疯玩这个秘密。上学以后，住上楼房，就再也没有这种快乐了。

　　冷杉枝条向下，云杉枝条向上，很好区分，都是做圣诞树的好材料。图南在拜泉县住过两年，那里过农历春节，家家都要砍一棵青翠的杉类绿树，架在院子的最高处，家家都自己动手做灯笼，把它装点得五彩缤纷，供人观赏，邻居们往往会用一个约定俗成的标准衡量谁家的灯笼最好看，如果是公认的漂亮就证明这家的女孩子心灵手巧。

　　这是晓晖最喜欢做的工作，在彩纸上画出大概的轮廓，再剪出形状，完全手工做出花灯；做五颜六色的假花；剪纸贴窗花……图南和弟弟燕声在一旁笨手笨脚地看热闹。图南觉得谁家做的都没有姐姐做的好看，她心灵手巧最聪明漂亮。

　　新疆和黑龙江一样有广袤无垠的土地，有着相似的生物物种和粗犷的民族性格。图南能感觉到自己流淌的血液当中充满生命澎湃的激情。

　　傍晚，吐鲁番附近，看看一团滚滚的黑云渐渐逼近，很快笼罩住视线。飞沙走石，日月无光。瞬间，天黑了。打开了大灯，能见度依然极低。打开车内广播，天气预报说十三级风力。这是沙尘暴。这天，在路上的十四个小时中，图南情绪上上下下，体验了人生的悲欣交集，感慨万分。 是啊，人在旅途，不管怎么计划都会意外，人活一生，不就是要看遍沿途的各种景致吗？

　　在美丽的天山脚下，辽阔的巴音布鲁克草原鲜花盛开，这里的人住蒙古包，搭弓射箭，纵马驰骋。图南才发现，自己还是会笑的！她以为自己不会笑了。

　　图南和鹿儿看电视哈哈大笑的时候，海鸿总是嫌弃地皱着眉头：你们怎么那么高兴？傻X一样！他会忽然拿遥控器调台，或者，干脆关掉电视。

　　图南开始还会据理力争，年轻气盛的时候差点动手砸了电视。电视是我爸妈买的！她心里想，终究没敢说出来，他敏感多疑。渐渐地，懒得吵架，转身离开去卫生间，那里总放着几本诗集。好在

第二十五章　晴天霹雳

读诗不需要很久的时间，随时可以拿起放下。在逼仄的卫生间去想象世界之大之美，能让紧绷的神经瞬间释放。鹿儿则是乖乖进书房。

还是晓晖发现妹妹不对劲，总是说："你怎么搞的？整天苦瓜脸。你要微笑！要对着镜子，微笑！"图南听听就算了，她讨厌看自己！开始没有发现有什么不对，直到离婚后看照片才醒悟，没错，自己是越来越丑，苦大仇深愁眉不展的模样。图南接受不了这样的自己，看照片里的海鸿同样不开心。看别人高兴，他不高兴；看别人不高兴，他还是不高兴。不开心留着它们做什么？图南顺手撕掉了厚厚一叠不愉快的定格瞬间。

布尔津河静静流淌，汇聚到额尔齐斯河，最后注入北冰洋。一个个的圆顶帐篷像朵朵白云散在青青的草原上，勇敢质朴的哈萨克在这里放马牧羊。他们一年搬四次家，为牲畜寻找丰美的草场。

布尔津，是让人快乐的地方。快乐，是美丽裙裾的旋转，是考试的高分，是醇香的黑巧克力，是布尔津夜市的烤鱼烤羊肉串。鱼是这里独有的：狗鱼、黑鱼、五道黑……味道鲜美异常，一杯乌苏啤酒苦冽芬芳，一杯格瓦斯酸甜可口。就这样，静静地独自消磨一个诗意的晚上。图南更喜欢的是布尔津的房价，一平方米才一两千元，她突发奇想，退休以后到这里来过过悠闲的日子。

图南这次是和几位老师一起来新疆，没有独来独往的随心所欲，又陷入一种淡淡的忧愁中。新疆有辽阔无垠的天空，是一个可以自由飞翔的地方，图南觉得自己最适合的还是享受一个人的孤单和自由。

接到鹿儿的语音电话："妈！我爸在北京，让我过去！"

"不对啊。你才到学校没几天，他现在折腾你干吗？"

"是啊，他没说。我也觉得很突然。"

"什么理由？"

"没有理由。"

"你爸和你通话说的？"

"不是我爸，是我伯伯。"

"你伯伯是稳重的人，不会心血来潮。什么原因呢？……先不用管他，你老老实实地学习！"

"我也不知道……好吧。"

鹿儿当然听妈妈的话，图南放心了。她隐隐约约觉得哪里不对，不过，海鸿思维异于常人，做什么事都不奇怪。

图南拨通了海鸿的电话，这是离婚后第一次。

"孩子刚到学校，你让他到北京干什么？"

"我不知道，是哥的意思。"

"谁的意思我不管，他已经玩够了，该回去用功了！"

"既然是哥的意思，哥有他的打算，不会错。"

"孩子长这么大，你们家都没管，你们也别浪费他时间！"

图南说完，挂断了电话。图南觉得疑惑，去北京干吗？还有大哥海文也在？大哥事业成功，公司的业务分布全国，那也没必要让刚刚进入实验室的鹿儿回来啊？没有道理！

第二天早晨，鹿儿打来语音电话："妈，我说了不回去，可我伯伯告诉我，我爸得了肺癌，晚期！"

"不是……不是肩周炎吗？"

"你去看我爸的朋友圈，他都戒烟三天了，这是破天荒头一次。"

"我一般不看朋友圈。浪费时间。你爸爸知道他自己得了肺癌吗？"

"还不知道。大家都瞒着他，没让他看检验报告。还瞒着一个人，是奶奶。"鹿儿发来了他的检验报告。

"哦，怪不得。"

图南明白了，怪不得他总说前胸、后背、胳膊痛，针灸按摩无效，穿刺活检结果出来，原来是肺癌，是很严重的低分化鳞癌。他的时间不多了，哥哥海文带他去北京找最好的医生给他手术。由于担心手术失败，所以让鹿儿去见最后一面。

第二十五章　晴天霹雳

"你怎么打算?"

"和老师请假,去订机票,去看看爸爸!"

"我在新疆腹地,大概还要两三天出来,你先去,你要坚持住,我随后就到北京!"

图南一边哭,一边订了三天后的机票——乌鲁木齐到北京。我到底欠了你什么?在我有一点希望可以痊愈创伤的时候,他就到伤口上撒盐。

晚上,风大沙大,图南想自己出去走走,君玉担心她跟着走了几步,"早穿棉袄午穿纱,围着火炉吃西瓜",晚风很冷,君玉说,你还是回去吧。图南自己不怕冷,怕连累君玉,只好回来了。

高校里不缺专家学者,图南并不觉得谁值得崇拜敬仰,君玉是唯一的例外。那次,图南坐在大教室的学生中,给他拍了几张照片,准备了一些文字用来作为资料留存的。然后图南听到他说了几句大实话,教育的目的,不是培养高呼各种口号的庸才,要有专业素质,能够学以致用。很多专家都是讲些冠冕堂皇的话,这是通病,图南早就听腻了。君玉这样敢说实话的人少之又少,顿时,图南对君玉肃然起敬。

君玉并没看上去那样老,外表和本人至少相差十岁。君玉与海鸿的年龄相近,博士毕业时才二十六岁。平易近人,微笑着和她聊天,相聊甚欢,就像失散多年的好友重逢一样。他硕大的脑袋里还转动很多孩童一样好玩的念头。更叫人惊奇的是,他竟然说不赞成大学生毕业就创业。刚毕业的学生,没资金、没技术、没经验,商场如战场,风险那么大,即使硅谷以五年内倒闭这个标准算,成功率也不过百分之二十五而已,最好有了一定基础再去创业。

手机虽然存了君玉的号码,图南并没想有更多联系,但第二天,图南收到了他群发的教师节快乐的短信。图南极少发信息,还是回复了一下。

通过君玉,图南认识了更多优秀的学者大家。这个世界是属于智者的。他们睿智多谋,思想、格局常人无法企及,是神一般的存在。他们严谨静穆,有极强的逻辑判断力,这些是男性的特征;仁慈宽厚,极富同情心,同时具有这些女性的特征,不能用世俗的男性还是女性来定义他们,只能恭恭敬敬尊称一声"先生"。图南一改往日的轻狂无知,在他们身上学到的知识令眼界格局变大了很多。

晚上,回到女生住的帐篷里,图南悄悄地蒙着被子哭泣,她想起海鸿讲过,他小时候一个人躲在被子里哭的事,她哭得更厉害了,超越时空,很想伸手去抱抱那个哭泣的男孩。

第二十六章　不治之症

　　尽管图南想象过千万次见面时的场景，但她在机场推着行李车出来，看到海鸿的一瞬间还是慌乱无措，傻傻地站在那里。他的头发剪得很短，有了很多白发，比以前胖了一点，但精气神很足，红光满面，要不是看到检验报告，她会以为他又在骗她生病。他的后背很直，就算是大叔，仍是很帅的大叔。

　　看得出海鸿也很激动。他迎上来——他知道图南抗拒他的亲热，自然而然地把手搭在图南瘦瘦的肩上，像两个男人之间那样，并排走在一起。大哥海文，还有鹿儿，一起上了一辆北京牌照的轿车，堂弟海风开车。

　　海鸿看见图南的第一句话是："怎么还这么瘦？我以为你能胖点了。"

　　图南苦笑一下："你不是总说我，毛驴长不成骆驼吗？"

　　"唉，你太累了吧？"海鸿语气中有怜惜。

　　吃过晚饭，海鸿累了，靠在床头睡着了，图南赶快问海文和海风他的病情，图南看到几家医院的检验报告都是一样的，的确是癌症。给海鸿治疗的这家医院是国内最好的肿瘤医院，图南怀着一丝希望，癌症晚期也有完全康复的，也许海鸿会创造一个奇迹。不管怎样，他总给人带来惊喜或者惊吓。

　　两个人离婚后，只见过一次面，那还是2017年的暑假，图南和鹿儿一起回北方，下了飞机，图南不想见海鸿，让鹿儿取行李先回爸爸家玩几天，再回姥姥家和自己会合，一起回 F 城。图南站在机场大厅磨蹭了很久，预估鹿儿和海鸿走了，她才出来，上了姐姐姐夫的车。姐姐晓晖说，你怎么这么慢，听广播，飞机到很久了。图南问，你看到鹿儿没有？他爸爸接走了。晓晖说，机场这么大，不是特意找人，是看不到的。图南笑笑，自己的刻意未免太过了，哪里就能遇见呢。

鹿儿在海鸿家住了几天，海鸿开车送鹿儿来姥姥家，图南听到敲门声出来开门，高兴地拥抱儿子，她并不知道海鸿也跟着过来了。突然看到海鸿，有点惊呆了。显然，海鸿也没想到会看见图南，他上前一步，低声说：拥抱一下，可以吗？他张开双臂，图南后退几步，摇摇头无声地拒绝了，转头回了房间。海鸿和妈妈说了几句客气话，看着他离去，图南五味杂陈。

晚上，海鸿打了鹿儿的电话，让图南接，图南不肯接，离几米远，都能听到海鸿的哭声，"让你妈接电话！儿子！我求你了！"

鹿儿不知所措，举着电话，看着图南。图南摇摇了头。"爸，我妈不肯接电话。你别难过了。"鹿儿小声地说。

"你劝劝你妈不行吗？你妈只听你的话！"海鸿在哀求鹿儿。

图南看不下去了，转身进了卧室。鹿儿也哭了，隔着屏幕，父子俩对着哭。图南只能听见鹿儿说："爸，你别难过了。你们俩不适合在一起。"

一会儿，鹿儿敲敲卧室门："妈，我爸一定要你说句话。"

"没什么说的了，你转告他，所有的都过去了。"图南坚持着。因为图南知道，自己一听到他的苦苦哀求，就没法拒绝海鸿。既然已经决定离开，就彻底离开好了。不是说好的前任就像死了一样吗？鹿儿说的，性格不合，就算和好还要第二次分手。图南没想再给他机会。

可这次不一样，他真的要离开了。这是离婚以后第一次能够心平气和交流，这时候，图南放下了所有的怨恨，真心地拥抱海鸿，她几乎一直在哭，两个人聊了很多，图南从他的语气中已经了解，

第二十六章　不治之症

他对自己的病情并非如鹿儿所说的那样一无所知，大家的善意隐瞒是瞒不住的，来到全国有名的肿瘤医院准备手术，聪明的海鸿难道还会不清楚自己的病情？

海鸿说："是我对不起你，这个世界上，我只爱过你一个女人。"听到这里，图南又一次泪如雨下，"你说爱我，你怎么可以那样伤害我？"

"我混蛋！图南，真的，这辈子我只爱过你一个人。图南，忘不了我们彼此的第一次，那种纯真美好我会永远记得。图南，谢谢你！"

"说点别的吧。"图南听他这么说，顿时万箭穿心。

"我回去准备结婚了。"

"不许结婚！你说你不会再结婚！"图南尖叫。

"她一直要登记结婚，和我在一起三年了，我要给她一个名分，我不能再对不起她。"

图南接着尖叫："不行！"

"听着，图南，如果有来生，我欠你的会来生再还。但我还是给她一个交代，毕竟在我最痛苦的时候，是她无怨无悔陪在我身边。我已经对不起你了，我不想再对不起她。"

"她有多好？能有我好？"

"他对鹿儿很好，对我家人也还好，可鹿儿连管她叫声'阿姨'都不愿意。"

"那是我养的儿子，凭什么你让他管别的女人叫'妈'？开什么玩笑？你问问茱莉、宇浩这些孩子们，什么人能够取代我的位置？鹿儿的小表姐都不肯叫她'舅妈'，你不觉得是你的失败吗？"

图南接着生气地说："我告诉你，你要是敢结婚，我也结婚！你以为我就没人喜欢吗？"海鸿哑口无言。他实在不能想象别的男人抱着图南叫"老婆"的情形。同居，哪怕是做情人什么都行，但她不可以成为别人的妻子。

你要有自己的新婚妻子了,图南觉得这个世界很荒谬。以后我再想你的时候,就是在想别人的丈夫吗?

其实,图南以前就开过玩笑,问鹿儿:"我要结婚了,行不行?"

鹿儿立刻急了:"我爸结婚了,你再结婚……也可以,你让我叫'爸',我都可以叫,可是,我就没有家了!我就没有家了!"

鹿儿每年回他爸爸家都是很煎熬,图南知道。大年三十夜,鹿儿带着哭腔说:"妈,我想你。"

"怎么了?"图南紧张地问。

"我爸一喝酒就骂我,要不就是打麻将。我不知道该做什么。玩手机,他也骂我。没人理我。"

图南当然理解,当年在他家过年就是这样,无聊到一分一秒数时间:"就这几天的时间,一眨眼就过去了,爸爸他也想你,一学期只看一回,你乖乖地哄哄他就好。等你回来,我去机场接你,马上出去玩,去哪里都行。你现在已经不错了,我当年去你爸爸家过年的时候,你有个小堂叔精神分裂症,打人可疼了,大过年的,我都被打哭好几回呢。"

鹿儿急了:"谁都不能打你!"

"他是病人,别说打人了,就是故意伤害都不负法律责任的,所以,能躲快点躲。他非常聪明漂亮,很可惜,农村医疗条件差,没钱吃药,病越来越严重,最后一次发病的时候是冬天,偷跑出去,在你曾祖父的墓前坐了一夜,活活冻死了。"

"妈妈,他好可怜。"鹿儿同情地说。

"是啊,所以要善待每一个人。"

"其实,妈妈不可能永远陪在你身边,你应该明白,妈妈也有很多错,希望你能原谅妈妈。最重要的是,你应该记得,不管遇到什么困难,我都会支持你。就像你姥爷教过我的'下定决心,不怕牺牲,排除万难,争取胜利!'一样,坚忍不拔的精神是财富,需

第二十六章 不治之症

要传承下去。"

孩子回来时间并不多,他需要的是心理安慰,图南给他整理行李的时候,在他的钱包里放了一把家门的钥匙,告诉他,家是我们两个人的,妈妈在任何时候都在等你归来。鹿儿明知道自己是妈妈心目中最重要的人,但他还是禁不起玩笑。

图南看鹿儿急了,马上哄他:"就是逗你玩的,我还没有可以结婚的人呢。没事没事。儿子,这里永远都是你的家,不会有任何人能夺走我对你的爱。"

离婚到现在,转眼四年了。期间,亲朋好友不断催婚,但图南都无法正视自己的感情。

很长时间,图南看到成年男人都害怕,感觉他们都是一个个表面道貌岸然,背后朝秦暮楚、不怀好意的撒谎精。特别是有家室的男人多说几句话,更觉可怕。婚姻错一次可以原谅,是年少无知;错两次就是冥顽不化,绝不可原谅。

经常一起在外面兼职上课的男老师,已经很熟悉了,他和海鸿也很熟,一次课间和图南聊天,听她说假期想要出去旅游,就问你想去哪?我去订票,我们一起去。图南顿时瞠目结舌。干吗和我一起去?怎么不和你夫人一起去呢?他说,老婆不爱旅游。图南没吭声。本来一起监考、答辩、聊天都好好的,说一起去旅游,图南觉得不太对,下次再看到他都绕着走。

不过,图南慢慢发现,原来很多已婚男人也会献殷勤的,图南唯恐避之不及,被人误会。就差在脑门上写:我可是没有想法的。

其实真的没什么,是自己神经太过敏感,小心翼翼。像兔子一样立着耳朵,有个风吹草动,随时随地,立刻逃跑。图南拒绝任何形式的亲密关系。

从日本回来那次是深夜,打车回家。和的士司机聊了一路。快下车的时候,图南拿出手机扫二维码付账,司机握住她的手,说我们加个微信吧，以后你坐车不花钱。图南吓一跳，忙说，我有车开，平时不打车的。图南吓得发抖，一路小跑回家，连电梯都按错了楼层。

夜深人静，总有个声音在喋喋不休，像极了妈妈的唠叨，你不该这样，应该那样……这个声音叫做良心。图南小时候看过一部苏联的童话，里面有个淘气孩子利用魔法干了坏事，每晚睡觉前良心就会来谴责他。图南好像也是这样。错了吗？一定是错了……一直一直在纠缠。应该怎样，不应该怎样，是不是都有一套标准的正确答案？吾与谁同归？谁和我一样总处在自责和内疚之中？还是坦坦荡荡的好。

可是，我到底做错了什么？"不读书的刘项"这类人一定很幸福吧，他们没有良心在寂静时出来骚扰。太羡慕那些没心没肺，神经大条的人，越是这种人，越能获得幸福，而内心敏感丰富的人往往与自己撕扯，耗费精力。

以前因为没做过错事，所以没有这类的烦恼，现在忽然觉得自己并非完全正确。做错事需要一定的心理素质，首先，要理直气壮，给自己找理由。然后是懂得忘记，最后继续面不改色心不跳地做错事。反正自己做不到。"你是你自己的，只对自己负责"这话对吗？也对也不对。那就可以恣意妄为吗？也不会再做什么了，生活在幻想中……

所以，图南北京之行前根本没有想过再婚的事。一方面，要给儿子一个安稳的家，他在这个家里可以自由自在、无忧无虑；另一方面，图南对所有的男人没有信任感，在她眼里，每个男人都是见异思迁的雄性动物，不值得信任，一个人过日子并没有什么不好。

简直是疯了，为了报复海鸿，自己居然也要结婚！图南为自己一气之下说出的话羞愧。

大哥海文的儿子宇浩在北京工作，特意过来看望大家。图南眼看宇浩从一个襁褓里的小婴儿已经长成大学毕业的小伙子，依然单

第二十六章　不治之症

纯，活泼可爱，青春洋溢，这才是一个正常的幸福家庭里长大的孩子。

在北京只有短短的两天时间，海鸿就撵着图南和鹿儿赶快走，你们该忙什么就去忙吧，我没事。你们在这里，压力太大。我没法正常生活、治疗，你们快点回去！鹿儿和图南虽然想再陪陪他，但也没办法长留，于是准备返程。

图南深深地了解海鸿。这个男人看似无情，只是不愿意让亲人看到他软弱的一面。他有着强烈的求生欲望，面对病魔的时候，却力不从心。

特别是在图南面前，他嘴硬说狠话，可内心柔软，死要面子。他一直在装勇敢坚强，他装得很辛苦。那么辛苦就别装了，好吗？其实，我想见到的是真实的你。这要是几年前，图南一定会毫不客气戳破他，可是……算了，让一个男人保持他的尊严吧。

图南和鹿儿都是下午的航班。吃完午饭，海鸿就开始催促他们早点走。还是老样子，他从来出门都打很多提前量。海鸿不顾所有人在场，恋恋不舍地抓住图南的手不松开："说鹿儿能来，我知道，没想到能看到你，我死了，也值了。"图南升起一种不祥的预感，这也许是最后一次见海鸿了。

"你要好好活着！活着！我没准会死在你前面呢。"图南说着，眼泪又掉下来。今年，病情越来越严重，说话都觉得虚弱得没力气，连喘气都累。手抖得厉害，连水杯都拿不住，眼睁睁地看着水洒一地。哪里都痛，大概也是不治之症。

图南笑着说："我的左胳膊后背痛，估计是肺癌乳腺癌也不一定，连遗书都提前写好了。"

海鸿关心地说："回去你一定好好检查一下。别上那么多的课。上课赚钱是和卖血一样，太耗心力。"

图南对海风说："辛苦你和大哥了，他一生病，心情就不好，会闹得人仰马翻。我知道，就连一个小感冒都闹得鸡犬不宁，何况这么严重的病，你要多担待。"

海风扭头看了海鸿——他正和鹿儿说话，图南知道大家都怕海鸿，她望着海风点点头，鼓励他说出来。

海风对图南说："以前经常听二哥抱怨那个新二嫂不如你，这次见了你才知道你是这样的人，她是没法和你相比。她也和二哥经常生气：'你前妻那么好，你怎么会离婚？'"

图南觉得又好气又好笑，说："这家伙总是三心二意，不能把握现在。怜取眼前人不懂吗？以前两个人都意气用事，都有错，过去就过去了。只希望，他以后的日子过好就行了。"

图南接着，叹口气："他的日子怎样过，和我也没关系了。这个不再是我该操心的事了。"

海风说："我二哥这个人很难相处，他是总经理，荷芳是副总，他已经把荷芳开除好几回了。二哥做事，脾气大得很。"

图南知道他家是家族企业，说："不管怎样，一家人总是一致对外的，家和万事兴。荷芳全心全意为家，当然没错。他脾气就这样。好在荷芳了解他二哥。"

海风在海鸿的要求下，给他们拍了一张全家照，这是第二张全家照。

"只是我们已经不是一家人了。"图南放声大哭。今生不知道还能不能再见，生离死别不过如此。海鸿和鹿儿也都哭了。一家人紧紧抱在一起，如果能永远这样抱在一起，多好啊！为什么当初没有珍惜呢？最后，还是海鸿先松开手，说："时间到了，你们走吧！"

他先低头亲了亲图南满是泪痕的脸，又用力抱了抱她，接着又亲了亲鹿儿的脸，拍拍鹿儿的后背，在图南模糊的泪光中，看他转身，头也不回地走了。

鹿儿出国的航站和图南国内航站不在一个方向，图南一直麻木地站着流泪，鹿儿擦去眼泪，就像个大人一样思路清晰，他已经是

第二十六章　不治之症

大人了。他对图南说:"妈,你去那边坐摆渡车。"图南只是茫然地看着鹿儿,默默地流泪,一动不动。鹿儿的飞机稍晚些。他贴心地搂着又是大哭不止的妈妈,一起坐摆渡车,送她到登机口坐下,给妈妈擦擦眼泪,亲亲她,然后他也准备走了。

"儿子……"图南又哭了起来,鹿儿说:"妈妈,很多事情不是我们能做主的,我们只能接受。"

第二十七章 追根溯源

　　图南回到 F 城，她走路站不稳，失眠，记忆力减退，全身都痛，甚至说不出来哪里更痛。手抖，眼睁睁地看着手里的东西掉落在地。洗澡的时候头一阵眩晕，没站稳，一个趔趄，用手扶一下墙壁，戴的玉镯撞出一道裂纹，图南很心疼。她知道自己的病已经非常严重，以为又是抑郁症犯了，活动量少，强迫自己每天走一万步，坚持锻炼，即使走不动了，也要走。路走多了，更痛。她咬牙强忍着。我要健康地活着。儿子就要失去爸爸了，他要有个健康的妈妈。

　　图南去了医院，医生还是说肩周炎，还是针灸按摩。脖子痛得厉害，按摩后觉得痛得更厉害，骨头都要断了。依旧失眠，安眠药无效，镇静剂无效。图南想自己还有什么要做的事要赶快，晚了就来不及了。可遗书两年前就写好，一切听从命运的安排。是上天让我们一起走吧？图南心想。

　　海鸿离婚以后，再没人管他体检不体检，一生病就是肺癌。鉴于此，图南在家庭群一直说，没体检的快去体检。催促之下，大家都去体检，就连鹿儿也去了，还好，大家都一切正常。雪宝从欧洲大学毕业，回国工作了，十多年没有体检过，正在 F 城。图南对雪宝也说，体检重要，我也带你去检查一下吧。雪宝的化验单 CA125 癌胚抗原质变是正常的两倍多，于是又做了一个核磁共振，所有指标都正常。

第二十七章　追根溯源

正好，图南认识医生。医生说，你也做一个吧。图南不想做，医生说，没有做过核磁共振，认真检查一下，总没错。图南想，来也来了，做就做吧。

等她看到自己的核磁共振检验单的时候更是惊呆，病因找到了！困扰多年的毛病，竟然是颈椎突出椎间盘脱出，致使颈椎脊髓、椎动脉受压，颈椎压迫脊髓，距离偏离了0.34厘米。医生说，你的病非常严重，随时有生命危险，最轻也是全身瘫痪，必须马上手术！图南愣愣地问，怎么这样严重呢？医生说，过度劳累或者受过外伤都会。

劳累？外伤？不算正常上班，一年上五百多学时是有点劳累，但也不至于吧？

图南猛然想起，还是在S城的时候，海鸿说晚上在外面吃饭，图南带着鹿儿在家。晚上，余虹的妹妹余艳来敲门，想要点感冒药，余艳带孩子从外地来S城度假，图南奇怪地问，余虹呢？余艳说出去吃饭了。图南说，我家的体温计都是被海鸿装病甩坏，早就该扔了。你先回家照顾孩子，我出去买体温计，再买点药，给你送过去。你在家等着。

图南一溜烟跑去药店，买完东西送到楼上的余虹家，两家就是楼上楼下，方便得很。余虹和老公还没回来，余虹老公经常出差，不在家是正常的。余虹还没回来。图南帮着余艳照顾孩子，这孩子比鹿儿小两三岁，哄孩子吃稀饭后，又吃了药，冷毛巾敷额，退了烧，孩子睡着了，图南才回家。

下楼梯的时候，她心念一动，觉得有点不对劲，哪里不对又说不出来。海鸿说他们的关系是纯洁的，自己思想太龌龊。是吗？这么多年了，图南是个粗枝大叶的人，从没有过多的想法，自己也知道自己心眼不够用，但总能自诩傻人有傻福，不需要操心的事可以不用管。余虹对我很好很关心，自己上课的课表都没有她记得清楚，是啊，有些课还是余虹介绍的呢。忽然觉得余虹对自己关心得过了头。

鹿儿已经睡着了，图南坐在客厅沙发上，倾听外面的声音，直到十一点半多，楼梯脚步声响了，有人说话，钥匙声响了，海鸿拉开门进来，图南站在门口往外推，她想看后面说话的人是谁，海鸿侧身挤进来，转身拼命关门，图南当然没有海鸿有力气，但她还是看到了，余虹以最快的速度跑上楼，门关上了。

图南很生气，她知道自己又被骗了，"两个人只是单独出去吃饭，"嗯，就算吃饭就是吃饭，也没什么，可至少你应该告诉我一下吧？

她冲上来，直接一耳光掴在海鸿脸上，他的眼镜飞出去了。她打他，拳打脚踢。海鸿随手拎起图南，就像拎起小猫小狗一样扔了出去，图南飞出去几米远，头撞在承重墙突出的直角上，她没觉得痛，只感觉温热的液体从头上流了下来。她伏倒在血泊里。海鸿吓坏了，图南血小板量很少，不容易凝血，出血就止不住。

海鸿抱起图南打车去医院，做了脑CT检查，伤口很长，缝了六针，医生一边缝针一边问怎么受伤的。图南碍于面子，怕医生笑话，说："自己不小心撞的。"医生问："怎么能撞成这样子？回去观察，看有没有恶心呕吐症状，如果有，那就是很严重的脑震荡了，要立刻来医院处置。"

图南缝完针，海鸿扶着她，一起回到家，海鸿一到家就上床睡了。

图南一直奇怪这个叫做丈夫的人，整天喊失眠，最需要他的时候，他睡眠质量最好，平时该睡觉了却在闹妖。看着地上的一大摊血，散发着甜腥味，还要擦洗干净，止不住的恶心呕吐。她觉得自己不是脑震荡，是晕血。终于清理干净，上床，天空变白了。幸好，假期不用上班。

第二天早晨，才恢复痛觉，头痛欲裂，图南痛得死去活来。鹿儿一觉醒来，看到妈妈的头纱布缠绕着，吓坏了，连声问怎么了，图南说，自己不小心撞到墙上的。

伤口恢复得不好，整整一星期没敢洗头，图南看自己披头散

第二十七章　追根溯源

发,面色惨白,像鬼一样,一直散发着令人作呕的血腥味。拆线以后,露出光秃秃的一块头皮,这里再也没长头发。图南一直以来纠结的是头顶最显眼的地方没了头发,实际上,脆弱的颈椎才是伤得最严重的。莫名其妙全身疼痛了十多年,怎么都检查不出来的病竟是颈椎的问题。

图南恍然大悟,世间一切问题都有答案,只是这答案来得太晚了些。

所有的检查就绪,颈椎手术要马上做,一有病床就做,拖不了了。她没有害怕,自己永远是待宰的羔羊,迟早要挨上一刀,怕不怕又有什么用?既然什么时候做、怎么样做都不是自己能决定的,操这份闲心,没必要没意义,交给专业的医生就好了。图南没问过医生自己的病情,最后,还是医生把图南叫到办公室,告诉她颈椎前路椎间盘切除、椎管减压并内固定手术,三个手术合在一起同时做。

医生说手术成功率很高,百分之七八十。当然不排除失败的可能,失败就是高位截瘫,终生卧床。图南没心没肺地问一句:"就像海迪姐姐一样? 没关系。我做海迪第二好了。"医生用奇怪的眼神看着不惊不慌的图南,仿佛她来自外星。

这个陌生的城市,举目无亲。图南又一次被扔在手术室的走廊里,每次出入,玻璃门就会响一下。固定在可以推着走的移动病床上,脖子上已经画好了一道线,这是手术刀要切的地方。无聊地仰望亮晶晶的天花板倒映的人影,门开门关,每一次震动,她都吓一跳。这是可爱的小护士像陀螺一样跑来跑去的映像。她不停地问图南:

"家属呢? 你的家属呢? 谁可以签字?"

图南笑着说:"我也不知道谁可以,能不能放我出去啊,我去找人签。"

护士说:"做手术,怎么能没家属?"

图南笑着说:"本来就没有家属,难道还能变出一个?"她翻身想下床。

护士赶快按住她:"不行。你已经消毒过了,不能动。"

图南说:"我有钱,看看外面有闲人没有,随便给他几百块钱买个签字吧。"

小护士没见过这样粗枝大叶的病人,她急了:"和你无亲无故,就算签了字也不算。"

图南说:"我也没办法,自己签你又不算。"

小护士更急了,"主刀医生、麻醉师都等着呢,你这是下午的第一台手术,后面还有四台,时间浪费不起。"

图南无奈地说:"要不,我给你立个字据吧?手术后果自负,死活由我。本来一个人在这里,手术成功与否,是没人来追究什么责任的。这总可以吧?"

小护士只好去找医生,还去找图南的同事,图南知道,签字的责任很大,谁敢签呢?

图南想起了海鸿经常玩的电子游戏最后打出的一行字"GAME OVER。"她孤单地想,这一次是真的完蛋了吧?

不一会,小护士高高兴兴地回来了,扬着手里的夹子:"你同事还真的给你签字了。推你进手术室!"

图南被两个人抬上手术台,很镇定地问:"打麻药?全麻还是半麻?"

麻醉师往血管里一边打药一边说:"全麻。"

图南说:"半麻吧,我还想数数一共要割几刀呢。"

话音刚落,她就失去了知觉。

等她醒来,已经躺在病房了。图南打开手机,看见鹿儿发来几十条信息:"妈妈,我爱你。妈妈,我爱你!"图南只发了"手术成功"四个字。鹿儿马上打出一行字:"那我就放心了,只要你好好的。"

手术前,图南在朋友圈发"做事不后悔"几个字,点赞、回复的很多,鹿儿看到了,猜到妈妈肯定有大事,但不知道是大手术。

第二十七章　追根溯源

鹿儿惊慌失措，在实验室里什么都没做，一直看着手机，祈求妈妈的回复。

手术很成功，颈椎里加了两块钛合金板，外面带着护颈，像个太空怪物。

活着——就是把上天赐予的完整躯体慢慢摧残，直到完全丧失功能的过程。从美好变为丑陋就是人的一生。

妈妈的视频进来了，像个小孩子一样号啕大哭，仿佛一下子老了几十岁。图南从来没见过妈妈居然会哭成这样，"女儿啊，你这么大的事，都不告诉我。"

"告诉您干吗？"

"我过去照顾你啊。"

"你三高，什么糖尿病的，身体又不好，算了吧，你来尽我给添乱，一着急就上火，还指不定我们谁照顾谁呢。"

"我让你姐送我到机场，我来看看你，给你做点饭。"

"妈妈，我二十四小时开机，想看随时看。等我好点你再来，那时我能带你玩。再说，我姐送你去机场？你想多了，她根本不可能让你来。"

妈妈明白过来，体贴地说："你刚手术完，好好休息吧，我不打扰你了。"

图南盯着手机摄像头里的自己，刀口像是十二足的毛毛虫。有点丑，有点痛。有点懊恼自己的形象。不过还好，还活着。我真是打不死的小蟑螂。图南来不及感慨，一边嘟囔着，一边看海鸿发来的信息：

"你怎么样了？儿子说你手术了。"

图南回复："还好，活着呢。鬼门关又走一回！打字好累！"

他接通了语音，着急地问："为什么我身体不好，你身体也不好？"图南幽幽地说："你不觉得我们把半生的时间、精力和金钱都花在内耗上了吗？除了一地鸡毛，什么都没剩下？"

很想大骂他，我这个手术还不是拜你所赐！转念一想，算了。

他也没有多少时间了。图南有点佩服自己了，情绪比以前稳定很多，不会失控崩溃，动辄大喊大叫。

"我现在手术很成功，慢慢恢复吧！"

"能看看刀口吗？"还没等图南说话，他挂断语音，点开视频。

图南比画着，问他：

"我脖子本来挺好的，一道皱纹都没有，现在，赫然一道伤疤，这么丑。"图南有点伤心了。

"丑就丑点吧，没关系了，为自己而活。"他松了一口气。

"文什么呢？我要去找找好看的图案。"图南不甘心地说。

"不用了。这么大年纪了，别花心了。"他调侃地说。

"你个二狗子，你花心还是我花心？"图南生气地说。

他看了看图南说："没事，不影响美观。"

"你骗我？这已经很丑了！"

"你还想干吗？"

"以后什么都不干了，每天工作十几个小时，赚的钱都交给医院了。"图南举着手机，胳膊酸酸地痛，觉得很累。

"是啊，你别那么累了。"他又问："疼吧？"

图南问："不累，你养我？"

海鸿的脸色暗淡下去。

"你呢？胸口疼不疼？"图南又问。

"不疼，只做了一个加强 CT 检查。"

"好好休息吧。"图南说。

"我是不行了，你要好好照顾自己，一定保重！"他真诚地说。

"哪里的事，你也好好地活着，等着参加儿子博士毕业典礼，还要参加儿子婚礼，有漂亮的媳妇叫你爸爸，还有可爱的小孩叫你爷爷……"图南说着说着，泪眼滂沱。

"爷爷，是赶不上了……你回家好好养吧！"他伤感地说，挂了电话。

图南一夜没睡好，主要是麻药劲过了，阵阵剧痛袭来；另外，

第二十七章　追根溯源

她听见断断续续的哭声，却没人说话，她以为又是自己幻听，天亮了才知道，隔壁床的女孩严重车祸，手术失败，终生瘫痪，再不能站起来了。图南特别同情她，心里很难受，却不知道怎么安慰她。比自己小十多岁呢，大好年华，真是太可惜了。犹豫一会儿，才开口说："你别难过，快别哭了，会好的。"

女孩没说话。图南张张嘴，虽然很心痛，但实在是说不出话来。

因为病床紧张，要赶快办理出院。同事朋友帮着整理东西，回家真好！

海鸿问："你在家，谁照顾你呢？你还好吗？"

"我自己行。"

"今天，是高中同学毕业三十年聚会，我没去，你怎么样？"

"怎么聚会都没去？你怎样了？"图南知道他一向爱凑热闹。

"我看电视呢。"海鸿说。

"你能看电视，还不错，"图南羡慕地说，"我连电视都没有。"

"你怎么样？"

"脖子痛，支不起脑袋。唉！幸好，脑袋不大，也不太沉……"

"伤口长好没？"

"刚看了一下，又渗液了，我自己拿酒精消毒。有点痛。"图南龇牙咧嘴地说。

"还要到医院再重缝吗？营养没上来，不长哦。"他关心地问。

"那我弄点肉吃。只喝了几天的粥，吃东西不敢往下咽，疼啊，喝水都疼。你怎样了？"

"还好，明天去北京哦，都会好的。需要我做什么，别客气。医院怎么说？是不是没养好？"海鸿问。

"医生没说啥。他懒得理我——病人太多了，拆线都是实习生做的，慢慢来，没办法。"

"用钱跟我说。"海鸿又说。

"滚！我没花过你的钱！才不要！不然你又说，你养我了。我不要！你化验结果，出来没有？"

"还在等待。"

"出来就可以手术了。"图南很急，希望他早点手术。癌细胞生长速度是惊人的。

"你可考虑办病退，回 S 城或家里休养。身边没人不行。"海鸿说。"把你一个人扔在南方，唉！我……你一定很疼吧？你一向比我能忍……"海鸿发出一个大哭的表情。

"骗我回去？我不回去！"图南心里想，她没说话。过了一会，她说："我早晚会回去，但不是现在，过几年吧。我妈岁数也大了，以后也需要人照顾。"

"那套房子一直出租，到期了，我把它装修好，留给你住。"

"真的假的？哼！又骗我？"

"当然真的！我没骗你！"

"没少骗我吧？"图南半信半疑。

"你喜欢什么风格？我手术后没事了，就研究怎么装修。"

图南听着，觉得这不过是一个美丽的梦，就算假的，有人给你编织梦境，还是令人愉快。

这是什么东西？图南照了一会儿镜子，怎么都觉得不对，刚刚长出新鲜的肉粉色里面露出一个黑点，碰一下，硬硬的，还有点疼。自己拿了剪刀和镊子，酒精棉，咬着牙，镜子里的东西都是反的，费了好大劲，比画了半天，终于把黑点夹住拉出来。没错！果然是一段缝伤口的线埋在肉里面了。图南哭笑不得，怪不得渗液，多了一段线头，赚了！

"让荷芳去照顾你吧！中午的飞机。你太可怜了！"海鸿看着图南举着一截黑线冲自己傻笑，心疼地说。

图南说："不用了，她还是照顾你比较好。"

"《穿越时空的爱恋》很好听，对吧？"

"嗯，是有这首钢琴曲。你从来不听纯音乐，怎么听到这首曲

第二十七章　追根溯源

子的？"
"刚刚电视里听到，觉得好听。"
"这首曲子我经常听的，不错。"
"调子有点让人难过……"
"你也会难过？哼！"

鹿儿高兴地告诉图南，爸爸在北京手术了，手术很成功，切除了整个右肺三个肺叶，图南很担心，肿瘤比自己的拳头还大，有没有扩散？鹿儿说已经扩散到淋巴，不过都切除了。图南以为自己也会很高兴，悬着的心可以放下，但她还是忧心忡忡。她找了很多书看，晚期的肺癌非常凶险，生存期最多两年。她问了当外科医生的同学，能好当然好，可是……康复？几乎是不可能的。

这回，该轮到图南嘘寒问暖了。
"手术完了，好些了吧？"
"还好，没劲，休养中。"
"什么时候回去？"
"还差几项检查。检查完了，就回去。回去也要化疗。"虽然化疗很痛苦，但海鸿的状态还不错，图南安心了。
"想吃点啥？"
"甘蔗下来了吧？我记得好像是秋天下来。"
"哦，我给你寄。"
图南从网上买了三箱，一共三十斤，应该够吃了。
"非常不错，里面竟然还有刀，可以用来削皮。"他说话了。
"哦。"她根本就不知道里面什么样。
"买甘蔗，要挑长段的。"他又说话了。
"那么多事，你就凑合着啃吧。"她不耐烦了。
"教你多少回了，还不会买东西。"他没忍住。
"吃饱了就骂厨子。你爱吃不吃！不吃扔掉！"她急了，你吃我多少东西了，我一口水都没喝到你的！

"什么人啊，老叽叽歪歪，一说话就生气。"他有点缓和了。其实他不知道，这不是F城的甘蔗。她也没说。她手抖得连筷子都拿不住。

第二十八章　疑窦丛生

"和你商量个事，把我户口迁出来吧？我这边派出所出具的证明寄给你。"海鸿在"回忆"群里给图南发信息。

"好好的，迁户口干吗？"

"办理特病补助。"

图南脖子还是没有力量支撑头部，医生说要带颈托六周到八周，现在手术不到一个月，带着这劳什子开车挡视线，穿过繁华都市，到原来的户口所在地派出所，碰了一鼻子灰。

"这事我办不了，我和你没任何关系，要直系亲属才行。"

"等我回去办，我现在有考试，等一考完，就飞回来，用一天的时间办完，再飞回去。"鹿儿接话了。

海鸿："不急，我明天去派出所问下再说。"

鹿儿："你们决定了，再和我说。我要请假。"

海鸿："不办了，决定好了，好好考试吧！"

图南："你不办最好，我带着颈托，头固定着，不能转动，开车不敢开。我们那是集体户口，人家不愿理是正常的。"

海鸿："你要好好休养，我恢复得很好，啥都没影响，每天走七千步。"

图南："上次车祸撞的腿，变天时痛得快哭死了，睡不着。"

海鸿："你太瘦，经不起折腾，我胖了，一百五十斤呢。"

晚上，图南接到荷芳电话，办理特病补助能拿到五万，要抓紧迁户口才能申请，图南想到儿子为这事特意飞回来，不免心疼儿子，问了派出所，也问了很多人，最后还要回学校盖公章办理。

本来海鸿已经消失在大家的视线中很久了，别人问起他，图南说已经出国了。现在说到他生了重病，他又成为别人的话题。图南心里非常难过，好不容易结痂的伤口又被撕开，血淋淋地展示在众人面前。

"我借给奉贤大哥十万块钱，你去要，转儿子银行卡里。"

图南一听就生气："你借出去的钱，让我要？你每次都落得一个好人的名声，让我去做恶妇？你怎么想的？"

"我不好意思要！"海鸿为难地说。

"你不好意思我就好意思？你给我滚！什么缺德事都做了，你还在乎脸面？"图南更生气了。

幸好离婚了，不然，自己还会像以前一样傻乎乎地被他当枪使。她能想象到，他难为情地说，这都是老婆的意思。蛮横不讲理，我没办法。不管是什么坏事，图南都是挡箭牌，承担了所有亲戚朋友的不满和怨言，实际呢？图南才懒得管闲事。可这次不一样了，还不能不管。

"你把你的诊断书发给奉贤大哥，他人不错，会还你的。不还就别要了，因为要也要不回来。你自己办吧。"

图南想，自己在他心中究竟是什么，一个工具，而且是能够解决各种问题、会说话的工具，他不愿意干不想干的，都要我去干！

"你怎样了？"图南还是没忍住，问海鸿。

"在等待，我已经做了三次化疗，不想再化疗了，L城医院的院长是我高中同学，不建议化疗，副作用太大，其他功能都废了。癌症病人，我，最后不会死于肺癌，会死于其他并发症，化疗就是人财两空。"

图南极力劝慰他："你别管那些说法，要提高自身免疫力，好好休息，多吃多睡。"

"化疗太遭罪，头发掉光，身体垮了，钱也花差不多了，死就

第二十八章 疑窦丛生

死了。算了吧,晚安。"海鸿情绪低落地说。

终于,图南把费了九牛二虎之力迁出来的户口资料寄给了海鸿。不过,又留下了一个隐患,海鸿这个户主迁出去,儿子变成户主,图南和儿子在一个户口本里,却没有亲属关系。这算怎么回事呢?我的儿子和我没关系?想当年为了证明儿子是儿子,费了大半年的时间,管它呢,以后再说吧!真的假不了,假的真不了。图南痛得厉害,顾不上这么多。

"图南,你帮我看看,我怎么不能订火车票了?这次去北京想坐高铁,汽车在北京没开回来。"

"信号没问题吧?我试试。"怎么不能订票了呢?图南不知道是怎么回事,"我急着上课,下课再看。"

下了课,图南打开手机,海鸿发了信息:

"公司的员工帮我查了,我现在是失信被执行人,欠债了。"

"你怎么会欠债?"

"和学校的合同没完成,欠了五万多。"

"我明天上班去问问。"

图南说:"我问了,学校不是针对你一个人,没服满服务期的都有。钱均摊在七年里,你还剩两年。这钱是必须还的,我还吧,你不用担心。"

"我都这样了,不还了。"

"欠债还钱,天经地义。干吗要欠债呢?"

"嗯,不急,再等等。"

过了几天,海鸿发信息给图南:"不用交了,我反正要死了,我们离婚了,跟你没关系,不会影响你,孩子在境外,也没啥关系。"

图南看了一眼,没回复。图南打语音电话给鹿儿:"儿子,你爸欠学校的钱和滞纳金,一共五万多,他说不还了,你看呢?"

"当然是还钱啊!"鹿儿毫不犹豫地说。

"你爸已经是癌症晚期了,这病是个无底洞,多少钱都不够花的，他不想拿这笔钱，你看怎么办？"

"妈，我卡上还有钱，我转给你，你去交了吧。我不想我爸欠债，他的债我还。"

图南很高兴，鹿儿能和自己想到一起去了，她说："其实，我就是想替他还，他这辈子已经很惨了，我不想他最后还欠什么，今生还不清，来世还要还的。按中国人的传统说法，这是种什么因结什么果。其实这话无所谓。只是我觉得，还了钱能安心一点。也许病就好一点了呢。希望他在世间干干净净的。因为没想好，想听听你意见。现在我明白了你的想法。你还和我还，有区别吗？"

"好的，妈妈，这事你定。"

图南去财务交了钱，对鹿儿说："这事了了。你不用和你爸提起。"

海鸿又给他发信息了："图南同学，我每天过得生不如死。废人一个，还不能讲话，还是帮我找你同学白桦研究下，要盒安眠药，你自己找理由，我留做不时之需。请你帮我吧！跪求了。"

图南回复："跪求没有用，给你药，我会判刑的，中国不允许安乐死，你真的出事了，一调查安眠药是我给的，至少判刑五年，我还好，还会害我同学，你还是歇会儿吧！别想多了。"

"耐心等，以后会有方法的。科学发展迅速，会有药的。"图南只能安慰他。

"你一定要帮帮我！"海鸿打出这样的字。

"跟你在一起，好事没有，倒霉事都是我，总是没完没了给你擦屁股，我才不干！"图南又生气了。"你姐开医院，你什么药没有？拿点止痛药费劲吗？曲马多，杜冷丁，都行啊，算了，也不要去你姐的医院，大医院都有，走合法的正常途径！"

"你还是要帮帮我，太痛苦了！只有你能帮我了！"海鸿依然求她。

"你总是陷我于不义！我知道你在忍受难以忍受的病痛，可是，我帮你，会连累同学，我能害她吗？不帮你，我心里也难过，我不

第二十八章 疑窦丛生

能看你受苦！你为什么总让我为难？"图南喊道。

"你不要再逼我了！你又想害我吗？你做了两次炒四季豆，你和孩子都没吃，我中毒两次，是怎么回事？"受了很多冤枉气，图南终于火山爆发了：

"我这辈子，算是毁在你手里了。我再也不想见到你了。此生不相欠，来生不相见。"

你是那么希望我去死，我知道，不过这次你会失望的，我不再那么愚蠢，不会再去自杀，我会好好地活着，冷笑着看你怎样折磨我，都来吧，我不在乎，在多少人眼里，我们是多么恩爱的一对啊，可是他们都错了，你喜欢看到的一幕永远都不会看到的。

海鸿回复："我生病后，什么错都是我的，我不会辩解，也没精力，我不想回忆过去。你说怎样就怎样。"

放下手机，图南放声大哭："我也不想回到过去，可我没办法……"

那天晚上，图南先到家，饭煮好了准备炒菜，海鸿也难得回来很早，两个人挨在一起聊天，他说生活太难，每日每夜都是磨难，生不如死。那一刻，图南把眼前所有的阴霾挥去，对他说，我们好好过日子多好，就这样平平淡淡的粗茶淡饭，拥有平常的幸福和安宁，还没等图南说完，他直接打断她："都是你不好好过……"话音未落，图南已经是愤怒得冒火了。冲他大叫："我还没说你，你怎么又把污水往我身上泼？你不想好好说话就别说……"

真是奇怪，为什么真有这样无耻的人，就是他，怎么能做到这样？不忠还有理由？对我那么残忍，全都是我不对？我了解了他，这应该是好事吧，每次都为他背黑锅，这次终于到头了。庆幸的是，我没死。不然，我死了他也会说是我出轨，又是我的罪责。每每想到当初，图南都痛得无以复加。诶，不对啊，他好像是变了，他怎么可能会认错？哦，这不是认错，这是发牢骚……

第二十九章　自我放逐

2020年1月3日　F城

快放假了，图南问鹿儿假期安排，鹿儿说："爸爸的时间不多了，我应该陪他过年。"图南表示同意。"那你要好好地陪他，别惹他生气。"

在北京的时候，处在悲伤情绪中的图南，没有意识到海鸿对鹿儿不满。回来后，看了海鸿的留言才明白。

海鸿说："鹿儿要么远远地站着，总是唉声叹气；要么把头扎在裤裆里，抱着手机，闷闷不乐的样子，像极了北京的雾霾。哥也后悔，不如不让他回来，他给我打击太大了。"

图南思索一下，如果自己是鹿儿，会怎样？

"你儿子听说你生病了，蹦蹦跳跳地哄你高兴，就对吗？那时候你会不会说，鹿儿你这么高兴，盼着你老爸早死？平时很安静的孩子，他的表情还要夸张一下吗？你觉得那样就好吗？你要他怎样去扮演孝顺儿子，你才会高兴？"

"你看宇浩就充满阳光！"

"每个人的性格是不一样的。每个人都是独一无二的个体，深沉好，阳光也好，自然而然流露的情感都是美好的。这个世界从来就没有两片完全相同的叶子，你怎么可能去要求所有人一样？就算鹿儿和宇浩一样，你也不会满意。你的脾气我还不知道吗？"

她对鹿儿说，你要回去就一定把爸爸哄好，鹿儿说："我每次

第二十九章　自我放逐

回去都很乖，还帮爸爸洗衣服，百般讨好，他很高兴啊。"

鹿儿已经用尽了力气讨好爸爸家每个人。鹿儿从爸爸家回到 F 城，表现得特别兴奋，一回来衣服扔沙发上，袜子扔地板上，扑到床上去打滚，赖在床上玩手机。

忽然，他高兴地跳了起来，神秘地说："妈妈，我这有好东西给你！他翻出一叠钱，扎钱的纸条断了，他一把一把地抓出来："妈！这是一万，奶奶给你的。奶奶说，她只承认你是海家的媳妇。那个阿姨，她不承认。"图南淡淡地说："你收着吧，当学费。"

"你不要啊？"鹿儿有点失望，说："我以为你会很高兴，看你整天赚钱那么辛苦。"

图南从厨房出来，看鹿儿依然呆呆地看着这堆钱："妈，我忽然觉得奶奶很聪明！"

"为什么？"图南知道婆婆聪明，但还真说不出来哪里厉害。

"上次让我带给你两千，你没要。这次是一万，她想到了你还是不会要这钱，这钱肯定是我的，所以我们大家都要记得她的好，是吗？"

"是啊，你最聪明了！"图南看着鹿儿笑着说。

接着，鹿儿很抱歉地解释："本来是想好好帮妈妈做点家务，可就是因为觉得这是自己家，有最亲爱的妈妈，因为妈妈宽容大度，反而什么都干不成。可以在这世上唯一的地方放肆，是一件特别幸福的事。"

图南表示理解，这是情绪被压抑后的释放。人是需要释放不快，否则心理会生病。你爸对你每次回去的表现并不满意。想了想，别和鹿儿说了，免得以后更怕爸爸。只说了一句："你爸喜怒无常。别惹他不高兴。"

问题是鹿儿这么小心翼翼，还惹海鸿不高兴了，鹿儿自己居然还不知道。是鹿儿太粗心，还是海鸿太过吹毛求疵？

"妈，你说我们两个脾气算不错的了，我爸和我们两个都无法相处，他活得不累吗？"

"他太聪明了，想法多，所以情绪不稳定。我们改变不了他。"

年轻时的海鸿好像也不这样,他温暖阳光,笑起来单纯美好,那时,海鸿总是嫌弃公公脾气大,可是,还没等海鸿老了,他就变成了他父亲的样子。

图南只能祈祷,儿子不要像他的父亲一样。

鹿儿和图南视频时说:"我不喜欢 L 城,到处都是泥土和灰尘,很脏很乱,行人不遵守交通规则。"

图南说:"你去就是为了哄大家开心,又不是去旅游。那是你爸爸的家人。和地方没关系,文明总是从大城市发展到小城市。虽然 L 城是十八线小城市,但用不了几年,后发优势表现出来,发展一样迅猛。等你回家,我们继续出去旅行。你看哪里好,我们一起去。日子过得真快,转眼就快到寒假了。"

鹿儿没吭声,隔了一会,小声地说:"你难道不想你妈妈吗?"

"想啊,想我也不去。这是寒假,北方冻死了,回去都没衣服穿。我又不是非回不可。暑假再回吧。"图南知道鹿儿想什么,可是自己回去真的没有什么意义。她怕回去又会纠结去不去看海鸿。

看来海鸿也是纠结了很久,他问图南寒假安排,图南本来没有决定,却冲动地脱口而出,出国旅游。

带着怪异的颈托,所到之处,总能吸引探究的眼神,实在受不了别人好奇的询问,图南一个月就摘下颈托,扔进垃圾桶。图南上了很大的火,后背还有一大块囊肿,是个定时炸弹,不一定什么时候复发。医生说要做个手术,又要手术?图南觉得自己像小时候玩坏的那个布娃娃,又老又丑又旧。不危及生命,手术不做了。身体还没有康复,又出去玩,不用别人说,自己也知道,实在是作死的节奏。死就死吧,谁不会死呢?总比大过年的一个人孤单单在 F 城被人可怜要好吧?死就死在路上!

图南又高兴了:天大地大我最大,没谁能管得了我!所以,图南到处找旅游团询价,本来是想和鹿儿一起去澳大利亚,一个人费用两万四,可接受。可鹿儿不去了,他必须回去陪爸爸,这大概是他最后一个年了。图南叹口气。自己一个去就觉得太过奢侈,算了

第二十九章　自我放逐

吧。无非是不想独自在空荡荡的房子里过年，去哪里又有什么区别呢？忽然发现一个最便宜的出境游——越南，团费三千，玩一个多星期，太好了！

人民币与越南盾的比率差不多1∶3400，数着那么多零，数学盲的图南找到了亿万富豪的感觉，钱多到数不过来！但可玩的地方，似乎只有秀丽风景的下龙湾。

图南人在越南，时时刻刻关注国内新闻，疫情爆发了。1月22日，朝鲜关闭边境。1月23日，武汉封城。她心里惦记鹿儿，她买了三张流量卡，手机不离手，拼命地发语音、发信息给鹿儿，催他赶快回学校，晚了来不及了。鹿儿都是一副不情愿的样子。

"你准备什么时候回学校？"

"我爸说过完年再走。"

"别理你爸！他成事不足，败事有余！"

"我不敢走……他骂我……"

图南想，怎么让海鸿同意呢？

"那就来不及了，早点回去。读书要紧。"

"我爸说这是最后一个年了，他要好好过年。伯伯买了一整只猪呢。"

"过年，有什么好过的？和平常日子有什么区别？你告诉他，必须赶快走！晚了走不了了。"

"我爸就在我身边，他要说几句话。"手机里传来海鸿带着沙哑的"嘶嘶"声，图南半听半猜，听得八九不离十："你就是见不得我高兴是吧？好不容易和儿子在一起几天，就过个年，你就这么着急让他走？你到底安是什么心？"

"我还能安什么心？看你们高兴我就生气，是吧？随你怎么想！让他快走！"

"你这个恶毒的女人！"海鸿用尽力气，咆哮嘶吼。

"把电话给鹿儿：你订的票赶快申请退票，退不了，钱不要了。重新订，订今天的票回去！"

"你又不在家,我没带钥匙和签证,怎么走?"鹿儿委屈地问。

"下飞机坐机场大巴到家,找开锁公司,一般是一百五十元,这赶上过年,再多花些钱都行,钱不是事儿。给他看抽屉里的户口本身份证,拿身份证、签证再回机场,赶快走,不要耽误!"两次飞机间隔只要五个小时足够。

"可你不在家,我不愿意回去。我爸也说,过完年三十再走。"

"尽快订票,不要拖延,越快越好。"图南很急。

"妈,最快就是大年初一到F城的机票,初二出境回学校。"

"好吧,非要过年,三十过完就走吧!初一必须走,这时间我也回家了。我去机场接你。"剩下的时间就是等待。年三十上午从友谊关入境,这时海关已经要求戴口罩量体温了。中午,到了南宁的酒店,图南一直躺在床上,焦虑,紧张,睡不着。

除夕夜,冷冷清清的五星级酒店门可罗雀,冷冷清清的一座南宁城,路上不见人。图南不觉得饿,但看时间,两三顿饭都过了。觉得有必要吃点东西,不然眼前发黑更晕。在漫天焰火和鞭炮声中,图南看自己被路灯拉长孤单的影子,想着世间的繁华与喧嚣。放鞭炮,吃年夜饭,简简单单,这是幸福啊。只走一会儿,就筋疲力尽,她坐在马路牙子上,喘一会。她还记得自己几年前穿着破洞牛仔,和海鸿坐马路牙子上,吃烤串、喝啤酒,听他吹牛。那时候几天几夜不睡都不累,年轻真好。

走走停停,终于找到一家面馆,勉强吃了半碗。回酒店的时候,觉得有点力气了。打开手机,拜年的气息扑面而来。在别人眼里,自己一定是幸福的,可以满世界乱窜看风景。可谁又知道隐藏着多少孤寂落寞?

过年啦,庆祝一下吧,不是应该喝点酒吗?图南打开一听酒店的啤酒,一口气灌了下去。真凉!二十块钱一听,贵不贵?大年夜,除了半碗面,也只花了这二十块钱。

真冷啊!图南冻醒了。酒店没有厚被,只有薄薄的一张毯子。返回F城的飞机晚点,图南又经历了忐忑不安的抓狂。冷,还

第二十九章　自我放逐

是冷，图南冻得发抖，穿得严严实实，围巾、帽子、三层口罩、毛衣外套、风衣，里三层外三层，把所有的衣服都穿上了。这样子不像从亚热带的南宁回来，倒像是从寒温带的哈尔滨回来的。

回到F城了，好激动啊。出长乐机场要排长长的队，量体温。看着大家顺利通过，图南以为自己也会随大流出来，没想到，她体温高，被穿着防护服的医生拦下。

图南慌了，我没病！真的！我是跟着旅游团出来的，我老老实实的，哪里都没去！他们没事，我怎么会有事呢？他们都走了，我也可以走了呀！

医生递给她一个体温计，和蔼地说："别着急，你穿这么多，去那边，把衣服脱下来，再量量体温。"图南看到那边有几个人，看起来也是可疑分子，在重新量体温。

图南紧张的汗呼呼往出冒。她一件件地往下脱，是啊，太热了。虽然是冬天，可南方温度很高啊，再说了，哪里都有空调，自己穿得实在太多。脱到单衣单裤，不能再脱，风吹吹降温，量体温量到36.7℃，赶快拿着体温计，跑出来，我是正常的，可以放我走了。

图南戴上口罩，赶快一路跑着，上了机场大巴，才想起来风衣丢在量体温那里了，算了，都不要了。回到家里，来不及换鞋，光脚先拿酒精喷雾把自己彻底消毒，又拿了酒精喷雾、口罩、车钥匙，到车库开车返回机场接鹿儿，这是为了避免鹿儿与外界有接触的可能。再有一个多小时，鹿儿就到F城了。

望着远远张开双臂的鹿儿，图南大喊："不许动！"先拿着酒精喷雾把人从头到脚，连鞋底都喷到了，仔仔细细喷了两遍，又喷一遍行李箱，才开车带他回家。

到家很晚了，第二天早晨的飞机要送鹿儿走。北京一别到现在，分外想念，现在在一起却只有六个小时！晚上，两个人坐在长方形桌子远远的两端，吃了一顿最简单的挂面，图南看着鹿儿，万分不舍，泪流不止。

她睡不着。出来看，鹿儿也没关灯。

图南说:"儿子,早点睡!"

鹿儿说:"妈妈,我嗓子不舒服。睡不着。"说着,他咳嗽几声。

图南顿时大脑"嗡"的一下,手脚冰凉,她怕了,他爸爸家饮食一向肥甘厚腻,这几天,鹿儿夹在父母中间,又上了多少火,南北方温度相差太多,路上不知有没有被感染……图南赶快找了一些去火药、感冒药、抗生素,倒了一杯水,一股脑喂给鹿儿吃了,并告诉他,记住,这是你的水杯。

鹿儿一边看手机一边答应着,图南把在越南带回来的腰果给鹿儿吃。忙着做卫生,终于忙完了,图南才拿自己的杯子喝一口水,鹿儿惊叫一声,"妈,我错了!刚刚用了你的杯子喝水!"图南大发脾气:"水能乱喝吗?万一我生病了,传染给你怎么办?"

鹿儿静静地听着,不说话,做了错事,鹿儿一向如此。图南又觉得自己情绪太过激:"儿子,对不起。我是怕你被我传染。"鹿儿情绪很低落,图南知道两个人没病都没病,有病已经相互传染,反正也这样了,图南难过地说:"儿子,让妈妈看看你。"

说完,张开双臂,紧紧抱住儿子,高高大大的鹿儿也抱住了妈妈,母子两个这时候才紧紧拥抱在一起。儿子这么大了,可在图南心里,他永远是大哭着要妈妈的可怜孩子。明天,他就要走了,不知道什么时候才能再见!

"儿子,你放心睡吧。明早我叫你。"

"妈妈,我不舍得离开你。"

"儿子,我也不舍得你。"

图南每隔半小时就看一眼手机,夜很短。图南给鹿儿准备行李和礼物,这是给你的,这是送同学、送老师的……图南总担心会忘记什么物品,一遍一遍地查看。

凌晨,看着睡眼惺忪的鹿儿,图南很担心。

这是大年初二的清晨,天光未明,青烟似的晨雾没有散去,江水迷离,远山朦胧,深深浅浅的绿,含翠欲滴,景色纵然极美,又会有谁来欣赏呢?路上行驶的车辆极少。图南加着百倍的小心,专

第二十九章　自我放逐

心开车。希望一切顺利！

终于，看着鹿儿消失在安检的尽头，图南把车开到机场附近的海边，暗暗祷告："爸爸，你一定要保佑鹿儿，让他走！"

按照约定，鹿儿发来信息："妈妈，飞机起飞了。你要保重！"她双腿发软，扑通一声跪在沙滩上："爸爸，谢谢您！"

焦心地等鹿儿的第二条信息："刚下飞机，这是最后的航班，下一班的飞机停航了。"

图南看着手机，如释重负，长长地出了一口气。

只安心了一会儿，熟悉的感觉迎面袭来，冷得浑身发抖，接着又头昏脑涨的热，她明白，这是在发高烧。儿子一走，沉重的负担卸下来，很熟悉的路都开错，绕城一大圈，不管怎样，总算回到家。

紧接着，新冠病例感染者的行程出来了，自己途经的南宁机场，鹿儿途经的沈阳机场都有。她怕了，赶快向社区报告。社区回复是隔离十四天。

图南自觉按规定隔离，孤苦伶仃，无依无靠，又不敢走出家门。一天天地数着日子。胸口一直痛得厉害，每天都做溺水时无法呼吸的噩梦。对照一下，症状越来越像新冠。每天最常做的事是神经质的消毒。图南平时就喜欢消毒，家里总有很多大桶、小桶的酒精和84消毒液。正好，都用上了。

鹿儿在学校隔离。图南总想问鹿儿怎样了，担心会影响鹿儿的休息，怕他在睡觉，吵到他。总在纠结，什么时间视频更好。果然不出所料，他也在发烧。同样在隔离，但鹿儿毕竟年轻，康复快，两天退烧了，恢复健康。

整整一个星期，依然发烧，图南怕传染给邻居，不敢坐电梯上下楼，每天半夜没人的时候，爬十三楼上下倒消毒过的垃圾。楼梯灯是触摸式的，也不敢碰，摸黑走。电梯房的楼梯平时没有人走，是小动物们的天堂。会飞的蟑螂从耳边飞过，硕大的老鼠从脚面跃过，她极力压抑内心的恐惧，不曾尖叫。自己默背：艰苦斗争，不怕牺牲。排除万难，争取胜利！蟑螂、老鼠也有生命权，小动物有什么好怕的？

吃饭是个大问题，隔离期间，不知该吃什么，买菜麻烦，做饭麻烦，吃饭麻烦，洗碗麻烦。所以干脆把各种豆类米类统统扔到电饭锅里一起煮，煮完能吃很多很多天，一成不变，黑乎乎的杂粮粥连着吃一个月。吃到自己看着都恶心，不吃，饿得心慌，走路发飘。一吃就饱，经常一倒就是多半锅。吃东西是为了维持基本的生命。怀疑自己缺乏营养，一把一把的吃各种维生素、钙片。

她给自己打气，如果死在房间里，臭得熏到了邻居才会有人知道。这是教师公寓，大家来自五湖四海，过年都回家了。没人恐慌，要是人都回来，图南更觉得恐慌，不知道谁会带回来病毒。楼上的老师从湖北返回，她疑心病犯了，紧闭门窗，拉上窗帘，阳台都不敢去，无聊到每天躺在床上玩手机的时间高达十七八个小时。

幸好，还有网络。

海鸿发信息给她："二驴子，你真厉害，幸好，送儿子出去读书了，不然，在家一待就废了。他惰性太强，学习不够主动，走了好。"

图南"哼"了一声，你不说你没有远见，还不是因为我催儿子马上走，你翻脸跟翻书一样？海鸿一点声音都发不出来，不能说话了，只能打字，他的眼睛越来越差，看的东西有限，联系越来越少了。图南不知道自己还能不能再去关心他，这是别人的丈夫。

其实在孤独中隔离的图南也想问问海鸿，你怎么样了？生性孤傲的图南生气，你不肯说话吧，我也懒得和你说！她不愿意低头。

幸好，还有工作。通过微信、微博、QQ群和学生们联系，他们也很紧张，图南内心的慌乱慢慢减轻，她很高兴可以安慰别人。鼓励他们多读书，趁着在家的时候，多看点有益的书籍。

人要有善良宽容的胸怀，有坚强淡定、宠辱不惊的格局，这一切都是精神力量决定的。我要战胜自己的！强大，是自己给的。没有什么上帝，更没有什么救世主来拯救，图南一直这样给自己打气。

第三十章　劳燕分飞

2014 年 6 月 12 日　F 城

终于离婚了，程序简单。要写离婚协议，写离婚原因的时候，图南让海鸿写，海鸿不肯写，图南只好拿起笔，海鸿看着图南秉笔直书："因男方再三出轨、家暴而导致感情破裂……"海鸿马上夺过笔，勾勾抹抹改为"因双方个性不和"。他嫌页面脏乱，又要了一张协议书重新写。哼哼！图南冷笑了。个性不合？这倒是好理由。这是个筐，什么都可以往里装。反正只要离婚就行，你爱怎么写就怎么写。关于财产分配和孩子抚养，财产简单，三套房子都给鹿儿。

谁来抚养孩子？更简单，十八岁了，又要出国读书，这个就不用写了。可以自己独立了。海鸿显然没想和图南在办公大厅里大吵大闹。所以他忍气吞声按图南的意思写。

等着拍照的时候，海鸿试探着，轻轻地触摸了一下图南的手臂，"我们回家吧。"图南尖叫一声，"你别碰我！"旁边的人都吓了一跳，吃惊地看着他们。

"我错了！图南！"他看着图南说，眼里蓄满了泪水。

"我错了！图南！你再给我一次机会吧！"他眼泪掉了下来。

图南起身，摇摇头："晚了，已经给过你那么多机会，又怎样？我们结束了。"

这是图南有生以来，拍得最难看的一张照片。眼睛红肿得只剩下一条缝，蓬头垢面，皮肤浮肿，法令纹像是刀子刻的。穿着一件十几年前的居家旧衣。

红色的结婚证剪掉了一个角，变得残缺，正如两个人之间无可挽回的爱情，发绿的离婚证，图南麻木地接过自己的那张离婚证，转身就跑。海鸿忍不住红着眼睛，眼泪掉了下来。海鸿伸手想拉住她，图南躲开了，没有辨别方向就仓皇逃，跑出去很远。海鸿没能跟上她，图南蹲在草坪上，放声痛哭。她找不到家的方向。

吵架又吵得山崩地裂，图南大喊：

"你就是一个伪君子！你出轨、家暴，什么事是你做不出来的？"

"你又是什么好东西？你到处勾引人，你写的文章、博客、别人给你的留言，你说你干净吗？"海鸿倒打一耙。

"我哪里不干净？你拿证据给我啊。网上发表的文章，别人留个言，不是很正常的吗？我有你出轨的证据，你敢说那不是你吗？我发出来给全世界看！"他说的是阿钟，一个外国人，喜欢看图南的文章。他并没有过分的话，海鸿却在网上用图南的账号直接骂他。当时，阿钟并不知道是海鸿，他只是奇怪作者像变了一个人一样，不管怎样，骂人总是不对的。图南只好向阿钟道歉，骂人的不是自己。

图南觉得窝火："总是你在骂人，我替你道歉！"

"那你说，你被别的男人抱着很幸福吧？"

图南听了更愤怒："人是你领回家的，你那是什么朋友？朋友有这样做的吗？你人品卑劣无耻，你的朋友能好到哪里去？都是狐朋狗友！"

图南发疯了一样在房间里走来走去地转圈，大声尖叫着，光脚

第三十章 劳燕分飞

在地板上跺着，情绪失控，如火山般爆发，把手边的书本、水杯、眼镜、手表统统扔到地板上："二狗子！离婚！我一天也过不下去了！"

海鸿听她说离婚的次数太多了，早有了免疫力，他的办法就是一再拖延，每次都说："现在心情不好，说出的话不理智，哪天好好地聊聊。"依靠拖延活着，他以为很多事，都是这样拖着拖着，麻烦就烟消云散。就像以前要做家务杂事，拖着拖着，就不用做了。可对于图南来说，麻烦在不断积累，从微小的尘埃变成压在心里的沉甸甸一座大山，又如芒刺在背，每一天都在苦苦煎熬。她每天都在给自己打鸡血："人生实苦，他人是地狱。我要坚持到底！"

这件事不是心血来潮，图南已经考虑很久了。在海鸿查她电话的时候，回拨陌生的号码，让她在大学同学面前丢尽颜面，以至于她怕人笑话，没有了朋友；在他当着鹿儿的面破口大骂她是不要钱的婊子，极尽污蔑之词；在他深夜打电话骚扰图南父母，和他结婚那么久，自己父母这边没有尽到孝道，一直假装幸福，他都要残忍地戳穿。

在海鸿一面和那么多女人忘情私通，一面下狠手毒打图南的时候；在他打鹿儿，大骂儿子是贱人的时候；在他和图南无理取闹的时候，图南都把赚的钱交给他，显得图南花的每一分都是他的恩赐。图南早就明白，和他生活在一起，活得像他的一个奴隶。反正就这样了，结局还能更坏吗？

图南想：我要离开了。离开一个名义上的丈夫，我有什么好难过的？损失的是他，不是我。我没什么需要他的，无论是经济上、生活上、还是任何的地方。离开了二十年的痛苦，鸟笼中的监囚要自由飞。该为自己活着了。我法律上的丈夫，在你身边战战兢兢，这肯定不是幸福。我不知道有没有爱过你，爱到底是什么？我也不知道。但是我曾毫无杂质、全心全意地对待你。对你比对我自己好无数倍。在你身边，我没觉得有任何的荣耀，你没有带给我可以骄傲自豪的资本。相反，我为你感到难为情，我不愿和你在一起，为了避免尴尬和羞耻。"

前几次，海鸿都平静地打着太极，推脱等孩子高考结束，今天是高考后的第三天。现在终于没有了理由，他不再说话，木讷地看着图南。鹿儿高考后，不用再看书，海鸿让他尽情玩电脑游戏，说不休不眠玩够一假期，上大学以后就对电脑游戏免疫了。玩得眼前发花，恶心到快吐，海鸿都不允许他关机，每顿都主动把饭菜端到鹿儿的电脑桌上。所以鹿儿咬着牙艰苦地而麻木地点着鼠标。听到吵架声，鹿儿跑出来，瞪着发红的圆溜溜的眼睛，惊恐看着他们。

图南一把抓住海鸿，让他起床，他不肯起床，胸口被图南挠得一道一道的凸痕。最后无奈，海鸿还是起来了。图南拿起身份证、结婚证和户口本塞进包里，海鸿很不高兴。他一直咳嗽得很厉害，图南拿出止咳药，让他吃药片，他问是什么药，图南懒得解释，他直接吃了下去。

海鸿去拿车钥匙，打算开车出门，却被图南一把推出了家门。一定要打车，因为图南不确定海鸿会把车开到哪里："打车去！不要开车！"

连着两个的士司机看着图南情绪爆发，不停尖叫，都说，不知道在哪里办离婚手续，其中一个司机，还漫无目的地开车转了一圈闹市，停了下来，把他们放下，图南明知道不是，也只好跟着海鸿下车。他拉着她的手说："回家吧，你看连司机都不知道在哪里办离婚，这证明我们缘分未尽。"图南听了更生气："我和你有什么缘？孽缘！一切都到此结束！"

她冲到公路中间，把背包倒过来，身份证、结婚证、钱、钥匙撒落一地，来往的各种车喇叭都在尖叫着，在她前面停下，她跺着

第三十章 劳燕分飞

脚大声叫喊：

"你不答应离婚，我宁愿被车撞死！"

海鸿赶快捡起东西，放进她包里："好，好，我同意！我不能看你死在这里。"

终于等来了第三辆出租车，海鸿说："去金山办公大厅。"他知道！他什么都知道！图南更生气了。

离婚当晚，海鸿给海文打电话，哭了一夜。图南灌了一瓶白酒下去，灼热的液体顺着食道进入胃里，火烧火燎的痛。图南又是一天没吃东西，喝得太难受，吐了，接着大哭。鹿儿两个房间来回跑，倒水，盖被，喂吃的，照顾不懂事的爸爸妈妈。

第二夜，海鸿特别难过地问图南，你以后怎么打算？

图南咬着牙，恨恨地说，当然要找一个爱我的人，当年为你家省钱，连婚礼婚纱都没有。我一定要一个盛大而隆重的婚礼，要披上婚纱，做一个幸福的新娘。一定要比和你在一起幸福！海鸿沉默一会，说，我再也不会结婚了。

图南当然不相信，他所说的一切都是假的，从未真过。她断言，用不了半年，他身边会有新人出现，不过，这和自己没关系了。

虽然离婚了，但还住在一起，因为儿子很快就要离开出国读书，所以在一起最后的时间里，竟是室友般的情谊。期间，图南晕倒过一次，海鸿把图南抱到床上，还给她煮了两次稀饭。生病的时候很痛苦，直冒虚汗，海鸿焦急的样子让图南感动，毕竟夫妻一场。

鹿儿终于走了。看着鹿儿身影消失在安检处，图南虽然很不舍，但却有一种如释重负的感觉，再也不用伪装了。这么多年，太难了。

两人的离别倒计时。

海鸿表面上盼着回 L 城，心里却很难过，为了掩饰自己的感情，每天都看电视连续剧消磨时间。倒是图南表现出更多的依依不舍，每天一想起来就落泪。有什么好想的呢？离婚是自己要离的，他走了就走吧。天下没有不散的筵席。节哀顺变！图南对自己说。离婚是所有的痛苦累加的空难。离婚就是一场空难。一场空难背后，必然有二十九次轻微事故和三百起未遂先兆以及一千起事故隐患（海恩法则）。太累了，放手吧。

海鸿对图南说，爸爸要是不行了，我过去照看，现在父母不知道我们离婚，我可以替你尽份义务。"爸爸"？哦，是我的爸爸。公公是叫做"爹"。图南沉默不语，和弟弟燕声搞得那么僵，他愿意看到海鸿才怪。不过，谢谢他还有这份心。

图南知道要学着承担一切。以前总怕海鸿生气，压抑自己，什么事都不敢做主，现在可以按照自己想法做是件多幸福的事！振作起来吧！没有过不去的坎，没有走不了的路。

爸爸病很重，一夜只睡两个小时，够煎熬的。图南每天强装笑颜，在电话里给爸爸打气，希望他挺住，有力气来 F 城，图南会好好侍候爸爸，这样才问心无愧。

海鸿说了好几次请图南吃饭，然后不动地儿。图南也是赌气，说小气就小气吧，别说请我。其实是他馋了，旅店里无法煎炒烹炸，就是两个电饭锅，一锅饭一锅菜。他是挑剔惯了的人，怎么吃得下？

他生气了，你可以找大款天天吃大餐。图南说，大款不一定，但一定找个爱我的。他又说在一起就剩十天了，熬过这十天就走了。图南问，你熬什么呀？日子是用来煎熬的吗？现在就可以走啊。你走呀！你现在就走！海鸿急了，我们在一起的时间已经很短了，难道你就不珍惜吗？

第三十章　劳燕分飞

图南恨恨地说："过去的二十年都没珍惜过，这十天珍惜它有什么用，都已经这样了，就不要惺惺作态了，还装恩爱给谁看？你记住，我们是没任何关系的陌生人！"

海鸿叹口气："你就那么希望我离开？"

海鸿不再说话，在 F 城几年，没带图南和孩子出市玩，没有在饭店吃过饭。是对不起妻子孩子。

两个人吵归吵，可还是出门进了饭店，海鸿让图南点菜，图南问，你见过我点菜吗？上次我点菜是哪一年？你絮絮叨叨没完没了，说点的不对，应该怎样怎样，反正我做什么都做不好。我不好是吧，那你是怎么看上我的？我瞎了眼，你也瞎了吗？

海鸿强忍着听完图南连珠炮般的抱怨，没说话。

菜上来了，图南全然败坏自己淑女的形象，毫无愧疚，粗鲁地拿起啤酒瓶就嘴喝，用手抓排骨啃。边吃边流泪。你不是说我泼妇吗，就这样子，对吧？最后一顿饭了，以后的日子，不要记得我的好，我从来就没好过！

认识图南二十年，海鸿从来没见过她这样粗俗的举止，他惊呆了，眼珠一眨不眨地盯着。她有多恨自己！图南吃完了，他才动筷。

回来天很凉爽，肚子里有了食物，心情好多了。儿子已经离她远去，她的丈夫，不，前夫，他也会离她远去，她变成了孤家寡人。她内心是怕的，怕孤单怕冷眼怕黑夜。却偏偏要装出一副满不在乎大大咧咧的样子，她以为这样就不会伤害到自己。

这是她想要的孤单的自由吗？她想要的是一家人快快乐乐地过日子，他说他们说不到三句话就吵。是谁吵？每一句话都不落地，不争个上风绝不罢休。

现在，海鸿说，你就像我的左臂，平时用得不多，一旦离开，才知道砍掉了左臂有多痛。可图南说，你是我身上的恶性肿瘤，也许切下去会好，也许再也不会好了。

那天晚上，图南先到家，正要准备炒菜，他打来电话，说会很早回家，晚餐要吃饺子。然后，他坐在餐桌前，边抽烟边看图南包饺子，他聊起李勇的举报，人生的艰难，那一刻，图南把眼前所有的一切不快拂去，诚心诚意地对他说："好好过日子多好，就这样平平淡淡的，你要习惯在家，我们总还是幸福的一家人……"

他毫不犹豫，马上接着说："都是你不好好过……"

话音未落，图南已经愤怒得冒火。冲他大叫："我还没说你，你怎么又把污水往我身上泼？你不想好好说话就别说……你给我滚！吃什么吃？你滚出去！"

图南直接把面团、饺子馅，还有包完的饺子一股脑儿倾倒在垃圾箱里。"要不是你整天和狐朋狗友喝酒，也不会有这样的事！"

真是奇怪，为什么真有这样无耻的人，就是他，怎么能做到这样？不忠还有理由，对我那么残忍，却都是我不对？我怎么不好好过日子了？你油瓶倒了都不扶，谁不好好过？终于了解他，这应该是好事吧，每次都为他背黑锅，这次终于到头了。庆幸的是，我没死。不然，我死了，他会反咬一口说是我出轨。又是我的罪责。

他说的理论明明都是错误的，你是女人，你要在家里，你要相夫教子，你不需要有任何能力，你不用继续读书，也更不需要抛头露面，你有我已经足够了，可是，你给了我什么？除了给我涂上绿漆，你还给了我什么？图南继续尖叫。海鸿离开 F 城前，把家里的东西审视一圈，茶具、金笔……甚至他不喝的白咖啡都带走了。

图南怎么也想不通，当我是个蛮横不讲理高傲的小公主的时候，你低三下四地追着我，因为你不喜欢我穿漂亮衣服，不喜欢我化妆。我变成肯为你洗菜做羹汤的黄脸婆。当我终于褪尽稚气任

第三十章　劳燕分飞

性，成为一个尽职尽责的好母亲好妻子，变成驯良鸽子，你却看不起我，摧毁了我亲手打造的梦幻世界，颠覆了我对爱的信仰。到现在，仍然不知道哪里出了问题，只有漫长的等待，可一直没有回音，等到自己完全崩溃到放弃。婚都离了，你才告诉我，你错了！爱这东西，永远不在同一个频道上。

九月一日，开学的第一天。早晨。图南大喊："儿子，吃饭了！我心情不好，快哄我！"终于发现哪里不对了——图南只剩下了自己。鹿儿提前十多天就出国了，去大洋彼岸读书，他的人生刚刚起航。

孩子长大了，本该远走高飞的。海鸿也要离开了。他依旧叫图南"老婆"，说，我养你，赚的钱都给你。房子让你爸妈过来陪你住。我等你回心转意的那一天。

说得好听。都是假的！

接着，海鸿也走了。他开车一路向北，越走越远。鹿儿他今晚住哪里？学校开学了，他自己不住酒店了吧？上班了，该相见的都该相见了。别人怎样看待我？

一个教授因为涉嫌论文抄袭被开除，所以，老婆和他离婚了。面对种种谣言和压力，图南早有心理准备，管别人怎么说，我就是我！犯不着解释。可不管是面对别人诚挚的关心问候，还是面对别人幸灾乐祸的嘲讽，都是巨大的压力，虽说早有心理准备，可还是手脚冰凉，惊恐万状。

上班了，该来的都来了。鹿儿回复："我很好，提前到了学校，已经住了宿舍。"

这天，图南躲在办公室里，中午没去吃饭，心情起起落落，大哭几回，终于挨到下班时间。

图南早晨、中午都没吃东西，直到晚上六点半走出办公室，在学校食堂喝了半碗粥。慢慢走回旅店，她太虚弱了，非常疲劳。他们都走了，退一间房。海鸿一共打了七八个电话。儿子也打了三个电话回来。他们都在安慰她。

鹿儿忽然问："妈妈，是不是我不听话，你就不要我了？"

图南奇怪地说："你怎么会这么想？我要啊。"

"可你说不要爸爸，就不要了。也许哪一天，你也不要我了。"

"你们两个不一样，你是儿子，在成长过程中允许犯错，他是丈夫，是大人，他要为自己所做的事情负责，他犯了不能原谅的错。"

"妈妈，你知道吗？今天我特别想你。"

"为什么？"

"一天没喝水，看到梨，想着甜甜汁水很多，想吃……可我不会削皮。然后……眼泪就掉下来。"

人啊，不失去哪里知道拥有的珍贵？图南好气又好笑："你们都不肯吃水果，总是我削好皮，切成块。你们可倒好，手都不伸一下。还得哄着张嘴，喂你们吃。现在念着我的好了？"

一路走来，都是离别，走到最后都是一人。她又在安慰自己，天下没有不散的筵席。

回来把所有的灯都打开，一直点到天亮，图南怕黑。图南又怕亮。窗帘常年拉着，她打开空调，躺在床上，盖着厚厚的被子。

图南拒绝了阿钟的好意，以为他不会再联系，没想到，打开微信，都是他的信息。他要图南电话，图南犹豫一下，还是给他了。他说孩子有什么事情可以找他，这句话打动了她，为儿子，图南不会放弃任何一个机会。

第三十章　劳燕分飞

　　海鸿QQ留言很多行，这家伙平时懒得打字，写电报一样，惜字如金。写了这么多重复的废话，居然是我等你，我爱你！不管何时何地，我心里只有你。图南心想，现在……已经太晚了。

　　这一天是很煎熬的一天。只要想起，图南就心痛大哭，还好终于过去了。不管怎么难过，都会过去的。

　　晚上，大嫂打来电话安慰图南，这是海鸿为她安排的。他请大哥大嫂多多关照，帮忙搬家，大嫂哭着问，你们到底怎么了？看着好好的怎么忽然就离了？图南叹口气，说，大嫂，你不知道内情，很多话不足以为外人道，我再也撑不下去了，离了也好。大嫂说，过两天我来看看你。图南说，你忙吧，我还好。

　　如果说是命运的作弄，图南相信。当年我们也曾耳鬓厮磨，山盟海誓，如今却变成形如路人。

　　他们离开后的日子，图南觉得无所适从，做什么呢？忙碌的钟摆忽然停顿下来，就像无风的黑夜，覆盖一片白雪的苍凉死寂，连个回声都没有。都是无声也还好，偶尔听到冰箱发疯般神经质，忽然"轰"的一声启动，楼上物品"啪"的一声掉落，还有一些莫名其妙，什么弹珠滚动、水管轰鸣的声音，这些平时听不到的声响竟然如此巨大，图南总是惊恐不安。不能听电话铃声、开门音，这会让她误以为他们回来了。

　　她不想见人，见人总想躲，自动屏蔽掉自己和海鸿都认识的朋友同事老乡，不想听别人善意的关切话语，更听不得好奇的询问。

　　经常一天说不了一句话，从前一目十行，现在一行十目，麻木地瞪着一串串字符，却读不出任何含义。最爱的书居然读不下去了。她很奇怪，以前总抱怨没时间静下来读书，可现在整日整夜望着天花板怔怔发呆。没觉睡没事干，懒得翻身，一个姿势到天亮。口渴得厉害，眼睁睁地瞪着水杯离自己只有三五米远，却无力起身，只能用眼睛喝水。神经一直麻木不仁，痴痴呆呆，最痛苦绝望的日子里一切都是灰暗的。寂寞久了就不叫寂寞，叫习惯。

不是应该觉得非常轻松吗？不用每天早起晚睡，不用听谁的催促唠叨，不是可以肆无忌惮，为所欲为吗？她没想到自己失去了早已放弃的婚姻，竟然还这么剜心剔骨地痛，她高估了自己对痛苦的忍受力。

你凝视深渊，深渊也在凝视你。

过了这段时间，图南就变成另一个海鸿，彻底放飞了自我。生活没有规律，每天可以不吃饭，却不能不喝酒，喝什么酒都好，喝得晕乎乎的。海鸿剩下的烟，图南学着抽。安眠药用酒送到肚子里，醺醺然，脑袋木木的，就算睡不着，也什么都不用想，因为什么都想不起来——也挺好的。

大嫂守在门外等图南很久了，给图南带来了阳阳寄来的广东月饼，阳阳在广州找了工作。大嫂说，他们很快要过去和孩子在一起，你要照顾好自己。你看看自己都憔悴到什么样儿了？

图南说，"你说我该怎么活？"大嫂流着泪，说，"海鸿会回来，跪在你脚下，求你原谅，你给他个机会吧！"

图南摇摇头，说："缘分已尽，我不会再给他机会了。"

"他是聪明人，不会总做傻事。"大嫂劝他。

"你知道我原谅他多少次了吗？我已经不需要他了。"图南斩钉截铁地说。

大嫂一直问，我能为你做点什么？

图南说，"他们都走了，我自己对什么都不需要了。不用考虑吃喝，有食堂呢。不需要再手洗衣服了，有洗衣机。"

一夜只有三四个小时的睡眠，图南头晕脑涨，像鬼魂一样飘来

第三十章 劳燕分飞

飘去,她一直不敢照镜子,怕看到黑黑的眼圈,憔悴的自己。想干什么就干什么,不是很幸福吗?再没人打扰了。可以看书写文章,怎么会无聊?慢慢地捡回来了书,视力却骤然下降,经常有一片片铅色的云朵在眼前飘来飘去,伸手去抓,却抓不到。满脑子的奇思妙想:奇怪了,锻炼身体可以使身体越来越好,锻炼眼睛,为什么却越用越坏?

第三十一章　涅槃重生

这是他们离开的第一个中秋节。自己在家快发霉变臭了，图南百无聊赖，决定去湄洲岛看海，用新鲜的游历覆盖旧时光。她不做攻略，完全不带大脑地任意而行，走到哪里都问路，反正找得到。

上了车，出了莆田汽车站，问路，一大姐说："我不熟，你问他。"把图南介绍一大哥，图南问洗手间，他带图南去，还细心地说要锁门，并告诉图南坐哪辆车。卖票的女孩双手的虎口文了蜘蛛的文身。图南问是什么含义，她说好玩。看图南一人出来玩，她也很好奇。图南用婴儿般新奇的眼光打量着这个世界。

到了文甲码头，排队买船票的时候，问排在前面的男孩返回的船最晚几点。男孩是岛上的居民，为图南买了船票。图南拿钱还他，他摇头不收，还送给图南三两枝桂圆吃，上面有好多果子，桂圆好甜。他质朴无华，很高很黑，脸上棱角分明。图南知道他是好人，也喜欢他，却远远地躲避，对男人有根深蒂固的戒心，更不会和人沟通。

上了船，看金色阳光洒在蔚蓝的海面上，海面波光粼粼，看云霞与孤鹜齐飞，绚丽多彩，图南连连感叹，请一女孩帮拍照，多聊了几句，她也问图南为什么中秋节一个人上岛旅游。

图南给她讲一个甜蜜而忧伤的爱情故事，我爱上湄洲岛的一个人，他有妻子孩子，而我来到他的家乡，就是看他生活过的地方，感受他成长的经历。我就要离开他了。来到这里，是为了说再见。

第三十一章　涅槃重生

她很惊奇，他爱他妻子吗？

图南说，当然爱。

他爱你吗？当然也爱。

女孩不明白了，怎么可能同时爱两个人？

爱的形式不同。爱是一段一段的。

图南在说服她的同时，也在说服自己。他爱我，也爱很多人。这世界这么大，什么样的爱情故事不会发生呢？

图南说，夫妻在一起久了，是身体不可分割的一部分，平时或许不在意，可一旦失去，就像失去双臂，截肢会痛。家庭是平淡生活的港湾，是寄托，是梦想，失去了，就像一株浮萍，无依无靠。

女孩是在校大学生，讲起了她的故事，女孩和图南的学生们一样对生活充满梦想，人生壮美画卷正在她面前徐徐展开。

图南天生就是一个讲故事的人。从小她就喜欢给同伴讲故事，她坚信她的故事一定是真实存在的，真的有一个女人爱上了有妇之夫，爱得卑微而痛苦，爱得无怨无悔，为了他的家庭，她最后还是离开了他。他的妻子被保护得很好，对他们的爱情茫然无知，她依然还是那个快乐幸福的女人。讲着讲着，她流下泪，她不知道自己变成了谁。女孩很可爱，她长大了也许会懂吧。或者，她更加幸福地永远都不懂。

以后的路，有谁知道呢？接下来的生活只想轻松地活着。想来想去，无法可想。放弃F城吗？可天大地大，她又能去哪里呢？

图南想着想着睡着了，凌晨就有鞭炮放，看来岛上传统的东西很多。却又觉得和自己毫无干系，翻个身又睡了。

几年了，难得一觉到天亮。没有梦，没有失眠。

湄洲岛有香火很盛的妈祖庙。图南想起沈阳天后宫是中国最北端的妈祖庙。妈祖信仰，纵横南北，已经流传海外。妈祖是一位善良无私、慈爱勇敢的伟大女性代表，亦是一种海洋文化的精神象征。在中国这个男权社会，特别是重男轻女的海岛，能够出现这样一位伟大的女性，千百年来赢得人们的尊崇爱戴，不能不说是一个奇迹。一路之上,都是迷人的自然景观,还有可爱的湄洲女盘着帆船头、穿着"妈祖装"。可男性也好,女性也罢,都应该是善良真诚的,人类所有的美好情感本来就是相通呀!

在金色的沙滩上,遇到厦门来的家庭旅游团,他们兴高采烈,帮图南拍照,一波一波的人来了又走,最后沙滩上只留下图南一个人,他们的目光里有怀疑、惊奇不解,图南的心有谁能懂?孤单的快乐不是谁都懂的。

阖家团聚的中秋,不一样的过法。听马达的突突声,听潮水哗哗声,看海上航行的船。看一条条白龙般的潮去潮来,瞬间生成,瞬间消失。世间万物都如潮水,生生不息,永生不灭。一路风景美不胜收,误入养虾场,里面的老伯热情地给她看晶莹透明、活蹦乱跳的大虾。一路走下去看野花野草,看香蕉树,看坟墓,看老房子,看黑羊,看妈祖的遗迹,一直到走不动为止。图南扑倒在沙滩上,望着悠悠白云,这是她一个人的世界。

又回到码头,乘坐下午两点的船。

到F城已七点半,天色已晚,没有打到车,只好乘坐电摩。那个人看起来很凶的样子,他开得飞快,超过汽车的速度。

图南吓得快哭了,"你慢点,我怕!"他还说不快。想想要到大学城,地处偏僻,有点荒凉,传说中出了很多事故,图南怕得发抖。这时候才后悔。还好看到公共汽车,图南问他这车是到大学城吧?他还说不到。不到?我好像见过。

图南说你停下来,我要看看,记得公车是到学校的,原说多少钱给你多少钱就是。他不情愿地停下来,图南看着站牌,果然到。她决定坐公共汽车回去。给了电摩司机原来说好的三十元,坐拥挤的公交车回来更安全,房东惊奇地看她背着旅行包回来,他习惯了图南大门不出二门不迈。图南没打招呼,赶快跑回房间。

图南的神经还处于亢奋中。一天只吃三块小月饼,喝了一小瓶可乐。活动量大真好,太饿了。家里没什么可吃的。只找到三个生鸡蛋,煮熟了,却不想吃东西了。什么时候科学家能发明出一种药

第三十一章　涅槃重生

丸，包括维持生命机能的各种营养，一天一粒，不，一个月一粒，那样就好。能省下多少做饭吃饭的时间啊！

出去走走太好了，至少睡了一个安稳觉。从此，她胆子慢慢变大，爱上了这种没有计划的旅游。熬过那段最孤独的日子，能够给自己找乐趣，图南算是走出来了。

图南才发现，世界是这般美好。离开了他，她也可以美好如初。其实他说的爱她到永远，只是初恋时疯狂爱恋的情绪，他没有骗她，爱本来就是琉璃易碎，彩云易散，而图南却真的以为会到永远。

下班了，同事都匆忙而去，曾几何时，图南也是如此。给丈夫孩子做热气腾腾的饭菜，充满烟火气的家，多好啊！

准备了书展的书，同事田青帮倒忙捣乱。似乎每个大学都会有一两个这样的人。她经常来指手画脚"指导"工作。放的书被她搬来搬去。图南有点恼火但也无可奈何，有时候看着她疯疯癫癫的样子，就想，是不是有一天，我也会像她一样精神分裂？

写稿子，网页跳出一个链接，小三被原配当街殴打。有个网友提问题：为什么小三打不过原配？答案是气虚。图南忍不住哈哈大笑。当然，破坏别人的家庭肯定没那么理直气壮，心怀内疚应该是有的。可是如果没有男人的配合，能成功才怪呢，这是再正常不过。婚姻中出了问题，即使没有此小三，还有彼小三。可人生漫漫，哪个家庭不出问题？图南觉得自己这么有素质的人，和在道义上已经失去立场的小三大吵大闹，太失水准了。

我和小三可以成为好朋友，一起讨论那个男人。还有比这更好玩的吗？

爱情没有了，亲情还在；激情没有了，温情还在。家庭不能瓦解，但可以追求一份默契和理解吧。就算男人和小三结了婚，激情褪去，还不是平平淡淡的柴米油盐酱醋茶？这个男人，我不要了，送给你！图南胸襟坦荡地说。

和以寒约好，一起过双十一"光棍节"，反正闲着也是闲着。

图南说，我请你吃饭吧。非常好奇地想看看她，以寒也是如此。她很痛快地答应了，不相干的两个女人因一个男人莫名其妙地联系在一起。

在约定的地点，图南看着以寒走来，想都没想，直觉断定就是她。两个人相互打量着。以寒身高比自己高一点儿，短发，穿着休闲舒适，发育得很好，表面上一脸青春的清爽酷帅，有着年少不羁的气质。内心却敏感脆弱，是一个要费心费力去哄的小女孩，没那么省心。海鸿应该比较辛苦，这并不是他喜欢的类型。图南暗暗地叹口气。

其实，以寒见过图南的，图南代过课。但她没有仔细看。就算穿着一样，讲台上的老师与生活中普通人看起来也是不一样的。既是意料之中，又是意料之外。她内心中觉得图南是一个很好相处的人，瘦削的身材，长发，长裙，非常女性化，看起来知性温柔，气质还好，不像海鸿说的那样刁蛮不讲理，并不是他嘴里的泼妇。

图南请以寒吃饭，她有点不好意思，图南说我比你大，应该的。以寒起身去买了包装极精致的酸奶。看着大度豁达的图南有点惭愧，气势自然处于下风，但图南内心是平静的，她也只是一个孩子啊。小自己二十岁的孩子，图南似乎什么委屈都能咽得下，并没有出言羞辱她，以寒更加羞愧了。两人一起吃饭，一起逛街，谈笑风生，就像是多年的好友，讲起学校里的见闻。

图南真的不恨这个年轻的女孩，也不恨海鸿，发生的所有事都不过是过眼云烟。这些年过下来，她对爱情的狂热敌不过他的满盘算计，男人在恋爱婚姻中的核心利益面前，感情价值几何？自己只不过是最适合结婚的那个。在一起时间久了，或多或少会有点感情在里面，是哪种感情就很难说了。但他话里话外，让每一个女人都觉得，图南不堪到配不上他。

早晨下公交车，那只毛发依稀看起来是白色的流浪狗又围着图南兜圈子，它的乳房是黑紫色的，一定是哺乳期的妈妈。图南把早餐的四块小蛋糕都喂给了她，它狼吞虎咽地吃下去，急急地跑远。

第三十一章　涅槃重生

是回家喂宝宝去了吧？图南想，我是不是就像这只小狗一样？无家可依？可怜的生命都是一样可怜。某种程度上说，我还不如这只小狗。它还有孩子在身边。唉！人爱孩子和动物爱孩子这种感情是相似的。爱孩子就给他空间，让他展翅飞翔。儿子，怎样了呢？语音还是视频？他喜欢赖床，早晨的时间总不够用。算了，别打扰他了。图南把手机又放回背包里。

　　图南想起婆婆以前找人给自己算过命，算命的说图南老了十分悲惨，穷困潦倒。婆婆脸色不太好，说要按算命说的做，大过年的，让图南独自在小黑屋里躲灾星。图南当笑话听，算命的话也能听？！小黑屋不可怕，不能放鞭炮，外面的热闹没自己的份，这才是最要命的。她嘲讽地对海鸿说，你妈真是没事闲着，算我的命干吗，要算应该算你的。你好，我当然好了；你要是不好，我当然穷困潦倒啦！

　　海鸿对图南的话不以为然，但他还是尽力哄图南，让她乖乖地在小黑屋里自己睡了一觉。他守在门外，到了时间叫醒图南。

　　其实他们抽过签，算过命的。两个人读书时逃课跑出去玩，在S城的太清宫，图南好奇抽了一个签："桃李谢春风，西飞又复东；家中无意绪，船在波涛中。"这是一个下下签，寓意浅显，不需要解签就能知道含义。图南不信命，但她还要去算。好了不信，不好也不信。嗤之以鼻，还哀叹手气太差。一首小诗能预示我们两个人的命运，简直是胡说八道！我们相亲相爱永不分离，前途当然是美好的！但她还是记住了这个签。

　　海鸿记得那次算的命，多次对鹿儿说，你长大以后，要对你妈妈好点，要孝顺她，她这辈子最爱的是你。另外呢，她是女的，你是男的，你要保护她。图南听着有点感动。如今那些感动呢？早已经烟消云散了吧。

　　时间那么多，总是要消磨掉的。图南无聊的时候蹲在草地上，看大蚂蚁搬家，它们的个头很大，一队队黑黑壮壮的，雄赳赳气昂昂，仅仅几分钟的时间，它们就从图南的脚上爬到腿上，图南赶快跺脚抖腿，已经来不及了。毒蚂蚁！登时红肿一大块，伤口中心还有点透明的液体，又痛又痒。足足两三个星期才平复，留下色素沉淀。图南把照片发在家庭群里，弟弟燕声笑话她："你都多大了，还玩蚂蚁？"

图南说："小时候没玩着的东西总有着极大的吸引力。你知道吗？我没见过萤火虫，还想哪天在夏日的夜晚，自己开车到郊区去看看萤火虫呢。可是很多年过去了，总是在冬天想起来要看夏天的萤火虫。"

燕声说："二姐，你小时候比我还淘气。你已经玩得不少了。"是啊，被父母锁在家里的孩子，难得跑出去玩，图南和燕声抓了上百只小青蛙，它们刚刚变成青蛙不久，还没有鹌鹑蛋大，拿回家放在鞋盒子里，半夜逃出来，跳进姐姐晓晖的被窝里，晓晖胆小，吓得缩成一团，哇哇直哭。还抓过出生不久的小老鼠养，长大了，到处啃衣服和食物。妈妈很奇怪，住楼房，家里怎么会有老鼠？他们还养过蛇、乌龟，图南当时自己都觉得应该去学动物科学专业，一定会很有意思吧。可是，现在懂得多就怕了，老鼠会传播黑死病，哪里还敢用手抓？看它们的眼光，也不再是小可爱了。

想想也是，从小看不到外面的世界，不会跳皮筋，不会打沙袋，不擅于与人接触。就算是现在，假期回到 S 城，晚上八点半妈妈就会打电话让她回家，她被同学笑话："你多大了？还要你妈看着你。"图南有时候想，是不是自己太容易被操纵，才造成后来的婚姻不幸？

现在，图南终于找到了自由自在的感觉。她的世界回归悠然恬静，心无挂碍。

这样真好。消遣地看一点新闻，按时吃饭，按时睡觉，尽管听到异响会恐慌，心跳加速，浑身突突。但还是活得自然真实。她只盼望手机响起，听见儿子的声音。

儿子对自己的学校不满意，有时会抱怨。图南不客气地问，专

第三十一章　涅槃重生

业排名怎样？第一吗？你是第一，就是老大，就可以说学校庙小，放不下你这样的学霸；如果不是第一，你根本没有资格说学校不好！什么时候第一了，再来抱怨！

高考后，很多学生都觉得自己应该去一所更好的学校，这是通病。抱怨学校不好的，通常是眼高手低、能力不足却好高骛远。

图南了解到，几所鹿儿想去的学校只要通过考试，就可以转学，只是考题比较难。图南问鹿儿，你好好想想，要不要改专业？想转学的那些学校，就按考试科目准备笔试、面试就行。

鹿儿说只要能转学，就不怕考试。图南知道鹿儿极热爱考试，她把学校专业研究清楚，等到考试时间快到了，让鹿儿报名。可鹿儿又说已经进了前两名，说，我学的专业是这所大学最好的专业，校长说我成绩前三可以做他的研究生，五年可以拿硕士学位。他又不想转学了。图南说，在你不喜欢的学校，你还要继续读研？鹿儿说，那就毕业后再去更好的学校读研究生。

耗费了时间、精力、金钱的结果，就是图南自己又热热闹闹地精研一遍名校和名专业。

发呆之余，打开冰箱找食品的时候，常常想起这是鹿儿爱吃的，这是海鸿爱吃的。她不知道自己爱吃什么，所以，只是看看，就关上了冰箱门。食物放坏了，再扔出去。

想起有一次，让海鸿去超市买菜，他垂头丧气，两手空空地回来了——因为不知道买什么。图南气得大骂，买个菜有那么难吗？你脑子有病吧？你真的进去走一圈了吗？当时无法理解，现在她懂一点了。真的不知道吃什么。图南同样也会在市场走一圈，空手而归。还是啃啃放在桌边的饼干面包省事啊！

晚上的雨，细细密密，烟雾笼罩，室内潮湿无比，似乎能催生出无数的小蘑菇，仿佛抓一把空气，随手一绞就能滴下水来。这样的雨夜很容易让人沉睡。可图南躺在床上，听着雨打芭蕉淅淅沥沥演奏的古琴曲，依然清醒。

海鸿的 QQ 头像在跳闪：

2014 年 11 月 13 日
海鸿 你怎么样？
图南 还好。
海鸿 没有聊的？
海鸿 不愿在那里，就回来吧。公司需要人，正在招聘。
图南 我还好，你不回来了？
海鸿 不知道。
图南 今天，铁哥给我打电话，说你被开除了。
海鸿 给我打电话，我没接。
图南 嗯。
海鸿 结果都一样。
图南 你好好保重。
海鸿 只能这样了。
海鸿 一下子什么都没了，重新开始吧。
图南 嗯。
图南 没关系。
图南 你只要努力，一定都能成功。我知道你行。
海鸿 你没事吧？
图南 每天都在上班。
海鸿 既然开除，肯定就这样了。和你没关系，有事让他们找我。
图南 哦。
海鸿 妈很关心我。
图南 嗯。
海鸿 妈要哥买房子，跟我一起住。
图南 好啊。
图南 有她照顾。
海鸿 就是孤独。
海鸿 没人说话。
图南 反正你一直话不多。以前也很少和我说话。

第三十一章　涅槃重生

海鸿　为了活着吧。
图南　那你好好活着。
海鸿　我不知说什么，回来吧。别人都不可信，你好歹是原配的，妈念叨让你回来。

不听话的眼泪又流下来，对这个男人，让人又恨又爱。他曾是她的唯一。可又那么残忍地伤害她。

第二天，海鸿的电话让图南更难过，他终于说出来了，他要是回来，能不能进家门？图南真的没考虑好。两个人的分歧没有解决，回来过怎样的生活？继续鸡飞狗跳？还是怀念比较好。孤独终老也不错。

以前曾梦想背上行囊，独自旅行。儿子听后生气了，说："你怎么那么不负责任？"现在儿子告诉图南，去做自己想做的事。

准备搬家，家？那只是房子，他们都不在，一个人的家，哪里是家？把东西搬到刚刚装修好的房子里。旅店续签三个月，房子要散味。出差开会，好像比较忙，真好。忙起来真是好，总比躺在床上胡思乱想要好。

电话响了，海鸿又让图南回 L 城，又搬出了婆婆，图南正在心烦意乱。他说他一直很努力，总想让老婆孩子以他为傲，可是，很抱歉，还是失败。对不起！他在道歉？他喝很多酒了。图南听出他的酩酊醉意。他要是不喝多，说不出来这话。酒精真好，能让人无意识地说真话。他幽怨地低喊：你休了我。你休了我！

图南心里有点凄惨，也有欣慰，你孤单的时候，终于想到了我。喝多了，吐了吗？一定很难受吧？不知道谁在他身边照顾他？有温度恰好的牛奶吗？有不大不小均匀的面疙瘩汤吗？

南北窗户同时开着，咣当！两个房间的门都被风刮得关上了，冲力太大，带着门框一起歪了，这装修，也真是够可以的。图南叹口气，只要门不掉下来，都不是问题。

自恃各方面不输于人，却不能维系一个家庭，不能让丈夫为她全心全意。手里有那么可爱的儿子做王牌，与丈夫家关系还算融洽，有这么好的牌，却还是失败。图南又叹口气。人生就像打牌，输了这一局没什么。愿赌服输，洗牌重来。

爱过一个男人，爱他的方式就是永远地等他，从清晨到黄昏，再到深夜，让等待成为生命中唯一的惊喜和失落。苦苦地等，哀哀地等，忘记了自尊，忘记了自傲，女人就像一个提线木偶一般被洗了脑，以等他为荣。等待手机响起，等待他的声音，等待他发来的每一个字，这样的人生，愚不可及。这绝不是真正的爱。

图南逛街、网购，买了很多衣服，把自己打扮得漂漂亮亮，尝试各种造型，告诉自己依然年轻美丽，把节省下来的钱花出去，花钱的感觉真是好啊。心安稳很多，能睡着了。但还是不愿见人，特别是不想见半生不熟的人。感恩，门外鸟语花香，秋雨连绵，恢恢的宋词里的景物。本来图南最痛恨的天气，现在竟然是如此美好。穿得像北极熊一样臃肿，不再那么怕冷。远离那些负能量的人。梅说图南状态很好。是的，换了新的办公室，远离了嘈杂的人群，图南越来越喜欢这里。

为了不让妈妈和儿子牵挂，图南强忍着吃很多东西，胃涨，不舒服。家里的房子太不隔音了。隔壁房间的说话声，总是吓图南一跳。听着隔壁的噪声起床，洗漱，去学校食堂。图南特意买了肉包子给狗妈妈，只听她的叫声，却找不到。不知道她有没有吃的。今天的凌晨多睡了一个小时，立刻觉得世界变得美丽明亮，心情也好起来。好久没给妈妈打电话，趁着心情好，赶快打一个。肯定是这样，老妈会唠叨个没完，果然她一个劲地嘱咐。图南对鹿儿又何尝不是如此。天下的妈妈都是一样的。

下午看医生，明显感觉自己正常了很多，今天没哭，是个进步。看到一家三口带小孩，耳畔响起：儿子，等你有家，让你妈给你洗衣做饭带孩子。海鸿对儿子表达爱就是让你妈帮你干活。这是他的一贯风格。眼泪打圈圈，告诉自己不哭不哭，忍住。

孤单的图南在茫然，也许她的宿命该如此？不，要好起来，像

第三十一章　涅槃重生

个正常人。要努力。昨晚没吃药就睡着了，可是凌晨两点又被吓醒，惊恐万分。爬起来吃药，接着睡，奇怪的是居然睡着了。梦见海鸿，应该是天天都梦到。临睡前他跟图南通电话，他的嘴又忽然变得很甜，说那么多甜言蜜语，还是希望她回去，他说自己连饭都没得吃，变得很瘦，苗条极了。妹妹荷芳瞧不起自己，他有点沮丧地说着，他在做市场营销，其实，这是图南你最擅长的方面，这些课程你都教过，而且，你善良、有亲和力，大家都喜欢你。你有能力把书本上的内容转化为实践，应该离开学校做企业，你是最合适的人选。

喜欢我？胡说！连你都没喜欢过我，图南心想。除了同情可怜他，心里没有太多的感情了。她不可能跟他在一起了。他是可怕的黑洞，吸收一切能量，她只是白白牺牲。他也许会被感动，然而，他却不会改变。

她已经不爱他了。如果说以前还不能确定，现在她觉得这好像是真的。真的吗？又开始纠缠。也想他，这几天，好像离他很遥远了。他会渐渐退出她的生活吗？这是真实的，还是梦境？

图南睡了很久，吃了很多，拼命忘记所有的一切，最想忘的就是海鸿，不是她绝情，是即使她为他而死，他也不会改变丝毫。曾经飞蛾扑火的热情和狂热，最后不过是气息奄奄，苟延残喘。

志远又出现了。又一个说爱她的。

图南对志远说："我喜欢的类型不是你这样年轻、容易冲动的，我只喜欢成熟稳重的。"

志远说："这不公平！我年龄阅历都不够，没法做到你想要的成熟，你不能这样要求我！"

图南说："我有要求的权利！"

他在说什么呢？转来转去的车轱辘话，真无聊！图南挂了手机。

我不会再被任何人牵着鼻子走了。这是个噩梦，不能理他，我知道。图南嘟囔着。他会是更可怕的人。这么久的纠缠不休，一个人的爱若没有理智，不能答应他任何事。是不是镇定药吃多了？

困，注意力集中不起来。不过不会莫名流泪了。眼睛涩涩的，但哭不出来。慢慢地恢复吧。

　　不放心鹿儿，也不放心海鸿，心分成几瓣，每一瓣都有牵挂。想当年的爱有多纯粹。一心一意对海鸿，可是却变成了这个样子。虽然是受害者，但自己要负怎样的责任，还没想明白。毫无保留地把自己交给一个人，就已经把自己置于受伤害的境地，爱情不是简单相处，也许需要些心机。但图南还是不知道该怎么改变。

　　人生有缺憾是正常的。以前曾有过追求完美，曾以为美丽的东西都是美好的，可是美丽的蘑菇往往是有毒的。

　　梅和图南聊了好久，她说就是你宠坏了海鸿。好吧，图南承认，我会宠坏每一个我爱的人，无论和谁一起生活，都会无原则地宠爱他，就是宁愿自己吃苦挨累，也不舍得让爱的人吃苦挨累。梅说，你大包大揽，把他照顾得无微不至，饭来张口，衣来伸手，家里不用管，孩子不用管，论文帮他写，课帮他上，无处释放的精力也只好去出轨了。你照顾人，把人照顾到瘫痪、生活不能自理。这样是不对的。图南不禁有点疑惑：这也是出轨的理由？

　　本来模糊的记忆又慢慢浮现。见鬼！怎么又梦到海鸿了，还是那么暴躁，总是在生气。为了提高鹿儿的阅读水平，图南给他买了一些文学杂志，梦见海鸿又对鹿儿大打出手。他禁止孩子看课外书。十多年的共同生活使图南也日趋暴戾，惊恐不安。

　　继续疗伤中……尽管孤单寂寞，但还是很开心可以自由呼吸，时刻提醒自己：不管对谁，要有平稳低缓的语气，和蔼可亲的态度，不能尖叫。这是婚姻给图南上的一堂课。

　　和鹿儿语音，听他那边的声音，依然感动，过去浮现，栩栩如生。我的鹿儿还在身边。对儿子说有人对我好，妈妈也有人追。经常有人打电话给我请安。鹿儿大笑，说："你太有魅力了。"问他怎么选择？混蛋儿子居然说，谁对你好就选谁。图南问，那你爸怎么办？鹿儿说："他对你不好，你一定要找个对你好的。"

第三十一章 涅槃重生

对我好的？他当年也对我很好啊！忽然一阵排山倒海的情感轰然袭来，内心澎湃汹涌，惊涛巨浪使图南不能自已。海鸿，你在哪里？我想你！不能自抑的一刻，想你的心，你可知道？当然，你也会想念我。但是，男人与女人是不同的，女人爱上男人，是用生命、用激情、用一生去爱，她的世界变得更加狭小局促。而男人就可以转身潇洒，去忙他的世界、他的事业、他想要的女人，他的前面有更为宽阔的新天新地，你只是在原地等着他，不管是飘着雪还是淋着雨。

陪伴她的只有过去的点点滴滴，那些闪烁着钻石般光芒的日子如缠绵婉约的宋词，如烟青色迷蒙的水墨画弥漫在心里，刻着无法磨灭的痕迹，慢慢浸润，深刻，直到生命的尽头仍不能忘记，让我用一生去等你。我也在问自己，是一时的孤寂，还是对真情的不信任，是上天报复我自己，还是报复你？我无从分辨，脸上的是泪水仍在如雨纷飞。只是这种感情仿佛暗夜把我吞噬，看不见光明，看不到希望的未来，有谁和我共行？你还爱我吗？你到底有没有爱过我？

她每天都自欺欺人地说，我好了，已经走出了低谷，实际上，她并不知道，反反复复，竟然走了五年。每天醒来又觉得痛苦至极，总是胸口痛、失眠、妄想，失声痛哭。梅听她大哭，就陪着在她身边一起哭。强行带着她去看心理医生，诊断是抑郁症。图南吃了大量的安眠药阿普唑仑、镇定药帕罗西汀，家里不烧开水，用红酒灌下去。每天都在想，怎么死能更好看点，渴望自己得癌症或者得什么不治之症，传出去总比自杀好听。

别的部门的同事们聊天聊得很开心，一看她进来，就自动散去，似乎每个人都在指指点点地看她的笑话。抑郁症又犯了。噩梦不断，总是梦见自己被人追逐，从悬崖跌落，或是在水窒息，终于有一天崩溃。写好遗书，最后一遍问自己：年迈的父母、可爱的儿子，他们能否接受自己的非正常死亡？想死就去死。

不是答应过鹿儿不自杀的吗？好好活着。

妈妈催她改变自己的生活，你都单身这么久了，就没一个能看上的？

图南说："妈妈，你没法理解，爸爸是好男人，没有出轨、没有家暴，他对你、对我们三个孩子都很好，你没受过打击，也想象不到出轨的男人有多可怕。我现在看谁都是出轨的样子，没法接受任何人。"

妈妈很难过："都怪我，当时……"

"怪你什么？人是我带回家的，我自己愿意的。"图南认命了。已经拥有过了美好与不堪，已经看破红尘，算了。她直接放弃努力，别无所求。

作为一个女人，图南已经觉得该得到的都已经得到，爱过恨过，儿子这么大了，我还有什么不满足的呢？她常常笑着说，我脾气急，把该做的都做完了，提前过完了一生。

美好的一切似乎又重来。

每件小事都让她感动。每天做着写励志文章的工作，其实真的没有人比她更适合的了，她对每一缕阳光、每一阵清风都是发自肺腑地赞美，她还是真诚善良的那个人，还是那么热爱生命，不管经历了什么，都不曾改变她的内心。经历过人生至暗时刻，没有什么可以击倒我！

图南不够机敏，也很少注意别人。在食堂吃饭时，落座才发现，那个女人王怡，就在图南对面坐着。第一次近距离打量她，个子不到一米六的样子，白胖而浓艳，大圆脸，扁平的五官，脸色有几分苍白，张着涂了厚厚的口红大嘴吃饭，图南顿时心生厌恶。

海鸿的品位怎么这样差，太可耻了，要找也找个秀色可餐、貌若天仙的，至少也要比自己强吧？这样自己也会觉得好受点。图南和办公室的凤凤边吃边聊，装作没看到她。她会有怎样的感受呢？会不会如坐针毡？不知道。图南心里有点堵，也有点说不出来……就算自己什么都没说，李勇早就昭告天下——她已经声名狼藉了。

其实王怡原来也还好，只是她现在变丑了。图南又一次看了她

第三十一章　涅槃重生

一眼。短短几年的时间，她像气球一样胖了起来，长成了大妈的样子，走到哪里，更被指指点点吧？一个小小的熟人社会，大家没那么容易健忘。顿时，图南对她心生怜悯，谁又比谁活得容易呢？终于，都放下了。

康教授给图南介绍了一个离异的副处长，各方面条件都不错。对于别人的热心，图南总要专心一点，假装认真地听着，这是从小练就的本领。神思飘忽不定间却听见说有个小女儿在读初中，忽然就想，要给白雪公主当后妈了吗？感到惶恐不安。这是做不到的，图南还没做好准备。她爱所有的孩子，但没能力做到全心全意地为另一个小孩。一个鹿儿已经耗尽了所有的母爱。为什么浪费时间在小孩的教育、无穷无尽的家务上？这不是自己想要的生活。她婉拒了。

可是，孩子带给自己的精神支持更多啊。图南不会做图标，材料发给鹿儿，鹿儿开心地说："妈，我来教你。"

"不想学，你做完发给我。"图南精疲力尽地说，为什么干点活就累呢？

"你咋这么理直气壮？"鹿儿好为人师的精神头没了，有点丧气。

"你哭着要吃要抱，不也理直气壮？"图南心里想，臭小子，你翅膀硬了？但片刻后，鹿儿把图标发过来了。

自己心情不好的时候，鹿儿会哄自己，这难道不是生儿育女的意外收获？虽然父母对孩子是百分百付出，但能得到孩子的瞬间回应，这也是莫大的幸福啊。

一个人时间精力有限，困于家务和鹿儿的教育，这也成了海鸿嫌弃自己的理由。自己有能力去赚足够的钱维持体面的生活，就能赢得尊重。没有钱，再清高也无用。离婚以后，图南感觉到了经济的压力，她感谢请她上课的学校，上课虽然辛苦，但能是把空闲的时间填满，忙忙碌碌，没时间自怨自艾。她才发现，相对于焦头烂额的家务活、带孩子的辛劳，付出就有收获的赚钱真的是太简单了。渐渐地，她抹去自己作为女性的性格特点，觉得自己做男人应该更成功。

"人必生活着，爱才有所附丽。"

子君和涓生的爱情何尝不是被生活的重压所摧毁？子君本来可以和涓生读书品茶，讨论娜拉的出走这样的热点新闻，过着诗意栖息的生活，但究竟是什么原因，劳燕分飞呢？还不是经济原因？可经济上越来越好呀，一切都稳定了之后呢？图南觉得生活馈赠自己的明明是甜蜜的巧克力蛋糕，怎么变成糟糕到一发不可收拾？

因为有了生活，才有爱；因为有了爱，才勇敢无畏。生活又是什么？粗茶淡饭的平淡，絮絮叨叨的关心。

涓生和子君也是相爱过的。回忆爱情不过是回忆当初的温暖来安慰自己的选择没有错，正如飞蛾扑火一样，曾经的拥有都燃烧在那一霎时，就算失去，总还有回忆。可是，生活要继续，为什么要拿回忆去填补空白？国画要留白，给人以回味的空间和余地，可油画要满满的，有不同深浅的光线衬托。每个人的生活都是自己的选择，本来可以有无数种选择啊。

钱，其实真的不是最重要的。如果为钱，图南不会和海鸿结婚。不怕物质上的贫穷，就怕精神上的贫穷。观念不同，才是最大的问题。

白天上班，晚上本科生的专业课，周六、周日上专升本的课，继续带四五个学校的一百多个学生的毕业论文，备课、做 PPT，没时间悲伤，没时间花钱，却无比的充实，她终于活成了自己想要的样子。

第三十二章　父爱如山

　　虽然自己很蠢很笨，但人不能总在羞愧中活着。图南有意识地锻炼自己，要迎着别人走去，就像他欠了自己的钱。怕什么？到底谁怕谁？气场要足！不管颈椎有多痛，她都高高地扬着头，向全世界宣告：我还是我！爸爸不是说过吗，要在气势上压倒敌人！任他是谁，我都不怕！图南每天都这样鼓励自己。

　　想到爸爸，图南再一次崩溃大哭。爸爸生病时间比较长，在S城的时候就是。爸爸住院，为了减轻妈妈的负担，图南去照顾两天，海鸿很生气，为什么是你？你家又不是只有你一个孩子？你说，我和你爸谁重要？

　　这种吵架毫无意义，图南懒得吵，海鸿把鹿儿扔给图南，人就不见了。图南只好带着鹿儿去医院照看爸爸。

　　回到家里，鹿儿挨了一顿无辜的暴打。医院什么病都有，那么脏，你为什么和你妈妈去医院？这就是挨打的理由。带孩子去医院不对，可你倒是在家看孩子啊，遇到他这样自私自利的人，图南又能怎样？

　　又能怎样？

　　图南的爸爸一直是妈妈在照顾，妈妈自恃有点中医知识的底子，经常配各种滋补的中药，给爸爸吃，她自己也吃。而她配的药，图南是坚决不碰的。妈妈配的药猛，粗暴、简单、有效。比如，有个方子是治皮肤病的外用药，用 58% Vol 高度酒，浸泡很多药材，其中有一味朱砂。朱砂是硫化汞，剧毒。用法是直接烧坏皮肤，留下色素沉淀。图南看着胳膊，一块永远不会消失的黑斑。给爸爸吃的药副作用太大了，真的像妈妈所说的那样包治百病？图南不相信。妈妈长年照顾爸爸，也是心力交瘁，图南就说，你们来F城吧，我也可以照顾爸爸。你配的药先别吃了，还是要看医生的。

爸爸妈妈来F城前就知道，有可能回不去了，他们是做好准备来的。同事奇怪地问图南："你上有姐姐，下有弟弟，怎么也轮不到你给父母养老啊？！"

"可我爸妈也没因为我是女孩少给我一口饭吃吧？给他们养老也是应该的。做人家儿女也要尽一点义务吧。"

对于爸爸妈妈的到来，图南由衷开心。这次爸爸妈妈来，与以前来的感觉不同。图南把自己住的主卧室腾出来给爸爸妈妈住。但是，爸爸依然很拘谨，他身子在床上，用椅子搭着脚。图南很奇怪，这种睡法，还真的需要点功夫呢！爸爸不好意思地说，我怕你嫌弃我脚脏。

图南大笑不止。我要是嫌弃你，会让你来？大家一扫原来的压抑，只是家里忽然多了很多东西，自己的东西再也找不到。妈妈也变得开心起来，她把很多好东西收起来，用的是旧的破的，没有旧的破的就去买更便宜的东西代替。图南奇怪，东西为什么不挑好的用呢？东西不就是用来用的？德化白瓷纯净温润，莹洁如玉，拿在手里又轻，难道只配在橱柜里蒙尘？妈妈买了蓝色粗瓷碗，和家里的瓷器又不配套，图南深刻地感受到自己与妈妈在观念上的差异。

"妈，蓝色的餐具让人没食欲，是减肥用的。"图南知道改变一个人很难，但她可以试试。

"好，我正想减肥呢。"妈妈说。

"可是你没成心减肥，你食欲那么好，减肥的是我。"图南说。

"哪那么多的事！"妈妈说。

"好东西平时不用，那您打算什么时候用？"图南问。

"逢年过节，有客人来的时候啊。"妈妈说。

第三十二章　父爱如山

"可是，过年过节和平时有什么不同吗？家里几年都没有客人了。"图南孤单地说。

"把你的同事朋友带回家，我给他们做点好吃的。"妈妈说。

图南想起来，小时候，妈妈经常让孩子们请同学到家里来玩，妈妈给同学们做好饭菜，准备好饮料，然后爸爸妈妈出去散步。家庭的习惯真的会遗传，图南也经常让鹿儿带同学回家吃饭。孩子一定要先学会分享，这比学习更重要。

刚到 F 城的时候，图南让鹿儿带同学回来玩，鹿儿说南方的同学不爱吃肉，怕油腻。等图南散步回来，看桌上的排骨和红烧肉都已经吃光了。青菜还一动不动地摆在那里，不禁哑然失笑。

父母那一辈能把平常的日子过得不平常，我们能把不平常的日子过成平常。但是，从另一方面说，繁文缛节都是用来麻烦自己的，那么复杂干什么呢？人生，怎么过都一样，都是一辈子。

但人生虽然有种种解读，想怎么过，还是由自己决定。

给妈妈买一个漂亮的包包，妈妈很高兴，却从来没背过，图南问妈妈为什么，妈妈说，一个包，什么都没装就那么沉，这么精致，总不能往里装几根葱几颗蒜吧。光鲜亮丽是给别人看的，背着那么沉重的包袱，累，不值得。可人生本来就背负很多责任啊，如果有人愿意背着沉重的包袱，她把这种负担当作生命的意义，又何尝不可？

有天，图南站在阳台上看恹恹的雨，妈妈指着前面的楼说，你每次上下班，你爸都是站在这里看你，看着看着，这楼挡住了，过几秒，你就会从这里出来，还能看一会儿，直到拐弯，你就要出小区的大门，再就看不见了。你爸爸才回卧室上床躺着。

以后，图南经常伫立在阳台旁去想爸爸看自己背影的心情，有多少话想说而不敢说，多少牵挂只能默默放在心底，直至永远，生生世世。

爸爸有话要说的，可自己没给他机会。有一次爸爸想让图南坐下来好好聊聊，图南不肯。其实，图南拒绝，只是因为恐惧笼罩在身上的死亡。爸爸身体每况愈下，他沉重严肃的表情像是安排后事。真的很想再听爸爸唠叨几句，说什么都好，只要爸爸还在！

图南大哭，爸爸才是这辈子最爱她的男人。

爸爸第一次住院很乖，吃药打针，医生让做什么都行。只有饮食方面做不到。他不喜欢粗粮杂豆，而是热爱一切精致香甜的奶油蛋糕、酸奶、西瓜。医生说不行，要严控糖分摄取，糖尿病患者吃的东西一定要膳食多样化、少食多餐、定时定量。图南严格要求了几天就放弃了。爸爸爱吃的食物糖分都高，让他吃粗粮，他不肯。对于一个生命进入倒计时的人，还有必要严控吗？

图南犹豫不决，她忽然发现人生处处是陷阱。哪里有那么多的对与错？纠结一辈子，就是人生，反正怎么做都是后悔。只要下定决心，不纠缠就好了。还好是暑假期间，白天图南陪护，晚上妈妈陪护。病情稳定了，带爸爸回家。

爸爸又病重了，发着高烧，图南和妈妈再三劝他去医院，小区离医院很近，只有四站地，可爸爸这次很坚决不去医院。看着爸爸日渐羸弱，原来一天三顿饭，变成了一天两顿、一顿，爸爸还经常意识朦胧，和去世的爷爷奶奶说胡话，不去医院不行了。她叫了一辆出租车进到小区，又找了一个保安，把爸爸背到出租车上。总算把爸爸送进了医院。

可是，爸爸拒绝配合医生的治疗，他清醒过来后，拔掉针头，不肯再打针，不让护士测体温测血糖，每天都软磨硬泡，带我回去吧，我要回家！图南耐着性子，不住院是不行的，你有点严重了。终于说服爸爸，打完这个疗程已经付款的药再回家。这时候爸爸还算听话。再过了几天，爸爸又熬不住了：

"图南！我要回家！"

"爸，你身体还没康复，再住一段时间。"图南想，海鸿也是，喝多了就让自己带他回家。男人比女人更热爱家，因为他们在家

第三十二章　父爱如山

里，能得到更多的细心照料。

"不行，带我回家！我受不了了！"

"你要有耐心，病来如山倒，病去如抽丝。"

"我知道，我不可能好了。"

"回家里，治疗跟不上，真的要抢救，输氧，插管这些，只有大医院。"

"那我不管，我就要回家！你也一样照顾我！"

"爸，咱们好好商量一下，你看我能给你打针，按摩针灸，这些不治根本，都是辅助治疗，还是医院系统全面，你才能康复……"

"我只要回家！不要死在医院，死也要死在家里！"

"你死在家里，我没意见。我真的不怕。可是我不救你，没法和姐姐弟弟交代，我是有责任的……怎么说呢？你已经不行了，我怕你死？"图南不敢说下去了。

"我知道，女儿都是对的！你是好女儿，求你了，我这辈子没求过任何人，只求你，宝贝女儿，带我回家好不好？"

"爸，你不能这样！你太过分了！你这么说，我很难过！"

"可我不想再遭罪了！宝贝女儿。"爸爸说。

"你提什么要求我都答应你，就这个不行。必须乖乖地住院！"图南态度坚决。

"我就是要回家！你带我回家！"爸爸大声说。

两个人本来是好好说话，说着说着，就变成了大吵，不知不觉，病房内外站满了人。爸爸本来是躺着，他居然气得巍巍的，激动地扶着床挣扎着站了起来，疲劳不堪的妈妈本来坐在床边，斜躺在爸爸的病床边没言语，妈妈默默地看着父女俩争吵，不知道的人还以为妈妈才是病人。

最后，还是不声不响的妈妈做了决定。回到家的爸爸，依旧是痛苦难忍，他不肯打扰别人，只是轻轻地长长地出一口气：

"哎——"图南听着心里难受,却无计可施,只能兑杯温开水,放在唇边试下温度,递到爸爸嘴边,倒出两片曲马多药片,喂爸爸吃药。爸爸试了很多止痛药,连杜冷丁都打了,没有效果,只有这个药能稍微缓解三四个小时的疼痛。

图南看着爸爸的痛,撕心裂肺,陷入无底的深渊,看不到光和亮。

爸爸催促图南和妈妈回屋去睡觉。妈妈说,你去睡觉,我陪着。图南让妈妈去睡,妈妈不肯,她心疼女儿,也心疼丈夫。

图南不止一次,对所有的神佛许愿说:求你拿走我二十年三十年、所有的余生都行,只要让爸爸不再疼痛,开开心心度过两年时间,行不行?

没人能听见她的声音,哼!什么鬼神佛,都是骗人的!我再也不信你们了!她愤愤地想。

"快过国庆节了,要放长假,你去医院再开多点药预备着吧。"妈妈未雨绸缪。

"好,我今天上班就去。"图南答应着。

国庆一星期长假,这种管制类的药,最多只开一星期的量。不备足药爸爸会痛得受不了。上班打过卡,图南就联系主任医生开药。

图南感觉自己像块没有知觉、麻木行走的石头,骑着自行车,昏头涨脑,睡眠不足,疲惫不堪。为了省时间,她逆行骑在马路上。前面有辆车在倒车。图南看见了,她以为车会躲人,开车的人以为人会躲车。腿一阵剧痛,她跪下去。

骨裂,住院。从拍的片子看到细长的骨头散发着光,怪不得剧痛。图南拄着双拐,继续上班、上课。没时间去住院,石膏绑腿进了雨水,湿漉漉的,被医生大骂,重换了石膏,说家属呢?送回病房。

没家属。我一个人。男医生真是有力气,揪住她,连拖带拉,

第三十二章 父爱如山

扔回病床。她想起了海鸿，下雨的时候，有水坑积水，把她夹在腋下，一大步就跨过去，再把她放下。

回到家里，图南想效仿老莱子·彩衣娱亲，图南痛得龇牙咧嘴，继续连蹦带跳。她想，老莱子多幸运啊，七十多岁还父母双全。本来是想骗爸爸的，可他眼尖，一下就看到了图南住院的手环，爸爸抓住图南的手腕，仔细地查看，看着图南长裙里面的石膏腿，他长叹一声：拖累了我的宝贝女儿！

爸爸每况愈下，体重越来越轻，在这之前，图南喜欢背爸爸到客厅沙发上喝水吃东西、聊天。妈妈心疼女儿，怕累坏图南，自己背丈夫去客厅。两个人争来抢去，最后，爸爸就像做错事的小孩一样，再也不想到家里的任何地方了。他活动空间更小，只剩下一张床而已。乖乖地吃药、吃饭、喝水，药吃得比饭还多。爸爸很乖，是天下最好最懂事的病人。

一天，爸爸对着图南，犹豫着说："你是不是考虑一下，和海鸿复婚吧。"

图南尖叫："你不许提他！"

"你们读书时谈的恋爱，有感情基础；他是孩子的爸爸，这是割舍不断的血缘关系。他虽然有错，可他的本质不坏，年龄大了他会改的，你们还是彼此的依靠……"爸爸说。

图南尖叫着，捂上耳朵："爸，你再说，我不理你了！你说什么都行，就是不能说这个！"

爸爸叹了一口气，欲言又止。

爸爸说胡话说得更多了，和很多故去的亲友说话，有的图南认识，有的不认识。有一天，图南坐在爸爸床前看着他睡觉，摸摸他的头，亲亲他的脸，不热。睡得很安稳。爸爸忽然大声："我要去做海龙王了！"爸爸的梦呓让图南惊呆了，这是哪儿跟哪儿啊？

这天，妈妈打了各种米和豆类的浆糊，让图南喂爸爸——图南喂爸爸吃东西，他总能多吃一点。爸爸大小便已经失禁很久了，怕给妻子女儿添麻烦，摇头，拒绝饮食，只求速死。每次图南都伸出一根手指，说这是最后一口，最后一口，骗爸爸多吃一点。

妈妈又在洗衣服了，外甥女雪宝给姥爷买了上百个一次性的拉拉裤、棉垫，他不肯穿用，摩擦皮肤，太痛。为了减轻妈妈洗床单、被罩、内衣的负担，图南买了几十条内裤，打算用过就扔。可妈妈不肯扔掉，总在洗。

图南给爸爸准备了吸管，他居然吸得干干净净——爸爸从小就有个坏习惯，平时吃东西总要剩一点。图南端着碗，扶着爸爸喝浆糊，本来剩一口，刚要拿走，爸爸靠在图南身上，费力地转动吸管——他都喝光了。图南觉得有点异样——平时皮肤露着，爸爸会喊冷，虽然F城的夏天是炎热的。他这两天不肯盖被子，说太热，他已经没有知觉了。又喂了半杯温水，把他轻轻摆平躺下。

图南像日常一样，用两块温湿毛巾轻柔地给爸爸擦澡，从头到脚擦得干干净净，涂了淡淡香气的润肤液。挺好的，爸爸身上没有褥疮，也没有异味。图南还用电动剃须刀给爸爸剃干净了头发、胡子，瘦弱的爸爸就像个小婴儿一样，半闭着眼睛，任由她摆布。图南轻轻地亲亲他的脸，夸：好乖的爸爸！准备把水盆拿出去。

爸爸紧握她的手不肯松开，说："谢谢了！老朋友！再见了！"

图南奇怪地说："爸，我是宝贝女儿，不是老朋友！"

图南慌了，连声大叫："妈！妈！我爸怎么了？"

妈妈洗完衣服，终于进来，她不知道发生了什么，惊讶地握住爸爸的另一只手，没说话，只是一直在点头。

爸爸瞪着无神的眼睛看着天花板，继续呓语："谢谢了！再见了！老朋友！谢谢了！再见了！"

这样，一句一顿，吐字异常清晰，说了几十遍。渐渐地，只有呼气，却不吸气。呼气声越来越大，图南大惊，用脸贴着爸爸凉凉的脸，妈妈叫："不要贴近你爸的呼吸！"

图南吓一跳，怔住。这时，听见爸爸喉咙"咔"的一声响，他

第三十二章 父爱如山

紧紧握住的手猛地松开了。图南意识到爸爸走了，放声大哭。

爸爸！她又大喊一声，反应过来，去找手机，打了120急救，又打开电脑，记得阿钟说过，人去世要放大悲咒，可是，怎么忽然就没有网络了呢？是爸爸不想听啊，无神论的人果然什么都不信。直到爸爸火化以后，网络才正常。

不一会，急救的医生们来了，他们看着爸爸从腰腿到脚一片漆黑，说："糖尿病并发症？"

医生接着问："谁说了算？"

图南大声说："我！"

妈妈镇定地说："我是死者的妻子。我说了算。"

医生和妈妈在客厅说什么，图南没听到，她一直在怀疑：爸爸，真的去世了吗？也许只是睡着了，一会就醒了。就像小时候，图南赖床的时候，爸爸就会捏她的鼻子，爸爸睡觉的时候，图南也会和他玩，捏他的鼻子，爸爸就会慢慢睁开眼睛。可现在，她不舍得捏爸爸鼻子，一会儿去摸摸爸爸的脸，一会儿又去摸摸爸爸的手脚。凉的，都是凉的！她哇哇大哭不止。

跟着救护车去省立医院取爸爸的死亡证明，一路上她都傻傻地呆坐着，泪水不断，爸爸，你真的去世了吗？她不停地擦去眼泪，天气晴朗，太阳明晃晃白得耀眼，四十摄氏度的高温，自己的身体却一直发颤，冷得发抖，冷得像是一块不会融化的千年寒冰。

哆哆嗦嗦的手拿着盖章的死亡证明，她又大哭，爸爸不会再痛了。这些天，爸爸总是叹气，说"太累了""太遭罪了"。忍着非人的剧痛，支撑到最后，现在真好，他不痛了。图南觉得孤单无助，给鹿儿打语音电话：

"我没有爸爸了。"

"妈！你要……坚强点！"图南听得出，鹿儿也哭了。

"我很难过……"图南泣不成声。

"需要我回来吗？"鹿儿问。

"这学期刚刚开始,功课要紧。你刚走没几天,不用了。"图南知道,鹿儿回来也没什么用。

"妈,我知道你难过。可你一定要好好的!外公去世了,你责任重大,还要照顾外婆呢。"

"我知道,我会好好的。你实习赚的一万两千块钱,还在家里桌子上放着呢,我打算用这笔钱支付你姥爷的丧葬费用,可以吗?"

鹿儿说:"当然可以啊。花我的还是你的,有区别吗?我外公很疼我,我愿意。"

"谢谢你,儿子!"图南眼泪止不住又掉下来。

图南觉得,和爸爸最后的时间里朝夕相处,才真正了解了爸爸,他坚强勇敢,直面死亡。他不喜欢给人添麻烦,胸襟磊落,不舍得妈妈,思念姐姐、弟弟,就算是妻子、女儿照顾,他也觉得歉意满满,他一直在说"麻烦你了,谢谢"。可我和妈妈是你的至亲啊,这是应该做的。我记得你照顾我的点点滴滴,从小到大,一幅幅画面过电影一般,特别是小的时候出麻疹,没人敢碰我,不是你在背我吗?"爸爸爱你!"你捏着我的鼻子说。你带我玩,教我写字,我都记得!

"爸,下辈子我还给您当女儿。好不好?"

"还有下辈子啊?"爸爸迷糊了很久,他清醒过来。

"对啊,还要给我买布拉吉(连衣裙),编两条小辫子,带我去公园吃冰糕、划船。我要吃四个奶油球。"

"那我可要想想……"

爸爸有点精神了,开始沉思:

"什么地方好,适合发展,我要找个好地方。"

"哪都行,只要和你在一起。"

泪雨滂沱。投生要技巧,搬家靠能力。从黑龙江黑河到辽宁S城,离开了电力系统,工资少了一半,但这是爸爸最自豪的事。爸

第三十二章 父爱如山

爸学习能力强，更有预见性。

图南是家里的第二个孩子，容易被忽略，在亲友中存在感不高。所以，爸爸会更经常带她一个人去公园，给她单独买点吃的玩的。

图南还记得，小学二三年级的时候，上学早，图南的年龄比别的孩子小一两岁，因为长得矮小，总被人欺负。有一天，她不想上学，逃学了。午后背着书包，自己逛街、去公园玩了半天，心里惴惴不安，充满强烈的负罪感，可心里又有了自由自在的感觉，不用上学也挺好的。晚上回到家，听见爸爸对妈妈说，孩子逃学了，幸好，没发生什么事。

图南吓坏了，好像是说我！哦，原来干什么坏事，爸爸都知道啊。图南不敢再逃学了。她始终没敢问爸爸，你是怎么知道我逃学的？难道你有天眼，一直在盯着我吗？印象里，爸爸没打过自己，总是哄自己。写作业时，录音机开着，疯狂的音乐声引来了爸爸，他没说话，只是关了电源。图南冲爸爸做个鬼脸，好吧，写作业不能放音乐。

图南喜欢在过红绿灯的时候，用手掌握住爸爸的食指，一起走路。爸爸宽厚仁慈、善良热忱、体贴温柔、心思却又缜密。

北方的暴风雪后，天气非常冷，爸爸带着年幼的图南从大姨家吃完饭回家，路上满是积雪，一脚踩进去，雪淹没到膝盖，拔出脚要费很大的劲儿。爸爸把图南的小手插进的自己的袖子里暖着，一边走路，一边教图南背："艰苦斗争，不怕牺牲。排除万难，争取胜利！"

爸爸对孩子的教育是潜移默化、润物无声的。在女儿成长过程中，爸爸的作用很重要。是的，坚毅、果敢、自信。不要因为你是女孩，你就可以说不。塑造健康的人格，精神上的支持可以受益终生。

图南十二岁就穿皮夹克、牛仔裤、红裙子各种漂亮的服饰，活泼可爱，话痨一个。吸引男孩子的目光了，初中一年级，就有男同学追到家里。晚自习三个男生一起送图南，多年以后图南都没有搞懂，到底是谁在追自己。少女时代情书收到太多了，父母不放心，要经常接送。真是一个让人不省心的小混蛋。小混蛋渐渐长大了，变成爸爸的解语花。

"你回去睡觉吧，我也睡。"多少个夜晚，撵图南去睡，不要她陪。有时候，为了让图南和妈妈上床睡觉，他假装睡着，暗地里忍痛。"我的贴心小棉袄"，爸爸这样叫图南，哄图南的时候，称她"宝贝女儿"。也只有在坚持回 S 城上，爸爸发了发脾气，图南不怕。

"闺女啊，"爸爸这样叫图南，"我是为你好，给你省钱。在你这里，你又花钱又费力。"

这样啊，图南释然了，说："我以为你一定要叶落归根呢。"实际上，爸爸什么都不信，是个彻底的唯物主义者。

"死在哪里不重要……人生何处不青山？"爸爸的东西井井有条，做事想得长远。妈妈说眼泪掉到爸爸身上，他会痛。

爸爸极具浪漫，不喜拘束，爱山爱海，看到了吗？绿树为伴，蓝天驰骋，海鸥为伍，白云相携，沙滩嬉戏，阳光照耀，山水之间，永久的处所，爸爸完全自由了。与日月同寿，和山海共长。

这时图南才发现，爸爸的想法是多么睿智深远，看法有多么高瞻远瞩，气质多么卓尔不同！

"我会常来看你的。亲爱的爸爸。"图南说。

"一半山，一半海。"这是爸爸对身后安葬自己的遗言。图南雇了一辆面包车，沿海岸线一直往南开，到了长乐机场附近的南澳山，原本忧心忡忡的大家都难得地眼前一亮，这里前面是波涛汹涌的海，后面是像太师椅一样的南澳山做靠山，富氧化铁的红色的岩石，按中国的风水来说是宝地。本来爸爸说是要捐献器官的，可他糖尿病并发症太严重，没有能用的器官，所有的脏器、皮肤、角膜

第三十二章 父爱如山

都衰竭枯萎，人瘦成了骨骼标本，没有一点儿用处。图南对鹿儿说，等我去世的时候，如果还有可用的器官，我也要像你姥爷一样捐献所有，你必须同意。火化后的骨灰同样撒在这片海里。

这样已经很好了，没有麻烦任何人，没有占用一寸土地。悄无声息。

秋意浓，意无穷，忆亦无穷。当思念随落叶飘飘洒洒，落英缤纷，夜雨绵绵，微凉的空气带来遥远的气息，爸爸似乎还在身边。

岁月无恙，你亦无伤。你于云端含笑，我泪во两行。白天的喧嚣渐渐远去，像色彩浓烈厚重的向日葵慢慢晕开的忧伤，世界有那么多不可思议的事情，无法解释那么多的巧合。前世有缘，今生相见，只为曾经的约定？图南想不明白：爸爸怎么会是我的爸爸？这是多大的巧合呢？是不是前世也有约定，我也说过这样的话——来世我还要做您女儿？

寂静，虚空。不过是梦。

千回百转，依然不可触摸。逝去的美梦，逝去的爱，不过就是幻影。人生本来就是幻影。只是把自己该承担的做好。不负天地，不负良心。拼上一辈子，也不过是殊途同归而已，相见于最后的终点。

沉重的石膏腿，带不去远方，迷蒙的头脑，忆不起容颜。思绪纷飞的时候，都是失眠时分。真的有两个平行世界吗？无非，先在等候。图南想，我再不怕死了，因为亲爱的爸爸在那个世界等着我。天凉好个秋。心底回旋着秋天的歌。

世界不大，一生中见到的人也没那么多。真正能够影响到自己的，不过那么几个。值得珍惜的去珍惜，值得回忆的别遗忘。

图南又开始思念爸爸了，一直走不出来。爸爸是在主卧的床去世的，图南一直睡在这张床上。她总觉得自己还在这里陪着爸爸，能听着他压抑着剧痛，发出一声声轻微的如同气泡般的叹息消散在空气里。

当晚，图南时不时地去摸爸爸的脸，和去世的爸爸相对而眠。图南梦见了爸爸穿着图南很小很小的时候看到的，那件熟悉的中山装，那是图南对爸爸最早的记忆，带着烟草与皮革混合的气味。爸爸和她挥手告别，说："你们好好过吧，我走了。"图南万分不舍，尖叫着："爸爸，等等我！"爸爸回头，最后看了她一眼，转身走了。

图南和妈妈说起梦来，妈妈羡慕地说，奇怪，怎么我从来没梦到过。妈妈提起爸爸去世那天，她和急救医生在客厅里说的话，如果急救的话，爸爸有很小的可能还活着，变成植物人。他已经瘦成皮包骨，肋骨肯定会压断，器官衰竭，身上插着各种颜色的管子，长睡不醒。妈妈不忍心他继续受罪，也不愿拖累图南，放弃了急救。

图南默然，心里想，如果让我抉择，我会怎样呢？思前想后，犹犹豫豫，当然没有妈妈的果断。妈妈又补充了一句："你记得，我到那时候也是一样，不要急救，我不做植物人。"

图南说："妈，我还是不忍心，不舍得爸爸离开。我知道你这样做才是正确的。我也希望我死的时候不要那么痛苦。"

图南梦到了爸爸很多次。最后一次，她看到了爸爸房间有两张古老的床，墙壁底色是黄色的，被烟熏火燎的灰色压住了，成了昏黄色。房间有艘大船的模型，就像随处可见的挂着一帆风顺的帆船。房间椅子、桌子上面的垫子半旧不新，装饰着龙的图案的黄色绸缎，图南醒了有点后悔，怎么没认真看看是四爪的龙，还是五爪的龙。图南和妈妈提起这个梦，妈妈高兴地说："另一张床是我的。"

图南经常开车去海边，她见过海的各种不同的形态和时间段，温柔明媚的海，粗野狂躁的海，旭日东升的海，彩霞满天的海。图南总要带一束鲜花，一瓶酒，一袋水果，和爸爸聊聊天，独自在海边度过一段静谧美好的时光。妈妈担心图南精神状态不好，对她说，不要总去看爸爸，人有人道，鬼有鬼道，除了清明节，不能总去打扰他的安宁。

图南去得少了很多。因为她知道，爸爸不介意自己是不是看望他，他介意的是他的女儿过得好不好。

第三十三章 擦肩而过

阳台较大,妈妈买了四个巨型花盆用来种菜,绿油油的青菜确实肥美可爱,可买菜那么方便,干吗种菜呢?

妈妈个头比爸爸高,长得又太漂亮,年轻时的爸爸从来不和妈妈一起走,两人一前一后都是隔着二三十米的距离,妈妈做居委会主任、劳动力调配站站长、五七厂厂长都很成功。爸爸在单位搞技术,两人各方面相差悬殊。妈妈和爸爸凑合过日子,妈妈不能也不敢离婚。住家属大院,光是别人的闲言碎语就会淹死人,在那个年代,基本上没有离婚的。

妈妈退休后,办起了家庭幼儿园。图南看着妈妈年轻时的照片,两条大辫子,皓齿明眸,清纯端庄,干干净净的美。难怪爸爸总说,你和你姐加一起都没你妈当年美丽。

等到父母都老了,学会相互搀扶的时候,图南却发现,爸爸安心享受妈妈无微不至的照料,变得气宇轩昂,气质反而比妈妈好。虽然妈妈底子好,但和爸爸相比,有点驼背,一脸的老年斑和皱纹,不得不说,随着时光的流逝,美,在流动,在变化。

在图南眼中,爸爸和妈妈的婚姻并不完美,就是及格而已。但这并没影响妈妈对爸爸的精心照料。爸爸生病十三年,妈妈任劳任怨地服侍了十三年,爸爸临终时说"老朋友",是对妻子女儿说的,他应该是死而无憾了吧?

爸爸去世后,妈妈的生活忽然失去了重心,照顾爸爸的时间太

第三十三章 擦肩而过

长了，忽然不知道该做什么了。常常在房间转来转去，郁郁寡欢，身体状态非常差，症状和爸爸完全一样，腿痛，走不了路，失眠，茶饭不思……每天都盼着图南早点下班，图南知道她在空荡荡的房子里恐慌。下了班，赶快往家里赶，带妈妈去逛公园，去海边。妈妈走几十步，就要坐下来歇歇。图南以前出门总要带两个褥垫和保温水杯，现在，保温杯只要给妈妈带一个就够了，图南又想爸爸了。

图南给妈妈买了新衣服、新手机，还买了自拍杆，让她去泉州、厦门旅游散心。带她去文眉，教她化妆护肤，鼓励她把自己打扮得漂漂亮亮的，去老年中心打麻将。

一天，妈妈回来不高兴地说："老年活动中心的那群老姐妹说我了。"

"说什么？"图南很好奇。

"她们笑话我，老伴去世没多久，我就这样穿戴化妆。"

"她们是嫉妒你，显得比她们年轻漂亮，气质好，你还有听话懂事的女儿、儿子。你开心才好，不要管别人怎么胡说。她们都是家庭妇女没见识，不用理她们。"

"那我也不想去打麻将了，累得慌。"妈妈难过。

"那你想玩什么？"

"没啥玩的，出去走不动，在家闷死了。"妈妈很茫然。

"爸爸生前，我们都对他尽心尽力了，也无怨无悔了。以后的生活都是我们自己的。特别是你已经悉心照顾爷爷、奶奶、爸爸，伺候三个人从生病到去世，特别是爷爷，瘫痪在床几年，多不容易啊，还养大了三个孩子。妈，您心地善良，是我们家的大功臣。"

"我还是受不了，这里太孤单，找个说话唠嗑的人都没有。会说普通话的老人太少，我想回去。"

"回去？你还不是一个人？到姐姐、弟弟家住吗？我们两个在一起多好！"

"我回去自己住。女儿，我还是想回S城。"妈妈闹着要走，她已经决定了。

图南知道妈妈是极有主见的人，自己除了上班，还上很多课，真的没太多时间陪她。走就走吧，换换环境，对身体也有好处。妈妈从小就去北京大串联，有极好的方向感，来 F 城没多久，路比图南还熟，图南去哪里要向妈妈问路。就是担心她腿痛，走不动。妈妈说，"这边，你送到机场，那边，你姐姐姐夫接机，我又不会走丢。那边待腻了，我再回来。"

图南又变成了一个人。

图南处理掉巨无霸的花盆，扔掉上千本书籍杂志，特别是陈旧的物品，房间变大了很多。断舍离把不需要的所有统统清除，连同没必要纠缠的情感，一起丢掉。

每天晨昏定省，经常跟妈妈语音、视频，听得最多的就是，你不能总是一个人生活，看有合适的，可以考虑一下了。

妈妈回到 S 城，开心了很多，每周定期去教堂，有一大群叔叔、阿姨可以唠嗑，图南觉得挺好的，只是她又变成一个人在异乡。特别是放假期间，作息紊乱，黑白颠倒。甚至不记得自己有没有吃饭、睡觉。

暑假，图南怀揣爸爸的照片回 S 城，她曾对爸爸说，你要快点好起来，我带你回家，爸爸难过地说，我回不去了。图南说，我才不管，就是你没有了，我也一定带你的照片回去。爸爸喜欢出门旅游。还记得带着爸爸妈妈去台湾自由行，爸爸很兴奋地拉着自己的手走路。

可是，家，哪里是家呢？爸爸祖籍在河北唐山，生在黑龙江黑河，又带着全家搬到辽宁 S 城。图南没去过唐山，爸爸去过，但他很少提过那里怎样，看来感情不够深厚。所以图南决定，先回 S 城看妈妈，再去黑龙江黑河。

联系上了同学张蓓，微信真好，找到一个同学，加进同学群，就联起一大串，图南特别高兴地和每个阶段的同学都联系上了，一回去，就被同学安排好，接机，聚会。

第三十三章 擦肩而过

图南跟着张蓓走进包厢，和迎面一个男人对视，顿时，像被电击中一样，良久，两个人都说不出话来，就这样傻愣愣地站着。

张蓓跳起来大叫，快点入席！大家都在等着呢！你们俩还呆看什么？有的是时间够你们看的！两个人被大家拉着坐下。视线仍没有离开彼此。

图南和海鸿在一起相处的时候，他听说了，拍拍图南的头说："你怎么总这样让人措手不及？你还那么小，我在等你长大呢！"图南傻乎乎地问："我早就长大了！你要等什么？"他无语地长长地看着她。

也不知道说了什么，吃了什么，喝了什么，聚餐结束了，大家说去唱歌。图南说我累了，要回家。刚要逃跑的时候，他一把抓住图南："我不会让你再跑掉了。你家还在那里住吗？我送你回家。"

他先送了几个同学，最后一个送图南。大家心照不宣地说，你们二十多年不见，好好聊聊。妈妈看见和图南一起回来的同学，高兴地说："你是那个宋……"和图南玩得很好的同学，不管男生女生，都来家里吃过饭。所以，对于这个又高又帅，学习好，还有很礼貌的男生，妈妈当然印象深刻。

"阿姨好！是的，我是宋浩然。"他说。

"哎哟，可是很多年没见了，最近还好吗？快坐快坐！"妈妈热情地打招呼。"我去沏茶，拿水果给你们吃！"

"阿姨，不用了。时间不早了，你们休息吧！"浩然说着，他对图南说："还想去哪里转转吗？我明天早上八点来接你。"

第二天早上，浩然提了两袋水果来看图南，妈妈说那个懒丫头还没起床呢。图南早醒了，躺在床上玩手机，听到声音，从卧室探出头，说："你走吧，我哪都不去。只想躺着。"

妈妈急了，你赶快给我起来，人家都来了，你这么大人了，真不懂事！图南只好和妈妈说了一声，两个人出门了，妈妈站在门口，望着他们离去的背影微笑。

宋浩然带着图南兜风，一路上问："你还记得吗？这里原来是我们学校,已经拆了。"

图南以前回来几乎不出门,这次忽然发现这座城市变化好大,说:"好好的学校怎么就给拆了呢?"图南望着塔吊林立、热火朝天的工地,一派繁忙景象。

"哪儿还有那么多的学生啊?生育率直线下降,多少学校都消失了,你不知道吗?正好,这块地儿地理位置好,所以要盖高层写字楼。"

"我当然不知道,只知道大学在扩招!"

"忘了,你在大学工作。"

"唉!可惜啊,无处缅怀的青春。我恨这个老板!"图南大叫。

浩然笑了:"你想不想进去看工地?"

"工地有什么好看的?要是能看看教室,还行。"图南毕业后,没有再进过高中校园。

"现在能看到原来的教室,你还能复原大概位置,你要是不看,以后可就更看不到了。"浩然说。

"是吗?那我可要看看。"图南来神儿了,她立刻打开安全带。

浩然说:"别急!等我停稳了,你再开车门!"

浩然像变戏法一样,把不知道从哪里拿来的安全帽给图南戴上,自己也戴了一个。路很窄,他带着她走进围着的工地,图南直接跑到教室的位置去看,说:"对,就是这里,可以看到大操场,我的座位在这!你的个子高,你的位置在那边!"浩然微笑着,看着图南兴奋地跑来跑去,说:"你性格一点都没变!"

"谁说没变?变了!所有的一切都变了!"图南停下来:"你觉得没变,那是假象!"

浩然站在她身后,看着她,恍惚觉得一切都没有改变。

他爱过她,可她居然不知道!怎么能不知道呢?全班同学都知道。

她喜欢赖床,总是不好好吃早饭,他给她带东西吃,她又不肯接受。只好在下课的时候,托张蓓给她买吃的。初冬,寒流来了,

第三十三章 擦肩而过

气温下降了十几摄氏度,她像个傻瓜一样无知无觉,她还穿得那么少,只穿单衣,冻得抱着双肩,簌簌发抖都不肯披上浩然递过来的夹克外套,最后还是他强迫她穿上,她像披了一件长袍马褂,露出细长的脖子。

她贪玩,看夕阳看到天黑,融在暮色里,却不知害怕,浩然偶尔送她回家,图南都是一副神不守舍、心不在焉的样子,鬼知道她整天都在想什么!他多次挺身而出,因为别人欺负她。假期的时候,浩然给她留了家庭地址,为的是在假期里通信,浩然给她写了那么多思念,为她学怎么折叠信纸,折出爱的痕迹,可她连信都不回。自己做出种种努力都是无用功。她就是一纯粹的小傻瓜,什么都不懂!她是真的不懂吗?浩然一直充满怀疑。

有一次,他们两个在教学楼的楼顶,也是这样看着外面的世界,映入视野的楼下有一个衣衫褴褛的拾荒者在垃圾箱里寻找矿泉水瓶和有用的东西,她就开始编一个特别悲惨的故事:女主出生贫寒家庭,刚刚两岁,九一八事变爆发,战火中颠沛流离,失去父母兄弟姐妹。她不记得自己从哪里来,叫什么名字。好不容易长大,刚刚结婚,丈夫就去世了,留下四个……她望着他,哎,你想要几个孩子?他愣住,我想要?我们肯定是一个,计划生育啊。

哎呀,你不懂,你看女主比我们爸爸妈妈年龄大很多,她要生很多很多孩子的,五个吧,三个男孩,两个女孩。五个孩子一定非常能吃饭,要辛苦工作才能养活,图南无端地觉得,在所有的工作中,纺织厂的工作最辛苦,那就在纺织厂上班吧。孩子们终于长大了,成家立业。可他们都嫌弃又老又丑的妈妈,不肯赡养她。她只好四处飘零,没力气工作了,只能捡破烂。她老得走不动了,很孤单很辛苦,在一个寒冷的冬夜,坐在五里河公园的长椅上,天空飘着雪,像一件白色的棉袄把她轻轻地覆盖。她一个人听着松涛的天籁之声,坐着坐着,面带微笑,安然去世了……说着说着,图南眼里慢慢充盈的泪水流下来。

"这些孩子太坏了!"浩然听了,也很难过。他握紧拳头。

别！这故事不好，太悲惨了，你要给我讲一个好结局的故事。我不要悲剧，我要喜剧。"

"大家都不喜欢悲剧，可悲剧才是真实的！最好看的莎士比亚四大悲剧才是永恒的经典。今天不讲了，以后吧！"图南说。

浩然看着跑下楼的图南的背影大声喊："你还欠我一个故事！"

图南回头，巧笑嫣然，大声地说："好！以后讲给你听！"

浩然想到这里，忽然笑了，刚刚结婚，怎么会生五个孩子？她以为住在一起，孩子就会自己一个一个跳出来吗？他经常温习她编的很多故事，以前怎么没发现逻辑不通？

"你还欠我一个故事呢！"浩然微笑着说。

"啥？"图南微张着嘴，惊讶地看着他，显然，她已经不记得了。

浩然有点郁闷，她记忆力极好，背东西，标点符号都不错，怎么一到自己这就失忆，统统忘得光光的？还要帮她找回记忆。

"中午想吃什么？"他关切地问。

"不知道。什么都行。我不挑食。"

"我记得你爱吃排骨炖芸豆。以前在食堂，你总买这个菜。"

她的眼睛顿时亮了："对对，只要炖的，不要炒的。"

从工地出来的时候，图南看到几个工人向浩然挥手："宋总，再见！""宋总？大哥，你是干什么的？"图南这时才想起来问问，同学们吃饭的时候叫他宋部长。

"人贩子，专门拐卖你的。"

"算了吧，本老太年轻的时候花容月貌，倒还勉强值几两银子。现在人老色衰，早没人要了。快说，你是干什么的？"

"事业单位转制变成企业，人事处变成人力资源部，部长倒没错。但也一直在外面做一些工程，所以叫宋总也没错。"

"怪不得你能带我进工地！啊！你就是那个混蛋老板！"图南明白了。"什么人啊，无良商人只重利。你赔我母校！"

浩然开车速度非常快，图南说："开这么快，这可不像你的性

第三十三章 擦肩而过

格啊。"

"没办法,我太忙了,分都不够扣的。"

"是啊,有正式工作,还有非正式工作。你那么累干吗?钱差不多就行了。歇歇吧。老这样也不行,身体健康、平安出行才是最重要的,不许违章!"

"没办法,工人那么多,总要吃饭啊。你知道,S城施工工期只有半年,冬天放假。"

"我知道,天寒地冻,土都刨不开,要用爪子挠。"图南看着窗外的景色,湿地公园越来越多,快速路越来越快,城市建设越来越美。

"你冬天回来吧,我有空陪你。夏天真的没时间。"

"你知道吗,F城有一年过年居然28℃,热死了!但S城又太冷了,我又不喜欢看雪。下完雪,就该降温了。更讨厌的还有过年。所以我都会跑出去玩。"

"你喜欢哪里?我陪你去欧洲玩吧。我猜你会喜欢。"

图南面对浩然的好意退缩了。

"才不要你陪,我想去就去,我有儿子陪。额……那什么,我的事……张蓓都说了?你都知道了?"

浩然重重地点点头。

几天下来,快乐是很快乐,逛吃逛吃,可是……他关切的眼神让人无从逃避,好像哪里不对?

晚上,妈妈走进图南的卧室:"浩然是不是对你有意思啊?"

"妈,你想多了,只是比较要好的同学而已。"

"那他怎么总来找你?"

"没什么啦,我在F城,不管哪个同学来了,我当然也都要陪的。你看白桦、鑫鑫他们来了,我尽尽地主之谊,吃吃饭逛逛景区,不是也很正常吗。"

妈妈半信半疑地回去看电视了,她还是很传统,多希望图南能有自己的幸福家庭生活啊!

"妈妈,我带了爸爸的照片,带他回老家,要回黑龙江,你去吗?我们一起走!"图南追了出来。

"我不想去了,你在我这里难道不好吗?"妈妈难过地说,"已经回去了几次,很多老朋友都不在了,我不想回去。"图南理解妈妈的哀伤。

图南拿出爸爸的照片:"爸爸,我答应过你的,说话算数。我们一起回老家看看。"

浩然对南图不辞而别很不解:"抱歉,我不能时时刻刻陪在你身边,我忙啊,两头跑,孩子读初三,我又要接送补习。你怎么能这样,说走就走呢?"

"他妈妈呢?"

"孩子这两年,是我一个人带大的。自从……带孩子以前是他妈妈的事,现在都是我的事。"

语焉不详,离婚了?还是去世了?图南转着念头,却不好意思再问。大家都是成年人,谁能没点故事?

"我自由自在惯了,这次是带着我爸爸的照片,让他看看老家,以后有缘再聚。"

浩然不说话了,他知道,她是不羁的风。"好吧,你去玩,我还会等你回来的。不管什么时候,我都欢迎你回来。你回来的机票、吃的饭钱都我付。"

"哈,你不怕我吃穷你?"

"就你吃这点鸟食,一百个也养得起。要是能把你抓进鸟笼子里养,就好了。"他无限神往。

"哼!我还想把你扔猪圈里养呢!"图南不屑地说。

图南回黑龙江走了一大圈,五大连池、药泉山的独特景致,那是无法用语言描述的粗犷的美,深深地印刻脑海。图南还顺路跟随旅行团去了布拉戈维申斯克(海兰泡)。看了那里的博物馆、广场、教堂、歌剧院,重温近代史的各种条约。这里本来就是我们的!想着这是国耻,忽然想应该回去找些书籍图片,做个展览。这种爱国

第三十三章 擦肩而过

主义的教育应该更多一些。

出去走的最大好处就是能够呼呼大睡。图南想起很多小时候的事，不禁感慨万分，爸爸要是还活着该多好！想得最多的还是爸爸。旅行团里多是一对一对的老年夫妻，两个人一起出来玩，大妈特别爱多管闲事，好事地问图南："你怎么一个人出国？"图南懒得理她，装作没听见，可大妈又问了一遍。

图南没好气地说："一个人有什么不好？想吃就吃，想玩就玩，想买就买。你看你老公管你那么多，不就买点东西吗，他那么小气。"说完图南就后悔了，这话太恶毒了，这不是挑拨关系，等着看他们老两口吵架吗？可是，谁让你先惹我的？图南顿时觉得身上的刺又一根根立起来。

"不过呢，买不买都无所谓，有些东西看着好，不见得有用。"图南赶快把话拉回来。

果然，后来大妈对大爷一直怒气冲冲，脸色铁青。海鸿早就有人陪了，我还是一个人漂泊。图南暗自叹气。别人说的这些，为什么就能刺痛我？什么时候能泰然处之，才算是正常人。我为什么不敢承认就是一个人呢？承认现实有那么难吗？

浩然每天都用微信，听图南讲一路的见闻，他很羡慕图南这样悠闲地四处闲逛，图南巴拉巴拉讲一大堆海兰泡，还恨恨说，他们真无耻，用的网络还是我们国家的。

回到 F 城，两个人联系不少，也经常聊天。图南很难想象，一个朝气勃勃的大男孩是怎样变成中年大叔的，她和张蓓聊着闲天，假装不经意地问宋浩然的情况，可张蓓也不知道，说他平时很忙，不抽烟不喝酒，平时也很少和大家联系，听说你来了他才来的。

"他是怎么了？为什么会一个人带孩子？"图南只关心这个。可张蓓也不知道情况。

图南慢慢走出阴霾，她一直坚信，人要生活，要高质量、有理想的生活，仅仅卑微活着，那和动物有什么区别？人生应该是有意义的，至少也是美好的，应该活在一个繁茂欣荣、百花齐放的春天。生命是灿烂美好的，每一朵花都有盛开的理由，必将以隆重的形式出现，就算不是牡丹的国色天香，也应该是狗尾巴草的生机勃勃、恣意洒脱。

微笑是最好的化妆品。今天的我一定很美。以后的每天都是美美的。图南知道，虽然不像年轻时的姣美清纯，但应该有另一份成熟大气的风度。有自信的女人才是美丽的。自信已久违了，相信自己吧。即使没有人爱，也要爱自己。

浩然，虽然我们相隔数千里，让我们一起飞吧，缱绻缠绵，柔情蜜意。相见如此难，我愿付出一切，只要得到你的那一瞬。这是极纯极美的柔情，不似狂风暴雨的张扬，只见花瓣慢慢绽放，只为你一人欣赏。小溪缓缓流淌，就像永远停留在茫茫洪荒。原来上天不肯要我死，是为了告诉我，世界上还有你，有你来爱我。浩然，你是爱我的。终于知道，我不孤单不会绝望，是有你在身旁。你给予的爱是我今生最美的收获。

浩然和她视频，说要在兴城海边放孔明灯。图南不主张放孔明灯的，严重污染环境。

看着孔明灯腾空而起，图南问，"你许了什么愿？"

"万事如意呀！"他说得太快了。

图南警觉，马上就问："你和谁一起？"视频里出现了一个年轻漂亮的女孩，她在向图南招手。面容身材无可挑剔，图南顿时自惭形秽，对啊，一个优秀的男人身边怎么会缺少漂亮的女孩子？他说："是手下。你看，我带了很多人来。"远处，沙滩篝火旁一群人又唱又跳。

图南关掉手机。她的灵魂从来不曾这样被鞭笞，问自己为什么想要浩然，他只是一个温暖的符号，还是自己梦想出来的偶像？有那么大吸引力吗？是自己的孤独引起的心魔？怕这是一个瑰丽无比的美梦，一旦肥皂泡破裂，对图南就是灭顶之灾。爱还是要少一点，为自己保留，不然就会痛得体无完肤。好吧，我不要了。我不想每天都担心我的爱人在不在。图南对自己说。对浩然不能有任何

第三十三章 擦肩而过

期待，这样太危险了。不光是浩然，任何人都是。图南挥挥手，我真的不需要了。

浩然不知道图南为什么忽然这么冷淡，"冬天快到了，我现在不那么忙了，我去 F 城看你，行吗？"

"不行，我没时间。我很忙，要坐班，还要上课。周六周日都排满了。"

"原来你都是骗我的，还说带我去武夷山，去鼓浪屿，去土楼。"浩然的失望写在脸上。

"对啊，就是说说而已。"图南咬着牙说。

"我就想看看你，不占用你时间。"

"不行。"

"我就到你家坐坐，行吗？"

"不行。"

"你现在还是一个人吗？"

"当然。"

"你就没爱过我吗？"浩然生气了。

"没有，我们到此为止。我要删了好友，以后别联系我了。"

"能告诉我为什么吗？"浩然要发狂了，"你总要讲点理吧？"

"我有疑心病，很严重，神经兮兮地觉得你会出轨。哪怕你没有。相距那么远，我怎么能时时刻刻看着你？凡是让我难过不安的，一律不要。"图南一边嘀咕，一边删除他的微信和手机号码。

她顿时觉得很轻松，决定找个电影看。有些美好适合保存在记忆里。早晚都要失去的东西，还是早点失去吧。不对，从来也没得到过，也从来没有失去过。

过了两天，浩然请求好友。图南想了一会，又加上了好友。他的为人，图南是深深了解的，正如他的名字一样，永远不变的浩然正气。他不会穷追不舍，玩下三烂的把戏。

"你离家在外，你妈妈岁数大了，身体还不好，困难应该不少，有什么事，你随时找我，我都在！"

图南泪水滚落:"谢谢!"手颤抖着,只打出两个字。

"你要好好照顾自己!按时吃饭,多喝水!生活要有规律!不能总熬夜!天冷的时候,不要光想着臭美,要多穿点!你的手总是凉的。"

图南放下手机,再多的叮咛和疑问,她都不想看了。只要在朋友圈发出旅行的照片,他会关切地询问,你人在哪里?你今天走的步数很多,别太累!容易生病!以后的联系,就是逢年过节的诚挚问候和良好祝愿。开始,图南也会看着他实名的微信号,看着他的照片微笑,渐渐地,她淡忘了他。

有些人有些事,死都不会忘记的,只能慢慢淡忘。

第三十四章　人性善恶

2020年5月　F城

公证？怎么公证呢？孩子不在国内，要在海鸿离世前把房子转给鹿儿，赠与交的税高，所以为孩子办买房委托，委托荷芳买S城的房子，图南想破了头，该怎么办，找遍了通讯录中的人，忍着耻辱，揭开伤疤，如同祥林嫂般一遍一遍地讲前夫的现状，却又无可奈何。家里的房产证都是两个人的名字。

各种程序跑下来都无济于事。图南觉得自己要为难死了，人生多苦多累都不怕，向各色人等低三下四地乞求，对于图南来说，难于上青天，真真是比死还难受。可是，海鸿和荷芳这边催得紧，只能硬着头皮去问。

图南在三个人的家庭群里发信息："F城这边公证处的主任告诉我，唯一的方法是你去委托公证某人，不要是姑姑荷芳等有遗产关联的人，把房子卖给鹿儿，如你有不测，不注销户口及身份证，委托时间写到最长两年。这是法律许可的最好方式。"

图南又气急败坏地说："房子早就应该转到儿子名下，你攥着不舍得给，这下麻烦了吧？什么东西都是带不走的！"离婚的时候，图南就要把房子转给鹿儿，海鸿觉得把房子都转在孩子名下，将来自己没有话语权。他紧紧地握在手里，不肯放手。他一直闹着，还想要S城的房子。图南说随你。你要住就住。你挑。

海鸿生图南的气，那么决绝地离婚。当时他没反应过来，以为图南只是一时意气，之后会复婚，他要有个姿态，所以离婚协议上还写负债由自己还，图南说不就是有点房贷吗？还不了几年就结清了呀。等到他想到房子都给孩子，将来图南找个人嫁了，而他什么都没有，还要一起还房贷，觉得亏了。

　　当时海鸿不但不同意，还在之后几年里，经常问图南，你什么时候回来，跟我把这个房子卖了，有个好项目，需要一笔钱投资。已经卖了一套房子，钱被海鸿带走，图南上当过一次，自然不会上当第二次，房子留着给孩子的，你少打主意！房子，我不卖！图南没理他。

　　海鸿对鹿儿说，"事情棘手也没什么关系，我估计活三年没问题，等你回来，然后你妈也回来，把沈阳房子过户给你，你有房产，啥时候用钱，就卖了，你少奋斗三十年，我奋斗了三十年的东西，都给你了。"

　　"儿子，记住，你伯父是最可信之人，有任何事都可以找你伯父，你伯父不会拿爸爸或你的房子挣钱。"

　　鹿儿："行。"

　　海鸿："大不了转到你伯伯名下，将来你伯父处理。所以不急，按我的底线来。"

　　他又说："努力学习，提升学术，报效祖国。"

　　"你到底要怎样？一会儿一变，到底要不要办理？"图南问。本来就觉得过户是胡闹，离婚协议上写得明明白白，房子都是他再婚的婚前财产，后来问了律师才明白，还是过户稳妥些。他又出尔反尔，先转给大哥，再转给鹿儿，图南一提到婆家的人更生气，这是不是变着法要自己手里的二分之一的产权吗？要不是荷芳当年一直嘀嘀咕咕，整天瞎算计，海鸿也不会这样斤斤计较。

　　图南忍不住了："你家人最可信？房子是两个人的，我还要回

第三十四章　人性善恶

S城，把房子转给你哥，然后他再转给鹿儿？这圈子绕的！哼！我是孩子他妈，我才是最可信的！"

"玩什么？认真学习是正经！对人要真心相待！对女朋友要体贴照顾，不想在一起就趁早分手！别做缺德事，白白耽误人家！"

海鸿："你我不相干，你说你的。"

图南："儿子有空，我说说和你爸分开的真相。"

海鸿："别干扰孩子，学习吧，我的儿子。"

图南想了想，忍下一口气。

通过外甥女雪宝，找到了一家私营公证公司的主任，约好见面，那个主任很是同情图南，但公证人鹿儿不在场，果然是办不了。图南不懂办公证到底应该花多少钱，带了两万现金，一分钱没花出去。

图南在群里发出信息："F城办不了的，除非，鹿儿自己回来去办。"

鹿儿打出信息："如果我要做公证就只能回来，不是我急不急的问题，现在快崩溃了，老师急要实验结果。"

海鸿："随便吧。"

鹿儿："我熬夜还没做完，不要再逼我了，上次要我回来办户口，我紧张好几天，这次又要我回来办公证。"

海鸿："好，不逼了，不差那几十万。"

鹿儿："你为什么不能体谅一下我？我真的分身乏术。我这几天想过很多次休学了。真的很难，老师根本没给我什么时间。"

图南："认真去做。"

海鸿："我努力活着，等新冠疫情过后再说。"

鹿儿："嗯。"

海鸿："你休学干什么，不出成果是自身水平不够。"

图南："儿子我相信你，没问题的，先大量浏览与课题相关的各种资料，确定内容，完成架构，再去查重，付出就有回报。"

鹿儿："老师给了一个错的题目，我研究很久了。"

图南："肯定有前沿性才是博士生的水平。你去查资料，怎么把两者结合起来，创新很重要。海鸿你要不考虑一下委托我姐处理，第一，她为人我了解，她不会据为己有，她为鹿儿的事会尽心努力去办。第二，我们去过她家的那两套房子，都是委托中介卖的。"

海鸿："不用。"

那些年来，城门失火，殃及池鱼。两个人的战争连累无辜，兄弟姐妹都被牵连，他疑心重，连自己都不相信，当然不会信任晓晖。

图南看见海鸿给儿子打了最后一行字："好好学习，报效祖国。"

终于找到一家厦门的公司办理数字公证。经反复确认，得知L城落后，不接受数字公证。图南研究了各种政策，无计可施，终于明白人不在国内，肯定不能办理了。

对啊，可以问问境外方面，应该可以办公证吧？居然可以！当地还真可以办，本来只是想办L城的房子，鹿儿给她发了信息："妈妈，我看要办两个公证委托，把S城的房子也委托我姑姑一起办理。"她觉得儿子有想法，也对啊，一起办理。大概要二至四个星期才能办下来。价格还很低，约人民币四十四元。

整个手续跑下来，图南对荷芳说："辛苦了，谢谢！"

荷芳问："鹿儿才给我发信息，说F城房子也要这边办理委托，那委托人是谁？给我房照信息和委托人信息"。

"F城房子先等我几天，我去问政策，因为是限价房，不许买卖，后来是把卖价减去集资价，要赔当地政府几十万，我再看看，有什么更好的方法。鹿儿买房已经委托你了，卖房我委托海鸿还是

第三十四章　人性善恶

海文大哥？"

"委托大哥，海鸿身体不行，去不了。"

图南在限价房小区成员群里问了几次，房子的出卖，应该怎样办理，最后还是没有更好的解决方式。同一个小区的张伟，他是海鸿的师弟，发了私信给图南："师兄怎样了，还好吧？"

图南说："他生病了。不过，没事，小感冒发烧，过几天就好了。"

张伟说："以前给你打过电话，你都没接。师兄也不接电话。后来听说了你们的事。"

图南手机常年静音，看到过他的未接来电，那时她不愿见人。

"师兄和李勇之间到底发生了什么？"张伟问。

"说是上课的事情。"图南说。

"嗯……嫂子，大概不是吧？是不是女人的事呢？"张伟试探着问。

"额？没听说，海鸿没说。"他们几个总在一起喝酒，也许，张伟说的是对的。李勇不是举报过海鸿和王怡吗？

"上课的事不至于那么严重。李勇也是损失惨重，大家都知道他人品不好，没人再和他在一起做事。鱼死网破，两败俱伤。"

"哦，无所谓了。"别人爱怎么想就怎么想吧，图南早已经放下了。

"嫂子，有事你吱个声！有空多聚聚！小兰总念叨你呢！"小兰是张伟的妻子，少有的贤妻良母型女博士，事业、家庭双丰收，图南和她以前也总在一起玩。

图南想了一会儿，张伟说得有道理，可又能是谁呢？素云？王怡？或者还有别人？管他呢，反正出轨那么多，再多一个两个无妨。还是房子的事要紧。

打电话给F的公证处，接线员让她下载APP网上预约，下载好了，却无法注册，她明白了，身份证号码不是当地的，根本预约不了。又打了电话，人工预约到第二天。公证处的人说，由于房证是两个人共有，你不能直接委托第三人，要海鸿委托你，你再委托第三方。这是一个怪圈，图南果然笨，想了很久才转过弯来。不禁感叹自己智商不够。和她原想的不一样，和公证员解释了半天，还是没用。路上打了两个电话问儿子和荷芳，问能否委托海鸿，他刚刚从 ICU 出来，健康状况怎么样，非常严重吗？他们的回复是还能动，可以委托。

图南本来以为把自己的部分委托海文大哥办理，结果却是委托海鸿把自己的一半房子卖给儿子鹿儿。公证费四百元，打印费二十五元，停车费三十元，终于有个结果了，跑了快一个月，希望能够顺利过户。图南始终窝着一口闷气没出来，变得叽叽歪歪，想起来就气。海鸿回到 L 城，买了一套房子，说是大哥给他买的。实际上，鹿儿已经告诉自己，爸爸带走了不仅是图南知道的那六十万，他带走更多的钱——一共九十多万。

"L 城房子是爸爸买的。"鹿儿说："爸爸的房子装修得非常漂亮，比我们家好多了！哪像我们的家，门框是歪的，露出里面的黄白的泡沫胶，踢脚线比饼干还脆，扫个地，都是一块一块的塑料片，热水器还是漏的，滴的水把瓷砖染成黄色。"

更为恶劣的是，鹿儿第二年的学费他没给，他想让鹿儿和图南跟他要钱。离婚的时候，海鸿把家里所有的钱都带走了，图南才是真正的身无分文，净身出户，还把爸爸妈妈接到身边，爸爸病危住院，正是人生中最穷困潦倒的时候。

可图南二话没说，借钱，直接给鹿儿转了五万的学费生活费，想难住我？让我低头？休想！图南咬着牙，省吃俭用，拼命赚钱，不错，赚钱的感觉真好！特别有成就感！只是回想起来，自己像猴子一样被戏耍，这种感觉比吞了苍蝇还恶心。图南宁愿被人拿刀砍

第三十四章 人性善恶

死,也不愿被人欺骗。海鸿看到图南并没有被吓到,再不拿孩子的学费,鹿儿说不回去看他,他才按时给鹿儿打钱。

海鸿又问:"公证书、户口本、身份证、房证一起寄过来,办得怎样了?"

"公证的事急什么?房子给孩子没错,你有什么担心的?"

"我不担心,我上午上班,下午在家休息。刚在医院检查完,癌细胞没有扩散,反而变小了,各项指标正常。"

"那就好!境外的公证没到呢。"

隔了一会,图南才想起来:"境外的公证要几份?当地肯定留一份,你需要几份?"

海鸿没回答。图南急了,打了几个电话都被挂断。凭什么不接我电话?图南一遍又一遍地打过去。海鸿不接电话一直是图南最愤恨的事。终于接了电话,图南问:

"要几份公证书?"

海鸿支支吾吾地没说,图南觉得又被戏耍了,大喊大叫:"你想把房子给你哥是吧?给就给,我没意见,你把话说清楚!你们家不就是防备我吗?"

海鸿声音沙哑:"我这忙,完事再说。"

"你忙?你有什么忙的,你还能干什么?我比你还忙呢!"

海鸿挂断了电话。

一会儿,荷芳电话进来了。"你怎么回事?他那里说话不方便,你能不能不这么大声?大家都能听见!"

"听见怎么了?就是给你们听的!你们还有什么弯弯绕绕?"

"不是的,他和那个女人结婚了,不是防备你,是因为她!"荷芳气急败坏。

"哦?"顿时,手机掉落在地,图南五雷轰顶,说:"他结婚了?你骗我!他结婚,我怎么不知道啊?"图南弯腰捡起手机。

"不结婚，那个女人怎么会照顾她？那个女人逼着他结婚！"荷芳怒气冲冲地吼。

图南的手一直在抖。她挂断电话，拨给海文大哥，大哥从来不乱开玩笑，他会说实话。

"海鸿是真的结婚了。"

是的，他说过的，在北京时说的。当时图南还说，你结婚，我也结婚！怪不得他急着把房子过户给鹿儿，原来是这样！

迁户口是为了再婚，房产是他婚前财产，写在图南和海鸿的离婚协议里，必须留给儿子，她为这个女人不值，和他结婚，想必是有感情吧！不管怎样，有人肯和他结婚，也是好事，只是儿子继承财产有了障碍。他和他家人这么安排的：L城的房子，他新婚的妻子可以一直住到死，前提是不能再婚。再婚的话，必须搬出去。房子产权证的名字是鹿儿的。

可是，你骗我！晚上，图南依然恨意满满睡不着，一想起海鸿，就是抑制不住的愤怒：离婚后海鸿的户口没有迁出，户口上还是三口人，他的身份证还是F城的地址，可他两个月前一定要迁户口，骗自己说户口在当地可以办理大病重病的补助，可以补助五万块钱，图南听了没有半分迟疑，虽然半信半疑——不见得差这几万，还是希望帮他省下点钱，费了九牛二虎之力，求爷爷告奶奶，才迁出他的户口落到北方。你结婚就结婚，骗我干吗？骗我迁户口，原来是为了结婚！

海鸿是她已经不爱的人。婚姻，想想就令人不寒而栗。二十年的婚姻生活，图南只是觉得那是地狱，干不完的家务，拖不完的地，做不完的饭，特别是假期，一顿一顿永远忙不完。没有休息日，无期徒刑，忍受合法的强奸。累得腰酸背痛，永远看着一张臭臭的扑克脸，她后来才明白，发脾气摔门而出，是他的策略。生了气，两个人肯定不会互通电话，不打扰他出去眠花宿柳，岂不是很

第三十四章 人性善恶

安全？见过他爱你的样子，所以一旦变心了，她比谁都清楚。相处十年多时间，身处其中的图南见过他的喜怒哀乐，而他又是直接把情绪写在脸上的人，给图南的感觉更为分明。

爱与不爱，他对你的态度已经说明了一切，一个习惯性的动作，哪怕对视时流露出来的一点笑意或倦意。

图南的第六感惊人，燕声总说，你身边就差一只黑猫了，整个一女巫。道理说不清，虽然没有一个明确的概念，没有精确的神谕语言，没有复杂的逻辑推理，却极其精确。出轨是惯性，是无法回头的流星，是开弓没有回头箭的决绝。出轨的尽头永远是真相大白，伤害的永远是最爱的那个人。只是有人能够接受，要面子不要里子，痛苦煎熬；有的人自欺欺人，继续同床异梦，各玩各的。

在婚姻里仅仅有爱是不够的。多巴胺只能维持短短的十八个月，剩下的就是两肋插刀的哥们义气，相知相守的责任和吸引。他所有的做法都是那么自私，他不爱别人，他只爱他自己。对于一个自私到骨子里的人，打着爱的旗号，相处久了，也许会产生一点感情。把自己吃饱穿暖后的一点温情赏赐给枕边人，这是爱情吗？图南觉得这世界很荒谬。什么狗屁爱情，我宁愿不要。不想要，那我这是干什么？智商呢？又不在线了？

"公积金，你办一下吧，应该有几万块钱，转儿子银行卡里。"海鸿发给图南的文字消息。图南急了："我和你还有关系吗？我给你办？告诉你，我——办——不——了！只有你儿子、你老婆可以，我跟你是什么关系，你不知道吗？"图南发飙了。

"你不办就不办吧，大不了就不要了。"海鸿这次，没有再催促。

过了几天，海鸿问："我是不是要对孩子严厉一点？这样，以后鹿儿就不会想我了。"

"你滚！吃饱了撑的！人生该怎样就怎样，你整天演戏，影帝啊？累不累？"图南没好气。

"我怕儿子以后会想我，如果记得我的不好，就不会伤心难过了。"他伤感地说。

"放心好了，你把我们都伤得透透的，我们是不会想你的。你去死！"图南一边泪流满面地打字，一边尖叫。

"我会死的。快了。"

图南瞪着手机，他没再打字。

他和照片上那个丰韵娉婷、千娇百媚的女孩结婚，图南忽然豁然开朗：自己从来就不是他喜欢的类型，除了以寒和自己有几分相像外，几乎所有的出轨对象都有一对丰硕的大乳房，他喜欢丰腴的胖女人，有单纯的肉欲的世俗气息，能带来如火激情的女人。自己这样苍白敏感、神经质、满脑子浆糊的人，根本就不是他的菜！

他说爱图南都是假的，爱情原本就是出身、经济、文化几方面权衡利弊的结果，没有什么真爱永恒。寻找最适合自己的才是人性，而人性往往是自私的。他的所有选择都是为了他自己。

想想这世界真是可笑，一心要忘记过去的图南，想披上婚纱做个幸福的新娘，却心门闭锁，容不下任何人。坚持不结婚的海鸿却把名分给了别人，他的新娘戴上结婚戒指后，三个月将成寡妇。

平时不看朋友圈的，被同事提示说三八节活动照片发在朋友圈了，打开看了一眼，发现以寒发了一张短发的照片。短发也依然是美丽的。"回到十年前，重新开始。"十年前，她还是小三。虽然平时也断断续续有联系，以寒要考教师证了，以寒需要一些资料了……图南也都帮了忙。女人长发变短发一般都是感情上受了刺激，大家都这么说。

第三十四章　人性善恶

可十年了，十年过去了吗？九〇后的孩子已经三十多岁了呀，图南有点头晕，时间有这么快？那年双十一见到的以寒可不就是短发吗？！

图南发微信给以寒："短发挺漂亮的，还好吧？"

"很糟糕，发生了很多事。所以才想剪个头发重新开始。"

"怎么了？"

"和你遇到的情况差不多，我也是遭到报应了。"

"额，没事吧？"

"他外面找女人。"

"别难过。"

"我还在哺乳期。"

"你要坚强，别难过，对孩子不好。"

"这两个月不知道怎么熬下来，无数次想离婚。"

"从长计议。别冲动。"

"我们结婚后他总是这样，我以前没发现，现在孩子还不到一岁。"

"好好调整心态，就当做不知道吧。可怜的孩子！"图南叹道。

"有时候想离了吧，有时候又想这样过去了吧。"

"单身带孩子，不行！孩子需要爸爸！"

"我根本憋不住，大闹，吵了两个月，他还有一个女同事，虽然没发生什么，也是很讨厌，什么事都叫他，纠缠着。"怎么和当年的海鸿一个样？图南有点蒙。男人果然都一个样！

"这些都不重要，你还是好好过吧。"

"我们吵架后，感情会越来越淡；不吵架，又怕他以后不会改。"

"在一起十年了吧？"

图南想起以寒主动喜欢一个男孩，患得患失的心情，她比自己有勇气。

"嗯,应该他是觉得腻了吧?!为了新鲜。"

"感情基础还是有的,最好不离。生活还要继续。"

"我们才三十岁,漫长岁月,这种痛苦还要持续多久?"

"自己心理调适,就当他出个远门。"

"也想起从前,我也做了破坏别人家庭的事,现在可以感同身受了。"

"那些不重要了。过去的事不用想它。好好看孩子,好好生活。"

"有时会怀疑自己,是因为吵架吗?感情变淡了,他才会那样?"

"婚姻本来就这样。"

"还是他本性?如此本性的话,很难改变。"

"最好是原谅。原谅他,更要原谅你自己。"

图南心里很难过,本着"劝和不劝离"的原则总没错,这世界什么都没有改变,时间转着转着,就转回来了。图南实在不知道该怎么安慰以寒。

图南想起朋友红叶的决绝,她带着孩子离婚,与丈夫终生不见,有几人能做到?自己每日每夜煎熬,拷问自己要不要离婚?自己五年的隐忍,又有多少痛苦?人生漫漫长途,要怎么面对?对孩子、父母的影响要减小到最低限度,这种刻骨铭心的痛苦,谁能理解呢?

图南总疑心,自己在白天和夜晚是截然不同的两个人,上班上课完全是充满自信的正常人,待人接物和蔼可亲,对同事和学生充满爱心;可夜晚的时候,蛰伏的怪兽惊醒,她却无能为力,任由它一点一点吞噬,僵倒在床,全盘否定自己,没有价值地活着。

百无聊赖地刷手机,看着短视频消磨时间,终于在蒙眬中要睡

第三十四章　人性善恶

着，图南听到了海鸿的声音，震耳欲聋的声音在叫自己："图南！"他已经哑了，发不出声音，不是他。是的，是他！他的声音刻在身体里的，怎么可能忘？

图南摇摇头，没睡着，没做梦。他已经结婚了，我想他干吗？翻来覆去，又是难眠之夜。

第三十五章　天人相隔

炎热的夏天来得太早了，图南出了一身的汗，有点虚脱。空调开着，却又寒气沁骨，浑身酸痛。

午睡迷迷糊糊，习惯性地看看手机，见鹿儿发来消息："我爸不见了。"

三天前海鸿又一次给她留言说："太难受了，给我弄点安眠药。"他怎么可能买不到止痛的药呢？海鸿想起图南的同学白桦在医院，问她的联系方式，图南告诉自己绝不能再心软了。白桦是世界上最善良最有同情心的人，她肯定抗不过海鸿的哀求，绝对不能害了白桦。她不肯给他白桦的手机号。

他用来自杀的，怎么办？药不能乱吃的。一想到连累同学，图南犹豫再三还是再次拒绝了，中国没有安乐死，这是犯法的！痛，也只能忍着。

"爸爸临终前用的止痛药是曲马多。我觉得这个药挺有效果的。你自己去医院开吧。"

图南得了中重度抑郁多年，无数次情绪低谷，发狂的时候，也想死了算了，又不是没有死过。人生太苦，每个人都会有过这样的念头吧。可是……这不可能！这根本不会发生！你一定是开玩笑的！鹿儿不会拿爸爸开玩笑。意料之中，又意料之外。

图南眼前发花，她定了定神："你回来吗？"

"没法回去，疫情严重。"

第三十五章　天人相隔

"嗯。"
"我要念完书。"
迷糊之后,忽然她明白了。
"……不是自杀吧?也许,是意外?"
"是"
"没给你留话?"
"没。手机里的内容全部删除了。"
"我很难过。"
"我也很难过。"
"今天不见的吗?"
"昨天半夜到今天凌晨。"
"我以为……你好好读书吧。"
等了半个小时,鹿儿回复:"嗯。"
"他前几天不行了,连话都不能说。"
"他不是已经好了吗?"
不是已经会说话了吗?上次语音的时候儿子说的。她记不住了。一方面是事实,另一方面是愿望,她大脑短路了,两个说法交织在一起,混沌一片。不知道为什么,她对他总有一种期待,不管怎样山穷水尽,最终都能柳暗花明,走出一条新路来。似乎他从来没有绝境。他永远振振有词,掌握宇宙真理,怎么可能就这样悄无声息地离开?他不会死。肯定是弄错了。能够找到他的,他就是赌气了离家出走而已。就像以前无数次一样,他是个想再次离家出走的孩子,他迷失在黑暗的森林,他会回来的。他还年轻,还没闹够,他怕死。他不舍得离开。可是,他得了最恶性的晚期肺癌啊,已经扩散到淋巴,那么严重。就算手术了,儿子说:
"我爸已经很厉害了,那么严重的肺癌晚期,还能挺一年。"
图南瘫坐到地上,泪如雨下。她总是发誓说,我不会再为你流一滴眼泪。但每次都是眼泪滂沱。对于一个敏感细腻又充满勇气的人来说,死是自由。他完全自由了。不,他没勇气!他自私胆小,怯懦,他不敢死。

"什么?他到底去哪里了?"

"他跳河自杀了。"

"找到了吗?"

"现在还没找到。"

又是泪水狂涌。怎样的痛断肝肠,让一个怕死怕病的人做出这样的抉择?儿子语音又发过来,声音微弱:"妈,以后就只有我们两个人一起了。"

图南笑着说:"相依为命。理科生就是连话都说不清楚。"

她赶快走出办公室,坐在大厅的沙发上,只有她一个人面向窗外坐着和鹿儿说话。泪水又哗哗地流下来。

"你不要太难过,妈妈。"

"我知道。"图南说。

还是很难过。如果我劝劝他——他发过信息给她:

"凡是能想到的病,在我身上都体现了,我真遭不起罪了。"

并发症?如果我去安慰她,给他以生的勇气,如果不是恨得那么深……那又能怎样呢?延长几天痛苦的时间?

其实当时图南非常紧张,截图发给了鹿儿和荷芳,她想知道他到底怎样了,鹿儿转发截图给海鸿,海鸿回复:"我好好的。"

荷芳回复:"明白,会小心照看他。"

鹿儿再一次充当了赫尔墨斯的角色。图南看着儿子又转发回来的截屏,愤怒了:"我好骗,是吧?"冷冷地发微信:"鹿儿说你好好的。"

"你少来吓我!"图南不相信他说的所有话。就像对那个整天喊"狼来了"的孩子,早就失去了信任。

男人喜欢向女人诉苦,求得安慰,却喜欢在孩子面前装勇敢。这也是她瞧不起他的地方。一个小感冒,都能躺在床哼哼几天。为了装高烧,体温计摔坏了好几个。水银柱38.5摄氏度以上,就站

第三十五章　天人相隔

在道德制高点：我生病了，你都不管我？你是怎么对我的？

装，你就继续装吧。人格分裂。病情没那么严重。这不过是他又一次的试探，他永远都饕餮般，考验图南对他的耐心，索取更多的爱。我对你的爱还不够吗？你到底想怎样？

"会找到的，他会游泳，他还活着！"图南肯定地说。可她内心深处却知道他已经离开了。

在鹿儿断断续续的话语中，事件还原了真相，从摄像头里看到他半夜开车到太子河边，上桥，然后就没有了影像，消失了，一直到现在也没找到。他就这样走了吗？怎么可能？她顿时听到天崩地裂的声音。儿子担心地说：

"妈，你没事吧？"

"没事。真的没事。还有个快递要去取。"

"还没找到你爸爸吗？"

"还没有。"

"时间到现在已经过去这么久了，他又冷又饿，身体虚弱，怎么能受得了？"

取快递，在校园的生活区，那么熟悉的路，空无一人的校园里，一圈一圈地绕着，图南走错了地方。她忘了自己要做什么，定定地站在那里，大脑还一片空白，想了一会，咦？我要做什么呢？……哦，对了，取快递，最后还是拿回来了包裹。

他怎么可能自杀？河水一定很凉，他会不会冷得发抖？

前几天就约好，明天给办公室的姐妹们做好吃的牛肉面，下班去超市买牛肉，一路上像木偶一样，没有思想，没有感觉。进了超市，同样不知道往购物车里装什么，我要买什么？一遍一遍地问自己，他不在了吗？怎么可能？肯定是假的，就是吓吓大家而已，像个被宠坏的孩子在地上打滚，你们都不爱我！我要大哭！我要糖果！他哭着闹着要所有人都爱他。他需要爱，他需要很多的爱，多少都不够。他内心是黑洞，吸收所有的光和温暖，空虚，永远都充满不安全感,他没有被好好爱过。没有就没有,他是那个走失的孩子。可他偏偏不承认,本来是一只瑟瑟发抖的小老鼠,偏装做哈哈镜里的狮子。

不知道哪来那么大的力气,糊里糊涂地把别人的购物车推倒了,还好,里面没有易碎的东西,赶快扶好放一边,推着眼前购物车去结账。结账的时候才发现,里面东西都不对——这不是自己的购物车。她又推了回来,哦,被自己无意推倒的购物车才是自己的。

图南镇定自若地想,明天可以与姐妹们一起吃榴莲千层了。它是很神奇的食物,明明臭到恶心,却又香糯醇厚,爱者疯狂挚爱,憎者避之不及。爱一个人也是这样吧?!深爱的时候,恨不得以命相许;憎恨的时候,恨不得那个人立刻消失。可我不舍得你啊,你回来吧!

好东西要大家共享才有意思,图南摇摇头,心情不好的时候要请客,去感受热闹的气氛,驱散坏心情。可是,曲终人散,更是孤寂的寒冷和痛彻骨髓的剧痛。

买了两块进口牛肉,迷迭香和青菜,还买了一束粉色的玫瑰鲜花。粉色,这是他喜欢的颜色。初识穿粉色大衣的图南,只看一眼,他就爱上了这个颜色,以后二十年里,他给她买的所有的东西几乎都是粉色,深深浅浅的粉色。图南却很生气:"大哥,我快四十岁了,你还买那么幼稚的颜色,作为一个优雅的职业女性,能穿能用吗?"

他似乎对所有的花草都充满感情,家里的凤尾竹、吊兰和发财竹都是他浇过水的。他真是令人讨厌,总是往花盆里掸烟灰,说给花增加营养。他热爱所有的生命。图南去除花盆里的杂草的时候,海鸿都要讲情:长得不好看也是生命,只要是绿油油的,就让它活着吧!图南小声嘀咕着:养花又不是养草。但她还是保留着,草比花长得高壮,茉莉花都死了,草还活着。

第三十五章　天人相隔

　　在他身上，每个可喜的优点都伴随一个令人厌恶的缺点，这就是让人爱也让人恨的他。人就是这样，没有谁是十全十美。后来，图南养什么花都死，唯独这三盆还活着。

　　那年干冷的灰色冬天，从北方S城一起来到广州，在白云机场看到翠绿欲滴的绿萝，两个人不约而同地用手触摸叶片，真实的柔软的触感！两人相视而笑。

　　海鸿说，人生最大的愿望是退休后回到农村，最好有个一亩三分地，种个菜园子，他坐着喝茶，看老婆孩子种地就是人生最大的满足，果然不改农村人的本色。

　　图南总是嗤之以鼻：想什么呢你？等着我种地呀，种什么死什么，植物对我不够友好。我不想种地，风吹日晒，尘尘土土，脏死了，这活儿不干。图南说自己退休后要去学一样乐器，走走路，读读书，写写字。总觉得人生旅途漫长，所有的美好都在遥远的未来，可是，梦想还没开始就画上了句号。究其一生，我们都在寻找爱。学着去爱，但更多时候，却误入歧途。

　　从超市回家的路上。图南开着车，放声大哭。一边哭，一边说："我原谅你了。我原谅你了。你回来吧！你可以回来的！"

　　修桥，车堵得很厉害。没关系，我有的是时间来想你，她自言自语。真的见不到你了吗？我本来可以多看你几眼的。离婚多年以来，她拒绝和他视频。不敢看他，因为她怕积攒的憎恨会不翼而飞：你对我的伤害，我不能释怀，你休想再骗我。本来以为还有长长的时间可以去恨，去报复，谁能想到这么快呢？时间太短了，你的人生太短了。我应该对你更好点的。图南一路哭泣。

　　把鲜花放进注满水的花瓶，准备了一盘水果，放在西墙，搬来绿萝、凤尾竹和吊兰——都是他养过、浇过水的植物，吊兰生命力极强，长得花叶葳蕤，他总是羡慕不已，说它"老婆孩子一大堆"。老婆孩子一大堆，这是所有男人的梦想吧？

　　图南一天没做什么事情，却觉得极度疲劳。累了，困了，睡吧。她以为她会忘了所有的一切。没力气脱衣服,和衣直接躺在床上,可是,黑夜里,仍不肯休息的眼睛和大脑,把过去的事一幕幕重演。

海鸿悄无声息地飘落在图南的床头,轻轻地抚摸她的脸,图南惊讶地问:"你不是走了吗?怎么还能回来?"他像是听懂了,带着被图南无数次拒绝的失望和伤心,留恋地看了她一眼,他在等待她的回心转意,图南心在剧痛,犹豫着,这时,他已经缓缓地转身,他悄无声息地离开了。图南痛得抽搐。"生命是一场虚空,死亡是唯一的真相。"

"你别走!我求你了,你别走!"图南大叫。

"你要相信我,我最爱的是你,没有人能取代你在我心目中的位置!"海鸿的声音依然在房间里回荡。

图南非常后悔,为什么没有早点挽留,她大叫着,泪水已经打湿了枕头,这是一个真实的梦。他确实是走了,这是他的道别。

不,他还在!看手机,他的头像是他的照片,真实的人,就算不再年轻,他还是帅大叔,他还在,对吧?图南打出一行字:你还好吗?她多希望他还能玩世不恭地回复:我还在,放心吧,我还没死呢。可是,等了很久很久,他没有回复。

图南觉得哪里都疼,眼泪又止不住地掉下来,越哭声音越大。也许今天能找到他,他忽然出现,他说,我就是想游个泳,你们大惊小怪的,干吗?

你到底要我怎么做?又不是我做错,你凭什么,可以这样欺负我?如果不是我提出离婚,也许你就不会得癌症,这么早去世,都是我的错!可是,你不会改变,这样的日子,我们肯定过不下去。又会怎样呢?谁能告诉我,我该怎样做?图南不知道答案。

让我去死吧!如果我能代替你的话。四十八小时了。图南一遍遍地祈祷,你还在!还在控制我的感情,你说你爱我到永远。你变成了我身体的一部分。你的玩世不恭,你的狂傲狷介,变成了我的

第三十五章　天人相隔

性格，我的一部分变得和你一样，我就不曾失去你。

失去挚爱带来极为剧烈的疼痛和恐慌，感到自己即将崩溃。不管怎样，你好也罢，坏也罢，你都是我最爱的人，我曾那样地深爱过你，痛恨自己这样深爱你，用尽了全身的力气，但我还是永远失去了你。我爱深爱你的自己，我知道当年为什么有足够的勇气面对一切，那时候的自己单纯美好，精神富有，相信有爱就能战胜一切。

图南准备面粉、青菜、调料，给大家做牛肉面。她一直在走神，不停地看手机，期待鹿儿会给她带来好消息。姐妹们都开心，她们说图南做出了最好吃的牛肉面，榴莲千层太好吃了。

"说你做的东西好吃，这是大家恭维你的话。"他是这样说的。

这是一直被海鸿嫌弃的厨艺，怎么可能呢？图南不太相信大家的话，她尝了尝，嗅觉味觉都丧失，吃不出来什么味道，只要大家开心就好。图南想自己的表现应该是非常好吧，没人能看出自己的异样。除了自己一遍一遍地看手机，期冀鹿儿宣布奇迹忽然出现。

"我爸真的没了。已经找到了，警察已经定性了，自杀。"

图南看着儿子发来的微信惊呆，揉揉眼睛再看，没看错。梦里真的是他，他是来和自己告别的。

整理好情绪，呆呆地看着电脑显示器。大脑依然是空白。

图南眼泪又掉落下来，你爱不爱我都没关系，我只想你好好活着，我不恨你了，你回来吧！

他走了，他走了！他不会再回来了！图南一次又一次，悄悄地擦去眼泪。

她不时地看着海鸿发给她的这几行字：

我不在乎死
也不怕死

从我们离婚那时起
死神已伴随我了
我失去了一切
活着只有遭罪

失去了我，你痛了吗？你也有痛的时候？痛了好，你就应该承担自己犯的错！这是给你的惩罚！图南曾经怀着最恶毒的心理期待海鸿的痛苦，可现在天人相隔，海鸿已经没有感觉了吧？没想到，最痛的还是自己。

海鸿总是蒙着头睡觉，说这样不会冷，北方冬天的农村是靠烧炉子和火炕取暖，到了最冷的早晨醒来，脑门、鼻子、脸都很冰凉。图南以为他怕冷，后来经常听他和公公婆婆讲起才知道，这是他隐藏自己的习惯动作。他喜欢躲起来，养成了睡觉蒙头的习惯。

他和哥哥海文不同，海文乖巧可爱，英俊温和。绝大多数人觉得海文好看，说是像女孩子一样姣美。只有图南觉得海鸿更好看，英姿勃发，有男人味的帅，符合自己对男性美的期待。

海鸿是姥姥不疼、舅舅不爱的淘气包，总挨打。欺负别人挨打，被别人欺负了也挨打，他的脑门上写着"坏孩子"了吗？理由竟然是：

"凭什么别人打你？怎么没人打海文？一个巴掌拍不响，还不是你惹祸了？"

他被公公从小打到大，公公脾气暴躁，总是用一顿打来说话。打他的时候，他既不能跑，也不能躲，不能哭，更不能掉眼泪，否则打得更厉害。更多的时候，他不知道该怎么做，怎么做都不对。只有晚上，他才能躲在被窝里，不敢发出声音，偷偷地哭。哭着哭着，就睡着了，耳朵里进泪水，感染了，耳朵经常流脓患了中耳炎。耳廓后面还长两个巨大囊肿，经常发炎，做手术才摘掉。门牙

第三十五章　天人相隔

被打掉了一颗，镶的是会活动的假牙。认识图南后，图南带他做了最贵的永久烤瓷。看着光鲜英俊的外表，那些女人爱他，可谁知道他内心究竟有多苦？

小升初的时候，他考镇上初中是第二名而不是第一名，公公很生气，破口大骂，你哥你姐都是第一，你为什么不是第一？当众罚他下跪，一边扇他耳光，一边骂他傻瓜混蛋。每次挨打都是头，他头痛了几十年。

初中长身体的时候，海鸿特别能吃，别的家长看孩子吃东西是开心的，可他吃多了要挨打。家里做的玉米饼，一人一块，他饿得像狼一样，因为有龋齿咬不动，咬一口哭几声，还要挨打。吃不饱还要干农活。

公公打他的次数不计其数。他变得有些奇怪。经常欺负妹妹荷芳，荷芳告状，他就堵在上学的路上打，打到荷芳跪地求饶，就像自己一样跪在老爹面前求饶一样。

他给图南讲他小时候，看婆婆被公公殴打，愤怒得想动刀，却又不敢挺身而出。等到海鸿长大考上大学那年，他再一次看到父亲对母亲家暴，愤恨不平，终于和父亲动了手。从此以后，老爹绝对权威被打击，但老爹一瞪眼睛，他依然吓得畏缩一团，那恐惧是长久以来刻在骨子里的条件反射。

"三十年前子敬父，三十年后父敬子。"这是公公经常说的一句话。养子防老，这是公公这一代老辈农村人的想法，因为他们没有退休金。第一次去他家，公公就说，我老了，你们要养我，人不回来没关系，钱必须要到位。图南一直不理解，钱有那么重要吗？怎么可能比孩子、比爱更重要？海鸿对着图南吼道，农村老人没有退休金，没钱怎么活？吃饭才是最重要的！放下你的小资意识！图南当然知道，马斯洛的需求理论中，生理需求是第一层次的需求，可那是教科书上写的啊，有谁会真的吃不饱穿不暖呢？

海鸿婚后还经常做挨打的噩梦。图南很较真地去和公公理论，故意提起丈夫小时候的事，孩子淘气不能打！打了孩子要道歉！作为儿媳，话也只能说到这了。公公一脸严肃，我就是没碰过他一根手指头！可婆婆、奶奶都说，丈夫没被打死已经是命大。图南一直不理解，公公打就打了，干吗不承认？为什么撒谎？道个歉有那么难吗？

海鸿被父亲、同学欺负惯了，就连他亲戚们，叔叔、姑父们都喜欢有事没事给他一巴掌，公公看见了也不管。海鸿自己不敢去理论，不然打得更厉害。大人眼里，不过是撩撩孩子、开开玩笑而已。但在自尊心强的孩子眼里，这是屈辱，人格被践踏。只能自己慢慢消化这种屈辱。一个人的尊严从小就被践踏，他的个性是没法和正常人一样的。他不知道有"平等"这个概念。他只知道，必须要好好学习，考大学，不然在农村没有出息，迟早会被活活打死。

一方面讨好强者，另一方面又愤世嫉俗；一方面会同情弱者，另一方面又会转化成施暴者。海鸿经常说喜欢一个孩子，就要把他弄哭。他不哭，意味着我不喜欢他！

图南虽然无法理解，但她知道，不管他表面有多么强势，可骨子里依然是自卑而恐慌的。他十三岁的时候，又被一顿毒打后，离家出走，他难过地讲给图南听，说就算死在外面，也不回来了。后来实在挨不过，又冷又饿，回到了奶奶家。

图南抱住了他。他总是一个迷失方向的孩子，无助迷茫，期待有人把他领回家，他需要鼓励，需要很多很多的爱……却填不满童年的疼痛。

图南做过无数次这样的梦，梦见和他一起走九十六公里的路，走着走着，他就不见了，这才三十八公里啊，图南很害怕，到处去找，是我走丢了吗？可是不管在熙熙攘攘的人流，还是在空廓辽远的大地，哪里都找不到他。我要去哪里找他呢？

这一天过得好慢，图南实在想不出自己还要做什么事，还有谁

第三十五章 天人相隔

要吃什么东西,自己就做给谁吃,该多好!图南是典型的奉献型人格,从来不曾为自己好好做顿饭。不想吃就不吃吧。

晚上躺在床上,继续哭泣,筋疲力尽。猛然间想起了儿子,去世的是他的爸爸啊,孩子受到的打击不会比自己小。儿子怎么样了?一定很痛苦!想到儿子,正巧,微信语音响了,鹿儿和她通话:"妈,你还好吗?"

"都是我的错,如果不和你爸离婚,他就不会得癌,他就不会死,是妈妈犯的错。"

"妈,这不是你的错。是我爸这个人……唉,怎么说呢?"

"他还没到五十岁啊,英年早逝,真是太可惜了。"

"可是我爸活得自我,他身边有过那么多女人,每一步都是他自己的选择,他值了。"

"你知道他是一个真实的人,有优点,也有缺点,你学习他的优点就好。"

"我知道,妈妈,你要保重自己!"

眼泪像坏了闸门的水管,不管何时何地,总是唰唰地流下来。视力明显下降,以前不戴眼镜,视力还勉强过得去,现在忽然发现,没戴眼镜,就什么都看不清了,眼前出现了片片马赛克的模糊效果。

离婚后,虽然我们联系的很少很少,但我知道,你在遥远的北方,无时无刻不在惦记我,虽然我不曾提出过任何要求,但我知道,哪怕要天上的星星月亮,你也会摘下来给我。你会尽力满足我提出的任何要求,你走了,这个世界上最爱我的人离开了。图南经常进入到一种悲怆的孤独感中。这次你是真的离开了!你放弃了我,放弃了鹿儿!

从刚开始不相信现实,觉得是假的.感觉睡一觉醒来就好了,虽然不困,也要强迫自己躺着,睡吧睡吧,断断续续打着盹,每次醒了就揪心地疼。早上醒来,对自己说的第一句话,他已经去世了。图南号啕大哭。发过多少誓还不是没用,那是别人的丈夫,和我有关系吗?不哭不哭,可还是哭到精疲力竭。她憎恨自己,我在这个世界上毫无价值。对未来,她没有任何希望。多好啊,没有希望最好,没有希望就不会失望。

半夜了,图南走出家门,泪水不绝,一直哭,随便找一首歌听,却是《假如爱有天意》:

当天边那颗星出现
你可知我又开始想念
有多少爱恋只能遥遥相望
就像月光洒向海面
年少的我们曾以为
相爱的人就能到永远
当我们相信情到深处在一起
听不见风中的叹息
谁知道爱是什么

爱果然有天意。所有的爱最终都是别离。"我再也看不到你了。"图南大声地喊,"我要你活着!哪怕你继续骗我!我只要你幸福!"图南感觉自己总是被苦痛环绕着。为什么会这样?到底是不是相爱的两个人?呼吸都是疼痛的情绪,远远传来汽车声,图南感到一种弥散式的空虚感,像是拖着一团沉重的阴影度过这一天。

图南今生最痛恨的人去世了,她没有幸灾乐祸的快乐,相反,她觉得死去的是自己的躯体,自己的一部分知觉、意识也失去了,与恶龙缠斗的人变成了恶龙。图南能感受到自己的悲伤是头顶上连绵不断的银河,没有开始没有结束。绝望,无助,沮丧,自残,无时无刻想着为什么死的不是自己。应该我去死,让你去痛苦。好

第三十五章 天人相隔

吧，你赢了！

他当然还在。一个翩翩白衣少年，上天对他明明是偏爱，精雕细琢得玉树临风一表人才，怎么这么早就收回？他还活着，他怎么可能死？他那么能折腾，充满野蛮的生长，恣意怒放的生命，那个不肯长大的坏孩子，她还活着，他怎么舍得离开？她对他的感情到底是怎样的？恨他入骨，却如此悲哀。根本无法想象和接受他的离去。

我的一部分变成了你，我爱着你，我同时也痛恨自己爱着你。和同事朋友一起出去玩，看到大家热热闹闹、兴致勃勃的，我脸上在笑，内心依旧没什么波澜，还要假装自己融入其中。看！我多开心！我和你们大家一样！而曲终人散，那种孤单寂寞渗透到每个毛孔，图南感到特别压抑、想哭、想笑，精神上有一种深深的绝望，图南把自己撕裂成无数片碎片，纷纷扬扬洒落一地，拼凑不成自己的完整。

年轻嘛，就愿意相信奇遇，相信巧合，相信天意良善，有缘相知，美好而又同质的东西相遇就是金风玉露相逢，可是，结局呢？

内心已经变成一片硝烟弥漫的战场，在不断的对内对外的战争中，充沛的活力与无尽的精力被消耗殆尽，不再有足够的梦想和爱意继续投入生活。神经开始被弥散性的空虚和剧烈的精神痛楚感缠绕。人变得萎靡不振和迟钝麻木。

图南躺床上玩手机，呆呆地刷着短视频，两眼发花，脖子酸痛，翻个身，放下手机，发呆，再爬起来，找个电影，看了一个小时却没看懂。电影没有情节，图南只觉得吵闹，又躺下继续发呆。忽然记起当年自己经常嘲笑他理解力差，只配看儿童动画片。他心思重，什么事都不肯说，不愿让自己为他担心……那时候，他是不是已经抑郁了呢？图南打了一个冷战。

图南丢失了什么？青春、爱情、婚姻、海鸿这个失败者，身上到底有什么令图南难以忘怀？很多时候，那个令图南无法放手放心的亲密爱人，因他一直以来在图南生命中扮演的某种角色，爱人、师长和朋友，他之于图南的某种意义，在于他是她的无法割舍的一部分。

图南想到小时候看到的北大荒莽莽苍苍的荒凉，那是放火烧荒后燎原的荒野。我不配拥有爱情。为什么？凭什么？因为我的愚笨？图南又愤怒了。大概是人和人真的不一样吧。命运这东西谁又能参悟一二呢？

怎么可能再去相信真爱？或许，自私才是刻在人的灵魂中，深爱只是无奈，因为偏巧遇见而没有更好的选择？忧伤悲哀本就是生命体验中的一个部分？或者，所有人没意识到她有很严重的抑郁？

在图南感到快要被沉重的悲伤压垮时，总是想，我并不孤独，大家不都是这样过的吗？我们来到人世间，一定要经历喜怒哀乐，悲欢离合。

来世不见。永生不见。

图南见到海鸿的时候是觉得有点面熟，梦到过他。图南受爸爸的影响，本质上是个无神论者，她不相信任何的宗教。读佛经，只是因为莫高窟的佛像让人感动流泪；读圣经，只是当作民间文学故事，陪妈妈上教堂也只是出于陪伴和孝心。

图南经常做梦，有的梦荒诞不经，但有些梦还是很准的，比如中考、高考的成绩。有些梦已经不记得，在某场合不经意间脱口而出的话，好像在梦里说过，无非是日有所思，夜有所梦。所以图南不会迷信这些启示。

最神奇的是图南的高中三年，每年的大年三十都做一个自己死去的梦。

第一次是去一个农村的院子，图南没进房间，院子里晾着衣服，晾衣竿上散散落落地晒几件衣服，有两件掉落在地上，还有一

第三十五章 天人相隔

件衣服歪斜着，如果再来一阵风，也会落地。后来真的有一次和同学白桦骑自行车跑到古城子的郊区玩，跑了很远很远，其实，这地方她从未来过。但这个院子，和梦中完全一样，图南非常惊讶，就想大胆地敲门进去，可被谨慎的白桦紧紧拉着走了。图南经常想，这户人家是怎样的呢？和自己有怎样的关联？怎么可能和梦境完全一样？

第二次是上升在白色的一群建筑物中，里面的所有东西都是白的，还有一个白眉毛、白胡子的慈祥老爷爷穿着白长袍，他让图南留下，住在一间四个人住的白屋子里。图南死活不肯，大哭大闹。老爷爷告诉图南，她已经死了，必须住这里。图南大喊：我没死！我要回家！所有人都安静地看着图南。老爷爷无计可施，就让她回家了。

第三次的梦最为完整，她梦见被带到黑屋子，里面几个人也是说你已经死了，要留下来，图南和以往一样吵着要回家。一个很凶的人拍桌子教训图南，图南一点都不畏惧，和他对拍桌子，我不怕你！我就是要回家！那个人愣住了，不知道该拿图南怎么办，大家都觉得图南太闹腾了，一起说，就让她回去吧。图南清晰地记得：那是一条幽深不见底的大河，一条小船逆流而上，船上零零散散几个人，有船夫撑船，四下昏暗寂静，没有太阳月亮星星，悄无声息。图南觉得闷，四下闲逛，就看见船尾坐着一个人，戴着眼镜，长得剑眉星眸，清新俊逸。图南心生爱慕，坐在他旁边，很想和他说话，却不知该说什么。男孩陷入自己的沉思中，完全无视图南的存在。上岸后，天光大亮，挤上了喧闹的公共汽车，这是 203 路车。在终点站，图南下了车。

几年之后认识了海鸿，图南有点惊讶，这个人就是梦到过的那条船上的男孩。在 S 城的住址，居然就是 203 路终点站！203 路汽车线路延长到了艳粉街。她工作不如意，调动了工作，新工作的地址也是 203 路的一站。也是奇怪，海鸿每次喝多酒，无意识的都是同一句话：图南，带我回家！冥冥中，一定是有天意的。

图南每每对海鸿提起她的梦，你知道吗？我梦到过你啊！总被海鸿耻笑。

清风徐来，芬芳四溢。天气很好。图南已经躺在床上一动不动很久了，该下床走走。她努力寻找记忆：还记得看过一篇微信公众号，是说中国进入老龄化社会，老年人的养老丧葬问题越来越严峻，给社会和独生子女增加很多压力。图南转发并评论：骨灰撒入大海，不给任何人添麻烦。海鸿点了赞。

当时她还想，这家伙思想观念那么保守，肯定不会这样做。可后来听儿子说，他也立了遗嘱，和图南写得一样，要把骨灰撒到海里。图南觉得又好气又好笑，干吗和我一样啊？你家不是有永久墓地吗？

海鸿指给图南看，老爹的墓下面的左侧是大哥大嫂的，右侧是我们的，图南当时一惊："我们还要在一起？"

海鸿疑惑地问："为什么不在一起？"

"不，我坚决不！生生世世——如果有的话，我不愿意过这样的生活。最好，不要再堕入轮回，我情愿变成一块石头。我累了，你随意。"

海鸿极为愤怒，又开始咆哮。图南没看见海鸿悲伤的眼睛。即使看见，她会很痛，但也不会收回自己的话，今生有缘，就该惜缘，不必期待来生了吧。来生，我不再做你妻子，我要自由自在地孤单，为自己而活。

人的一生就像一个圆，走着走着，就走回去了。倔强地坚持，只是愚蠢。有本事你就倔强到底啊。难道我们还会在海水里相见吗？

不管说什么，好像都能遇到你的逆鳞，逆鳞长得太多了吧。不为别人而活，两个长满刺的人不能紧紧拥抱，遥遥相望彼此欣赏就好了，不要伤了自己，也伤了别人。吵来吵去，只是为了证明自己

第三十五章 天人相隔

是对的,可对错有什么关系呢?

自己发表的文字,有时候只是一种内心潜意识的表达,你能说出具体的含义吗?图南又愤怒了,她写过一篇青春小说,一个女孩深深爱一个白衣少年,两人相爱却分手,报纸就扔在餐桌上忘了收。图南发了文章都会藏起来,东一张,西一张,塞书架上,夹在厚书里,哪哪都是。从不愿给他看,因为他的过度解读。那天,忙着儿子的手工作业,忘了。

果然,海鸿又误读了,问文中的白衣少年是谁:"图南,你有前男友!你敢骗我!"

"我们是初恋,你不知道吗?"

"可你这篇文章是怎么回事?"

"写故事,不一定是真的。文学作品可以虚构。"

"不对,"他怀疑地说,"你写的,都是真的。"

"有时候是真的,有时候也是虚构的,艺术源于生活,可高于生活呀!"图南不得不解释。

"你到底有几个男人?"海鸿怒吼。

"三个,你,我爸爸,儿子。还有……"

"还有谁?"

"我弟弟。"

"你无耻!"

"你才无耻!"

"你不和我上床,是不是你情人不让?"

"你走开!我哪里能和你比?你有一大堆女人,你以为谁都和你一样?你给我拿证据!"

因为这件事,几年都解释不清楚。两个都没安全感的小孩玩过家家的游戏,分手是迟早的,本来就不该结婚啊。初恋就是用来锻炼的,哪里配谈婚姻?淹没在柴米油盐酱醋茶中还不够琐碎,还找出这么无聊的话题继续争吵。

海鸿厌恶图南写的这些风花雪月，每次都说，你写这些废话有意思吗？能不能写点有用的专业论文？论文评职称有用，你给我写几篇，这才是正事。高校工作没有职称，如同裸行。这个道理，图南知道。

可图南说，那玩意我不爱写，都是吹嘘自己学术多厉害，写的都是不能当纸烧的垃圾。你告诉我，哪条公理定律是你发现的？都是抄来抄去。你看我的文章有引用，还是有抄袭？至少我写的是原创，写的是真实的想法。又不是没帮你写过论文，简直无聊透顶，做自己不爱做的事简直是折磨。论文我会写，你会写文章吗？你发篇文章给我看啊。

"无聊的文字而已，"海鸿不屑地说："两百块钱稿费是小钱，不能花一辈子。而职称是跟一辈子的。再说你会写论文？你要发几篇核心啊。"

"文章你会写，你发个晚报副刊就行，这比你的要求，低很多了吧？"图南也没了好脾气。

谁也说服不了谁。相互瞧不起，相互伤害吧。应该是花前月下的美好时光用来斗嘴，是不是够愚蠢无知呢？爱情和婚姻都很美好，只是我们没过好。

图南虽然已经听说从河里打捞出海鸿围着紫色浴巾的尸体，知道他已经离开了，可还心怀幻想，幻想他会忽然出现，带着几分嘲讽，几分讥笑：你真的希望我还在？你不是恨我吗？

现在图南已经没有幻想了。隔着两千六百公里，又是疫情防控期间，出不去。去又能怎样？他是有妻子的。我是什么？图南叫喊着。前妻。我忽然出现在他的葬礼上，合适吗？图南麻木地开车，上班，上课，回家。别人看着她仿佛陷入沉思，可实际上，她什么都没想，大脑是空白的。

她变得健忘。拿着手机到处找手机，穿着两只不一样的鞋站在讲台上。她记得，他是热爱讲台的，拿过讲课大赛的第一名。他对

第三十五章　天人相隔

学生很好，北方的冬天寒风入骨，看到广东的穷学生没有御寒的羽绒服，立刻脱下来给学生穿。

图南看着他冻得发抖，很奇怪："你衣服呢？丢在哪里了？早晨穿出去，怎么没穿回来？"

海鸿说："给学生了，过段时间入九，天气更冷。"

"是啊，天太冷了，看你冻得鼻涕都流出来了。那你要不要再买一件？"说着，图南递给他几张纸："擦擦吧。"

海鸿说："不用买了，衣服够穿就行。"

图南还笑着说："身材标准就是好，谁都能穿你衣服，我的衣服最小号，送人没人要。"

他那么温暖热情，几乎从里往外冒着热气，寒冷的夜晚，图南总把冰冷的脚放在他温暖厚实的肚子上。图南睡觉不老实，滚来滚去，占了大半张床，他怕她翻身掉地板上，总睡在外面。他会给她盖好被子。他俩并肩走在街上，他总是走在外面。只要图南想要的，他都会给。他也是很宠她的呀。可是，图南想要的是他不掺水的爱啊。

可他已经不再温暖了，变成了一具冰冷的尸体。

"你冷不冷啊，我也想抱抱你，温暖你啊。"

"你怎么可以这样不负责，一走了之？我在和你说话，你听到了吗？"

图南一边自说自话，一边哭。

鹿儿没有回来，他回不来。海鸿一生中最爱的两个人，都没有出现在他的葬礼上，他就这样孤单凄凉地走了。图南不敢想到他，不敢提到他，总是泪流不止。

图南的视力迅速退化，眼前的马赛克和乌云越来越大，天边的月牙，能看出有四五瓣，重叠在一起，像个冰雕玉砌的荷花灯。整天看手机消磨时间，她不肯动，哭一会儿，睡一会儿，她的一部分已经永久失去，有些爱、有些意识，再也不属于自己了。

海鸿海葬的地点,在当初一家人去玩过的海边。图南一边看视频,一边哭。她恍惚觉得,他还在,也许不一定什么时候,会突然发个信息给自己:"我有点不舒服,感冒了。"似乎他从不曾离去。

第三十六章　乍见之欢

1991年的春天，S大阶梯教室105，上课前，大一的图南和同学在一起。

"高数作业谁做了？"红叶问。

"我这有。"图南说。

"答案对吗？"

"应该差不多吧。"

红叶知道图南的高数渣到不行："谁给你做的？""放心啦，我高中同学，数学天才。"刚从财经学院的同学那里回来，图南扬着作业本。

"这一步是怎么回事啊？看不懂。"红叶问。"要是能找个厉害的人问问，该多好！"图南一回头，看到后座的男生——穿着皱巴巴的衬衫，乱蓬蓬的头发，戴着眼镜，瞪着大眼睛，张着嘴，嘴唇周围有一圈淡淡绒毛，显得脸有点黑，仍不失俊朗英气，有点眼熟啊，见过啊。长得就像学习好的样子，他正望着自己。图南心想，嗯，就是你了。

"高数会吗？"

他在发愣，看起来很吃惊："叫我……吗？"

"对，是你。高数会吗？"

"拿来看看。"

试题递过去。

"哦,这题挺简单的,求 x 平方的导数。"

男生讲了几遍,她还是没听懂,他问:"高中的三角函数还记得吗?"

"不知道。我的数学是背出来的,你说的是哪个公式?我写给你。"图南居然一口气默写了好几道公式。没错,记忆力还行。

他发呆地望着她,一个瘦高的穿粉红大衣的长发女孩坐在前排,背影这么美,脸蛋怎么样?漂亮吗?怎么能让她回个头呢?借点什么?笔?还是……胡思乱想中,她居然回头和我说话!声音真好听。漂亮,有点愚蠢。高数公式是推导出来的,怎么背?文科生果然傻乎乎的。

讲了一下午,图南还是不会。图南从小就对数学没兴趣,数学课,几乎都在梦游状态。偏科偏得厉害。

"反正老师说考试题就这样差不多,我就一道一道背了吧"。

"那我把答案都做好,可是考试一般不会出原题的。"

"高数的答案,不是等于零,就是等于一。"

他无奈地笑了:"你真聪明!"

他在自己《电路学》的扉页下半页写:海鸿 电机二十九班 宿舍电话 XXXXX,然后撕下,递给图南:"这是我的名字,没事来找我玩。你叫什么?"

"图南。"

"很好听啊,这就算认识了吧?"

图南随手把这半页夹在高数书里,扔进背包:"对啊,认识了。不过,考过这科,我发誓,一定要扔掉这本高数书。"

"那你不会找我了。"海鸿有点失望。

"那你可以找我啊。"图南大大咧咧地说。

"……"

"我没有找人的习惯。"图南说完就跑了。海鸿看着这个高傲美丽的女孩,心中涌出别样的情愫。

他性格外向,当系学生干部生活部长,也会向出众的女生献殷

第三十六章　乍见之欢

勤，只是因为贫穷，他一直很自卑。当他遇到这个从小到大都生活在聚光灯下的姑娘时，仿佛得到了一个宝贝，因为他只要待在这个女孩身边，就会金光闪闪。这是他这么多年一直缺的东西啊！

第二天在阶梯教室上管理学。上课的时候，图南从后排走过来，看到一个眉清目秀的穿西服的男生，向她点头微笑，图南没理他，径直走向在第一排的红叶身边坐下，图南的脸盲症犯了，根本就没把那男生与昨天帮她做题的人联系起来，她问红叶："这哥们是谁啊？长得挺帅。"

红叶说，她就是昨天帮我们解题的男生啊。图南戴上了近视镜，回头又看了一遍，想了想，吐下舌头，哦，是了，人还是同一个人，可今天看起来，焕然一新，简直太帅了。头发理过，唇边淡淡的绒毛没有了，她不知道，这是海鸿第一次刮胡子。皮肤底子很白净，眼睛很明亮。图南一向对双眼皮大眼睛长睫毛没有抵抗力，更何况是水汪汪的含笑的眼睛。

"电机专业的学生听什么管理课啊，真是的。"图南嘟囔着。

下课了，他走过来，很自然地跟着图南一起走出校园："你去哪里？"

"我要坐车回家。"

"你不住校？"

"专科，没住。"

"我刚好没事，陪你去车站等车吧。"

"好吧。"

天气有点热了，这是个温暖的春天。图南买了两根奶油雪糕，递了一根给他。吃女生的东西？他有点迟疑，看着落落大方的图南在微笑，他接过来大口吃着：

"很凉很甜！"

图南还记得那天的阳光很明亮，红得耀眼，太阳渐渐落下去，慢慢地变成了镶着金边的红色，红色又变成绯红、紫红，边缘的颜色是浅紫淡粉，千变万化的夕阳渐入黄昏。正值青春年少，在美情美景中，人很容易陷落在虚妄和幻想，误以为这是爱情。图南不知道，真实的爱情也许不是这样的。

他犹豫地说："我有个哥哥海文，也在我们学校，热能动力设备与应用的。他比我帅，比我优秀，你看见就会喜欢他，不喜欢我了。"

图南觉得好笑："你哥哥再帅，又能怎样？我看到帅哥就喜欢？你以为每个人都是看脸的？刘德华还更帅呢，也不是人人都喜欢吧。"

他陪着她在候车亭等车，一辆辆的车来了又走，他们丝毫没有分开的意思。直到末班车来了，他们才恋恋不舍地挥手告别。

从这以后，他每天手捧一杯酸奶出现在她教室的门前，图南的同学都认识他了，从刚开始的惊奇、打量，到最后的习以为常，红叶总是向图南做鬼脸：

"喏，看，那里，又来了。"

海鸿的心理居然很强大，众目睽睽下坐在图南身边，班里的几个男生看他不顺眼，他竟然浑然不觉，挨个发烟。渐渐地，大家都熟悉了。而图南从来不曾见过这样巨大的爱情攻势，渐渐形成依赖。两个人经常逃课出去玩。如果有一天他没来，图南还会很失落：奇怪，这家伙哪里去了？为什么没来呢？初恋总是美好得不切合实际，在他帅气的脸庞周围形成一个巨大熠熠生辉的光环。两个人都很出众，金童玉女，成为校园一景，一起出去玩，总有人问他们是不是亲兄妹。

有一天，图南上课的路上遇到了男同学廖修平，就一起走到了教室，海鸿远远地看到了，当着很多同学的面，揪着图南的衣服拉出教室，生气地质问："你刚才怎么就那么高兴？"

图南一头雾水："我怎么了？高兴什么？你放开我！"

海鸿大骂："你有一个男人还不够吗？你要多少个才够？"

第三十六章 乍见之欢

海鸿拖着图南进入桃李园:"你说清楚！为什么跟男人一起走？"

"我有什么错？不过是同班同学打个招呼,顺路一起上课,怎么了？"

"不行,你是我的！"

"我不是你的,我是我自己的,想怎样就怎样！你管不着！"

"你必须是我的！"

"我们分手吧！这样太累了！"

"分手？我不同意！"他咆哮着。

"为什么不分手？我们不合适！"

他突然跪下:"求你了,图南,我是爱你的！世界上没有任何一个人能像我这样爱你！"

图南蒙了,她不怕别人对自己不好,她最怕别人对自己好,典型的"吃软不吃硬"。本来想扭头而去的,她改变了主意,自己不该生气的,他吃醋不是证明他深深爱自己吗？拥有了海鸿,就拥有了整个世界,别人根本就不重要啊。廖修平也好,谁都没关系,在伟大的爱情前面,同窗之情也是可以放下的。

图南逃的课越来越多,渐渐疏远了同学,除了红叶,她几乎没有朋友了。

美好的日子过得很快,这学期结束了,海鸿说想去图南家,图南也觉得认识这么久了,带回去给爸爸妈妈看看,于是两个人一起坐车回来,在车上图南不小心把水洒在前排的一个男生身上,图南赶快道歉,那个男孩也很客气,说没事没事。那个时候流行戴校徽,男孩戴的是东北工学院的校徽,图南说:"你是东工的呀？"于是两个人聊了一会,海鸿在旁边不说话,但脸色很难看,他明显是吃醋了,下了车一下子爆发,海鸿大骂图南:"你怎么这么贱？话这么多？"

图南没觉得什么:"不就是说了几句话吗？你干吗这么小心

眼?"

"老婆是我的,又不是别人的。"

"和别人说几句话,又有什么关系呢?"

图南不明白。海鸿在暴怒下,把刚刚买的西瓜摔得粉碎。图南吓得大哭:"我要回家!你回走吧!回学校去吧!"

图南边哭边跑。海鸿在后面追:"图南!你听我说!"

他一把抓住图南:"你是我的!我不允许你和别人这样!"

图南很委屈,说:"不就是说几句话吗?"

"我爱你,我才忍受不了!"

海鸿忽然跪在地上,紧紧地抱着图南,图南无处躲藏,狂风暴雨般地亲吻砸上来,图南透不过气。终于,在两个人的泪水和亲吻中冰释前嫌。

到家门口了,图南擦去脸上的泪痕,说:"妈,我回来了!"妈妈一看到海鸿,就非常喜欢,海鸿长得帅,嘴巴甜,开口就叫"妈妈"。爸爸一直没说话。妈妈开心得不得了,给他做了很多好吃的,鸡鸭鱼肉摆了一桌子。吃饭的时候,海鸿喜欢吃排骨,吃完,把骨头都堆在了图南的盘子里。妈妈准备的饭后水果又是西瓜,他只咬了西瓜最甜的顶部,剩下的直接扔到垃圾桶。到了晚上,海鸿和弟弟睡一个房间,第二天,弟弟抱怨说他总是翻来覆去,睡觉还不老实。

海鸿很敏锐地感觉到,图南妈妈对他的喜爱,就在厨房帮妈妈做饭。第二天吃了早饭,妈妈就带他去定做西服,图南才知道原来他身上的西服是和别人借的。海鸿和妈妈聊起贫困的农村家庭,小时候吃不饱饭,父母供几个孩子读书,家徒四壁,连大学学费都是国家贷款的。这些,赢得妈妈对他深深的同情。

图南听他说过家庭的贫困不堪。但以她的人生经历和个性,不会放在心上。无忧无虑的十八九岁,不当家不知柴米贵,在她看来,生活中,钱是不重要的,有情饮水饱,没有感情,钱又有什么

第三十六章 乍见之欢

用？

图南没想到，几年后的她，在凛冽寒风中抱着生病的鹿儿，在医院门前苦苦等待海鸿借钱办理住院手续，可怜的孩子又是肺炎，图南连着一星期照看孩子，又劳累又心痛，头一晕在台阶上摔倒滚落，连毛裤都磨了个大洞，膝盖掉了几层皮，出了很多血，凝结在裤子上。腰腿的淤青一两个多月才消下去。鹿儿却依然在怀里熟睡，图南被现实狠狠地打了一记耳光，才知道钱真的是有用的。

那天，送走了海鸿，看着他上了车，回到家。爸爸对图南说，我们出去走走吧。图南和爸爸散步到公园，爸爸沉重地说："海鸿是个很努力上进的好孩子，但是他不适合你，他这个人华而不实，从他的举动上可以看得出来，吃的东西不喜欢，就丢到你盘子里，没家教。吃进嘴的东西除非腐烂，否则不能吐出来，翻盘子挑吃的，比较自私。吃西瓜只吃个尖儿，做事比较虚，以后走到一起也是不能长久的。吃排骨，骨头都堆在你碗里，他过于虚荣，缺少脚踏实地的精神。"

"哎呀，不就是吃你家点东西吗？小气鬼！"图南去捏爸爸的鼻子，她觉得爸爸小题大做。那天爸爸和图南沿着公园的林荫路走了很久，还是没有说服图南。但是图南还是记住了爸爸所说的话和他万分痛苦的表情。

图南呆呆看着路边的冷饮店，咽着口水，爸爸无奈地长叹一声：

"进去吧。"

图南大叫："阿姨！冰激凌三个奶球，我要原味的！"

"爸爸，吃一口嘛。"图南举着勺子。

爸爸生气地说："我不吃！"

"不行！你不吃，我就举着！"

爸爸勉为其难地吃了一口，"你自己吃吧，我不爱吃这个。"爸爸看着图南吃冰激凌，感慨万千。

他宠溺地望着女儿，这是他最宝贝的孩子，就连最小的儿子，他都不曾这样娇惯。姐姐生下来就懂事，一帆风顺地读书工作，做什么事都是稳稳当当的，不需要操心。只有这个混蛋小女儿，生下来就瘦弱得像只小猫，吃不到妈妈的奶水，天天饿得哇哇哭，冲奶粉的水都来不及烧开，兑上奶粉，冷点热点没关系，都能咕嘟咕嘟吞下去。一岁多，有了弟弟，爸妈照顾不过来，把图南送到乡下。等半年多再回来的时候，图南爱躲在墙角，用怯生生的小眼神拒绝自己，还经常哼哼说"腿痛"。爸爸妈妈奇怪这么小的孩子竟然知道哪里是腿，问她："腿呢？"图南就指指自己的腿。虽然一直给她吃钙片，但腿一直都是软软的，不爱走路，一抬腿就跑，总容易摔跤。

三四岁的时候图南得了麻疹，爸爸一直都觉得没照顾好孩子，对不起小女儿而充满内疚。那时爸妈怕传染给姐姐弟弟，把她一个人关在小房间里。她没事做，将白墙上的黑点连接起来，想象它们是一个个小动物。她总是盼望爸爸下班回来抱她出去吃饭、晒太阳。幸运的是，图南的身体恢复得还不错，没有留下任何痕迹。

还记得她小时候，带她参加婚礼，她好奇地问："人为什么要结婚？"爸爸说："自然规律啊，人到了什么年龄就要做什么年龄的事，你长大了也要结婚的。"

图南软软的小手环抱着爸爸的脸："我才不要结婚！我永远陪着爸爸！我只要吃喜糖！"还说不结婚，刚上大学，男朋友就领到家里。可是，这个男孩子，并不是女儿的最好选择。

爸爸的反对没有对图南造成什么影响，图南还是跟着海鸿去了他的家。

海鸿家在乡下，坐两三个小时的火车，还要步行十几公里，海鸿担心图南走不动，走一段背一段，还大喊，猪八戒背媳妇啦！柏油路很宽阔，只是有点偏僻，偶尔有车辆行人经过。两个人有说有笑不觉得累。图南学狼嚎，"嗷——！""嗷——！"后来他们的孩

第三十六章　乍见之欢

子鹿儿在小区里学狼嚎，把小区里的孩子们都教会了，科技园小区像狼窝一样，狼嚎声此起彼伏。

终于到了海鸿的家，图南说是不累，但脚上又红又肿，还是磨出了水泡，很痛。

他家是典型东北农村坐北朝南的砖瓦土混三间房。半米高的几块木板钉在一起的用铁丝做的挂钩当大门，避免别人家的小动物、家禽入内，进门往北走，院子里一般种玉米、芸豆、黄瓜、西红柿这些常见的果蔬。

进房屋，看到的是厨房，有家家必备的两口直径一米多的大铁锅，一个大铁锅通东屋，用来做饭；另一个通西屋，用来做菜，因为煤气罐比较贵，所以烧的燃料是稻草、玉米秆。烧这两口大锅，把炕与炕相通的侧面墙，分隔灶间与正室的隔断火墙，就连"火墙"和炕都烧热。一般一个房间有两铺炕，南炕老人睡，北炕年轻人睡。农村条件艰苦，没有集中供暖的暖气，睡火炕上半夜热死，下半夜冻死，清晨起床感觉冻脑袋，鼻子像狗鼻子一样冰凉。另外，烧柴草呛人，烟尘大，感觉鼻孔都是黑脏的。别说洗澡了，就连上厕所都冻屁股——厕所是室外露天的。

图南家从小家里房间比较多，图南很难接受一大家子人住一个房间，太不方便了，图南想想就觉得头皮发麻。

果然，家里什么电器都没有，破旧的墙壁贴着旧报纸，家徒四壁，只有一个崭新的碗架柜，这还是听说图南要来，花了两百块钱打造的，但家里干干净净，几乎一尘不染。

乡下没有什么可玩的，图南奇怪的是出了四个大学生的家，居然找不到一本书！哪怕是教材呢！书，都被老爷子卖掉了。你不看课外书吗？海鸿说，只要考试不考的书，我一律不看。当然，小人书除外。

海鸿的父亲看上去就很精明，这个村都是爸爸不叫"爸爸"，叫"爹"，图南觉得拗口，慢慢就习惯了。

他家的祖先是两百年多前从云南迁来的，云南到这里有三千多公里的距离。不知是什么原因，他们拖家带口，长途跋涉到了太子河畔，落地生根，繁衍生息。这个村落是满汉杂居，海鸿的奶奶是满族贵族的格格，看重海鸿爷爷的为人善良和一表人才下嫁，他家里延续了很多满族的传统习俗。

海鸿的爹，高中毕业，这是农村少见的高学历。原来是大队的会计，拨得一手好算盘，具有典型的中国农民的勤俭持家、精于算计的一面，但又富于远见。没错，对于最底层的农民来讲，几乎唯一的翻身机会就是培养有出息的孩子，二十个世纪八十年代正是读书的黄金十年，大学生是天之骄子，跃出农门，跻身于吃商品粮的城里人阶层。翻看老爹精心保存的获奖证书、奖品，图南觉得这是一个很正派的家庭。虽然经济条件不够好，但注重对孩子的教育。

海鸿的妈妈是大地主家的孩子，大地主的亲生父亲有两个老婆，十多个孩子，各自有奶妈和丫鬟。后来地主家的财产都没有了。奶妈一听说，赶快抱孩子来领工钱来了。

地主说："钱没了，地也没了，孩子养不起，我也不要了，你看着办吧。或卖或送给个好人家都行。"

孩子和奶妈感情非常好，紧紧拉着不肯撒手，一直哭，奶妈心软，也陪着哭说："工钱不要了，就当是我生的女儿，继续养着，再穷也不差一双筷子。"

于是，海鸿的妈妈就被奶妈带回家当作自己的孩子抚养。海鸿的妈妈长得漂亮，可人意儿，嘴巴又甜，会哄人。奶妈就成了养母，海鸿的妈妈跟着养父改姓柳，女孩四个她排行老二，男孩五个，成为大家庭中的一个。养父养母对她极好，那么多亲生的孩子，却只让她读了书。虽然只有两年，认识一些简单的字，可这却是孩子们中唯一认字的。

十六岁就嫁给了海鸿的爹，刚结婚，因为琐事被公公打得很厉害，跑回养母家，养父养母却让两个兄弟送回去，因为没管教女儿

第三十六章　乍见之欢

代为赔礼道歉。没有娘家撑腰，就算被欺负也只能暗自落泪，忍忍算了，学会了逆来顺受。海鸿兄弟姐妹四个，都是在父亲的拳头、母亲的眼泪中长大的。

海鸿对图南非常贴心，帮她洗打了水泡的脚，剪指甲。要带她出去玩，在温暖炕头坐着的图南不肯动，他跪地上帮她穿长筒皮靴。

图南猛然看到海鸿妈妈愤怒变形的脸，目光像两把利剑穿透自己，声音像刀子刮过玻璃那么刺耳："图南啊，我说你，怎么能让男人给你跪下穿鞋？"

图南很窘，忙解释："不，我没有……没让他这样……"

未来的婆婆不知道，以后的日子里，她儿子给图南跪下的时候多着呢。

海鸿不等图南解释，就帮抱起她的红羽绒服，拉着她跑了。海鸿听不得任何人说图南的不是，不管在哪里，没人敢说图南不好。这一点上，图南嘴上不说，但心里是感激的。就连离婚以后，他家人都没敢说图南的不是。也是奇怪了，离婚后，海鸿当众承认了是他自己出轨，洗刷了以前他强加在图南身上的罪名。

冬天的北方，一片白雪皑皑。树上结满白玉般的树挂，雾气氤氲着开阔的沃野，仿佛透过薄雾，依然能看到世界的尽头。他家旁边是太子河，河水结了冰，在夕阳下像一条蜿蜒起伏的银链，闪着璀璨亮白的光辉。冰上有孩子们玩冰车、冰陀螺和土筐。冰车是用两个铁钎固定和转向，比较容易，只要能滑行就对了。陀螺一般人小时候也都玩过，但在冰上玩，更有趣。图南怎么也学不会用鞭子抽打冰陀螺，要么转不起来，要么就直接倒下去。看着海鸿轻松地扬起鞭子，在空中悬起一道美丽的弧线，落在陀螺上，陀螺轻快地跳着圆圈舞。在冰上要保持自己的平衡，还要让陀螺完美地转动，还是有点难度。图南羡慕极了。

海鸿最喜欢的玩法是让图南坐着藤条编织的土筐，在高坡往下推，图南闭眼，尖叫着滑下，被甩出土筐，躺在雪地上，仰望着蔚蓝的天空。海鸿从坡上跑过来抱着她，两个人滚在一起，穿着厚厚的羽绒服滚在雪里就像两只胖胖的熊，摔倒了也不会痛，两人哈哈大笑。一会儿的工夫，两个人的手都冻得冰凉，海鸿拉开衣链，把图南的手放进自己的胸口暖着。北方的冬天，除了胸口是暖的，四肢都是冰凉的。就这一瞬间，图南觉得无比幸福和满足。

在海鸿家，与在图南家里得到的反对票一样，未来的公婆看不惯图南娇滴滴、弱不禁风的样子，这样的身子骨怎么能下地干农活？能拿得动镰刀和锄头吗？看着身体就不壮，以后总生病怎么办？

海鸿的四叔说："人家城里人，哪里需要干什么农活？咱能娶到大城市的姑娘，已经烧高香了。还挑什么挑？过了这个村，没有这个店！"其实父母的意见，对于两个被所谓爱情烧昏头脑的年轻人来说，是无足轻重的。管你们同不同意！这点上，图南与海鸿还真是太像了。也许，爱情只是一种病——过多的荷尔蒙导致的头晕目眩、神志不清、寝食不安，听不得别人的话。

海鸿直截了当地对父母说："这就是我老婆，不管你们同不同意，我都决定了！你们要是不同意，以后我就不回来了！"

这话是后来图南从婆婆那听说的，婆婆说这话时有点伤心，图南觉得非常抱歉。图南还从她口中了解：海鸿有个初中女同学是同一个乡的，家里养几辆车跑长途，很富裕，愿意给二十万的嫁妆。婆婆说，那个女同学虽然长得不是很好看，但很朴实能干，是居家过日子的好手，这样的女孩子才是公婆心目中理想的儿媳。图南很感动，海鸿有男人气概，我的老婆，除了我可以欺负，别人不能欺负。不可否认，一个立场坚定、做事果断的男人应该是靠得住的。

海鸿的好友翔宇和图南的同学红叶经常在一起玩，他们也在谈恋爱。四个人经常在一起玩。图南和红叶从小一起长大，永远有说不完的悄悄话。虽然对于爱情，她们有截然不同的想法。还有，海

第三十六章 乍见之欢

鸿的哥哥海文也交了一个女朋友,是护士学校的学生,最后未能走到一起。海文大他们两届,毕业回到家乡的城市在一家企业工作,期间相亲无数,虽然海文性情温润如玉、文质彬彬,但是一提到身为长子,出身贫困的农村家庭,都使女孩子望而却步。

学校的生活多姿多彩,海鸿是学生干部,检查寝室,检查食堂卫生,也经常组织各种学生活动,他积极要求进步,入党了。图南在高中老师和妈妈的要求下学了会计专业,但她非常痛苦,对于一个没有数字观念、喜欢读书、听音乐的人来说,学习高数一二、线性代数是多么痛苦!编制会计分录简直就是要命!哪个是借?哪个是贷?图南学的知识都用来应付考试,考过了就全忘了。大学期间,除了阅读了很多文学作品外,什么都没做。挥霍的时间如同挥霍他人手里的金钱,两个人没好好学习,都补考几门,很快就要毕业了。

时光如流水般静静地流淌。时间是一个智者,不急不缓,永恒不变,变的是人。时而平静,时而狂躁。认识海鸿已经快三年了,图南大专,比海鸿晚一届,两人同时毕业。有的时候,图南觉得海鸿的想法非常幼稚,相信海鸿也这样觉得。两个不够成熟的人吵吵闹闹,虽然图南每次都喊分手,喊多了,不比图书馆前水池里的水多几圈涟漪,反正总在海鸿的道歉中软化。

翔宇和红叶在红叶妈妈的极力阻挠下,痛苦地放弃段感情。翔宇家也是农村的,红叶妈妈不希望女儿嫁过去就吃苦,托人介绍一个老板与红叶相识,红叶拥有一个空前盛大的教堂婚礼,著名的电视台主持人孟晓雪来当主持。这是图南参加的人生第一个婚礼,她后来几十年里再没见过这样隆重奢华的婚礼。同学中谈恋爱的只有海鸿与图南修成正果。

是留校,还是进工厂。纠结了很久,最后,为了一千块钱的贫困生贷款不用还,海鸿毕业留校。期货公司还是事业单位?图南在

S城的期货公司已经通过了面试,但在海鸿的极力反对下——图南认识太多有钱人会学坏,所以进了稳定的事业单位。

七月份离校。但图南的单位并不是她想去的分厂,而是下设工程公司。图南郁闷地拖延两个多月,最终还是很委屈地去上班。拖延了报到时间是无比愚蠢的,她不知道,这是为自己的任性买的第一张单。

单位确定了,结婚需要一个契机。结婚的时候,海鸿住进了学校的男单身宿舍。男单身宿舍本来是两个人,另一个是老师余波,但余波家里有房子,不经常住宿舍。图南经常被海鸿或是哀求,或是强留,或是有意,或是无意延误了末班车,住进了他的宿舍。所以,慢慢地,宿舍放满了他们的各种物品。

她并不喜欢这份工作,做财务对粗枝大叶的图南简直是地狱。图南负责下设公司的工资、材料的发放。工资、补贴、奖金一个月要分别发三次,都是X元X角X分,零钱找不开,工人们都很豪爽,有的就欠着,有的就不要了,最后会剩几块几十块,就买了雪糕大家吃;有时候钱不够,图南就自己掏钱垫上。什么钢管、弯头、三通、丝堵,光是看数量都晕了,还有不同规格,图南懒得去数,拿钥匙给工人,开门自己去拿,所以数量总是不对。妈妈知道了,厉声大骂图南:"你这样胡来,会进监狱的!"这天,正在做白日梦的图南无心工作的时候,海鸿忽然跑进来,拉着图南出了办公室,在走廊就说:"你快点准备一下,我们登记。"

图南说:"登记?结婚?我还没想好……"

"学校给老师准备了蜜月间,赶快登记!不然以后没有了!有个老师住满了一个月,我们要赶快申请!"

"我想……应该同家里商量一下……"

"我们自己的事,有什么好商量的?你都跟我睡了,你不纯洁了,还有什么想法?"

"你干吗说得这么难听?"图南很生气地扭头走了。

第三十六章 乍见之欢

刚坐下,海鸿的电话进来了,办公室四个人,图南拿起又挂下,反复几次,铃声仍然不断。电话密集轰炸、震耳欲聋,大家都在用问询的眼光看着不知所措的图南,图南无奈只好拿起话筒,听见他说:"你给我出来!不然我就进来了!"当然是海鸿,除了他,还会有谁这样过分?

图南怕大家笑话,迟疑地走了出来。海鸿说:"我问清楚了,我在学校开介绍信,你在公司开介绍信,我们一起去民政局登记。你快去开介绍信!"

图南最后还是乖乖地照办,在家里找到了户口本,两人一起去民政局,这天,没登记上。海鸿很生气,图南没觉得怎样,还长出了一口气,还好,我还是自由的。

海鸿拉着图南,在公园就骂:

"你傻瓜啊,介绍信上你的名字写错了,不知道吗?我怎么会找你这样的笨蛋!"

开介绍信的小胡也确实有点糊涂,单位就这几个人,写错了名字确实不该。图南想着,自己笨蛋确实不假,结婚介绍信怎么也要看一眼吧?自己却不曾看过,是潜意识中不想结婚吗?可是海鸿脾气也太大了。

S城这么大,坐公交车回单位要两个小时,图南想算了,明天再说。两个人回到学校,坐在桃李园里继续吵。最后,海鸿平静了一下,看了一下表,这块表是图南爸爸给他买的双狮表,说:"我们回家吧。"

"回家?好啊!家里应该没人吧!还没到下班时间。"

"你想什么呢?我是说回我家!"

工作日回乡下,客车还是很顺利的,晚上就到了,吃过海鸿妈妈做的热气腾腾的饭菜,聊正题了。

"我准备和图南结婚了,她妈妈答应我说,给钱买冰箱、彩电、床,家具,还另外给钱买衣服,你们没意见吧?"

海鸿爸爸默默无声，拿了一张练习本的纸，折叠一条撕下，把烟丝排一排卷成筒状，捻住纸筒末端，封口沾了点唾沫，划根火柴点着，狠狠地抽了一口，缓缓地说："咱家这种情况，你们也知道，没钱。这么多年，只有盖房子收过一回礼金，后来房子在你高中时候卖了，为的是供你们读书。就这样，就说你们旅游结婚吧，回来摆几桌。我们随份子这么多年花了不少，得收回来点儿。"

等车的时候，海鸿又露出常有的暴躁表情，他从来就不会掩饰情绪，图南不知道他为什么这样，只是觉得很压抑很讨厌，他太情绪化了。车来了。图南已经上了车，看见远远跑过来一个人，海鸿连忙说："师傅！等等！"没错，是海鸿妈妈，她气喘吁吁地递给海鸿一个花手绢包和一个纸团，车开了。海鸿打开，眼泪掉了下来，十张一百的，共一千块钱，这是给的结婚钱。纸团是一张一分钱纸币包的十块钱，这是海鸿妈妈的私房钱，农村叫小份子钱——卖青菜和鸡蛋偷偷攒下的。

事后多年，图南抱着鹿儿回婆家，听他们聊天才听明白，他们结婚，公公本来是想一分钱都不用花的……

海鸿用这十块钱买了车票。原来，出来得匆忙，图南和海鸿都没带足够的回程钱。图南奇怪地问："你为什么不直接和家要钱？"

"我不敢，我怕我爹打我。"

"要钱最正常不过的事啊，谁家孩子不是理直气壮地要钱？又不是我们自愿来到这个世界的，父母养孩子天经地义。我都可以和爸爸、妈妈、姐姐要三份啊。不过，我一点都不贪，谁给了，我就拿着，后面就不要了。"

"我家和你家不一样！"

"为什么不一样？你家真……"图南在肚子说："变态！"她没敢说出来，怕惹海鸿不高兴。

海鸿经常讲他小时候挨饿的事，别说吃细粮了，家里做玉米饼都是一人一块，婆婆炒菜不敢放油，是老爹用毛笔在锅底画三道。

第三十六章 乍见之欢

老爹自己都吃不下去，于是自己另煮。当然，在农村，重要劳动力吃个小灶也是正常的。

海鸿虽然看起来瘦，但却健壮，从小干农活，肌肉结实得像块铁。

"你这么瘦，是饿的？"图南问。

"你这么瘦，是饿的？"海鸿也问。

"再瘦也比你胖，你瘦得像毛驴一样。怎么也长不胖。"

两人哈哈大笑。

第三十七章　新婚燕尔

登记前又大吵一架,"到底要不要结婚?"两个人都有点犹豫不决,在桃李园从下午一点多挨到下午四点半,再不登记,有点说不过去了,已经请了一星期的假,每天处长都问:"图南啊,你登记没有啊?快发糖!大家都在等你喜糖吃呢!"

"明天,一定!"图南都这样混过去,她想再不登记会被人笑话的,虽然海鸿脾气大了点,但他结婚以后会改的。她重开了介绍信,还是乖乖地跟着他去登记了。

离开学校就结婚,两个人都不到晚婚年龄,图南交生育押金五百元,海鸿交押金三百元,登记时正是乱收费的年代,体检费、鞭炮卫生费、结婚证书费等交下来,最后只剩下十多块钱。结婚登记后为了表示庆祝,一起找了一个饭店,数了数钱,只够两碗冷面的,看着海鸿倒了半瓶酱油、半瓶醋、几大勺辣椒油,三口吃完面,一口喝完汤。图南吃不完,就把自己的面拨给海鸿,两人相视一笑,人生大事就这样简单办完了。

姐姐晓晖心灵手巧,上学后逐渐接替父母照顾弟弟妹妹,小时候是爸爸给两个女儿编小辫子,晓晖给妹妹扎头发,总能听见图南一声声的尖叫。稀疏的头发被紧紧揪住,这感觉实在不够好。图南在上学的路上把头发解开,整天披头散发,晓晖疑心自己绑得不够牢,于是图南每天都在尖叫。晓晖工作后喜欢打扮妹妹,给图南穿最流行的水手服、手工编织的五颜六色的毛衣,不管走在校园里还

第三十七章 新婚燕尔

是大街上,都能收获无数目光和搭讪。

晓晖对妹妹脾气秉性当然了解,她断言,你们结婚后也会离婚,海鸿个性太强,他只能装三分钟,并不是能给你带来幸福的人。

"那我不管,我就是要结婚!"

面对任性的图南,晓晖无话可说,谁能管得了她呢?妹妹从小任性,爸爸妈妈买了两件同品种不同颜色的东西让她先挑,可她总拿不定主意,没有判断力,用的、玩的东西到手就坏。然后满地打滚,再抢自己的,只好让着她。小堂姑七八岁时,她妈妈去世,爸爸妈妈带回家抚养没几天,就被三岁的图南打跑了。越是不让做的事越是要做。在她年轻不羁的脸上明明白白地写着"叛逆"两个字。晓晖预知了结局,亦是无话可说。

婚礼没有,婚纱没有,鞭炮也没有,图南问海鸿,我们拍张婚纱照吧。姐姐的婚纱照好漂亮。海鸿一听就生气,愤怒地说:

"我不拍!你看谁好,和谁拍去!"

"你干吗这么生气啊?求你了,没婚礼没关系,我好想穿婚纱,穿婚纱一定很美哦!你长得那么帅,我们的婚纱照一定很漂亮!拍一张照片总可以吧?我们拍最便宜的。"图南撒着娇。

"说了不拍!别废话!"

"婚礼没有就算了,可是,我喜欢洁白婚纱,人人都有,我却没有!呜呜呜……"图南哭了。海鸿根本就没有哄的意思,他烦了,准备出去。图南一脸泪痕:

"你去哪里?"图南抱着海鸿大腿。

"办公室!整天看你哭丧着脸,烦死了!"

"我也去!不能把我扔在家里!"

"就是为了躲开你,你还要跟着!我去玩会儿游戏!"

海鸿一把推开图南。他出去了,图南坐在水泥地上大哭。

图南再没提起过婚纱照的事。海鸿在外地读博士期间,图南一个人悄悄地去婚纱店,趁做活动打折的时候,拍了几张照片,选了一张放大，用不干胶随意贴在墙上，照片太大太沉了，经常会掉落。海鸿实在看不下去，请人做了铝合金框挂在墙上。照片里，图南孤独地微笑着。

很多年以后，已经搬家到了 F 城，海鸿兴奋地对图南说，有个学生开婚纱店，给了一张免费券，我们带儿子去补婚纱照吧。图南像看怪物一样地打量他：

"婚纱照？一脸皱纹，双眼无神，还带着儿子？二婚似的。你哪根神经搭错了，看谁好和谁去拍，我不去！"她推开站在面前挡路的海鸿，继续擦地板。

什么时间做什么事，过了特定的阶段不但不是幸福，反而想起当时的种种不堪，令人厌恶不快。该珍惜的一定要珍惜，不要失去的时候落泪。就像给一个成年人他孩提时代念念不忘的玩具，也不过是可笑无聊。

晓晖再一次问图南：你真的打算结婚吗？晓晖比图南大四岁，刚刚结婚不久。晓晖本想和妹妹聊聊。图南点点头，晓晖试探着说，可是你们不合适啊，就算结了婚也会离婚。图南立刻火冒三丈：我才不管！离婚就离婚！那是以后的事！我就是要结婚！结婚就有自己的家了。更何况我们已经登记了！晓晖才惊讶地知道妹妹原来已经登记，她再也不敢劝了。

图南不喜欢被大家过度保护，每天被规定该做什么，不该做什么。结了婚，这下该自己做主了。

图南夹在妈妈和海鸿中间，左右为难，买冰箱彩电本来是要照着姐姐家的牌子型号买的，去商场看发现出了最新的型号，就换成了更大的。比预算多了，妈妈不高兴；买差的，海鸿又不高兴。海鸿的脸色越来越难看，他只想要钱，不想买东西，读书的时候还欠着很多债务呢。妈妈担心海鸿把钱给了公公婆婆，所以，她的抱怨更多。给女儿花钱，她是舍得的。但钱花给婆家，妈妈没法接受。图南没想到，夹在妈妈和丈夫之间受着夹板气。

经济条件好了，海鸿和图南买了新的冰箱彩电，旧冰箱彩电给

第三十七章　新婚燕尔

了公婆，妈妈还为此很生气：这是我买的，你们不要就还给我，怎么就送人了？别说海鸿脸色不好看，就连图南也觉得妈妈在无理取闹。既然你给了我嫁妆，自然是我的，我送人也好，扔了也好，和你没关系。更何况你和爸爸什么都有，而公婆没有啊，给他们没有错。

图南自己买了一件浅紫色小香风大衣，妈妈一看就叫：这是什么东西，疙疙瘩瘩的，颜色不正，像麻袋片一样。刚刚结婚，一定要穿红色。于是押着图南去商场，换成艳俗的红色呢子大衣。不得不说，图南苍白的脸在紫色衬托下显得病态，红色系橙色系更有活力，但强行穿着自己不喜欢的东西，图南不开心。她常做梦，在娇艳的红色与高雅的紫色中艰难地选择。想做的和必须做的，怎么决定？选择困难症，图南潜意识中一直在和自己对抗。

虽然 F 城地处亚热带，图南在冬天总是腿脚冰凉，妈妈给图南寄了一大箱子薄厚不一的裤袜子，数了数，一共八九条，够穿很多年了。妈妈当然是爱自己的，图南知道。可多年以来，图南一直在挣脱这份爱。

直到有一天和妈妈逛街，图南依然在热情的红和高雅的紫两种颜色中难以选择，年迈的妈妈豪气万丈，说了一句："都要了，买两件！我买单！"

图南恍然大悟，终于和妈妈和解。

图南找同学要了一个煤气罐，雇三轮车送到海鸿的宿舍，放在走廊，用一张桌子放煤气灶，这就是厨房了，卫生间在走廊的尽头，生活虽然有点不方便——室内仅十七平方米，但终于可以自作主张了，这是自己的家呀！图南倾注所有的热情，买了白色的家具，白底鲜红草莓图案的窗帘，地上铺了米色菱形地板革，把家布置得清爽温馨，新婚阶段，一切都新奇可爱。

房间空间足够，图南经常调换位置，换完就忘了。有一天半夜起床，图南撞了头，她摸着头上的包，还在想，这家具怎么成精了，会动？！

学校虽然管理得严，早晨有起床号催醒，晚上十一点关大门，但两个人经常半夜跳墙进出，看电影，消夜，图南穿着细细的高跟鞋，跟着海鸿跳上跳下，海鸿总在下面接着。保安大爷刚开始以为是学生，大声怒吼，后来知道是新毕业的年轻教师，也就懒得管了。

　　两个月后，爸爸妈妈生气地找上门来了，图南才明白，哦，结婚，还要回门啊。自己的草率决定已经惹他们难过，特别是爸爸，女儿一声不吭就私奔，让他觉得在朋友中没面子。女儿不懂事，女婿不懂事，婆家也不懂事，可是三天、五天、七天……不管是哪里的习俗，回门总要回吧？图南看到父亲的眼睛闪烁着泪光，她有点自责。电话打过了，可是她不知道，爸爸妈妈等自己回家……快乐的时光真的是太快了，两个月就这样过去了吗？

第三十八章　麒麟送子

图南怀孕了，八百块钱的生育押金，做人流才一百多，最主要的是两个人玩心很大，不想早早地带孩子，做人流做掉了。

洪岩是海鸿的恩师肖明的妻子，当初海鸿留校就是因为肖明的一句话。洪岩也刚刚做了人流，她家要搬家，海鸿让图南去帮忙，图南帮着打包，搬东西有点累，回来腰酸背痛，躺在床上。海鸿很自责，说："对不起，老婆，我让你受累了。"

图南说："没事，休息几天就好了。"

公公婆婆卖了房子，来到城里，于是十七平方米中间拉了一道布帘，分成两个小房间，房间变得拥挤起来。图南和海鸿住在靠窗的里面，公婆住外面。一年多的时间过得真快，紧接着图南又怀孕了。不能再打了，留着吧。图南妊娠反应严重，每天早上固定一阵呕吐，别的时间不一定，闻到什么特殊的气味都恶心，连胆汁都吐出来了。一直反应到生孩子的时候。看了几次医生，医生说，这病不叫病，没什么好办法，只能补充维生素试试。四个人、两个家庭在一起生活，诸多不便，公婆的呼噜声经常让图南瞪着眼清醒到天亮。

图南不觉得自己挑食，和身边的同事们比起来，已经好到不能再好了，但在婆婆眼里，图南显然娇气过了分，图南吃点什么，她就说，你妹妹在农村什么也吃不到——她说的是荷芳。图南停止吃东西就觉得饿，她不停地吃和不停地吐，海鸿也奇怪，说："不就生个孩子吗？人家生孩子就像母鸡下个蛋一样容易，你怀孕，这么恐怖。"

海鸿爱干净，却不爱干活。家里要干干净净的，但他从不做家务。他在父母面前喜欢炫耀自己的权威，图南深知他的虚荣心，也懒得计较。应该丈夫做的，他都推给婆婆，图南又觉得让婆婆做难为情，只好自己做。怀孕做点什么都累，洗个内裤后都要躺在床上，气喘半天。

生鹿儿的当天，图南上班觉得很累很痛，肚子往下坠，站不起来。大家都说你脸色很差，早点回家吧。图南希望海鸿来接，海鸿说自己忙，你自己回家。下了班，她坐公车回家。因为太瘦弱，怀孕都没人发现，连让座位的人都没有。等到快下车的时候，一位阿姨尖叫说，你这傻孩子，怀孕怎么不说一声？图南说："我没事的。"阿姨告诫图南，你不要硬撑，该向别人求助的时候不要顾忌太多，求人不低气。图南点点头，这世界上总还有很多的美好。

终于，一步步挨到家，婆婆已经做好了晚饭，图南吃了几口，就躺在床上，痛到五脏六腑要翻转一样，吃的东西又吐了出来。婆婆说，是不是要生了？图南说，离预产期差四十天呢，孕检都是正常的。她实在挺不住了，才和婆婆去医院。

海鸿认为图南应该心怀感激，公公在零下二十摄氏度寒冷的室外往家的方向磕头，感动了祖先和保家仙，才得庇佑，大人孩子平安。图南不知道该怎样说，孩子是我生的，很怕很累很辛苦，你本应该照顾活人。妻子痛得死去活来，儿子早产一个多月，生孩子你缺席。你去烧香磕头，关我什么事？平安是烧香烧来的？

算了，没关系，只要孩子平安就好。

妈妈爸爸打车来了，因为出来得很急，妈妈和邻居借了一千块钱，打车用了五十元，所以交到海鸿手里只有九百五十元，用身上零钱买一些图南用的东西，所以海鸿脸色很坏，一直耿耿于怀，你妈拿九百五十给你，太过分了，他觉得这个数字不好，还在医院里，他就多次让图南向岳母要钱，补上这五十元，图南心里窝火，

第三十八章　麒麟送子

没答应，这没道理。

　　医院里，妈妈照顾图南的吊瓶，海鸿又去和邻床产妇的丈夫喝酒去了。海鸿总说自己失眠。可图南想去洗手间的时候，他一动不动像个死人，怎么叫都不应。图南怕影响别人，邻床产妇的丈夫已经醒了，让别的男人扶着去卫生间，图南觉得不好，忍着剧痛，扶着墙自己去的，眼泪忍不住一直掉。一个装睡的人你怎么能叫得醒？妈妈回家一趟又回来了，她一直不放心，很生气，看得出来强忍着。生孩子的手术虽然都是小手术，可剧痛，没法坐起来。只能躺着，海鸿喂饭的时候大骂：你装什么淑女啊？能不能把嘴咧开，让我把饭倒进去？妈妈忙说，我来喂，你还是去喝酒吧。

　　涨奶很痛，两个乳房就像两块沉甸甸的大石头，好不容易睡着，翻个身被痛醒，连胳膊都痛。是妈妈一口一口地吸出奶水，缓解疼痛。妈妈劝图南，痛就痛点，不能吃药止痛，有奶水就好。

　　这是 S 城最好的医院，那时候的医院确实不科学，现在的医院比较人性化，时代在进步，图南每时每刻都盼着见儿子一面。生孩子的时候，听见儿子沙哑的哭声，接着，医生把一个圆滚滚的小屁股给图南看：男孩！就抱到 ICU。图南一直想，这宝贝长得什么样子？好看吗？他的眼睛像谁？他的嘴巴又会像谁？孩子的哭声深深地印在脑海里，多少次，图南都能听到。图南似乎有种和儿子心连心的特异功能。

　　一星期了，床位有限，图南坚持带着儿子一起出院，医生说不行，体重不够的早产儿要在保温箱里观察一个月才行，回家养不活。图南说，我带回去孩子会好，在医院会死。孩子不出院，我也不出院！海鸿左右为难，还是去找医生商量，医生说你签字放弃治疗，后果自负。海鸿又怕了，跑回来想说服图南，图南固执己见，海鸿只好再跑过去办理母子两个的出院手续。

　　图南一直焦急地等候。海鸿说，儿子在保温箱里表现不好，暴躁，一直哭。终于第一次看到儿子，图南喜极而泣。瘦瘦小小的，稀疏的头发，一脸皱纹，像个干巴巴的小老头。看着护士拔掉孩子头上的输液针头，再拔掉从鼻孔插进的胃管，管子里奶水是干的，每次只给十毫升，怎么能喂饱孩子呢？图南想象得到这小东西该有多么痛，多么饿。不暴躁才怪！他有气无力地哭了几声，又开始昏睡，被图南的妈妈抱在怀里。她不许图南抱，怕图南累坏。

妈妈一边新奇地看着他，一边笑骂："你这个小混蛋！可把我女儿累坏了！"

婆婆不高兴了："我大孙子好着呢！"

图南心里清楚，这就是妈妈和婆婆的区别：妈妈心疼的是你，婆婆心疼的是孙子。

回到家比住院好不了多少，医院一个房间四个人，家里一个房间五个人，就像住监狱一样。这是学校放假期间，暖气冰凉。纸尿裤打不开，用剪刀剪，墨绿色的胎便还在里面。也就是说从出生到出院，根本没有换过纸尿裤！刀口恢复得不好，图南不能坐，只能跪着喂孩子，跪着也不能时间久，痛啊！房间很冷，她能感觉到风呼呼地吹，特别是给孩子喂奶的时候。

妈妈说图南要加强产褥期的营养，多吃蛋白质类的食物，才有奶水。婆婆却说不能吃。青菜水果不能吃，伤胃。肉类不能吃，上火。鱼类更不能吃，鱼子吃了，小孩不识数。两个老太太明里暗里斗法。妈妈说孩子要保暖，拿来小毛毯再裹一层；奶奶说男孩子怕上火，不但打开小毛毯，还打开襁褓晾一晾。奶奶给婴儿戴的帽子压住了耳朵，妈妈往上拉，婆婆往下拽。最后，鹿儿两只耳朵长得大小不一样，压倒的耳朵小了一圈。婴儿不肯安静地躺着睡，只要图南抱，抱起来没事。就算睡眼蒙眬，只要放下，立刻四方大嘴，呱呱大哭，啼声响亮。海鸿远远地站着看，他怕这个婴儿，他不敢抱。

妈妈家里开着幼儿园，必须要回去了。图南开始了产后抑郁。

她会突然情绪低落，一言不发，一天看孩子很多很多次，因为小婴儿的脸是紫青的，图南觉得他冷，发疯地拿电暖器烤，奶奶说男孩怕热，她又发疯地打开小襁褓看热不热，放在寒冷的房间里晾

第三十八章　麒麟送子

一晾，去去火气。他屁股是像猴子屁股一样红红的，嘴里长满了鹅口疮，图南给他涂紫药水，婆婆就在旁边抱走孩子，说孩子痛，不能涂药。可是发炎也是痛的啊。她总能听见孩子的哭声。就算他睡着，依然在哭。虽然扰民，但他实在太可爱了，一边睡觉，一边吮吸小嘴，还会皱眉打嗝放屁。图南常常傻呆呆地看他几个小时。

海鸿对她说，你妈太过分了，少给了五十块钱。你妈总欺负我妈，人善被人欺，我妈太善良，你妈太嚣张。图南一听就生气，大发雷霆，烦躁沮丧、哭泣悲伤，揪着自己头发撞墙，我妈怎么对不起你了？在这时候，整天说这个有意思吗？在八九平方米的小空间里吃喝拉撒睡，图南觉得羞耻，图南从来没有觉得自己这么脏过，不洗头、不洗脸、不刷牙，散发一股腥臭味。她不敢照镜子看自己。

虽然说女人怀孕、生孩子、坐月子没有自尊可言，但图南彻底地充满绝望，这样一个可怜的小东西什么时候才能长大？他也许来得不是时候？为什么所有的人都不满意，生孩子的时候，公公在外面冰天雪地里磕头，冻感冒了，在外面的空间里震耳欲聋的咳嗽、擤鼻涕。婆婆照顾公公，还要照顾图南母子，实在太辛苦了。公公大声打着呼噜，大声地说话，总是带着长长尾音的咳嗽声叹气声，吃东西吧唧嘴，隔着一层薄薄布帘的图南经常被吓一跳，小婴儿比图南更容易受惊吓，四肢抽搐发抖。图南心疼孩子，总想如果不能给孩子良好的生活条件，为什么让他来这个世界受罪？可怜的儿子啊，你是无辜的小犯人。

图南在哭，婆婆生气地说，再哭，老了眼睛就瞎了！图南恨恨地心想，瞎了好，看不见才好！

一帘之隔，香味四处飘散，图南闻着香喷喷的，过年单位发的猪肉、牛肉、带鱼，可什么都没吃到。月子里没喝过汤，顿顿是小米粥和煮鸡蛋。终于有一天不吃小米粥和煮鸡蛋了，因为海鸿和老爹烧香还愿去了。婆婆说，我们两个随便吃点剩菜剩饭，对付一下吧。于是婆婆端上了他们吃剩的面条。面条是一坨坨的黏在一起，全是断的。图南想想不知是谁碗里剩下的，就算是海鸿的，图南都觉得无比恶心。她吃不下去，又哭了，以前也这样，以后每次更是，只要和婆婆两个人吃饭，吃剩的对付一下，婆婆没感觉到什么，图南又不好意思明说，图南想自己也是拿工资的，比海鸿赚得多，连吃顿饭都要吃剩下的吗？

图南营养不够，心情不好，迅速消瘦下去。图南又不敢说，怕妈妈生气，但她也觉得婆婆做得好像哪里不对。

图南每天数着日子，什么时候刑满释放，终于在第二十四天，图南的妈妈来了。图南一看到妈妈，眼泪"唰唰"地掉。妈妈够聪明，一看就明白，说："女儿收拾东西，跟我回家。"妈妈和图南打车回到家，第一件事就是去洗澡，洗香香真好啊，图南精神振作了很多。谁规定的坐月子不能洗澡？陋习啊。图南一边高兴地哼着小曲，一边量体重。妈妈说，拿天平称一下孩子长了多少，大家看完谁都不说话，不但没有长体重，反而比出生少了半斤。图南体重回到九十斤。

妈妈在附近租了房子给图南，爸爸负责每天送饭。小婴儿对纸尿裤过敏，爸爸过来顺便取走脏的尿布，带来他洗干净的。爸爸做事认真负责，尿布洗得干干净净，折叠得整整齐齐。小婴儿睡得踏实，不再哭闹要抱。

在家一个月还不到，婆婆和丈夫来接图南回家了。妈妈和图南觉得还是住自己家好，不想回去。可爸爸说，我们要通情达理，毕竟是人家的媳妇，身体养好可以回去了。孩子在姥姥家一个月长了三斤，肥白可爱，就像换了一个孩子。图南想有婆婆在，也能帮忙带一带，孩子五个月，产假休完要上班，父母家再好，最后也要回自己的家。

回到自己家，满满的冰箱已经空了。图南先去大商场给婆婆买了贵重的礼物，外套和项链。婆婆伺候月子很辛苦，带了二十四天很不容易的，权作感谢。孩子生下来，单子上有个评分，是多少分？还没看到，就被妈妈拿到单位报销医药费的时候交上去了。

孩子回到家里还是喜欢哭，一哭就是没完没了，大嘴哭成四方

第三十八章 麒麟送子

的"口",鼻涕一把眼泪一把,不抱起来,他继续撕心裂肺地哭下去。孩子哭是有原因的,不外乎饿了,渴了,痛了,冷了……嗯,健康正常的孩子是不哭的。可是去医院无数次,医生也说不出他啼哭的原因。凌晨三点,他还在哭,图南只好抱着鹿儿在房间里走来走去。海鸿生气了,劈手夺过孩子扔床上,鹿儿瞬间没了声音,图南吓得尖叫一声,还好,鹿儿只是吓得小脸雪白,他不敢再哭了。

公公和婆婆觉得城里并不好,没地方住,连根葱都要去买,物价太贵,又回去在农村买了房子,准备搬回去了。婆婆说,如果不来S城,孩子就不会早产,带了一辈子孩子,她累了,不想再带孩子。鹿儿的名字是图南起的,她在怀孕的时候梦见一只小鹿入怀,所以叫鹿儿,她不喜欢公公起的名字"春柏",说要长命百岁。男孩怎么能叫"春"?绝对不行。想想丈夫也是不容易,妻子和父亲都要冠名权,最后还是图南的坚持,出生半年后孩子才上户口,有了大名。

上班了,请了一位阿姨照看儿子。阿姨心地善良,只有一点不好,鹿儿说话晚了一些,刚学说话,开口却是外地口音。弟弟燕声给孩子照相,他都说再这样下去,孩子语言能力会受影响,赶快去幼儿园吧。图南觉得弟弟说得对,要把鹿儿的口音纠正回来。

幼儿园老师说鹿儿很聪明,全班几十个孩子,只有他一听就会。这让图南大吃一惊,一直以为鹿儿早产,又受到惊吓,没有发育完全,比较笨,原来鹿儿还算聪明。特意带孩子跑到幼教中心查一下——125,智商还很高。也许是给了自己信心,以后再教什么,鹿儿都学得很快,图南终于放心了。

鹿儿总生病,一直跑医院。三次肺炎、猩红热、哮喘、湿疹、贫血、缺钙……丈夫经常说,早知道混蛋鹿儿身体这么差,就应该去学医。本来海鸿想学医,但公公不同意,学医要多读一年,意味着多一年的花费。

图南每天下班去接鹿儿,鹿儿像一只小毛驴撒欢一样撞上来,把图南撞得跪坐在地上。

成长是快乐的,就是太累了。图南沉醉于简单、忙碌、平凡的幸福中。

周日，海鸿带着鹿儿去同事家玩，图南和朋友雅红加班，忽然，图南觉得有点眩晕，眼前一黑，倒在地上，雅红吓得惊恐万分，大叫图南，可图南没有回应。拦了几辆出租车，可司机一看是晕倒的病人，都不肯停下来，最后终于有一辆车停下，要双倍的打车钱，雅红同意了。

司机抱起图南送进了急诊室。医生给图南打了急救针，图南才缓缓醒来，医生问图南怎么了，哪里不舒服，头晕，恶心，哪里都不舒服，具体也说不出来。幸好有个老专家经验丰富，判断失血性休克，必须手术。雅红身上没带那么多钱，家属又不在，图南被推到手术室外的走廊上打吊瓶。手术室外长长的走廊，图南觉得非常冷。这不是夏天吗？怎么觉得寒气一点一点渗透到骨子里，比冬天还冷，冷得发抖。

不知道过了多久，图南看见姐姐晓晖满面泪痕，眼睛红肿地走过来，给图南换病号服，总算有点明白了，好像是很严重啊，我要死了吗？图南换好了衣服，看见姐姐撸起袖子，对医生说，我和妹妹血型一样，输血吧。额，还要输血？真的不行了吧？她迷迷糊糊地想。推到手术台上的图南继续昏昏欲睡，这时心电监护仪发出警报。高压降到10毫米汞柱，低压降到0毫米汞柱。快拉成直线了。医生大叫："图南！图南！"图南觉得自己不再寒冷，身体轻飘飘地飞了起来，轻松舒适，耳边却像打雷一样，传来呼喊自己名字的声音。图南哼哼唧唧地说："别说话，我困，要睡……"

医生急了："不能睡！睡了你就醒不来了！"

图南还是想睡，太累了，醒不醒有什么关系呢？她不说话了。

医生大声说："图南，你要死了。"

她停止了思想中快乐的舞蹈，犹豫中，瞬间她落下来："嗯？"

"你要是死了，心里还有什么放不下的？"

哦，做手术的原来是个女医生，她戴着口罩，图南只能看到

第三十八章 麒麟送子

她一双明亮的眼睛。她贴近图南的脸,大声问,"你有父母和丈夫,你还有谁?"

顿时,图南的眼泪奔涌而出:"儿子,我的儿子才三岁,若没有了妈妈,好可怜。他爸爸会给他找后妈……"

"图南,你想着你儿子,你就不会死。"女医生变得温柔起来。

"儿子这么小,我死了,他可怎么办?"图南脑子里只转这个念头。应该感谢鹿儿,图南在生死线上徘徊一圈,又回来了。手术结束了,女医生在她耳边大声喊:"记住!我叫毛松!毛松!"图南点点头,一直记得,有着一双长睫毛的大眼睛的女医生叫毛松。失去了 2000 毫升的血,血色素连正常人的一半还不到,图南脸色惨白,伤口难以愈合,多住了一星期的医院。

本来妊娠纹已经很让人恼火了,肚子上多了一道疤痕,图南每次看自己白皙光滑的皮肤都会感叹惋惜,丈夫却高兴地说,看你的肚子那么丑,像一条大蜈蚣。挺好的,没人要你了。是个男人都会觉得你恶心。图南虽然没想过别的男人,但听着丈夫这种幸灾乐祸的语气,就让人很抑郁。医生说要好好休养,可海鸿什么活都不干。还经常嫌弃地说,你这女人当的,大姨妈来痛经,每个月都有一次痛到死去活来,生个孩子早产,孩子体质不好,总跑医院,平白无故又做个大手术。碰都不能碰,要你这种女人干什么?

图南心存幻想,犹豫地问:"我死了,你会不会给孩子找后妈?"

海鸿想都没想,冲口而出:"当然会,不然你以为呢?我才三十多岁,我不能给你守寡吧?!"

图南幽幽地说:"你要是死了,我不会再结婚。"

海鸿怀疑:"你一个人过,可能吗?别把自己想得那么好,你也不是什么好东西。"

图南以前还会和他争论,现在已经没有这种闲心了。她明白,没妈的孩子可怜,自己好,鹿儿才能好,无论如何,自己把鹿儿带到这个世界,就应该负责到底。

第三十九章　霜重色浓

图南一直非常感谢雅红救命之恩，雅红讲过她的家庭。她妈妈是下乡知青，她爸爸是农民出身，两个人在精神上差距太大，没有共同语言，过着非常不幸的生活，父母最后还是离婚了，母亲带着她返城后没工作，就卖韩式泡菜，也活得很好。后来，父母各自成家，重新找到幸福。每个人都没错，只是适合不适合在一起的问题。所以她过年过节的时候会更加忙碌一些，她要去公婆家、父亲的家、母亲的家，一共三个家。

但是，雅红依然优雅豁达，她没觉得低人一等，很多观念都是因人而异。有的孩子依恋父母，父母就算有再多矛盾也应该给孩子幸福的家。有的孩子相对独立，思想成熟，父母与其吵吵闹闹，还不如分开清净。

图南始终记得雅红在危急时刻出手相救，后来她们失去联系，是因为图南到了F城，手机丢了。一路走来，图南结识很多新的朋友，也丢掉了很多好朋友。

生命就是这样被裁剪成一段一段的碎片，随风飘散，有的人走着走着，就走丢了。有陪自己走到最后的人，是一件多么值得庆幸的事！还好，还有个老同学红叶。

图南的大学同学红叶，人漂亮，嫁得好，经济上富裕，可又能怎样呢？红叶在怀孕六个月的时候，偶然发现在丈夫汽车后座上有公司女会计的外套和化妆包，她打车跟踪丈夫几天，终于发现丈夫

第三十九章　霜重色浓

去了会计的出租房过夜,丈夫出轨成了板上钉钉的事,红叶崩溃,大哭着问图南:"图南,你说我该怎么办啊?"

图南立刻就蒙了:"你说怎么办?"

"我要离婚!"红叶说。

"离婚?你先别想不开,等我!我儿子发烧了,我出不去,你打车到我家里来。"

红叶哭得眼睛都肿了,一脸的疲惫,歇斯底里地叫:"我要拿掉孩子!"

图南只好劝她:"怀孕月份这么大了,都已经是一个完整的孩子了,就算是引产,也和生孩子是一样的,你舍得吗?"

"我当然不舍得!"

"毕业后大家都急着找工作,只有你不急,你不知道有多少人羡慕你,可以做阔太太。"

"都怪我妈,她只认得钱。"

"红叶,那些都过去了。"

"我坚决不和他过了!出轨只要有一次,就有无数次!"

图南觉得这是三道送命题:"你只要想好三件事,婚要不要离,孩子要不要生,钱要不要赚?"

红叶很坚强,背着父母,和丈夫办理了离婚手续,搬出了豪宅,她骗他孩子已经打掉了。孩子生下来没有见过爸爸,慢慢长大,会说话了,经常问红叶,爸爸呢?红叶总是非常倔强地说,"你没有爸爸。"图南经常劝她,你和孩子是两码事,你可以恨他,但你不能剥夺孩子的父爱!出轨的父亲不见得就不是好父亲!对于孩子来说,这是他应该拥有的权利。可红叶不听。我就是要他连自己的儿子都不认识!离婚后,红叶的前夫找过她几次,都没有找到,他甚至不知道自己还有个儿子。

图南无法想象,如果有那么一天,父亲和儿子在街头擦肩而过,他们会不会觉得两个人有某种天生特别的联系?如果红叶坚守这个秘密,他们是否还能相认?这是对出轨男人最大的惩罚!电影电视里演的是假的，可红叶居然真的这样做！

"他不配有儿子！"红叶歇斯底里地说。

有一天，一家五星级酒店来学校招聘应届生，迟钝的图南忽然想起了红叶，会计专业毕业没有做，就很难再找到工作，用人单位都愿意招有经验的。本来她的年龄已经超过招聘要求，但图南仍然劝红叶去试试。一方面红叶扎实肯干，另一方面也真的是运气好——面试后让她回家等通知红叶没直接走，而是撸胳膊挽袖子跟着保洁人员一起在酒店前台做卫生。正巧集团老总下来检查，总经理看到红叶面生，就问：

"这是新人吗？"

大家解释说是来面试的，什么条件都好，能干又漂亮，语言表达能力也很强，就是年龄偏大，本来不想用她的。总经理发话了："这个人留下吧。"

红叶在工作上任劳任怨，不怕脏不怕累，做到部门经理，养活孩子足够。也许红叶最爱的不是丈夫，才这么快就离婚？图南心中疑惑，打电话给红叶："翔宇怎样了？你们还有联系吗？"

"我没脸见他，是我提出分手的。"红叶幽幽地说。

"我问你，还联系吗？"

"没有。"

"为什么呢？你应该和他联系一下。"

"图南，你别做梦了，破镜难圆，有很多美好只适合怀念的。两个人已经错过了，算了吧！"

图南想了想，给几个同学打了电话，打听翔宇的近况，他已经有女朋友了。图南不忍心看红叶一个人孤单，也没有办法。主要是红叶是个性鲜明的人。图南回家时和妈妈提起红叶的孤勇倔强，妈妈说："红叶长得那么漂亮，性格虽然刚了点，可人不错。她应该不缺男朋友吧？！我有个同事家的儿子叫王强的，也是你初中同学，人挺不错，介绍他们认识认识？"

图南皱着眉说："妈，您别操心了。王强又蠢又笨，总坐在教

第三十九章 霜重色浓

室最后一排,他们瞧着就不搭,根本没有夫妻相。"

"红叶要是没结过婚,那肯定不合适。现在就不一样了。对她好,能帮她养孩子的才是最合适的。"

图南半信半疑,说:"那也不会降低要求吧?还是去问问红叶。"果然,红叶拒绝了。本来嘛,感情的事不能将就。

红叶生了一个漂亮的男孩叫航航。红叶对他爱若至宝,孩子长得高高壮壮,红叶父母对她离婚虽然不支持,但也没办法,红叶妈妈和红叶爸爸在同一家企业上班,单位效益不好,倒闭了,两个人双双成了下岗职工,红叶妈妈经常去打麻将,就算帮红叶带孩子,也总是一边带孩子,一边唠叨:"本想让你找一个有钱的,我也借点光,过几天好日子。你可倒好,就这样离婚了,便宜了那个臭小子,什么财产都没捞着。孩子的抚养费都不拿,我造了什么孽,养你一个赔钱货不算,还要养这个小崽子。"

"还不是怪你!你总是看不上翔宇,嫌人家穷,这是你给我找的丈夫!我还没怪你,你就知道怪我!你再说,我不回家了!"

"好好,不说!不说!你有他爸爸的消息没有?"

"没有!我们搬到这里,他不知道。"

"你应该把儿子给他,咱利利索索,还能再找个不差的。你带这个拖油瓶,难道一辈子这样了吗?"

"不然呢?我就没再想要结婚!和航航在一起就够了!"

红叶嘴上不说,心里也觉得儿子没有爸爸可怜。一天,红叶去幼儿园接航航,看到别的孩子打他,红叶很愤怒,告诉孩子,你给我打回去!航航不敢打,被红叶劈手一巴掌拍在背上,航航愣住了。他看看妈妈,红叶依然在生气,他冲上去推倒了那个孩子,然而,他又怕了,赶快转身跑了。当航航发现,拳头可以解决很多问题的时候,他就会经常使用暴力。航航总是打架惹祸,红叶虽然发觉教育上出现了问题,但一个单身女人带孩子,其中酸楚,自是言语不能形容。

一天,航航又一次问红叶:"妈妈,我爸爸呢?"

"我们家里好像有他照片，你找找看？"航航扑腾半天，把所有的照片倒在地上，一张一张地翻看，终于，他失望了。

"没找到。"

"哦，也许是没有了。"

红叶当然知道没有，却逗航航玩。他有点灰心，不过，闷了一会，就跑出去玩了。慢慢地，他接受了他没有爸爸这个事实。

一天，红叶打电话给图南，说："我心情不好，你过来陪我睡吧。"

图南说，"我家的也不在，你来我家？这样吧，等我把家安顿好，鹿儿睡了，我再过来。"

两个人见了面，欢呼着拥抱在一起，聊了一会。晚上十一点半了，航航还没回家。图南有点着急，这么晚了，孩子去哪里玩了？你怎么不管他，还让他在外面玩？我们去找找吧。红叶说不着急。孩子贪玩是正常的。图南却坐不住了。

禁不住图南的一再催促，两人一起跑出去找，找遍了整个小区，终于在一家网吧找到了。航航玩得很专心，坐着玩不肯动，两个人只好站着等，看他打完最后一局游戏才回来。

图南说："这样不行啊，孩子整天泡网吧，这怎么可以？！"

红叶说："我没有时间天天看着他，我还要照顾爸妈。你知道，他们身体都不好，退休金又不高，前段时间我爸又做了一个心脏支架。"

"也许……"，图南犹豫地说："你有没有想过，也许航航需要一个爸爸？我妈再给你介绍一个行吗？"

"怎么说呢，我带孩子当然是很辛苦，但心里已经放不下别人了。"红叶在摇头。

"试试吧，不然，你怎么知道合不合适？"

"图南，我真的很感谢你和阿姨，但我没法接受别人了。"

"我老妈看中的人应该不会差。孩子的成长过程中，需要有男人的气质和胸怀来熏陶，你一个人又当爹又当妈，照顾不来。"

第三十九章　霜重色浓

"没关系的，我还好。他不爱学习就算了，健康就好，以后去做什么由他去算了。"红叶无奈地说。

红叶接着说："你一只羊也是赶，两只羊也是放，他们同一个年级，你教鹿儿的时候，顺便带上航航。我脾气暴躁，教不了，他不学习，我就想打他一顿，可又下不了手，快把我气疯了。"

图南说："好，我能帮什么就帮什么，你别客气。"图南在教两个孩子背单词学写字，就能看出航航记忆力不行，不过，航航也是有优点的。他的字迹看起来可比鹿儿干净多了。有一次，教他们科学记数法，航航逻辑思维表现更不行，怎么讲，讲几遍都学不会。他咬着铅笔头，瞪大双眼茫然地望着图南。图南急了，我讲的有问题？你怎么还不会呢？鹿儿，你会吗？鹿儿发着高烧，耷拉着脑袋，眼睛半睁半闭，字迹潦草，答案却一点没错。是啊，鹿儿可以边学边玩，只要听上一遍就会。对于反应慢的孩子，唯一能教的就是管你理解不理解，先背下来再说。背的东西多了，慢慢融会贯通，就一通百通了。图南教他怎么记重点，把书背下来。

图南以后不再说红叶对航航的教育有问题，每个孩子先天条件不一样，没有任何可比性。

红叶问图南："为什么我们会离婚？我和他不爱，你和他确是爱的。"

图南想了一会儿，说："这是社会进步的表现啊，不然，守着残缺的爱过一辈子吗？生无可恋的煎熬你过得了吗？"

红叶哈哈大笑："我们是同一类人。自傲，不能受气。身上还长满了刺，处于自我保护中。有能力，不会受我们的气；愿意受气的，我们看不上。"

图南说："这说法也不对，我们的初衷是好的，为了孩子和丈夫肯于牺牲自己。只是现在男人社会交往太多，受到的诱惑太大，这个世界不是凭一己之力就能改变的。"

红叶说："你没觉得女人越强，离婚率越高？"

图南说："你可别给自己脸上贴金，强大的女人应该有个强大的家庭，一心一意地把家庭和工作做好，才是成功。丈夫和孩子健康快乐，不必大富大贵；工作勤恳，不必当官，有份正当而令人尊重的职业，这样一直到老也是件很幸福的事。"

红叶说："我们对生活没有野心，但生活对我们有野心。那么平坦通顺的大道是给我们的父母辈准备的，他们怎样吵架动家伙，却总是打不散。到我们这辈，只要设置点坎坷，就离婚了。时代进步不假，但我们的心理反而更加脆弱。"

眼看着孩子们渐渐都长大，大学都毕业了。航航没有找到合适的工作，依然喜欢玩游戏，甚至到了废寝忘食的地步。红叶上班，还要给航航点外卖，虽然图南心里觉得这样不对，但她已经学会不乱说话了。再好的闺蜜，话也不能直说，不然连朋友都没有了。时代不同了，玩游戏也是一个职业。不爱动的航航缺少锻炼和阳光，白白胖胖，总是羞涩地微笑，他不再打架，善良正直，一切都很好，除了——他没见过自己的爸爸。他已经习惯了生来就没有爸爸。对于红叶来说，这报复太痛快了。可对航航来说呢？没有爸爸和有一个不称职的爸爸，哪种境遇对孩子的伤害更大？这么做，值得吗？图南没法回答。人生是一场考试，却根本没有标准答案。

红叶也终于有了新的爱情故事，一个比她小十几岁的男孩陈建，开了一家卖摩托的车店，他会维修，改装。经常在凉风习习的夜晚，带着她出去兜风，她双臂绕成环形搂着他的腰，任长发在风中飘舞，这曾是她大学时的梦想。有一次，红叶心脏骤停，幸好陈建打了120急救，红叶才躲过一劫。平时晚上睡觉，陈建都是贴心地握着红叶的手腕，感受着红叶的脉搏。他就连睡觉都在守护着她。红叶很幸运遇到了她的真命天子。世界忽然明亮起来，五彩缤纷，耳畔是气势恢宏的交响乐，世界因你们而变得美丽，不需要刻意去做什么，爱与不爱，冥冥之中亦有安排。自然而然，该发生的就发生吧。生命有了激情，红叶精神焕发，愈发年轻美丽。这滚滚红尘中，有爱可以相望相守，也不枉来过一趟。

红叶甚至想去问陌生人："你相信奇迹吗？"相信的人，一定

第三十九章　霜重色浓

在热恋中；不相信的人，就去恋爱吧！在甜蜜的爱情里，人会相信，奇迹的存在！她惊喜地发现，自己不由自主地嘴角上扬，心里甜甜的，想起那个可人可爱的样子，温柔活泼，散发的迷人气息使人神魂颠倒，不管他说什么，都是世界上最美妙的天籁；不管他做什么都是百分百地正确，眼光长远，睿智深邃；不管他怎样，都是世界上独一无二的闪着光的璀璨夺目。

在衣柜底层里，图南气急败坏地又发现一块粉红色的披肩，那是他买给她的，有个粉色的帽子和披肩是成套的，帽子早已被图南扔进垃圾箱。他买给她的衣物、各种装饰品，他的纪念册，他的照片、他用过各种物品，一堆一堆地扔掉，她不想活在有他的记忆里，家里再没有了他气息的物品。然而，她悲哀地发现，他的东西无处不在，不经意看到的所有物品都在心头激起阵阵涟漪，能立刻辨认出东西的由来。这是他出差买的，这是一起出去玩时买的，甚至她还记起当时心情，睹物思人，带着怨恨、愤怒、惋惜、怜悯、怀念。

时间过得真快，离开一段感情，说容易也容易，一靠时间，二靠新的恋情。离婚六年了，图南还在孤单的人海漂泊。海鸿却在临终前，给另一个女人披上了洁白的婚纱。图南又开始和自己纠缠不休。

望着最爱的纯白绲边真丝旗袍，绚丽的龙凤图案，大俗即大雅。她没有胆量穿出，没有适合的场合与地点，只是深深挂在衣柜里。怎么对待它？不知道。人生就是如此，最美好的东西，往往过于精致和珍贵，才经不起世俗的眼光，只能深深埋藏。曾经最爱的雪莱诗集里面夹着一朵枯萎的黄色蔷薇。它并没有特别的含义，只是记录了孤独荒芜的青春。粉红色的缎带珍藏在小小的盒子里，里面还有几张发黄的老照片。下一个驿站不知道是哪里？我们是都市里的游牧部落，一直在自主与不自主中浪迹天涯。图南是这陌生的城市里的浮萍，过客，彼此都是过客。云卷云舒，花开花落，没有方向的湍流把一切都冲刷下去，只留下光滑的鹅卵石。

一直很喜欢女孩，图南在读书时就偷偷地想，要生个美丽可爱得像洋娃娃一样的女儿。图南会宠爱她，打扮她，让她骄傲得像公主。她会伏在图南身上撒娇打赖，图南会很温柔很耐心地哄她。看着别人家女儿的成长，图南又一次坚定地想，我要一个女儿！

儿子出生时让图南很是失落，其实，怀孕五个月的时候，医生说让图南买糖，图南倔强地说，你要是告诉我怀的是女孩，我才买糖。在成长过程中，儿子的淘气活泼令人大伤脑筋。图南经常叹气：男孩女孩就是不一样！做头发时看到店主夫妇有两个女儿，居然又生个儿子！好生羡慕有女儿啊。

F城很多家庭有两个以上的孩子，这也是让人感到惊奇的地方。S城的计划生育做得就是好，农村里，除了双胞胎，两个孩子的家庭都罕见。一个孩子养得那么难，三个……天啊！理发的时候，她和老板夫妻聊天，原来他们也愁，大女儿学习很差，家里学习环境不好，家长又不会辅导。小女儿才二四岁。让孩子把书拿来看了看，小学四年级，很简单，比鹿儿小时学的简单多了。教材的版本不一样。图南就教她念了单词，这孩子长得眉清目秀，有点灵气，倒是不笨，就是没上道。图南不禁叹惋。

以后每次下班路过，都停留驻足教她读一会儿英语，她妈妈总是不放心，怀有极重的戒心，在旁边听——现在的人们好像都有很强的戒备心，不请自来，没有课酬，还那么热心？除非是人贩子吧？我们喜欢在心里砌上一堵墙，这样才安全。鹿儿在工大校园里长大，很可爱，肉嘟嘟的，很多学生和老师，包括校门口卖水果的摊主都喜欢抱他，逗他玩，图南回家洗衣做饭。本来不认识的人，因为喜欢鹿儿而变得熟悉起来。对于女孩妈妈的戒心，图南没想明白：是我太简单，还是别人太复杂？还要不要继续教她学习？

往昔不再。时光过去了二十年，怎么能一样呢？时间不同，地域不同。枳极地给一个素不相识的女孩子义务授课，的确令人生疑。想想自己也很忙，就算了。

第三十九章　霜重色浓

图南一遍又一遍问鹿儿："如果我不和你爸离婚，如果我能让他戒烟，他就不会得肺癌了吧？"

鹿儿说："妈妈，你能不能不和自己别扭？你一辈子都在和自己较劲是不对的。已经做了的事就不要去想它，原本对错无所谓，更何况你所有决定都是对的。你改变不了我爸，而他能轻易地改变你，你让他戒烟戒酒比登天还难呢！你改变不了我爸的命运。"

"可是，我还是很难受啊。"

"你去玩，逛街，吃东西，看电影，做什么都行。"鹿儿热心地提建议。

"我不想去。"图南还是喜欢宅家里。

"要不，谈个恋爱也行。"鹿儿哈哈大笑。

"哼，你不吃醋？才怪！我对学生好，学生低血糖晕倒，我喂他半罐蜂蜜水，你都吃醋。等下你又要说你没有家了。"

"那时候我不懂事。现在不会那么想了。我愿意看到你高兴地活着。"鹿儿由衷地说。

"你爸爸结婚的那个阿姨，他是怎么称呼她的？印象里没有听见他叫过她'老婆''媳妇'之类的。只说'那个女人'，连你老姑都没称呼她'嫂子'。"图南有了好奇八卦的心。

"他们相处得很好，彼此叫名字。那个阿姨是公司的员工，什么事都听爸爸的，他们的地位与你和爸爸不同——你和爸爸是平等的。爸爸也变了，很舍得给她花钱买东西。"

图南说："儿子，我觉得很抱歉，在你小时候，总和你爸爸吵架，没有给你提供更好的生活环境。"

鹿儿轻松地说："你已经做到最好了啊，虽然在爸爸身边我会怕，就连心脏跳的次数都不对。但我也知道，他是好爸爸。他说我学的专业是国家需要的尖端高科技，鼓励我为祖国好好学习，我没有任何心理创伤，你就放心吧。"

图南为鹿儿的豁达大度落泪，有这样好的孩子，海鸿九泉之下也该安心了。他的生命，他的精神最精华的部分，继续在这个蓝色星球上在延续、充盈，以另一种形式生机勃勃枝繁叶茂地出现。鹿儿的善解人意，真诚善良，都是海鸿所拥有过的，希望鹿儿能够继续他的这份天性不受世俗的污染而永远空灵悠远。

白茶雀舌放在茶壶里注入开水，看着茶叶像春天萌生的嫩芽，在透明玻璃茶壶里一株株直立向上，缓缓漂浮，像水下优美灵动的舞蹈，香气丝丝缕缕扑面而来，这是甜香的味道，使人心醉的味道。世界充满鸟语花香。很多人帮助过她。他们乐于助人，温暖和煦像初升的太阳，像萋萋的青草地，像夜晚的满天星辰。心怀感恩感激！新奇的世界被重新打开，就这样清新地绽放在眼前。

记得在新加坡，图南见过一个风度气质堪称一流的华人，他一边坐在餐厅座位上看报纸，一边用刀叉吃东西，花白的头发一丝不乱，气质儒雅温润如玉。图南在等待鹿儿取食物的时候不经意看到他，眼睛就像被黏住了，再没有离开过，他被图南肆无忌惮的目光打扰，深深地看了图南一眼，神色不变，落落大方，风度翩翩，直到他冲她打了一声招呼，图南才缓过神来，这样的目光太失礼了。她觉得害羞，换了一个看不到他的座位。一会儿，鹿儿拿着食物过来了，他奇怪妈妈怎么换了位置。图南自己好笑，看来自己这辈子没多大出息，看到自己喜欢的人都没点个头的勇气和胆量。可这也是进步呀！欣赏美好是人的本能，不是吗？

对于鹿儿谈恋爱，图南坚决反对。读博期间，是男孩人生价值最低的阶段，被繁重压肩无法喘气的学业和爱异想天开的导师所虐，前途晦暗迷茫，再聪明的人，每天都会陷入对自己的深深质疑中，觉得智力能力低下，不足以完成论文，毕业更是遥遥无期。

这时候找的女朋友更像是救命稻草，承载读博期间的情感寄托，往往不一定能成为一生的相知伴侣。若是等到毕业后才明白想要的是什么，已经晚了。糟糠之妻不下堂，靠的是修养，而不是爱情。尽管图南相信儿子的人品，但她还是担心白白牺牲掉一个好女孩，可鹿儿还好，并没有直接顶撞。图南问："女孩喜欢你什么？"

第三十九章　霜重色浓

鹿儿说："就像你当年喜欢爸爸一样，我聪明，上进，帅啊……"

图南一哆嗦，这才可怕："哦，那你喜欢她什么？"

"她知识面广，读了很多书。她会画画，会设计，会弹钢琴，能把一切都打理好，会煲汤给我喝。"鹿儿说。

"你最不喜欢她哪一点？"图南问。

"她好笨啊……"鹿儿说。

海鸿也嫌弃自己笨，做个文档、表格都费劲。图南想，又问："脾气呢？"

"她脾气很好，很温柔的。"鹿儿的声音都变得温柔起来。

"世界上有两种人，一种人的温柔是暂时的，历尽千帆、受尽磨难之后，会变得粗糙不堪，不会总那么温柔，珍珠都会变成鱼眼睛，小仙女都会变成老巫婆；还有一种人，永远雍容典雅，大气稳重，初心不改。"图南觉得作为未来的婆婆，不能背地里讲人家女孩的坏话，心存恶意，这样很不好。

图南迷迷糊糊地刚要睡着，身体颤抖了一下，本来思想在轻飘飘地浮着，忽然一沉，坠落，完了，又失眠了。

"到了女朋友家，我才知道正常的家庭是什么样子的。家里气氛融洽香甜，是爱的味道。她爸爸妈妈很相爱，总是手牵手出去爬山，他们虽然年龄比你大快二十岁，可身体比你好多了——你要不是那么累，身体也会很好的。她家房子很大，前后种满了鲜花，布置得很有艺术气息，哦，对了，她家人都是搞艺术设计的。她是家里最小的孩子，哥哥姐姐都很爱她。她做饭，我洗碗。"

洗碗？臭小子！我养了你二十多年，你洗过碗吗？哦，一次？肯定没超过两次。图南心里想。心底泛起一阵醋意，酸得牙都倒了，她咬着牙说："嗯！你做得对！好事！家务本来就是两个人一起做的。"

鹿儿自己的路会自己走。这一代人会有足够的智慧和能力解决各种问题。虽然婚姻本身是极其脆弱的，有一点外力便会变形。但自己不会给鹿儿很多压力，不会让他们抱着年幼的孩子过年过节的时候奔波在路上，不会和他们要房子要钱，没有亲戚朋友的指手画脚，不存在各种复杂的家庭关系，女孩脾气好，性格开朗，鹿儿爱家不出轨，这应该是幸福美满的家庭吧？当然是！

自己想多了吧？世间哪有那么多的悲剧呢？浩然不是说中国人最爱看喜剧了，我们都热爱大团圆。再说了，不能改变任何人的人生。管那么多干吗？

他们可以生三个孩子！多幸福啊！他们会叫自己奶奶！图南独自微笑了。

第四十章　观往知来

图南小时候总能看到家里镜子上的小人儿有翅膀，它们会飞，有时候他们会聚在一起玩，也会打架，有时候只有一个，有时很多。她经常指着镜子，对爸爸妈妈说，镜子上有小人儿飞！此后他们经常会出现在图南的梦里。爸爸妈妈不会听孩子的胡说八道，图南很有韧劲，说了几十年。

最近，又和妈妈提到这件事，她终于有耐心听了。说住宅原来是乱坟岗，日本人在这里建了发电厂，一直有闹鬼的各种传说。图南还特意拿着纸和笔，画了一张家里的平面图，这里是缝纫机，这里是衣柜，这里是窗台，每个位置都不差。妈妈非常惊讶图南的记忆力，比她大几岁的晓晖都不记得。

图南也请教过几个物理学的博士，说也可能是一种光反射的现象。

图南和自己达成谅解，因为自己越来越平庸，失去了预见力，也很久不做梦了。年龄和心态老了的缘故，不再像往年，做出什么保证计划之类的决心。心结慢慢打开，人生没有什么过不去的坎。和往昔挥手说再见，快乐永远留在心底，悲伤统统忘掉，埋葬在广袤辽阔的原野，任它弥散，消失在空气中。

暑假里，图南在家又晕倒两次，食物中毒或低血糖，感觉恶心乏力，头晕目眩，在卫生间倒下去，听见"啪"的一声，鼻子先着地，一阵酸痛，一股温热液体流淌下来，图南心里想："完了，鼻子出血,又骨折。"感觉接触到瓷砖的冰凉寒意,失去了意识。不知过了多久,她醒了,什么都不记得,怎么倒在地上的?不敢揉酸痛的鼻子,一阵阵的痛楚。照照镜子,幸好,鼻子没歪,没有血流满面。紧接着,又是一阵天旋地转,出一身冷汗,又晕过去了。这次是额头先着地,"脸先着地的天使,"残存的一点意识还在自我解嘲。又不知过了多久,再次苏醒,这次图南学聪明了,虽然身体麻木,不听使唤,还是爬到床边,赶快上床,躺在床上比瓷砖地温暖舒服。终于缓过来,赶快往肚子里灌一盒冰牛奶,精神好多了。

拉着窗帘,点着电灯,不知道时间,睡着和清醒又有什么区别呢?哦,不一样,痛,可以告诉自己在清醒中。

第二天,图南和妈妈视频的时候,鼻子痛得龇牙咧嘴,她做鬼脸,问:"妈,快帮我看,鼻子歪了吗?"

妈妈说:"鼻子倒没歪,可眼眶是青肿的。你怎么搞的?"

图南说:"昨天晕倒了。"图南又犹豫一下,说:"要不要去医院拍个片子?看看有没有骨折?"

妈妈很心痛:"医院就算了,要有事早就有事了。看着还好,鼻骨是块脆骨,捋捋就好。没事的。你怎么不小心点?"

"倒下的时候控制不住自己,不然不会脸和鼻子先着地。妈,我真的是您亲生的?什么捋捋就好,我觉得里面都出血了。"

"没事啦,要出血就是中风,你早就不能动了。"

"那怎么觉得一股温热的液体流下来,幻觉?好吧,就当我没事好了。"

还是妈妈厉害:"你吃了什么?"

"没吃。昨天,还是前天,煮了一斤肉燕,谁知道竟然有那么一大锅,吃了几顿,都没吃完。"图南用手比画着。

"是不是不新鲜了?"

"也许是吧,煮的时候放了醋,酸溜溜的,反正也吃不出来。"

"不能再吃了。你就不能好好给自己做饭吃?你这个懒鬼!"妈妈急了。

第四十章 观往知来

"知道,刚刚已经倒掉了。一个人真的不知道该吃什么。我喜欢煮饭,可也要有吃饭的人呀!"图南无奈地说。

妈妈又哭了:"你应该找个人了。你这样我不放心。"

"找什么呀?男保姆?你想得倒好!要是他身体不好,我还要照顾他……你怎么就知道他会照顾我?自己多自由自在!"

"要是他身体不好,也是你的命,做人要有良心,我们不能抛弃他。两个人是相互的。对了,你说过洪老师介绍的那个……叫什么来的?"

"林睿盛?"

"对对!你们年龄相当,家庭背景也差不多,挺合适啊。"

"哦,聊了一段时间,分了,我不想理他了,他太闷了,没意思。"

"这个人不错的,你再接触一下啊!"

"没感觉,像小猪一样,经常和我说着话,呼噜噜睡着了。"

"女儿,你相信我,这个人各方面都不错,好好相处。到了一定的年纪,没有那么多的诗情画意,什么爱呀情呀,都是假的,饿的时候有人给你一双筷子,困的时候有人给你递过来一个枕头,睡着了有人给你盖个被子,这就是幸福。这么好的人,你千万别错过了。"

"错过也没关系,已经结束了……那我也不能主动找他啊。"

"谁说女孩就不能主动?……不过,他会找你的,你别拒绝他就行。"

"好吧。"图南只好答应了。她只是奇怪,这个人妈妈根本没见过,怎么就觉得他还会找自己,竟然觉得他和她还是最合适的。

乌青的眼眶慢慢消肿了,鼻骨上长了一道骨痂,眼睛看不到,用手摸得到,倒也不影响图南的光辉形象。还好,没留什么后遗症。猫有九条命,图南有十条。不管经受什么重创,图南都坚强地活着。

只是那个林睿盛,太可乐了。想起他,图南嘴角会浮起一丝微笑,他一副憨憨的猪样子,怎么看都像是小猪。林睿盛很不高兴被称为"小猪",抗议无效。图南就爱看着他委屈巴巴的样子,照叫不误。

林睿盛问图南,说:"一直在家不出门吗?"图南说,"正想明天要逛街买点东西。"林睿盛说:"我陪你?"图南直接说不必,她早就习惯了一个人逛街看电影,去医院做手术,自己吃生日蛋糕,去世界上所有的地方,从不需要人陪。

第二天,图南开车,刚进商业区,林睿盛就发来信息,你在哪里?图南给他发了位置。他说我也在这边,我早来了。图南有点吃惊,你也来了?两个人相见后,图南看到林睿盛拿了一个"索索籔籔"会动的袋子,很惊讶,问:"这是什么东西?"林睿盛不好意思地打开,说:"这是两头鲟,你看起来那么瘦,是特意带给你的,给你补补身子。"鲟是这里的特产,螃蟹的一种。

图南惊讶得眼珠都快掉下来:"大哥,我出来逛街,你居然给我带这个?"这两只凶猛的螃蟹挥舞钳子,吐着泡泡,恶狠狠地和图南对视。鲟的价格不菲,是鹿儿最爱吃的。图南被这横行霸道的东西夹穿过手掌,血流不止,所以看着有点眼晕。一般出来逛街,无非是喝奶茶、吃糕饼之类,这还是第一次看见牵着两只大螃蟹逛街,图南笑得前仰后合。

林睿盛是相亲的对象,图南被洪老师苦口婆心地教育了两三个小时才答应见他的。当时,洪老师说你不能总这样一个人,你还年轻,要对生活有热情,各方面条件都不错,也适合家庭生活,要再重组一个家庭才对。图南刚开始一直推脱,现在一个人已经是人生中最好的状态,干吗给自己找麻烦?

"男人都不可靠!"

"所以,一定给你找个可靠的。"

图南不相信会有可靠的人选,只想先答应着,以后再说,说了一句玩笑话,说:"好,好,你让我见谁我就见谁,没问题啊。"

她觉得世界这么大,遇上合适的人绝对不可能,到时候再找借

第四十章　观往知来

口吧。谁知道，洪老师的效率竟如此快，通过区委商业局的朋友，朋友再通过一位中学老师，这位中学老师的丈夫是律师，律师的朋友是林睿盛。这圈子绕的，没几天真就要相亲。

图南后悔自己答应得太快，不好食言，也没找到合理的理由拒绝。看就看呗，谁怕谁啊。没准人家没看上我呢，连借口都不需要了。就这么想着，开始人生第一次的相亲。

人那么多，满满一桌子。热热闹闹的酒局，铺天盖地的当地话，反正也听不懂。尽管有点不自在，反正就见这一次，尴尬着微笑。最后大家哄笑着让两人加了微信。大家故意给两个人留出一个空间，彼此都沉默着。他终于说了几句话，图南没听清，没吭声，和她没聊到一起去，他转身走了，把图南晾在这里。图南笑笑，有些人一生只见一次就够了。知道没有以后，并没有生气。只是想，自己以后还会出来相亲吗？

他发来了信息，到家了吗？图南在开车，不敢回复，到家后回复："到家了，谢谢！"不管怎样，应该回句话。不过是微信里多一个点赞之交。

显然，林睿盛没想只见一次，第二天的晚上十点手机响，他出现了，她很惊讶，这么晚，你要聊天？他说打牌回来了，问："你打牌吗？""打牌？扑克牌？哦，麻将啊，哪个好人打麻将？浪费时间不说，码牌好辛苦，电动的？坐着也累啊。赢了不好意思收钱，输了不想掏钱，我从来不玩。在 F 城没玩过，但我肯定能学会，只要想学。你咳嗽，是不是抽烟的缘故？抽烟啊，抽烟不好，会得肺癌。以后少抽烟，又脏又臭又花钱，对健康也不好。你胖要多走走路，一天一万步吧，至少也五千步，不能不动。我瘦？哼！我的身材最标准，163 厘米，48 公斤，不许说我瘦！听见没有？"

手机那边的他唯唯诺诺，图南的虚荣心得到满足。本来就没想好好聊天，教训他一下，知难而退最好。够凶了。可是，他却表现出所有的韧性和黏性，似乎要坚持到底。聊天得知，他相亲无数，就这表现，怎么一点长进没有，不会用甜言蜜语哄人。

他经常和图南语音，经常是晚上聊天，他的话不多，都是图南叽里呱啦地讲，他默默地听，等到图南不想讲了，两个人就沉默着，图南忙自己的事，她看着手机，很疑惑，问："你还在线？"

"在啊，你怎么不说话了？"

"没什么好说的。"图南挂掉手机。

相亲的好处就是两个人的条件摆在这，就像是超市货品明码实价，直接粗暴，合不合适，一眼可见。既然大家都说合适，就这样聊着吧。喧嚣的白天觉得他多余，但在孤独漫长的黑夜，倒是一个可以聊天的温暖的对象，聊着聊着就安心睡去，很久没做噩梦了。有个朋友也不错！

聊久了，"做我老婆，好不好吗？"他居然会撒娇！图南有点措手不及。吓一大跳，见惯了斯文扫地硬碰硬的争吵和互殴，没见哼唧唧、撒娇求抱抱的七尺大男人。

结婚？那么遥远的事情，鬼才要结婚呢。好好的又跳进火坑里，我有病吗？一个人的世界偶尔孤单，却拥有完全的自由。

"不，离婚太麻烦。"离婚都有了冷静期，时代真的不同了。还没前进，先想退路。别人就算想了也不会说，图南则是想到就说出来，一点不客气。说最狠的话，有最软的心。虽然嘴上这么说，但看着从小失去母亲的胖乎乎的林睿盛，图南顿时母爱泛滥，升起一种博大的包容和十分的耐心，母性果然是天生的。这个蠢笨蠢笨的男人，什么都不懂，却也不傻，他只是信心不足，需要鼓励。总觉得他就是一个巨婴，可爱的听话的巨婴，会激发图南内心中所有的同情怜悯。

林睿盛从小无人关心，无人疼爱，吃苦太多，现实的社会把他磨合成了一个成熟质朴，对人诚恳的人。任何感情都需要时间的培养皿去生成。最爱的人反倒不适合在一起。一见钟情也可能各行其路、各自安好。一开始不喜欢，也不见得不能成为知心朋友。爱是奢侈品，哪里可能人人拥有呢？

姐姐哭着打来电话，说："妈妈得了肠癌，中晚期，比较严重，

第四十章 观往知来

准备手术。"图南一惊,眼泪奔涌而至。她吓得浑身发抖,我又要失去妈妈了吗?顿觉天旋地转。缓缓神,赶忙打电话给妈妈,说:"要不要来我这?我现在有时间照顾,你过来吧。我去接。"妈妈拒绝了。这边有你姐姐弟弟,大家轮流照顾,排班能忙过来,你一个人太累了不行。

"都怪你,平时不注意健康,都说了,不能吃剩菜剩饭!你总是吃!"图南埋怨着妈妈,不然,以妈妈的胸怀气度,心态良好,怎么会得癌症?"我要你好好的,健康地活到一百岁!"

泪眼婆娑中,一幅景象再次浮现眼前,这是幸福的五口之家,爸爸和三个孩子围坐在餐桌旁,等到妈妈从厨房端出最后一道菜,放在桌子上,爸爸倒了一杯酒,递给妈妈,说:"你辛苦了!"大家才开始动筷,笑语盈盈,其乐融融。

可是,爸爸已经不在了,妈妈身患重病,再也回不到从前了。孩子们各自有了自己的人生,多少年了,连聚在一起都是奢望。

妈妈肺活量小,医生要求她每天吹一百个气球。所以大家经常在家庭群里问:妈妈,完成今天的作业了吗?世界上的事就这样,吹气球本身很好玩,但变成交的作业就成了负担,不好玩了。

妈妈显然作业完成得不够好,周一推进了手术室,由于血氧不够,又推了出来,继续吹气球,到了周四才勉强合格,手术后丧失了意识,推进了ICU,经过三天的急救,捡回一条命,术后恢复慢了点。只要想想妈妈还在,已经是令人开心的事了。妈妈的腹部做了造口,以后要随身带着便袋,生活多有不便,但妈妈能活着,已经感谢上天了。剩下的是化疗,一想到化疗,图南痛得蜷缩起来,哪里都痛。

妈妈在电话里对图南说:"有个老同事担心我,说孩子们都指望不上,嫌弃我脏。我说,孩子肯定都不会嫌弃我,看你对你爸爸的照顾,我就知道。"

图南说:"你都知道就好,欢迎你随时来F城。"

人经常在很多时候不经意间突生感慨,生命价值何在,难道就这样来世间匆匆走一遭？朝闻夕死，我们学会了什么？图南想到的答案是爱。只有爱，生生不息。

　　妈妈说的那句话，让图南心碎不已："只有看到你好好的，你有了个家，稳定下来，有个归宿，不再继续漂泊，我才能安心离开，不然，我死不瞑目。"

　　图南说："你放心吧，妈妈，凯撒的归于凯撒，上帝的归于上帝。该是谁的，终究是谁的。"

　　阳光透过纤维状的卷云，云层镶上了金边，亮得耀眼。世界很美好。只要你爱这个世界，这个世界必定也为你张开怀抱。